btb
Aus Freude am Lesen

btb

## Buch

Eigentlich hatte Aloe mit sich eine Verabredung getroffen: Sollte Lukas nicht mit der erhofften Sensibilität den Fisch filettieren, den sie zubereitet hat, dann würde sie ihm die kalte Schulter zeigen. Doch an diese Verabredung hält sie sich nicht. Das war in Oxford, wo sie sich sich kennen- und liebengelernt hatten. Zurück in Deutschland ziehen sie zusammen, und ihre Liebe scheint auszukühlen: Lukas, Astronom von Beruf, denkt in intergalaktischen Entfernungen, weniger in alltäglicher Nähe. Und Aloe, eine Kunstmanagerin mit wachsendem Erfolg, spricht häufig nur die Hälfte der Wahrheit aus. Doch allmählich wird klar, woran Aloe wirklich leidet: ihre Schwester Anita kam als Hermaphrodit auf die Welt, und diese Mitgift aus der Kindheit holt Aloe nun ein. Denn wie soll das Ringen um die eigene Identität aussehen, wenn einem das Fremdartige schon so bedrohlich nahe war?

Vom Konsumrausch bis zu den Paradoxien des Universums, von den Irritationen beim Bordellbesuch bis zu den Zumutungen postmoderner Theorie – Ulrike Draesners von der Kritik und vom Publikum begeistert aufgenommener Roman führt uns vor Augen, wie sehr sich die Abgründe, die Absonderlichkeiten und das Beiläufige unserer Gegenwart in das eigene Leben verstricken und unsere Idee vom Lieben bestimmen.

## Autorin

Ulrike Draesner wurde 1962 in München geboren, studierte in München und Oxford Jura, Anglistik, Germanistik und Philosophie. Sie war u.a. als wissenschaftliche Mitarbeiterin, Übersetzerin und Herausgeberin tätig, hat Lyrikbände und Prosawerke veröffentlicht, zuletzt die Erzählungen *Hot Dogs* (2004, Luchterhand). Ulrike Draesner hat für ihr Werk zahlreiche Auszeichnungen erhalten, darunter den Hölderlin-Förderpreis und den Preis der Literaturhäuser.

Weitere Informationen unter www.draesner.de

Ulrike Draesner

# Mitgift

Roman

btb

Umwelthinweis:
Alle bedruckten Materialien dieses Taschenbuches
sind chlorfrei und umweltschonend.

Der btb-Verlag ist ein Unternehmen der Verlagsgruppe
Random House.

1. Auflage
Genehmigte Taschenbuchausgabe Februar 2005

Umschlaggestaltung: Design Team München
Umschlagfoto: Corbis
MM · Herstellung: Augustin Wiesbeck
Made in Germany
ISBN 3-442-73282-4
www.btb-verlag.de

*Bleibt, an der Stelle des Herzens, ein Hunger.*

# 1 Fliegen

Sie wollen es haben, kalt und schön steht es auf dem Tisch, unter der dicken Schokoglasur, die von Kokosfett glänzt. Aloe hat das Rezept noch gewußt, Kalter Hund, Butterkeks, Blockschokolade und Palmin. Wie es knirscht, wenn man hineinschneidet, die Gabeln ragen schon in die Luft, die Gäste strekken die Finger, ihre Augen funkeln dunkelblau, lila und grün. Da ist kaum mehr Luft zwischen dem Kuchen und den Gabeln, nein, es sind Löffel, bunte Löffel; viel Luft ist nur unterm Tisch, denn kein einziger Fuß steht auf dem Boden, obwohl alle Stühle besetzt sind, alle 15 Stühle um den großen, ausgezogenen Tisch. Die kleinen Schuhe, Nike-Sneakers und Salamander-Luftkissen, baumeln an halblangen Beinen, ein Löffel fällt auf den Teppich. Sie schreien nicht mehr so sehr wie zuvor, aber sie wuseln noch immer umher, kauen und werfen die Augen schon auf das nächste Stück des kurzgewordenen Kuchens, auf den Teller des Nachbarn; nach Aufregung riechen sie, ihre Sprache kommt hell und laut. Die Kerzen sind, wie um zu ihrer Aufregung zu passen, ganz klein, das Zimmer heiß, die Luftballons werden gleich platzen, da passiert es schon, peng

– und sie johlen auf. Dicke Fettkrümel kleben manchen am Mund, eine der sieben Kerzen fällt vom Kuchen, *Stefan, blas endlich!*, da steht er, die kurzen blonden Haare zu einem Schopf über der Stirn zusammengeschoben, wie immer, wenn er aufgeregt ist, und plustert die geröteten Wangen auf, plustert. Alle schauen, rufen und strampeln und klopfen, die Limo sprudelt in den Gläsern, und da spritzen die Flammen auf, so pustet er, und eine Kerze fällt genau in die große Sahneschale, das rote Wachs fließt aus, ein pfenniggroßer Fleck im Weiß.

Bahlsenbutterkeks, Kokosfett und Kakao; letzte Woche haben sie vorgekostet, lecker lecker, keine Frage, zum Geburtstag nur das – das haben die anderen noch nie gesehen. Das vorletzte Stück zerkrümelt, wie die Splitter jetzt zur Seite fliegen, Aloe lacht: so muß es sein. Und schon sind auch die Splitter weg, von kleinen Fingern vom Tischtuch gelesen. Ja, sie essen mit den Händen, der Geräuschpegel steigt, die Hälfte ist schon wieder von den Plätzen gestürmt, und einer kriecht unterm Tisch, dunkelblauer Cordhosenhintern, eine kreischt. Zwei Mädchen, zwei von 14, sieben Jahre, 14 Gäste, hat Aloe ihrem Stefan gesagt, das paßt. Zwei Mädchen nur und natürlich ausgerechnet dort, neben so einem weißwollig bestrumpften Bein, mußte einer unter den Tisch. Mühsam haben sie Platzkarten gemalt, Aloe und Stefan, vorgestern abend, noch mühsamer die Sitzordnung ausbaldowert, doch jetzt werden Stühle gerückt, Aloe grinst und schneidet weiter den Kuchen an, denn Stefan muß sein drittes Stück essen, und das geht zack, zack – unglaublich, wie Kinderwangen sich beulen. Die Brillenschlange trinkt ein Glas Milch, er hat heute seine Linsen nicht drin, eine verloren, beim Fußballspielen, also gibt er die Brillenschlange eigens für Stefan, der das cool findet, cool, und sein bester Freund sagt schon wieder: geil, tippt auf seinem roten Pokémongerät oder wie das inzwischen heißt. Hanna hat ihre Nägel lackiert, bunt, alles für Stefan, Kaugummis, Knallfrösche, ein Kindergeburtstag im April – das braucht eine Menge Industrie, denn die Natur fällt noch immer halb aus.

Den Vogel aber schießt Stefan ab, Ehrensache, aber diesmal wirklich, denn da steht es, mitten im Wohnzimmer, und nur der Kuchen, der gewaltig geschrumpfte (doch Aloe hat einen zweiten im Kühlschrank), hat kurz abgelenkt – von dem weißsilbern strahlenden Shuttle. *Hermes* ist in blauen Buchstaben aufgedruckt, wie gepinselt, superschön, findet Stefan sofort, noch bevor er hineinkriecht, richtig wie eine Rakete, eine im Fernsehen, so steht es hier, nur real, kühl und herausfordernd gebogen, groß genug zum Drinsitzen, notfalls auch zu zweit, mit Hanna, der Hübschen, allemal.

Der Nachbarsjunge zieht sich die Hosen hoch – die einhändige Männergeste, mit der er es macht, dabei ist er erst sechs, seine Nase läuft, doch das merkt er nicht. Pommes und Nudeln stehen schon in der Küche, aber erst noch die Spielerunde, Aloe reißt das Fenster auf, kühle Luft strömt herein.

Meist sagt er »Aloe« zu ihr, und es wird Zeit, ihm die Geschichte zu erzählen.

Am Abend ißt sie das letzte Stück Kalten Hund. Stefan liegt im Bett, fix und fertig, mit einem Riesenbauch. Topfschlagen und Überraschungstüten abgreifen, die Gewinne müssen sich sehen lassen können, die Kids haben genaue Vorstellungen davon, was sie wollen, und Aloe hat sich wirklich angestrengt. Jetzt ist auch sie völlig fertig, und es ist still in ihrem Zimmer, fünf Stockwerke über der Stadt, aber die Schreie der Kinder hängen noch immer in der Luft, Krümel liegen auf dem Teppich, ein Fleck von verschüttetem Orangensaft. Aloe denkt daran, wie ihre Mutter sie manchmal nackt im Wohnzimmer einsperrte, wenn sie etwas angestellt hatte – nackt auf dem roten

Perserteppich, nackt stundenlang, die Heizung wurde hochgedreht und außen an der Tür, die eine Glasfüllung hatte, wuchs Anita hoch wie eine Pflanze, schattig und beweglich, ihre kleine Schwester Anita – machte Zeichen und wollte mehr von Aloe sehen. Sie geht jetzt doch ins Bett, streift sich die Hosen ab, hakt den BH auf, ruft Frank an, aber er weiß nicht, daß sie nackt auf dem Bett sitzt, und sie sagt es ihm nicht. Morgen abend kommt er, für über Nacht. Als sie sich das Nachthemd über den Kopf zieht, blitzen ihre Brüste im Spiegel auf, klein und weiß, dann löscht sie das Licht.

Im Halbtraum erscheint ihr die Frau unter Wasser, in einem tiefen, leuchtenden Blau, sie macht Werbung für eine gelbgrün gestreifte, riesige Taucherbrille oder für die Kanaren – oder beides –, wissend lächelt sie Aloe an, geradezu liebevoll, und immer pocht Aloes Herz an dieser Stelle so sehr. Seltsam luzide, energisch, schön der Körper der Schwimmerin im Blau. Anita. Manchmal fragt Stefan nach ihr, und es wird Zeit, ihm alles zu erzählen, soweit er es versteht. Doch was macht es mit ihm, wenn sie es ihm sagt? Oder soll sie schweigen, wie ihre Eltern vor fast 40 Jahren auch – was macht es mit ihm, wenn sie es ihm nicht sagt?

Aloe steht wieder auf. Sie kann die Lichter draußen sehen, die Spitzen einiger Bäume, Dächer. Es ist still, sie friert, die Heizung schaltet über Nacht automatisch ab. Was für ein Hineingeschlängel in den Kimono, den Erika, ihre Tante, ihr vor kurzem aus Japan geschickt hat, noch mit dem Gürtel kämpfend, geht Aloe hinüber in ihren *living room*, weil sie das Wohnzimmer immer so nennt, *living room*. Als lebte man in den anderen Räumen nicht. Es riecht ein bißchen wie an Weihnachten, wenn sie als Kind am Morgen des ersten Feiertages hinunterschlich zum Tannenbaum und zu all den Geschenken, während die Eltern und Anita noch schliefen. Sie braucht das Licht nicht anzuschalten, um Stefans Hermes Shuttle zu sehen. Den halben Tag hat er in dem großen hellen Raketenkopf gesessen, und Hermes Shuttle geflüstert, so wie es an der Außenseite steht. Er wollte wissen, wie man es ausspricht, und sie hat es ihm gesagt.

Was Hermes bedeutet, hat er nicht gefragt.

Aber sie denkt daran.

Sie ahnt: Stefan ist sieben und weiß mehr, als sie weiß. Er ist noch ein Kind, also ein Mensch mit begrenzter Sehnsucht. Nein, das ist nicht wahr, Kinder wirken nur manchmal so, weil sie, was sie ersehnen, nicht sagen können. Sie brauchen sichtbare Dinge dafür. Also wollte er ein Shuttle. So ein richtiges, großes, mit dem man zum Mond fliegt – zum Hineinkriechen, im *living room.*

Und wenn er vor ihr steht, mit der ganzen Hitze seines Körpers, seinem schnellen kindlichen Pulsieren, mit Trauer und Lust und diesem Spannungsmix in den Augen aus Wissen und Neugier, was macht sie, wenn er sie ansieht, als wisse er, was sie nicht sagen kann, eine Mischung aus Erregung und Sehnsucht, was macht sie, wenn er wieder sagt: erzähl mir von ihr!

Sie sackte in die Lehne zurück, ihre Knie drückten in den Rükken des Vordermannes. Flugzeuge wurden auch immer enger. Es roch nach Kaffee und Fertigfood, über den Lautsprecher knisterten die üblichen Ansagen. Aloe versuchte, die Zeitung aufzuschlagen, stieß dabei aber an den Ellbogen ihres Sitznachbarn. *Foto des Jahrhunderts*, titelte die *Woche*, und zeigte Armstrongs Schuhabdruck im Mond. Zart gekrümmte Kämme über tiefen Tälern – bis in die kleinsten Poren schien alles abgebildet zu sein: jedes Sandkorn, die Riffelung eines Stiefels, Schuhgröße 52 mindestens, ja, selbst das Erstaunen des Bodens über diesen ungewohnten, allerersten Tritt, festgehalten im Bild. Wahrscheinlich war es gefälscht, das nahm inzwischen ja jeder an bei jedem Bild, aufgenommen nach dem ersten Schritt, aber egal, es überraschte Aloe wieder: wie weich der Mond aussah, so weich!

Wahllos hatte sie die Zeitung beim Einsteigen gegriffen, schnell noch auf den Namen der Maschine geschielt, der im Schlitz zwischen den gefältelten Gummilippen der Gangway und der Einstiegsluke zu sehen war. Auf der Heckflosse tanzte ein Mädchen mit roten Herzaugen und grünem Shirt. Sie rollten zur Startbahn. Aloes Nachbar, ein Dreißigjähriger im Anzug mit pinkgelbgestreifter Krawatte, schob seinen Aktenkoffer unter den Vordersitz, da stoppte die Boeing abrupt. Drei krakenartige Sprühgeräte torkelten wie betrunken heran und überstäubten die Maschine zum Enteisen mit rosa Salzsauce. Es war Ende März und schneeig kalt. In dicken Schlieren floß der Schaum am Fenster herab, direkt vor Aloes Gesicht.

Endlich fuhr der Pilot die Motoren hoch – klappt es?, klappt es nicht? – endlich die Kraft, die einen in den Sessel drückt, sich dann zurückzieht, ein dezentes Tier, aber nicht unbedingt geheuer, das sich für den Rest der Reise damit begnügt, an den Passagierohren zu knabbern, *please remain seated*, um sich, kurz vor Ende, *fasten your seat belts*, dank eines Luftloches doch nochmal in Erinnerung zu bringen. Mitten im schönsten Absacken, zwischen dem Dröhnen der Turbinen, ist dann so ein kleines Schmirgeln, so ein komisches Reiben, so ein verdammt schadenfrohes, freudiges Jaulen zu hören. Sie faltete die Zeitung zusammen, *…don Heathrow, 14 degrees celsius, thank you for choosing British Air…* – der Lautsprecher knisterte erneut – *hope to see you again soon.* Aloes Sitznachbar schlief, sie nahm sich zwei Schokoladenherzen aus dem Korb der Stewardeß, seines auch.

*Hope to see you again soon.* Aber jetzt kam sie erst einmal an. Die Zeitung flappte wie ein wedelndes Eselsohr über den Rand ihrer Tasche, als Aloe sich leicht benommen in der faltigen Nabelschnur voranhakte, die das Flugzeug mit der Abfertigungshalle verband. Dendriten wucherten aus, Transporterproteine flogen an. Heathrow, ein überdimensioniertes Zellmodell aus Plastik. Blutaustausch. Sich an Lukas lehnen, auftanken – dafür kam sie her.

Die Sonne schien, der Tower blitzte. Der Mensch falle sowieso aus einer ovalen Fruchtkapsel auf die Welt, hatte Lukas gesagt, krieche, laufe, setze sich in Metallkapseln, werde darin immer schneller, hebe ab, aus dem Wasser über die Erde in die Luft, bald Richtung Sonne, hatte Lukas gesagt, als sei es das Selbstverständlichste: Masse $1.98910^{30}$ kg, Radius 696.000 km, Oberflächentemperatur 5785 K, $1.510^{7}$ K im Kern und die Corona Millionen Grad heiß. Sonnenfinsternis im August in drei Jahren, hatte Lukas, Physiker, Kontaktlinsenträger, Raumfahrer, begeistert gewußt, und endlich gesagt, am Telefon vor ein paar Tagen: schön, wenn du kommst. Sie hatte das letzte Ticket für diesen Flug buchen können. So ging es immer zwischen ihnen: in zackigen, schnellen Bewegungen hin und her. Keine Planung, keine Zukunftsideen. Es war ihr recht, dachte sie noch, als sie landeten.

Aloe in England. Tatsächlich wechselte nur der Gummibelag. Alles sanft und gleitend, *fragile freight, handle with care.*

In der Gepäckausgabehalle an der vordersten, lang nicht mehr gestrichenen Säule zwischen den schäbiggrauen Gepäckbandschleifen hing das Uralttelefon. Riesig, schwarz, irreal. Sie hob den Hörer ab. Wahrscheinlich würde sie so lange hierher reisen, bis es einmal klingelte, während sie gerade durch die Halle kam. Es sind am Ende diese kleinen, geheimen, mit niemandem geteilten Spielchen, an denen man sich erkennt, dachte Aloe.

Die Zolltüren vor ihr glitten auf und gaben den Blick frei auf ein Plakat an der gegenüberliegenden Wand. Werbung für den Sommer: eine junge Frau unter Wasser, oder Werbung für Taucherbrillen, denn was die Frau trug, war gelb und grün und riesengroß. Das helle kräftige Blau des Wassers, ein ernstes junges Gesicht. Der Körper sehr weiblich, wenn auch kein Claudia-Schiffer-Busen, doch die trainierten Arme, Schultern, Beine! Jede Linie erinnerte Aloe an Anita, sie wollte aber nicht an Anita erinnert sein, die seit neuestem sogar für internationale Agenturen modelte. Aloe telefonierte nicht oft mit ihren Eltern in Schwandt (und nie mit Anita), aber vom Modelerfolg hatte die Mutter erzählt. Schnell drehte Aloe den Kopf vom Plakat weg.

Ein Wirbel bunter Schildchen empfing sie, »Mrs. Yoe Ken Min«, »Mr. Hudchinson from Sidney«, gedruckte TUI-Sternenkränze oder *Agence-française*-Wimpel, turbantragende Sikhs, Augenbrauenpunks, eine Schwarze, die sich ihr Baby über den Kopf hielt, *flight BA 746 from Munich, 5.15 pm, arrived* – nur Lukas war nicht da.

Nicht, daß sie überpünktlich gelandet wären. Nicht, daß Aloe wahnsinnig schnell durchgekommen wäre. Lukas Problem mit der Zeit. Nicht, daß das etwas Neues gewesen wäre. Doch es ärgerte sie wieder. Daß sie sich hatte herlocken lassen.

Aloe setzte sich auf eine der Drahtgeflechtbänke vor den Schiebetüren zum Straßentunnel; von dort aus konnte sie kein Plakat sehen, keines, und packte den Laptop aus.

Lukas war Astrophysiker. Zeit maß er in Riesenportionen. Das Universum, ein Sack, sagte er manchmal im Scherz. Säcke bestehen aus Gewebe, Gewebe haben Löcher. Die Frage war, wo die Löcher hinführten und woraus sie ihrerseits bestanden. Sind alles nur Metaphern, sagte Lukas stirnrunzelnd, aber immerhin. Die innere Musik von Zahlen erfüllte ihn mit Ehrfurcht. Der Sack war natürlich nicht nur drei- oder vierdimensional, sondern hatte n-Dimensionen. Vorstellen konnte man sich das nicht, aber in Formeln erdenken. Die innere Musik der Zahlen stand ihm für Geheimnis und Ruhm. Ein Sack voller Planeten und Kugeln, umrankt mit Geräusch, das war das All. Voller Löcher, schwarz; voller Sterne wie Milch. Manchmal tippte Lukas Sternmuster mit dem Zeigefinger auf Aloes Brust, manchmal schrieb er ihren Namen mit den Zehen, dazu lächelte er Lächeln Nr. 2: eine Mischung aus Clownerie und Verlegenheit. Er konnte seine Lächeln wählen wie Kleidungsstücke aus einem gut gefüllten Schrank. Das verschmitzte Lächeln, das Große-Augen-Wunder-Lachen, das verschwörerische kleine. Aloe liebte Nr. 6, das ihn aussehen ließ wie einen groß gewordenen Jungen aus einem Roman von Mark Twain.

Er brachte ihr bei, daß ›und‹ und ›oder‹ logisch zusammengehören. Menschenlogisch aber nicht, sagte sie, womit sie sich täuschte. Das war ihr halb bewußt, sie hätte es aber keinesfalls zugegeben, schon gar nicht vor Lukas, der kaum etwas von Anita wußte, und auch von ihr, Aloe, nicht allzuviel, obwohl sie schon länger zusammen waren. Aber zur Zeit lebte Lukas weit weg von Aloe. Sie hätte sich fragen können, warum sie sich so jemanden gesucht hatte, aber ihr gefiel es besser, sich statt dessen als arme Verlassene zu fühlen.

Es war ein schönes Gefühl. Sie empfand es insbesondere, wenn sie mit Lukas telefonierte oder ihm Briefe schrieb. Es war schön dramatisch.

Wenn sie ansonsten für sich war, hatte sie dieses Gefühl nicht. Aloe lebte seit ein paar Monaten wieder in Deutschland. Lukas würde im Juni nachkommen, wenn auch sein letztes Semester in Oxford zuende ging. Dort hatten sie ihre ganze gemeinsame Zeit verbracht, zwei Jahre; es war zwiespältig, jetzt für nur 14 Tage zurückzukehren.

Ein Hund pißte gegen einen Koffer, der nicht so aussah, als bliebe er noch lange da. Die Taxifahrer, die durchaus so aussahen, standen vor ihren leeren Wagen, winkten Aloe, verbeugten sich, sangen im Chor: wir heitern die Traurigen auf, bestärken die Verzagten – wir sind das Letzte, was sich von selbst versteht. Das zumindest tippte sie in ihren Laptop. Als sie aufschaute, pißte der Hund gegen den Koffer. Selber Koffer, anderer Hund.

– Tut mir leid, wartest du schon lang …?

Er war keineswegs außer Atem. Jedenfalls nicht so, wie er es wenigstens durch Rennen der letzten 200 Meter hätte simulieren können.

– Da bist du ja, sagte Lukas zufrieden. Er stand ihr gegenüber und grinste. Auch sie mußte lächeln, konnte es gar nicht mehr verhindern. Da war sie also, hergelockt.

Hand in Hand gingen sie Richtung Bushaltestelle. Kurz drehte Aloe sich noch einmal um, halb aus Versehen, halb um zu kontrollieren, ob sie auch nichts vergessen hatte. Die Frau im Wasser schien ihr zuzuzwinkern. Aber es war ja nur ein schneller Blick im Vorübergehen, eine Täuschung, ein Bild.

Aloe schämte sich, weil sie sich so freute, als der Bus über die Brücke auf Magdalen College zufuhr, die sandsteinschimmernden Türme, die kriechenden Oxforder Straßen, die grüngoldenen, im Wind klimpernden Schilder der Läden. Selbst die uniformierten, immer glattrasierten Porters lächelten ihr zu, *hello, my dear!*, als sie über die hohe Schwelle durch den engen, nach Mäusen riechenden Einstieg ins College kroch, denn im rissiggrauen, hölzernen Tor aus dem 15. Jahrhundert wurde prinzipiell nur das Schlupftürchen geöffnet. In der *lodge* ragten große Umschläge aus den Brieffächern, ein Mädchen drückte sich in die einzig windgeschützte Ecke des Torraumes, unter dem pinkfarbenen, flatternden Blatt von *This Week On*. Grace, die

Collegekatze, geringelter Schwanz, beige-gold-dunkles Braun, wandelte dazwischen umher wie ein blühender Ginsterstock.

Lukas' Zimmer ging auf den Garten hinaus, man blickte auf das Dach der ehemaligen Squash-Courts, wo seit '94 die Biologiestation untergebracht war. Aloe stand am wandhohen Fenster, begrüßte die schiefe Linde, die beigegemusterte Eckbank – alles wie es gewesen war, als sie selbst noch im Nachbarcollege Kunstgeschichte studierte und Lukas über den Weg lief. Oder er über ihren. Es war nicht das gleiche; aber man wußte nie, wie herum es sagen.

St. John's Mobiliar, St. John's Bettwäsche, St. John's Garten, blendend getoppt von den träumenden Türmen der Stadt, *splendidly topped by the dreaming spires*, sie lachten über die Perfektion dieser Postkartenimitation und ihre schiefe Übersetzung, schauten sich von der Seite an. Ein Kuß? Sie telefonierten wenig, Geld war schließlich kein Heu. Aloe füllte zuhause Lagerlisten aus, tippte Versicherungsanträge, Zeit totschlagen im Büro eines Museums, das sie, *da kannst du doch froh sein*, aufgenommen hatte, während Lukas in der Bodleian an seiner Gleichungslogik saß.

Mengen liebten sie beide, Mengenlehre und Massendemos waren sie gewohnt. Nur dachte Lukas dabei an Zahlen, Aloe an Körper, sie wollte über die Fotografie von Massen im 20. Jahrhundert promovieren, die zwei Wochen hier nutzen dazu.

Vera, sagte Lukas und führte sie in das durch einen hellen Gang mit dem Arbeitsraum verbundene Schlafeck. Es war groß wie zwei englische Kolonialreisekisten, eng zusammengestellt. Wenn er Aloe ärgern wollte, nannte er sie Vera, von *Aloe Vera*, oder weil Vera Wahrheit heißt, und sie so wahrheitsliebend und streng sei, sagte er, etwa weil sie sich beschwerte, daß er wieder zu spät kam, was sie diesmal unterließ, damit Lukas weiter Alla sagte. Alla fand er witzig, weil es erstens die Muslime ärgerte, die sich ihren Alla nie als Frau vorstellen würden (aber natürlich hörte kein Muslim, daß Lukas das sagte), zweitens in perfekter Buchstabensymmetrie einer Formel wunderbar glich und hier in Oxford drittens praktisch war, denn die Engländer konnten es aussprechen. Vor dem Fenster, an das Lukas ein eigens für Aloe ausgeliehenes Tischchen gerückt hatte, schlabberten ein paar fransige Wolken am Himmelsblau. Die Oxforder Türme begannen nacheinander mit ihrem *change ringing*, und Aloe grinste wie ein Honigkuchenpferd. Eine Gruppe von Leuten stand unter den aus dem Dachstuhl hängenden Seilen der einzelnen Glocken. Auf Befehl des Dirigenten sprang jeder an sein Seil – und hüpfte daran eine halbe Stunde wie ein wild gewordener Frosch auf und ab. Die Musik wurde als Choreographie weitergegeben; der Dirigent dirigierte Körper, die an den Seilen in die Luft baumelten, wieder herunterfielen, wie Kugeln in einem merkwürdigen physikalischen Experiment. Es war schwierig, Takt und Melodie zu halten, bedurfte vieler Übungsstunden und genauer Einfühlung in die Schwingungsträgheit der Glocken. Anstrengend war es zudem, Aloe hatte es einmal probiert, sich aber bald im Labyrinth der tausendfachen Melodienvarianten verirrt. Am schönsten war es gewesen, am Ende rot geschwitzt im Turm zu stehen und dem Nachvibrieren der Glocken mit dem ganzen Körper zu lauschen. Leise und zart, fröhlich, alt und neu zugleich hallten auch jetzt die Lieder über den Park – nicht gegen, sondern wundersamerweise miteinander. Jedem, der einmal in der Stadt gelebt hatte, ging das Herz auf, wenn er es wieder hörte.

Aloe nahm Lukas in die Arme und strich ihm übers Gesicht. Er hörte wie sie auf das Läuten, und Aloe ahnte, daß er an die Ablehnung seines Promotionsstipendiums dachte. Dabei war er selbst schuld – hatte die Antragsfrist verpaßt. Die Oxforder Bürokratie machte keine Ausnahme, nicht einmal für ihn. Aloe nahm an, daß ihn das zusätzlich gekränkt hatte. Im letzten Sommer waren sie beide gemeinsam mit dem Studium fertig geworden; Lukas aber hatte immerhin noch ein Sonderstipendium für eine einjährige Forschungsreihe bewilligt bekommen, weswegen Aloe zunächst allein nach Deutschland zurückgekehrt war. Ihr schien es richtig, dort zu promovieren und sich dabei ihr Geld selbst zu verdienen. Daß sie nun hier war, sollte Lukas Appetit auf die sogenannte Heimkehr machen – schließlich wollten sie dann zusammenziehen. Die beiden Wochen sollten ihr Probelauf sein. Bislang hatten sie ja nur hier in Oxford zusammengelebt, jeder mit eigenem Zimmer, das Privatheit und Zuflucht gewährte. Einen Test brauchte es, Aloe hatte darauf bestanden. Vielleicht hatte sie es aber auch nur gesagt, um Lukas zuvorzukommen, sollte er einen Test für nötig halten. Aloe war dreißig. Da lag es nahe, an eine gemeinsame Wohnung und eine eigene Familie zu denken.

Die *hall* war voller kurzer schwarzer Talare. In drei langen Doppelreihen saßen die Studenten auf Holzbänken, lärmten an Holztischen, bestellten Wein unter den Augen des ebenfalls in schwarze, aber lange Gowns gehüllten *High Table* der Dons, die wirklich eine Stufe höher saßen, wahrscheinlich damit man nicht so genau sah, was ihnen als Speise serviert wurde (aber weit genug vorn roch man es!). Dort, mitten unter den anderen Studenten, zwischen braunen, schwarzen, rötlichen, blassen, sommersprossigen, runden, eckigen, kahlen, pickligen, stoppligen, puppigen, gepuderten, schweißigen Gesichtern, zwischen genauso vielen Englischvarianten wie Mündern, mußte Aloe schreien, um sich überhaupt verständlich zu machen. Lukas saß ihr gegenüber, *toothsome, handsome, chewing.* Schon kam das Tischgebet *benedaic domine nos*, unverständliches englisches Latein, schöner Klang, Gesten zu genuschelten Wörtern. Spätestens, wenn du etwas ißt, weißt du, wo du bist.

– Was glaubst du, was für Nächte ich hier habe, rief Lukas, als sie müde und satt die enge, nach Putzmittel riechende Treppe zu seinem Zimmer hinaufstiegen. Unten gab es kleine Namensschildchen, mit einem lauten Klacken konnte man sie verschieben, so daß sie ein *in* oder *out* anzeigten. Lukas hatte seines auf *out* gelassen.

... was für Nächte ich hier habe.

Aloe fixierte den Bleistiftstummel auf Lukas blitzblankem Schreibtisch, der der Sitzecke gegenüberstand. Lucky Luke, lokker an die Fensterbank gelehnt, beugte sich vor: Feueralarm, Alla! Es ist noch schlimmer geworden. Jede Woche mindestens einmal, Sirenen, immer nachts, immer das ganze College raus. Und wieder hat einer von diesen Idioten, diesen ständig bekifften, besoffenen oder besnifften Typen die Muffins im Toaster anbrennen lassen. Er gab sich verzweifelt: Alarmsystem *hypersensitive,* Beispiel für kollektive Angst.

Aloe zog die linke Augenbraue hoch, die, die sich gern allein bewegte. Warum erzählte er das? Da Lukas nur ein einziges Glas besaß, nippte er jetzt an ihrem Port, schmeckte nach und nahm gleich noch einen zweiten Schluck. Das Dunkelrot des Port sah schön und fast wie etwas Lebendiges aus in seiner Hand.

– Und das Duschproblem, Alla!

Alle Duschen Gemeinschaftsduschen, alle Duschen *bold and straight* an der Wand in Kopfhöhe eingedübelt, bombenfest und zum Abgewöhnen kalt.

– Wie in den Staaten auch, und weißt du, warum?

Wußte er nicht.

– Oder schau dir die Kloformen an!

– Wo?

– In den Staaten.

– Aber jetzt bin ich doch hier.

– Sechs Monate, ich habe dich vermißt.

– Ich dich auch, aber was war jetzt mit den Klos in den USA?

– Puritanismus pur. Bloß nichts zu Gesicht bekommen. Von *creature comfort* reden, dabei aber die Duschen so in die Wand rammen, daß man die Duschköpfe niemals runterkriegt, runter zu den *lower parts*, so treffend benannt.

Womit sie Lukas provozieren wollte, so zurückhaltend, wie er heute war, nur ein flüchtiger Flughafenkuß, er spielte cool. Und sie ärgerte sich. Flog sie schon extra her … *You are a sight!*, mehr hatte Lukas nicht gesagt, jetzt starrte er ihre dunkelgrünen, neuen Strümpfe an, *be on my side, bee in my site* folgte in ihrem Kopf, in ihrer Brust, in ihrem Wo-Aloe-Aloe-ist Opossum-Spiel, haarig, frisch. Ihre Brüste *sloping within her nightdress as a shegoat's udder in Magdalen Gardens.* Ah, die Bilder im Kopf paßten sich dem Ort schon an. Ging aber flugs. War das etwa ein Stückchen Bloom, in Oxford-*tune*? Ihre Brüste glitten unterm Nachthemd wie das Euter einer Ziege im Garten von Magdalen. Das Schönste an Aloes Busen waren die großen braunrosa Höfe ihrer Warzen, gemalt wie auf dem Waldnymphenbild von Delvaux. Lukas legte sich auf den Rücken. Sein Notebook wachte auf, Unterwasserranken, Fische, strahlendes Bildschirmschonerblau. Tiefseefische erzeugen spezielle Leuchtstoffe am Bauch oder in den zu langen Anglerhaken verwandelten Rückenflossen, um sich gegenseitig erkennen zu können, natürlich hatte auch das einmal Lukas gewußt, Galatheathauma, hatte er gesagt, Laternenfisch. Aloe saß auf Lukas, schaute in das Blau, ein leuchtendrotgelber Anglerfisch verschwand hinter einer Pflanzenranke, sie schaute ins Blauorange, heftig und schnell stöhnte Lukas auf, oder sie. Wenigstens knarzte das Bett, das nicht für zwei gedacht war, aber zwei mitmachte, nicht zu laut.

Mit dem Kopf auf ihrer Brust war Lukas eingeschlafen, vorsichtig schob Aloe ihn hinunter. Durch den Fensterspalt zog ein Schwall frischer Luft, englischer Rasen und 500 Jahre Tee mit Milch. Das College wurde nachts abgeschlossen, nur durch ein Drehgitter, das mit einer vierstelligen Nummer codiert war, die sich glorios durcheinanderbringen ließ, insbesondere nach sieben Pint Bier, konnte man noch hinein. Ein paar Studenten rüttelten daran, bestimmt kamen sie vom Nachbarcollege Keble. Vorm Fenster trieben helle, flockige Wolken vorbei, auf einem Ast der Linde saß eine Möwe und schaute herein. Eine riesige Möwe, sie mußte vom Fluß sein – der Isis, wie die Themse hier hieß; die Engländer hatten sich ihre Ochsenfurt über eine altägyptische Göttin gelegt. Die Möwe glotzte ziemlich blöde. Aloe fragte sie: mit wem redest du?

Die Möwe flog weg.

Lukas lag da und schlief. Manchmal fand es Aloe komisch, daß ein anderer Mensch ein Herz haben sollte wie sie. Auch die Möwe hatte ein Herz. Und falls die Möwe ein Nest hatte, lagen darin Eier, und in jedem der Eier schlug ebenfalls ein Herz. So ein roter, mehrsträngiger Muskel. Und der also schlug auch bei Lukas unter den Rippen, das erste, was man im Ultraschall von einem Fötus sieht (nach drei Wochen bereits zu erkennen, pulse rasend schnell, sogar Aristoteles habe das bereits notiert, nach Studien an Hühnereiern, und eben dafür auf griechisch den Ausdruck »das ist der springende Punkt« geprägt, so Anita vor ein paar Wochen bei einer ihrer seltenen Begegnungen – das lerne man im Jurastudium: Lebensbestimmung – wann fängt es an, wann hört es auf).

Es liegt nahe, Gott in seiner Unteilbarkeit als Kommunikation zu begreifen, sagte Aloe der weggeflogenen Möwe hinterher, ihn zu begreifen als das Wesen der Kommunikation. Da draußen in den Raumschichtungen irgendwie anwesend. Der

Himmel hinter der Linde allerdings war einfach schwarz. Oder anwesend gar als eine Art Wissen über Aloe und in ihr, das durch ihren Körper hindurch agierte?

Im Moment allerdings brauchte Aloes Körper nicht durch Aloe hindurchzuagieren; ihr war klar, warum sie nicht schlief. Ihr Magen knurrte, ihr Magen tat weh, sie aß seit Wochen wenig, um abzunehmen, was sie bei der vielen Arbeit an der Dissertation zugelegt hatte. Ein Buffet erschien, es duftete, duftete ...

Der aus Harvard angereiste Professor hatte einen Vortrag über »Methode und Wanderung« gehalten, vom Vogelflug und seinen griechischen Deutern bis zu den Nomaden der Moderne, die auf Flugplätzen lebten. Aloe war mit anderem ausgewählten Wissenschaftsnachwuchs unter einem knisternden Lautsprecher draußen an der Scheibe des holzgetäfelten, mit Inkunabeln tapezierten Bibliotheksraumes gehockt – immerhin, denn es gab noch schlechtere Plätze. Als sie sich da am Glas die glänzenden Strümpfe wetzte, die Knie eng an die kalte Abtrennung gedrückt, saß plötzlich, so hingerutscht, Lukas neben ihr. Am Buffet zeigten sie sich bereits gegenseitig die besten Häppchen. Lukas erzählte von seiner Arbeit. Aloe bekam kaum einen Bissen hinunter; ihr Herz pochte. Als Astrophysiker arbeitete Lukas mit der Realität. Seine Daten kamen aus realen Vorkommnissen – von festen Objekten wie Sonden oder Satelliten zurückgelegte Wege wurden gemessen oder Licht. Es ging um Konstellationen, Verhältnisse, Wechselwirkungen. Da allerdings wurden die Daten schon weicher – Lukas zwinkerte Aloe zu: da fangen die Phantasien schon an.

Wer in den Himmel schaute, sah nur Vergangenheit. Von manchem Stern brauchte das Licht zur Erde Millionen Jahre – wenn es ankam, sah man also den Stern, wie er vor Millionen

Jahren gewesen war. Von der Sonne zur Erde acht Minuten – acht Minuten vor der menschlichen Wirklichkeit her taumelte die Sonne von Ost nach West. Lukas wollte im Universum an einen Punkt schauen, wo man durch so viel Vergangenheit gefallen war, daß die Zukunft bereits sichtbar wurde. Billionstelsekunden vorm Urknall. Das sollte begreifen, wer wollte. Schon der Urknall war nur eine Hypothese, obwohl sich natürlich die von Hubble 1929 entdeckte Hintergrundstrahlung perfekt als sein Nachhall verstehen ließ.

– '29 wurde meine Mutter geboren, hörte Aloe sich sagen.

– Und mein Vater.

Aloe dachte an Mäuse, die sie vor kurzem im *Scientific American* abgebildet gesehen hatte. Jeder war ein einzelnes, perfekt aussehendes menschliches Ohr aus dem Rücken gewachsen.

– Und für welches Ohr soll der Urknall gewesen sein?

– Für unsere heute, sagte Lukas, eine bessere Antwort haben wir nicht.

Er gab zu, daß man die angeblich festen Daten in eine Form goß und wartete, welche Figur am Ende dabei herauskam. Ging es gut, war das Modell etwas wie die Wachsfigur beim Statuenguß, die man als Zwischenglied verwendete. Wurde ausgeschmolzen und verschwand – damit die Statue entstand.

Aloe nickte. Damit kannte sie sich als Kunsthistorikerin aus. Mit jemandem wie Lukas nicht. Er strahlte ein Nachglühen aus, eine ungewöhnliche Hintergrundspannung, die Erregung einer Zeit, die bereits vergangen war oder erst noch kommen würde.

Nur die Haare standen nicht ab, wie es zum Typus des etwas schrägen, aber eben dadurch liebenswerten Wissenschaftlers gepaßt hätte. Da war nichts zu machen, kein Einstein-Wolken-Wuchs um Lukas Denkerhaupt. Braunschwarze Locken, dicht und kurz. Schmierte er sich Gel hinein, sah er aus wie ein klassischer junger Mann der neunziger, vollmundig, halbrasiert, Boss-Sacco und kurzärmeliges weißes Versace-Hemd.

So jedenfalls stand er zwei Tage später vor Aloes Zimmertür, um sie ins Kino abzuholen. Aloe erzählte, daß sie ein Sofa kaufen wolle, das habe ihm sofort gefallen, behauptete er später. Sie trug ihr RIO-T-Shirt. Der Umweltgipfel in Rio war schon vor einiger Zeit gescheitert, das Wetter machte dennoch Spaß. Kommentare von Männern, die ihr sowieso auf die Brüste starrten und jetzt, unterm Deckshirt der politischen Korrektheit, *Rio, oh Rio* nachflüsterten. Was immer sie damit meinten, *political correct* wurde gerade importiert, *virtual reality* kam per Telefonsex in Altmans *Short Cuts* an: »virtual is a virgin before« erzählte die *hey-honey-come-on*-Sexblonde ihrer Freundin, während sie das Baby wickelte; was hatten sie gelacht.

Untergehakt schlenderten sie nach der Vorstellung im dunkelgelben Licht der englischen Straßenlaternen über die High Street, die, solange die Pubs noch geöffnet waren, leer und verlassen dalag. Von einem großen Benettonplakat linste das rote Auge einer ölverklebten Ente auf ölverklebtem Wasser. Aloe sagte shit!, denn Lukas ging weg. Sie hatten sich geküßt; jetzt ging er, ohne sich noch einmal umzudrehen. Als habe er seine Tage und könne deswegen nicht.

Am nächsten Abend packte sie Patrizia am Arm, ihre kluge Freundin Patrizia, die über Codes kulinarischer Verführung in der deutschen Novellistik und amerikanischen *short story* des 19. Jahrhunderts promovieren wollte, bis der Professor, ein staubiges Männchen namens Tanter, bei dessen kleinster Bewegung man ein Rieseln und Knirschen wie von Trockeneis erwartete, eine Affäre mit einer Studentin begann, die natürlich die Tutorenstelle bekam, die Patrizia verdient gehabt hätte. Sie kauften eine Tüte salziges Popcorn. Patrizia entblößte ihren hellrosa Mund; wenn sie lachte, zeigte sich das ganze Zahnfleisch ihrer oberen Zahnreihe. Das Popcorn knackte schön. Dieser geile Galan, schimpfte Patrizia, dieses Püppchen! Dem wein ich nicht mal faksimilierte Tränen nach.

Diese Anspielung auf Gottfried Kellers *Mißbrauchte Liebesbriefe* hatte Aloe schon ein paarmal gehört. Patrizia benutzte sie, um abgrundtiefe Verachtung auszudrücken. Bei Keller zwang ein Mann seine Frau, ihm feurige Liebesbriefe zu schreiben, um sie für sein literarisches Werk auszuschlachten. Die Frau, völlig überfordert, schrieb die Liebesbriefe ihres Mannes ab, gab sie als eigene dem Nachbarn weiter, der sie glühend erwiderte, was die Frau wiederum abschrieb und ihrem Mann schickte. Alles wurde aufgehoben und faksimiliert, samt künstlich darauf geweinter Tränen, die aus ein paar Salzwasserflekken entstanden.

Das Beispiel hob Patrizias Laune sofort; es entsprach ihrem Bild von Beziehungen. Sie glaubte an Ironie, Intimität und Perversion. Zumindest versuchte sie es; wies dabei aber jeden, der ihren Namen mit c schrieb, harsch zurecht. Ihre Heldin hieß Donna Haraway, Patrizia hatte den gesamten post- und cyberfeministischen Jargon *slick* und dick am Leib.

– ... werde diesem Tartuffo noch sein Spiegelstadium, seine verdammte ödipale Scheiße, seine Fixierung auf Bisexualität und Erlösungsgeschichten, um die Ohren hauen,

– bis er sabbernd, ganz in der Retrophase der Adoration, vor dir kriecht! ergänzte Aloe, die schon einiges gelernt hatte.

Patrizia kicherte kurz, allerdings nur, bis sie am Boden der Popcorntüte einen toten Käfer entdeckte. Das konnte in England schon mal passieren. Aloe beobachtete, wie Patrizia kurz zögerte, dann aber weiteraß, als wäre nichts. Sie machte es ebenso. Das war man sich schuldig, zumindest in Gesellschaft einer Frau, die immer wieder verkündete, Hygiene sollte durch *stress management*, Sex durch *genetic engineering* und Reproduktion durch Replikation ersetzt werden. Patrizia erzählte die Liebesbrief-Geschichte weiter: alles fliegt auf, das Ehepaar läßt sich scheiden, der Mann gerät an eine alte, geldgeile Jungfer – ganz in der misogynen Tradition!, so Patrizia, während die tugendhafte Ehefrau dem Nachbarn noch ein paar Proben stellt, denn auch der muß sich erst vom Schwärmer zum Realisten entwickeln, bevor man ihn küssen und sicher sein kann, daß es nicht noch zehn andere tun. Immer dasselbe!

Im Spiegel hinter der Bar stand Patrizias rosafarbener Mund groß und einladend in ihrem hellen Gesicht, während die Hand nach neuem Popcorn griff. Die unterste Schicht ließen sowohl Aloe als auch Patrizia liegen; in geheimem Einverständnis bestellten sie eine weitere Tüte.

Aloe war nicht gern mit anderen Deutschen zusammen in Oxford. Patrizia war bislang die einzige Ausnahme (und jetzt wurde vielleicht Lukas die zweite). Aloe war sich nicht sicher, was an ihrer Freundin sie so anzog, doch sie paßten gut zusammen: die eine Spezialistin für Bilder, die andere für Texte. Am liebsten gingen sie gemeinsam ins Kino, da kamen Texte und Bilder sich nahe und veränderten sich dadurch zugleich so, daß man sie nicht wiedererkannte, nur ein bißchen. Um dieses bißchen ging es.

*Short Cuts* begann. *Second go*. Aloe wollte testen, ob ihr der Film auch ohne Lukas gefiel.

– Fall doch auf den nicht rein. Patrizia sah klar und sagte es auch.

– Das hast du doch nicht nötig! Die kleine Kerbe an ihrem Kinn straffte sich.

Patrizia hatte es leicht. An ihren langen Beinen klebten Männer wie Kaugummis an Schuhen. Das zumindest war Patrizias liebster Spruch. Sie litt keineswegs unter den Blicken, sie war doch nicht blöd. Im Gegenteil: zog die kürzesten Röcke an und genoß es. Aloe schaute zu. Ihr Gesicht war hübscher als Patrizias, ihre Beine sahen häßlicher aus. Es ist einfacher, hübsche Beine zu haben als ein hübsches Gesicht. Beine ziehen immer. Das war ihr zweitliebster Spruch. Getauscht hätte Aloe nicht.

Auf der Toilette, am Handföhn, in der Filmpause, fragte sie sich, ob Patrizia das Gefühl für Lukas überhaupt verstand? Ihr ironisches Lächeln. Als Aloe in den Spiegel über den Waschbecken schaute, waren es jedoch ihre eigenen Lippen, die sich verzogen: zu einem Grinsen über das ganze Gesicht. In der Klotür rempelten sie zwei nach Escape duftende *girls* an. Als sie wieder im Foyer stand, benommen, wovon?, kamen in ihrem Kopf nur noch zwei Wörter vor, genauer drei: ja ja unbedingt.

Der Film endete mit einem Erdbeben.

– Alles klar?

Patrizia lächelte süffisant. Die Musik im Foyer dröhnte, das Licht blendete. Am liebsten hätte Aloe sich jetzt sofort von einem Bungeekran, Lastturm oder wenigstens einem Pfeiler hinabgestürzt. Sie rief nur noch: ciao bella! und stürzte zum nächsten Telefon. Lukas sagte etwas von Packen, aber sie achtete nicht darauf, ihr genügte sein: morgen abend komme er. Aloe rief noch: ich koche was, und hängte so panisch ein, als habe sich der Telefonhörer plötzlich in einen glühenden Löffel verwandelt. Sie war froh, daß Patrizia sie nicht sah.

Am nächsten Morgen stand Aloe um zehn in den Oxforder Markthallen. Der Boden war leicht glitschig, es roch intensiv nach salzigen oder süßen *pies* sowie frisch geschlachtetem Fleisch. Immer halbdämmrig hier und feucht; die Hallen rotteten vor sich hin. Draußen kroch und schob sich den ganzen Tag der von London hereinkommende Verkehr inklusive aller Doppeldeckerbusse über die enge, für Pferdekutschen gebaute Highstreet mit ihren neogotischen Fassaden und ihrem von Abgasen angefressenen Sandsteinen. Aloe lief zwischen Buden,

Ständen, Körben und Preisschildern auf und ab, zwischen Auberginen-, Putenkeulen- und Würstchenduft.

Die beiden exakt gleich großen Forellen, schleimiger Fisch mit silbrigen, am Rücken dunkler schimmernden Schuppen, glitten lautlos in ihre Tüte. Als sie sie in der College-Etagenküche überm Spülbecken aus dem durchweichten Zeitungspapier schlug, den Hahn aufdrehte, das klare Wasser hervorsprudeln sah, als sähe sie es zum ersten Mal – wie es auf die Fischkörper prallte und an den Schuppen zerstob – fiel ihr endlich ein, wonach sie die ganze Zeit gesucht hatte: nach einer Regel für die Nacht. Aß Lukas den Fisch mit Zartgefühl, würde sie mit ihm schlafen. Sonst nicht.

Hungrig sah er aus, als er kam. Die Forellen, mit Thymian und Zitrone im eigenen Saft geschmort, schwang Aloe elegant auf einer weißen Platte auf den Tisch. Die Schwänze hingen über den Rand. Geübt riß Lukas seiner Forelle den Kopf ab. Kratzte die Haut weg. Schaute in den abgerissenen Kopf. Saugte die Bäckchen aus.

Er ziehe Innereien vor. Leider seien die Fische schon ausgenommen. Die Bäckchen kämen den Innereien am nächsten. Es schmecke hervorragend, was sie gekocht habe. Ihm schmecke es ganz besonders.

Aloe nahm nur das weiße Fleisch. Trank einen Schluck Wein. Hohl, klein, blind lag der Kopf von Lukas Fisch auf der Abfallplatte. Nein, mit dem wirklich nicht.

Patrizia hatte ihr beigebracht, Männer immer so zu setzen, daß sie den ganzen Abend ihre Bücherwand anstarren mußten. Damit sie wußten, worauf sie sich einließen. Lukas beachtete die Bücher nicht. Aloe spürte, wie das T-Shirt mit den Papageien an ihren Brustwarzen rieb, als sie die Teller zusammenstellte. Vier Papageien zwitscherten, was für ein Radau, die Schöpfe wippten, zirpten, schrien auch, da, tief im Gebüsch:

Lukas knöpfte ihre Hose auf. Gut, dachte sie eine Stunde später, ich wollte nicht mit ihm ins Bett, gut war es doch.

Die ganze Erregungschemie, längst zerschmolzen in ihrem Gehirn, spülte durch ihre Adern. Lukas Hemd lag auf dem Boden, er hockte hinter ihr, griff nach ihren Brüsten, preßte sie. Wie kleine, eben erst geschlüpfte Schlangen strichen ihr seine Finger zwischen Hüfte und Bauch, Bauch und Brust. Sie drehte sich, wollte ihn fangen, doch geschickt wich er aus. Lukas kommen lassen, dachte Aloe, aber als sie die Augen wieder öffnete, sah sie seine Zähne blitzen. Er hockte vor ihr, packte sie an beiden Brustwarzen und lachte lauter als ihr Schrei.

Mistkerl!

Plötzlich roch etwas nach Erdbeeren. Alles hätte Aloe erwartet, das nicht. Sie hielt inne, hielt ganz still. Die Stirn, die Nase, die Wangen gegen Lukas Bauch gedrückt. Es konnte gar nicht nach Erdbeeren riechen! Lukas strich ihr mit der Hand über den Kopf. Als hielte er mit ihr den Atem an. Erdbeeren! Sie roch, daß er es roch, wie sie.

Langsam, jeden Zentimeter betonend, schob Lukas sich die Unterhose über die Pobacken und sein steifes Glied. Als er einen Augenblick nicht aufpaßte, zog Aloe die Beine unter ihm weg und stand auf.

– Ich will einen Drink.

– Und was?

Lukas, nackt, ging in die Etagenküche, die Tür zu ihrem Zimmer ließ er offen. Sie hörte, wie er den Kühlschrank öffnete. Mit Schweppes und Gin kam er zurück.

Der Widerschein der Flaschen, der Gläser auf dem Tisch, Lukas Silhouette davor, Mulden aus Licht und Dunkelheit. Aloe stand hinter der quer in den Raum geschobenen Kommode, oben nackt, unten für Lukas unsichtbar, eine Art halbierte Frau, aus einem Gemälde geschnitten. Sie genoß die weiche

Kälte des Holzes unter ihren Brüsten, des Holzes, das wie sternenbeschienenes Wasser schimmerte, auch wenn von draußen Neonlicht ins Zimmer fiel. Ihr Mund schloß sich trocken und heftig um den Strohhalm. Lukas hatte an alles gedacht.

Auch er saugte. Aloes Körper tat weh, wollte weiter, er spielte mit und Lukas spielte mit ihr – sie trank, Eiswürfel klimperten, nur dieses Geräusch.

Seine Zunge schmeckte wie der Drink, rollte in ihren Hals, über ihren Nacken, ihre Brüste, zwischen die Beine. Lukas kniete; es war, als flögen sie in einen Wald, gemeinsam einen frischgeschlagenen Parcours entlang, große Insekten, zwischen Stämmen, dunkel und summend. Etwas polterte, Aloes Glas rollte über die Kommode, zersprang, paß auf, sagte Lukas, hielt eine Scherbe hoch, ließ sie funkeln im Licht.

Jede Berührung erzeugte kleine elektrische Stöße, es zischte und raschelte, sie umschloß mit den Armen die Dunkelheit an der Stelle, an der sie Lukas eben losgelassen hatte. Fand seinen Kopf, der wie ein Pilz nach Wald roch, nach Nüssen und Feuchtigkeit. Sie packte zu, biß ihn in den Hals. War es der ausgelaufene Drink; es wurde heißer, dunkler um sie. War es Lukas, er zog sie hinter der Kommode hervor, schnell, haarig, erregt. Sie wußte, sie stürzt, sah Lukas Schatten über die Flaschen huschen, hörte sich kaum. Ihr Körper drehte sich, schmolz, heulte, reizte gegen Lukas an. Als dehnten sich ihre Knochen, als entkleide Lukas sie ihrer Haut, strecke ihr Muskeln und Sehnen – als riefe er sie »bei ihrer wahren Gestalt«.

Mit einer keuchenden Hand strich sie ihm über den Rücken, stieß ihn nach unten, atmete in der rhythmischen Hysterie ihrer Nerven und Muskeln. Es war, als flögen ihre Füße, eilten wie in einem rückwärtslaufenden Film den Weg des eigenen Schattens durch den Abend zurück, als Lukas ihr die Knie auseinanderdrückte, sich zwischen ihren Beinen auf den Boden kniete, ihren Unterkörper zu sich zog und sofort in sie drang – hinunter, hinein in dieses Seidig-schnelle-zerrissene-lachend-wahnsinnige-was-auch-immer, das sie war, oder ist, darunter, darin.

Salzige Tücher zerbröckelten, ihre Hand tastete, glitt, faßte nichts, erstickt von Fremdheit, die Augen nach unten, fiel sie in den Boden, in dunkle Leere, ein rasendes Geschoß, durch den Nullpunkt gedreht, schlang die Beine um Lukas, saugte sich fest – über sich – unter – in. Bis er kam. Und sie.

Sie geriet in eine blättrige, fluoreszierende Welt. Als grüner Widerschein rutschte Lukas von ihr. Er floh, wurde dunkel, verfärbte sich rasend schnell, ein Chamäleon, aufgestört in seinem Baum. Aloe lauschte auf etwas, einen Flügelschlag, ein Echo des Waldes, in dem sie eben noch gewesen waren. Doch das Grün, das sie sah, war nur der Widerschein der Lampe im Flur.

Lukas deckte sie mit dem Laken zu, dabei rückte er ein Stück von ihr ab. Sein Auge, im Lichtkegel der Straßenlampe – sie vergaß es nicht: ein Reflex, ein sich beschleunigendes Flimmern, der nicht belichtete Teil eines Films. Ihr T-Shirt lag in der Mitte des Zimmers auf dem Boden, ein einsamer Haufen halbtoter Papageien.

Blitzschnell, auf seine spezielle Weise, war Lukas von ihr heruntergerollt. Aloe lag wach und wartete, ob er etwas sagen würde, er, der nichts gesagt hatte, die ganze Zeit nicht, der völlig ungeplant, fand sie, in ihrem Bett lag, eine Art Unfall doch.

Als sie aufwachte, standen die stinkenden Fischreste noch auf dem Tisch. War sie blöd, was wollte sie denn? Rucolastiele schwammen im Schüsselöl. Eine Fliege glitzerte im ersten Morgenlicht blau auf dem Tischtuch.

Halb gebeugt stand Aloe im Morgenmantel in der Küche über dem Abfalleimer und kratzte die Reste hinein. Die Gräten klebten auf dem Porzellan, feine weiße Striche. Sie wußte, ohne sich umzudrehen, daß Lukas hinter ihr an der Tür lehnte. Es roch nach Müll aus dem Eimer. Lukas flüsterte, sprach eher mit der Luft als mit ihr: seine Eltern hätten ihn als greinendes Baby neben einem Müllhaufen gefunden. In der sauberen Schweiz. Ein Kind neben der Müllhalde in einem kleinen Korb. Aus der Müllhalde habe er später ein paar sehr schöne kleine weiße Porzellanfiguren ausgegraben, angeblich Badepuppen aus den 20ern. Alle ohne Kopf, abwechselnd an den Händen oder Armen oder Beinen abgebrochen, schöne schimmernde Torsi.

– Ich bin Spezialistin für Statuen, sagte Aloe, halb scherzend. Lukas ging gar nicht darauf ein.

– In der Müllhalde also all diese Püppchen, und ich daneben, in einem Korb.

Sie glaubte es, für den Bruchteil einer Sekunde. Kann man in so einem Moment lügen? Natürlich kann man, sagte ihr Verstand.

– Mosessyndrom, Lukas!

Er schaute sie an wie ein Kaninchen, dem man Kaninchenbraten vorsetzt und sagt: friß!

– Was soll das denn sein?

– Männer, die sich ein Schatzkästlein wünschen, die immer der einzige und beste sein wollen. Ich glaub dir kein Wort.

Lukas hielt ein Messer in der Hand, drehte die Klinge, Aloe bekam Angst für einen Augenblick, er legte es weg. Eine blitzartige Erkenntnis (der will Nähe, der hält Nähe nicht aus, der lügt, damit du ihn nicht siehst) sauste an Aloe entlang, sie tat ihr weh, als zippe ein Reißverschluß sie auf, doch Lukas hielt sie schon von hinten umarmt und zog sie zum Bett zurück.

Aloe wußte, sie machten ein Bild. Die Figuren innen schwebten über dem Bett; die Figuren im Laken, Lukas und Aloe, verkrallten sich ineinander. Lukas Atem, sein kratzender Bart auf Aloes Brust. Die Geschichte mit dem Müllhaufen glaubte sie endgültig nicht, aber er hatte es gesagt, ein warmer Julitag zog auf, sie schloß die Augen, der Swing begann von vorn, der Hub aus Sehnsucht und Sättigung.

So also sah ein erster Morgen ohne RIO-T-Shirt aus. *Virtual is what's really vertical.* Ein logischer Satz, befand Lukas, logische Schlußfolgerung: hätte ich nicht Hunger und Durst, blieben wir erstmal im Bett.

In der Küche lag noch das Messer. Lukas kam tropfend aus dem Bad: wo ist das Shampoo?

Wie er dastand, naß und froh. Aloe gefiel sich an diesem Morgen, alles gefiel ihr, der Verkehrslärm, der zum geöffneten Fenster hereindrang, sackte weg, Lukas neben ihr, nackt vor ihr, um sie herum, tropfendes Glück. Und weil das Gefallen gar nicht mehr aufhörte, weil Lukas so gut roch und alles richtig war, sagte sie nicht nur: das Shampoo ist aus, wie das Kaffeepulver auch, sondern: bleib doch da!

Er schlug vor rauszugehen.

Draußen wurde getrunken. Zigarettenpackungen wurden an den Bistrotischchen als Werbegeschenke verteilt. Lukas mit nassen Haaren, Bartstoppeln, im kurzärmligen Hemd. Aloe rührte in ihrem Milchkaffee und lächelte den Schaum an. Als sie es merkte, trank sie schnell einen Schluck. Die alten Plots – er liebt sie, aber sie liebt seinen Kollegen, der wiederum ihre beste Freundin noch nie gesehen hat, die mit dem Typ vom Club Med etc. – gingen endlos, unverändert weiter. Nur schneller vielleicht, bunter. A ist gleich A, sagte Lukas, ein Satz, den die philosophische Tradition gern jeden Tag von neuem an alle verschenke. Selbstidentität stimme schlechthin. Lukas, Astrophysiker und Talking Heads-Fan, David Byrne, der Bandleader, sieht aus wie Wittgenstein, der übrigens, so Lukas (Milchkaffee in kleinen Schlucken mehr kauend als trinkend), Füchse auf dem Boden seines Waldschulzimmers briet, in Österreich, während seiner jahrelangen Pause von der Sprachphilosophie. Er sprach davon, weil alles, was sich bewegte, ihn interessierte. Alles, was sich veränderte. Auch Sprache war ein Modell.

– Und was machst du in deinen Pausen?

Die Sonnenbrille versteckte Lukas Augen. Links neben seinem Mund erschien ein Grübchen. Die Ganzbilddarstellungen russischer Mafiabosse auf russischen Edelgrabsteinen würden immer größer, goldumrandet auf Granit prange der Turnschuh-Lederweste-Mercedesschlüsselmann, um die fünfunddreißig, mit dem Erfolg im Gesicht und dem Körper im Kristallsarg darunter, wie Schneewittchen, das gefalle ihm. Die Ausdehnung des Universums habe in den letzten Millionen Jahren wider Erwarten nicht abgenommen, sondern sich beschleunigt. In seinen Pausen lese er entweder blöde Magazine oder schaue sich Weltraumbilder an. Pumpe man beispielsweise Flüssigkeit in die Leiche des Bosses, weiche die blaublasse Gesichtsfarbe einer elfenbeinartigen, die der der Schälchen gliche, auf denen beim Leichenschmaus direkt am Grab die Kaviarperlen lägen. Alles Schwarze ist gut, sagte Aloe, Geschlecht ein perforativer Akt, so vor 20 Jahren, jetzt tobe man und sage: performativ. Lukas nahm die Sonnenbrille ab, und sie lachten sich tatsächlich ganz absichtslos eine Sekunde geradezu schüchtern an.

Wieder zurück im College ging Aloe als erstes in den gemeinsamen Duschraum und reservierte sich die Badewanne. Eine halbe Stunde später lag sie endlich darin (das Wasser lief nicht schneller ein). Ob etwas passiert war? Angeblich half ein heißes Bad, Sperma auszuspülen. Dafür war es allerdings ein bißchen spät. Aloe wurde heiß; dann fiel ihr ein, daß ihre Periode sowieso in zwei Tagen kommen müßte. Als sie sich abrubbelte, schnüffelte sie an ihrem Arm. Selbst nach dem Bad roch die Haut nach Lukas, roch und roch.

Auf ihrem Schreibtisch entdeckte sie einen kleinen Stapel Postkarten. Geschenk von Lukas (was der so in der Tasche trug, zu einer Einladung zum Abendessen!). Aloe schaute die Fotos an, ohne Lukas den Gefallen zu tun, weiter über seine Motive nachzudenken. Eine gut trainierte, stark geschminkte Frau, Oberkörper in einem roten Lederbody, schwarze Weichgummistiefel bis übers Knie, Brustwarzen frei, blickte in die Kamera, als ginge es sie nichts an. Sie erledigte ihre Aufgabe, kalt, geschäftstüchtig, mit der Präzision eines Insektes, das einem anderen den Hinterleib in Stücke säbelt. Weder Genuß noch Ekel spiegelten sich auf ihrem Gesicht; ihre Genitalien wirkten in ihrer exakten Geometrie fast abstrakt. Verschiedene Positionen. Die Frau gefiel Aloe. Auch sie wollte einen starken, selbstgewissen Körper. So daß sie ein gesichertes Leben darin führen konnte, geben und nehmen, ohne sich auszusetzen. Lukas versprach etwas davon. Ruhm und Intimität waren die entgegengesetzten Enden derselben Idee. Aloe reagierte auf Leute, die diese Energie anzapfen konnten. Lukas, ihr Stromkabel, ihre Verbindung zur Zukunft, denn aus dem wurde bestimmt einmal was, vielleicht flog er in den Weltraum – und sie mit ihm.

Oder sie flog ohne ihn, und jetzt lernte sie, was sie brauchte dazu.

Eigentlich machte Lukas in den Pausen nichts. Manchmal onanierte er, wichste, holte sich einen runter, mit links, wie es ihm gerade gefiel, vornehm und bewußt oder nebenher. Sein Zimmer ging nach Osten, es war schon dunkel, aber er zu faul, das

Licht anzuschalten. Auf dem Tisch, an dem er nicht aß – er aß immer in der *college hall* oder der Institutskantine –, stand ein Schachbrett, Weiß leicht im Vorteil. Natürlich spielte er Schach eigentlich im Uninetz, auf Zeit und mit realen Partnern, zwar virtuell, doch für einen echten Punktestand. Das aus greifbarem, brennbarem Holz gemachte Brett mit seinen Figuren war ein Zitat, eine nostalgische Nummer. Es war da, um Fragen auszulösen, falls einmal jemand kam. Aber es kamen selten Leute hierher, Frauen traf er draußen, es ging dann immer »zu ihr«. Und jetzt hatte er also erneut die Müllgeschichte erzählt. Von Mal zu Mal gefiel sie ihm besser. Er spielte gern damit, es war wie am Bildschirm, wenn er arbeitete, die Zahlen über- und ineinanderschnurrten, eine Klammer sich öffnete – und wer wußte schon, ob oder wo sie sich jemals wieder schloß. Seine Mutter kam aus der Schweiz, das immerhin stimmte. Aloe hatte gar nicht so schlecht reagiert. Er hockte sich auf den Boden, vor den bereits gepackten Koffer. Morgen früh um elf flog er in die USA. Sie hatte ihn berührt, der Himmel weiß warum. Er wußte nicht, wie lange er so dagesessen hatte, als der Bildschirm seines Computers flackerte, wahrscheinlich traf eine Nachricht ein aus dem Institut. Aldebaran erschien, mitten in seinen Nebeln und Spiralen, das rote Auge des Stiers. Lukas lachte. Die vom Bildschirm kommenden Strahlen tauchten seine Unterarme und Hände, die im Koffer wühlten, abwechselnd in grünes, rotes oder gelbliches Licht. Er suchte sein Adreßbuch, trug Aloes Namen und ihr College ein. Da sie beide schon in ihrem dritten Jahr hier studierten, also in der Zimmerverteilungshierarchie des College weit vorgerückt waren, bewohnten sie jeweils ein Zimmer mit Telefon. Er hatte den Apparat bei Aloe stehen sehen, aber vergessen, sie nach der Nummer zu fragen.

Eine Stunde später saß Lukas am Schreibtisch, im Dunkeln, nur im Abstrahllicht des Bildschirms, auf dem ein Zufallsgenerator die Umgebung des Aldebaran für unterschiedlichste Momente seiner Geschichte erzeugte, 100 Millionen Jahre zurück, 1,2 Milliarden Jahre voraus, mit oder ohne Erde, mit oder ohne Sonne. Bilder, die aufglommen und verglühten – Kreisel von blau oder rot leuchtenden Sternen. Lukas hatte Aloe vergessen, das Packen vergessen, Lukas dachte über das Problem der Dimensionalität des Universums nach. Bei der letzten Konferenz hatte jemand behauptet, es sei vielleicht geformt wie eine Unterhose, einige hatten gelacht. Alles nur Metaphern! Aber dann hatte Wolfgang dazwischengerufen: Unterhosen, mit ihren Beulen und Gummis, ihren Löchern, Nähten und Rillen, Hügeln und Falten, sind dazu da, daß einer sie anzieht.

An seinem siebzehnten Geburtstag hatte Lukas eine Idee zur Bewegung dreier Körper umeinander gehabt. Dazu gab es erstaunlich wenig Modelle, vor allem wenn man bedachte, daß das ganze All aus nichts anderem als aus Bewegungen von Körpern um Körper bestand. Die Sterne und Planeten zogen um die Sonne, das sah noch recht geregelt aus. Doch schon Poincaré hatte bewiesen, daß sich Mehrkörpersysteme nur in Ausnahmefällen berechnen ließen. In Wirklichkeit war die Bewegung von Körpern im All ein chaotisches Phänomen. Lukas war auf eine neue Möglichkeit gestoßen. Seine Berechnungen ließen drei Körper in Bahnen umeinander kreisen, die eine liegende Acht ergaben. *In Wirklichkeit.* Mit zwei amerikanischen Forschern verfaßte er derzeit ein ausführliches Paper darüber. Und da sagte jemand, das Universum sei vielleicht eine Unterhose. Seit seinem siebzehnten Geburtstag versuchte er, sich den Körper vorzustellen, der sie trug.

Er meldete sich nicht mehr. Schon seine mechanische Stimme hätte Aloe gefreut, aber nicht mal ein Anrufbeantworter ging ran. Auch im Physikinstitut hob niemand ab. Sie haßte es, fühlte sich wie mit fünfzehn – vor einem verdammten Telefon sitzen, es beschwören, hilflos sein. Eine Woche nach der gemeinsamen Nacht, als sie fast automatisch gegen 22 Uhr erneut Lukas Nummer wählte, meldete sich eine Frauenstimme: *this line has been cancelled – tideldití – this line ha...* Sie wählte noch einmal. Noch einmal. Lukas war weg.

Aloe wurde wütend, Aloe kochte, Aloe funkelte Patrizia an: recht hast du gehabt, Aloe erzählte jedem: Verliebtsein, dieses Scheißspiel, Aloe ging in Discos, Aloe tanzte voller Wut, Aloe wollte jemanden kennenlernen, der nicht wie Lukas von seiner Arbeit faselte und daß die mit einer Beziehung nicht zu vereinbaren sei, Aloe lernte viele Männer kennen, aber alle bewegten sich falsch. Ende Oktober lag eine Postkarte im Briefkasten. Sie hatte eine perverse Wirkung – sofort besänftigte sie Aloe. Sie sah Lukas Unterschrift und war beruhigt. Schlimmer noch: gleich wieder verliebt. Die Karte kam aus Princeton, auf der Vorderseite war eine gelbe, schräg stehende Glühbirne abgebildet. Forschungsstipendium, den ganzen Winter hindurch. Als Aloe das las, zerriß sie die Karte, in ganz kleine Schnipsel zerfetzte sie sie, und warf sie sofort in den Mülleimer, den mit dem Biomüll, dorthin, wo es stank und schmierig war und gor. Eine Stunde später stand die gelbe Glühbirne auf ihrem Schreibtisch, hinten und vorn mit kleinsten Tesastreifen geklebt, wie in einen transparenten Verband gewickelt. Eine der Kartenecken war etwas von Kaffeesatz eingefärbt, aber das trocknete noch.

Lukas wollte Details, sie schickte ihm Briefe, zog sich aus für ihn, Stück um Stück.

das Muttermal auf deiner Brust
nicht darauf, knapp darunter

was ist, warum schreibst du nicht mehr von dir
hast du dich in jemand anderen
darunter?
beschreib doch dein Bein
du machst mich verrückt

Es war nicht seine Figur (er war nur ein paar Zentimeter größer als sie); nicht seine Augen waren es: den ihren ähnlich, aber heller grün, manchmal auch hellgrau – obwohl, da steckte ja er, in diesem Blick. Sie glaubte, weit in ihn hineinzusehen. Auch seine Nase war es nicht, die wirkte wie ein kleiner Spatel, als Aloe sie von unten anschaute und dann an Lukas Brust den Kopf zu ihm drehte, der mit geschlossenen Lidern auf dem Bett, halb unter, halb neben ihr, sich ausruhte – oder wegschwamm – sie wußte nicht wohin – da ragte die Nase aus seinem Gesicht wie ein kleiner Traum, eine Verletzlichkeit. Nicht der Mund war es, sie fand die Lippen zu voll. Doch das verschwand, wer sah das schon lange, in einem Zustand wie ihrem. Da sah man es nicht. Oder sah es, und es verwandelte sich unter dem eigenen Blick – man sah es sich verwandeln – und aus der zu vollen Oberlippe wurde Lukas Oberlippe, seine eben, die war schön. Seine Brust war es nicht (mit einem kleinen Trichter im Brustbein), nicht weil er kaum Haare hatte auf den Armen, auf den Beinen (da wuchsen ihr ja mehr), obwohl es sich sehr glatt anfühlte, weich, und direkt Haut auf Haut. Seine Oberschenkel lang und schmal, doch auch das war es nicht gewesen; sowenig wie seine Hände – er bewegte sie viel zum Sprechen –, die von innen kleiner aussahen als von außen. Die Nägel kurz heruntergebissen, innen lange, durchgeschwungene Linien, die gleich wie Musik wirkten, das hatte Aloe von Anfang an gedacht, die Musik war ihr in den Hals gefahren, über den Hals in die Brust, in den Bauch, sie war über und über rot geworden, und er hatte es gesehen: wie es stand, mit ihr.

Schließt sie die Augen küßt sie ihn sitzt sie da schließt sie die Augen denkt sie an ihn setzt sie sich dahin ihn küssend rast sie durch die Stadt schließt sie die Augen rennt sie zum Bus denkt sie an ihn fällt sie fast um glaubt sie ihm hört sie nichts folgt sie sich gehen ihr die Ohren auf küßt sie ihn fließt der Mund ihr über sitzt sie da sieht sie ihn, ihn.

Lukas war aus Princeton zurück. Sie gerieten in die Phase, in der man sich wundert, warum man dem anderen nicht Jahrhunderte früher begegnet ist. Ein Zimmer über Aloe wurde zufällig frei, Lukas bekam eine Sondererlaubnis, in ihr College umzusiedeln, obwohl er nach St. John's gehörte, und zog ein. Er brachte ihr jetzt die Milch von Sainsbury's mit, manchmal auch eine Zeitung oder ein Milky Way. Als kleine Zuckerstückchen torkelten Aloe seine Küsse durch den Hals.

Die Pornokarten wurden nicht mehr erwähnt. Sie waren Teil eines Spiels, wie das rote Auge des Aldebaran. Lukas hatte viele Frauen gehabt, er war zu hübsch, um nicht viele Frauen gehabt zu haben, er hatte Routine, er konnte es – und doch, eigentlich war er unerfahren. Ein zehnjähriger Junge, noch vor der Pubertät, schüchtern und, im Kern seines Wesens, desinteressiert. Wie er aus Aloe glitt, schnell und kalt, kaum daß er gekommen war. Heiß davor, aber dann dieser Augenblick, ein kristallisches Glänzen, ein Nachgeschmack. Jedesmal.

Wenn sie die Köpfe unter die Bettdecke steckten, ließen sie Aloes kleinen Fernseher laufen, dann hörten die Zimmernachbarn nichts. Katastrophenbilder eigneten sich am besten und waren am leichtesten zu finden.

Allmählich erkannten sie sich an Stellen, die man sich nicht gern eingesteht. Lukas schnarchte, wenn er auf dem Rücken schlief; Aloe hatte leichte x-Beine. Sie hörten David Bowie und liebten *Space Oddity*: *Now its time to leave the capsule, if you dare!* Lukas Himmelsstürmer war ein Einzelkind, aber Aloe hatte

Anita. Drei Jahre jünger, Juristin, kurz vorm zweiten Staatsexamen in Deutschland, ihr nicht ähnlich, nein – sie lachte trokken und hart, dachte, es fällt ihm nicht auf, so gut kennt er mich nicht, und sagte: die Vergangenheit hängt mir zum Hals heraus.

– Okay, sagte Lukas, ist ja okay.

Rundum wurden die Bilder schöner, quasi blühender, quasi Landschaften. Die Engländer schielten zweifelnd nach Deutschland. Aloe sprach inzwischen fast akzentfrei. Sie kaufte ihren ersten Laptop, das endlich nahrungsfreie Hirn: treu, doof, hinterhältig. Lukas aber fand seine Alla plötzlich rücksichtslos. Sie solle sich abregen, aber man denke doch, wenn die Ex fast ein Jahr nach der Trennung wieder anrufe, jetzt hat sie den Test gemacht. Den Test, bei dem ›positiv‹ die schlechte Nachricht ist. Hatte sie aber nicht. Wollte sich nur treffen, mit ihm.

– Hier weiß jeder sehr genau, was er tut, sagte Aloe, als Lukas zu seiner Verabredung ging, und machte den Fernseher aus, dann aber gleich wieder an. Fadenkreuze, einmal +, einmal ×, je nachdem, wie stark das Flugzeug drehte. Unten sprühten Funken. Zu welcher Tageszeit auch immer, auf wenigstens einem Kanal gab es Krieg zu sehen, vergangene Kriege, gegenwärtige, kommende. Lukas funkelte seine alte Freundin an. National befreite Zonen, verkündete der Nachrichtensprecher – manchmal ließ sich der NDR empfangen – werden euphemistisch »Nachbarschaft« oder »Deutsches Wohnen« genannt. Ununterbrochen, dachte Aloe, rennen wir etwas hinterher, Jäger und Grenzer. Deutschland winkte herüber, und war fern.

Aloe schob sich ein Stück Cadburys in den Mund. Das Papier wirkte sehr golden und sehr dünn. Sie zerkrümelte die Schokolade. Eine Ex hier, eine dort. Schaute er jetzt mit denen Pornofotos an? Pornos? Schaute nicht nur?

Sie legte sich hin, schlief mit offenen Augen. Horizontal gleitende Lichtfelder durchdrangen ihren Kopf. Ihre Mutter erschien, stand vor ihrem Haus in Schwandt auf der Straße und schrie. Der helle Widerschein von Feuer flackerte über ihr Gesicht. Es sah schön aus. Ingrid wirkte wütend und erleichtert zugleich. Die Vergangenheit rannte hinter Aloe her. Im traumlosen Übergang zum Licht standen Lukas und sie, zwei nackte Flächen, sich schweigend gegenüber, starrten sich an.

Am Morgen kam Lukas mit frischen Scones an Aloes Bett. Er hatte sich dafür eigens bei Browns angestellt. Die Scones waren noch warm. David Bowies *Major Tom* lächelte Nr. 1: schelmisch-schön. Sie war ganz Alla für ihn und machte Tee. Sowohl ein Sofa als auch einen neuen Tisch hatte sie inzwischen gekauft, groß genug für zwei. Als erstes löffelte sie ihr Müsli, vorsichtig, um die Milch nicht zu vertropfen. Erdbeeren schwammen darin. Lukas saß da und nippte an seinem Tee, wie er es gern machte, als meditiere er die Dinge, die er essen wolle, erst einmal an. Aloe hatte das T-Shirt mit den Papageien angezogen, und Lukas, der auf T-Shirts immer reagierte, sagte: olala! Das T-Shirt war zwar alt, die Papageien aber munter. Sie flogen auf Lukas zu. Er wußte das, und sie wußte, daß es ihm gefiel: der größte, links außen auf einem Ast (weißer Bauch, gelbes Deckgefieder, Schwanzspitzen extravagant topasblau), schnäbelte schon und plusterte sich auf. Zwei ganz außen rechts streckten sich mitten im Laub der Brustrundung. Sie hatten gestreifte Ohren, fast wie Eulen, zitronengelbe Schnäbel, kobragrün auf schwarz gepunktete Bäuche. Die feurigen Schöpfe wippten, zirpten, schrien, da, tief im Gebüsch, lockten, kein Wunder, daß es Lukas gefiel, schon war das Frühstück vorbei.

»Wir haben hart gearbeitet, in unseren Raumkapseln«, sagte ein Künstlerpaar im Partnerlook, perfekt geschminkt und gepudert, mit kahlrasierten Schädeln. Aloe, auf dem Bauch liegend, las Lukas, der auf dem Rücken neben ihr lag, das Feuilleton der Times vor. Er streichelte ihre Hüfte, und Aloe drehte sich halb zu ihm um. Lukas Haut war immer brauner als ihre; sie fühlte sich warm und trocken an. Eine Echse, dachte sie, die in der Sonne gesessen hat, und Lukas schien etwas Ähnliches zu denken, zumindest was die Sonne betraf, denn er schlug vor, zum großen Baseballfeld zu gehen, wo man die Füße in das immer kühle Bachwasser eines Isiskanals halten konnte und den Bauch in den Sonnenbrand.

*High visibility, low fidelity*. Lukas malte es aus: selbstverständlich schöne Körper zeigen sich. Das Collegebett knackte ein zweites Mal, *to be one's own best fool*. Dazu Bach, Partita II. Die Papageienaugen, schwarze Knöpfe, schlugen in ihren roten, jademilchigen oder topasschillernden Ringen auf und zu. Danach: Lachsersatzbrötchen und Snickers im Kleinformat. So schaukelte der Tag und bildete Klumpen, aus ein paar Stunden zusammengebacken.

Patrizia hatte dazu etwas zu sagen. Auch wenn sie gar nicht gefragt wurde. Kauend saß sie auf Aloes Couch, Lukas war ins Bad geflüchtet, um sich anzuziehen.

– Das Liebeskonzept, sagte Patrizia, patriarchalisch, familiär, repoduktiv, ist mit dem Patriarchat untergegangen, und schob sich den letzten Mini-Snicker in den Mund. Zufällig vorbeigekommen war sie, hereingeschneit, mitten am Sonntag, zufällig, bei Aloe. Dort jedenfalls hatte sie geklopft, und Aloe hatte ihr im Badeanzug aufgemacht, denn der war am schnellsten anzuziehen gewesen.

– Und was dann?

Patrizia zuckte mit den Schultern.

– Wir sind, was die Fernseher füttert, sagte Aloe, einer ihrer Sprüche. Sie dachte: kommt Patrizia, seit Lukas hier ist, öfter vorbei oder bilde ich es mir ein? Die Sexualität anderer Frauen bedrängte sie. Daß sie waren wie sie selbst.

Oder, schlimmer noch: daß sie anders waren.

– Wir sind, was an allem ein bißchen knabbert. Und haben wir frei, hocken wir vor irgendeinem nostalgischen Liebeskanal, als wäre er unser Rückenmark.

So Patrizia, mit Blick auf Lukas, der in Badehose aus dem Bad kam. Er streckte ihr die Hand hin. Aloe grinste. Und welchen Vorschlag, wiederholte Patrizia, machen die verlassenen Frauen und Männer nun? Lukas griff in die leere Snickerstüte, Patricia kaute und schaute ihn an:

– Na, wie war's?

Lukas lächelte, aber es war ein Lächeln aus dem Schrank.

– Oder habt ihr gestritten?

– Wir haben über die 50er diskutiert, behauptete Lukas. Es stimmte, war allerdings zwei Tage her.

– Über unsere Geradeauseltern, sagte Aloe. Die ihre Leben entwarfen und dann geradeaus durchlebten, im Vergleich dazu waren die Nierentischbiegungen gewagt.

– Lügen! rief Lukas, die logen doch wie verrückt.

– Klasse Inszenierung, die fünfziger, meinte Patrizia: Cocktailkleider, Motorräder, Filme, Drinks. Da fing die Medienzeit an, klein und charmant.

– Meine Mutter, sagte Lukas, stammt aus der Schweiz, dort war es anders. Sie hat eine Meierei geerbt.

Als erinnere ihn das an etwas, holte er eine Tafel Lindt aus dem Schrank.

Aloe: Meine Eltern waren nur die Erben einer gigantischen Beschwörung …

– Totalerben einer Glücksbeschwörung, unterbrach Lukas sie, und am Ende alles total zerstört.

Patrizia: ihr Vater sei aus den USA, Chicago. Einwanderer in der zweiten Generation.

Aloe war überrascht, das war ja ganz neu.

Lukas, zu Patrizia: Das erfindest du jetzt, gib's zu!

Patrizia: Wir sind doch alle Erben! Total, allumfassend, ausweglos. Das ist unsere Mitgift. Und genau das wird jetzt auf allen Ebenen erforscht, in der Biologie zum Beispiel, im Dinosaurierwahn, im Film. Und wenn alle drei zusammenkommen, wird es wahnsinnig erfolgreich, wie Jurassic Park vor ein paar Jahren.

– Lenk nicht ab, sagte Aloe.

– Okay, das mit Chicago stimmt nicht.

– Mitgift, wiederholte Lukas, was für ein komisches Wort. Die Portion, die du abbekommst von deinen lieben Vorfahren. Eigentlich ein Geschenk, oder …?

– … und ein bißchen Gift …, Aloe schnalzte mit der Zunge. Unser Erdkundelehrer sagte immer, eine gewisse Portion Dreck braucht der Mensch, sonst ist das ungesund.

– Aber hier heißt ›gift‹ nicht Gift, sondern ist, sagte Lukas, ganz wie das englische *gift* doch ein Geschenk.

– Hübsche urgermanische Wortstämme, lästerte Patrizia.

– Ohne Mitgift kommt keiner aus. Vielleicht, Aloe, ist es einfach nur wichtig zu wissen, wo man etwas übernimmt, sagte Lukas und kräuselte die Stirn.

Patrizia nutzte die Unterbrechung, um sich ein Stück Lindt zu nehmen. Lukas hielt ihr die Tafel hin:

– Die Gegenwart ist sowieso nur ein kleiner Zeitschlitz, eine Hypothese, sonst nichts.

Patrizia nickte. Aloe ärgerte sich: Lukas mit seiner Kosmoszeit. Meinte er denn, das Leben dauere ewig?

Etwas stank. Aloe hatte ein Baguette zum Auftauen in den Backofen der Etagenküche geschoben.

– Da hast du deine Gegenwart, rief sie Lukas noch zu, als sie hinausrannte.

Er kam ihr nach. Unsere Gegenwart, murmelte er und küßte

Aloe auf die Schulter, während sie, das angebrannte Baguette in der Handschuhhand, aus der Hocke vorm Herd hochkam. Innen war es noch in Ordnung, Patrizia lehnte im Türrahmen und sah lächelnd zu. Wenigstens ging der Feueralarm nicht los.

Nach all diesen Erbsätzen – »Blödsinn«, »Tiefsinn«, »lass den Kram«, war es höchste Zeit, das Haus zu verlassen. Die Sonne stand zwei Fingerbreit überm Horizont, am Kanal war es schon fast leer, so daß man die Wiese wieder erkennen konnte. Lukas hakte Aloe links und rechts Patrizia ein. Nasse Hunde tollten durch Plastikbecher, Eistüten und Coladosen, auf der Suche nach ein paar Halmen Gras. Zeit dehnte sich, zog sich zusammen, vielleicht steckte die Zukunft darin wie ein Stückchen Fleisch in einer Sauce, die man nicht wahrnahm; nur wenn man etwas hinzugab, Licht zum Beispiel, oder einen Löffel als Katalysator, leuchtete sie auf. Das Oxford Museum hatte bereits geschlossen, das Café gegenüber stieß kleine Pulks älterer Damen aus, die alle aussahen, als trügen sie graurosa Pudel auf dem Kopf, ein Auto bremste quietschend, jemand schrie –

Wie ein Glasfiberkabel schlängelte die Isis sich zwischen den englischen Kurzrasenwiesen in der Sonne. Ströme von Daten, Hunderte von Jahren, Tausende von Ruderschlägen, Wünschen und Flüchen. Die Flußbiegungen glitzerten, als wären sie metallbedampft, Boote krochen wie Käfer darauf. Auf den Wiesen vor Magdalen stakten Kühe und einige Kälber, eines, das nicht auf die Vorderbeine kam. Man konnte den Kiesweg zum Tor, auf dem die Gargoyles ihre Steinfratzen verzogen, die spitzen Teufelsohren aufstellten, die Zähne bleckten und lachten, darauf konnte man, den Kiesweg hinunter, zuschießen wie ein Dschinn – dicht und warm, haarig und stark. Aloe ließ sich im Collegegarten die Nase vom frischen, hellgrünen Gras kitzeln. Seit gut einer Woche war sie da, jeden Tag wurde es wärmer.

Bestimmt kam Lukas wieder auf den letzten Drücker aus der Bibliothek.

Er war ein Detailfreak.

Fast jeden Tag brachte er Aloe einen Computerausdruck mit, Sterne, Sternenhaufen, schwarze Löcher. Sie erkannte nichts – wußte keinen Namen – die Bilder waren einfach so schön, der Nachthimmel brauchte ihr Wissen nicht. Lukas hingegen hatte schon als kleiner Junge angefangen, Himmelskarten auswendig zu lernen, Sonnenringe, Konstellationen. Denn im Weltraum war ein einzelnes Ding nichts.

– Ist der Mond nun eher weiblich oder männlich, was denkst du?

– Hab ich mich nie gefragt.

– Aber Lukas, im Deutschen heißt es der Mond, und die Spanier nennen ihn *la luna*, die Franzosen *la lune*, und selbst die neutralen Engländer sagen *she* zu ihm. Und mit der Sonne ist es gerade umgekehrt.

Aloe drehte sich auf den Rücken. Sie hätte gern schlaksig ausgesehen, wußte aber, daß sie es nicht tat. Wenn sie müde war, hatte sie einen Zug wie »typische Hausfrau«, fünfunddreißig, und man sieht's. Dabei war sie doch viel jünger. Preußisch, neckte Lukas sie, dabei mochte er das, jedenfalls mehr als jene launische, etwas wüstenhafte Aloe, die dahinschlenderte, faul war und es gern hatte, wenn Lukas etwas für sie besorgte. »Wüstenpflänzchen gießen«, nannte er das.

Die Wolken krochen, wie Raupen Stück um Stück des milchblauen Himmels fressend, alle in eine Richtung voran, als hätten sie ein unsichtbares Ziel. Ein Schatten fiel auf Aloe, sie mußte eingenickt sein, Lukas stand an ihrem Kopf, sie sah nur die langen Beine, einen kurzen Rumpf, das Kinn. Absichtlich stellte er sich ihr ins Licht, damit sie schnell aufstand, denn hungrig, bärenhungrig, war diesmal er.

Als sie die *hall* betraten, bemerkten sie es sofort.

Etwas lag in der Luft. Waren es die Gerüche draußen, die erste Hitze, eine elektrische Entladung einen Kilometer über ihnen, ein Schub englischen Spleens: die Luft in der *hall* sirrte geradezu. Durch die großen Spitzbogenfenster, die auf etwa drei Meter Mauerhöhe begannen und bis zum Dach reichten, flutete das frühe Abendlicht auf die langen Reihen hungriger Studenten. Das alte Silber – Kerzenhalter und große runde Pötte, die in regelmäßigen Abständen auf den Holztischen standen – leuchtete von zwei Seiten bestrahlt; noch mehr aber leuchteten die Gesichter. Schimmernde Wangen und Stirnpartien, Augen, glasig, schelmisch, verzückt, energetisch *high*. Es gab Lamm mit Mintsauce; zwar eines der besten Essen aus der fettriefenden, immer leicht ranzig riechenden Collegeküche, aber was in der *hall* vor sich ging, erklärte das nicht.

Kaugummiweicher Broccoli. Aloe konzentrierte sich aufs Schneiden ihres etwas zähen Keulenstückes. Ein lauter, herrischer Ruf fuhr vom *High Table* in das allgemeine Gemurmel und Geklappere mit Besteck. Augenblicklich war es still. Sie schaute gerade noch rechtzeitig auf, um einen der Dons in seinem langen, mit einer Goldborte eingefaßten Gown dastehen zu sehen. Er hatte den Arm gehoben, den Zeigefinger gestreckt – sie sah, sekundenschnell, wie in der anderen Tischreihe fast auf der Höhe ihres Platzes eine Mintsaucenschale durch die Luft flog, sich drehte, laut scheppernd aufkam und das sämige Grün langsam über den Tisch floß, auf eine weiße Hose tropfte, grün, grün. Ein paar Kartoffeln lagen schon dort, waren offensichtlich schon vorher geflogen. Erneut der Ruf des Don, mit tiefer Stimme, lateinisch. Aloe verstand kein Wort, aber alle anderen schienen zu wissen, was es hieß. Ein Höllenlärm brach los. Jeder, jeder nahm sein Besteck, trommelte mit den Griffen auf den Holztisch, stampfte mit den Füßen auf den Steinboden, ein großer Takt, ein Brausen, rhythmisch und schnell. Karen Susan stand auf. Auf sie zeigte noch immer der ausgestreckte Finger des Don. Karen Susan war eine große Frau, eine, die ruderte und Frauen liebte. Karen Susan stand im T-Shirt da, ihre kurzen blonden Haare leuchteten wie früher manchmal Anitas, sie sprang auf den Tisch. Aloe konnte es kaum fassen. Die spinnt!

Aber nichts. Kein wilder Aufschrei, keinerlei Empörung. Im Gegenteil. Der Sprung hatte dieselbe Wirkung wie der Ruf des Dons ein paar Minuten zuvor: es wurde augenblicklich still. Und stiller als zuvor.

Der Don ließ den Arm sinken und wartete. Alle warteten. Aloe hatte nicht die geringste Ahnung, auf was. Einige schauten Richtung Küche. Man hätte eine Maus über den Hallenboden laufen hören können. Aber selbst die Mäuse saßen in ihren Löchern und warteten. Karen Susan, im weißen T-Shirt über den muskulösen Armen, über der festen Brust, stand in Jeans, mit Turnschuhen, auf dem Tisch.

*Sconsing*, flüsterte Lukas Aloe ins Ohr, *s-c-o-n-s-i-n-g*.

Es knarrte. Die eine Hälfte der Schwingtür zur Küche wurde nach innen gezogen. Heraus spazierte der jüngste der Scouts. In weißer bodenlanger Küchenschürze. Auf einem silbernen Tablett trug er einen der großen Pötte, wie sie überall auf den Tischen standen. Er hielt das Tablett mit beiden Händen, er ging langsam, vorsichtig balancierend, denn der Pott war randvoll. Wie in England immer jedes Glas randvoll gemacht wird.

*Bitter*, flüsterte Lukas Aloe zu, und als sie ihn verständnislos ansah: das Bier, *bitter*, fünf Pints, da drin!

Der Scout blieb vor Karen Susan stehen. Als kredenze er einer Prinzessin den Pisspott. Und wieder rief der Don, diesmal auf englisch: Fine for throwing food in formal hall: a hundred pounds. Imposed on Karen Susan Vetch. Unless she takes the pot.

Karen Susan schrie, noch bevor er ausgesprochen hatte: and she takes it! In derselben Sekunde setzte der Höllenlärm wieder ein. Begeisterter als zuvor, gieriger, anstachelnder. Als übten die Studenten alle jeden Tag eine Stunde schreien, schrien sie: *she takes it!* Wenn Karen Susan es schaffte, den Pott in einem Zug zu leeren, mußte sie die 100 Pfund Strafe nicht zahlen, die der Don eben verhängt hatte. Sie streckte dem Scout beide Hände entgegen. Sie schaute rundum, drehte sich einmal auf dem Tisch, drehte sich zum *High Table*, der Don stand, sie stand ihm gegenüber, der silberne Pott, das kreischende Besteck, die nervösen Füße, die parteiischen Füße, Studenten gegen Dons, Männer gegen Frauen, Freunde Karen Susans gegen Feinde Karen Susans. Jeder war in diesem Moment etwas von jedem, die Füße trampelten von selbst, das Licht schoß auf den Tischen hin und her, fing sich in den Pötten, den Augen, blitzte Zickzack. In der Schwingtür zur Küche standen alle Köche, alle Butler, das College hielt den Atem an, und Karen Susan hob den Kelch, der doppelt so breit war wie ihr Gesicht. Sie trank. Und stand, wankte nicht, stand trinkend da, Karen und Susan, mit dem engen T-Shirt über den festen Brüsten, die sich hoben, senkten, dem Bauch, der pumpte, den Lungen, die preßten, dem Mund, der saugte, einem Gesicht, das ganz im Pott verschwand. Sie trank, ohne abzusetzen, das Bier lief ihr zu den Mundwinkeln heraus, Ka-ren Ka-ren go for it, go go!, sie schwankte, ließ den Pott fast sinken, nein, nahm ihn wieder, ließ nicht ab. Aloe und Lukas klopften wie wild auf den Tisch, waren Teil der Menge, sahen sich an, Lukas Augen leuchteten, sie klopften, Aloe schrie, denn Karen ging in die Knie, das Ding, der Pott, sie hob ihn hoch, drehte ihn um – er war leer! Der Don schaute und setzte sich.

Alles wurde ruhig.

Karen kniete noch immer auf dem Tisch. Sie rülpste. Ihr

Bauch zuckte. Sie atmete. Rülpste, aber behielt es drin. Karen hatte es geschafft. Sie taumelte, da waren Schultern, die sich ihr unterschoben, sie vom Tisch hoben, auf Schultern tanzte sie durch die *hall.* Karen Susan, die erste Frau in ganz Oxford, die dieses Sconsing durchhielt, so hieß es gleich, *those who can, do!*, rief jemand und klatschte der rotgesichtigen schwitzenden Karen Susan auf den einen über eine Schulter geklammerten Schenkel, den er erwischte. Karen Susan schwankte und winkte, niemand dachte an Essen, jeder tobte, trampelte, nur die Dons taten, als sähen und hörten sie nichts. Lukas schaute Aloe an: es war gut gewesen. Die Spannung sackte allmählich ab, doch ihre elektrischen Minivibratoren steckten noch in jedem von ihnen, warm und angenehm summten sie nach, Lukas und Aloe nahmen sich an der Hand und gingen sofort in Lukas Zimmer, *those who do, can.* Aloe roch nach Gras, und Lukas roch wie immer, doch er lächelte diesmal nicht, denn es wurde so heftig und schnell, daß er es vergaß.

Zusammengesackt hockte er vor ihr, die Schultern eingezogen, Arme auf den Schenkeln, Hände ineinanderverschränkt. Das Kondom war geplatzt, ob dabei oder beim Rausziehen hatte Aloe nicht mitbekommen; auch er war sich nicht sicher. Es machte aber sowieso nicht viel Unterschied.

Damn it, hatte Lukas gleich gesagt, jetzt sagte er es noch einmal. Labbrig hing der Gummi in seiner Hand, innen und außen schmierig, innen und außen leer.

Wortlos hatten sie sich angezogen, wortlos kauerten sie sich auf der Sitzecke gegenüber.

– Those who can, will.

Lukas schoß Aloe einen bösen Blick hin. Gut, kein gelungener Witz. Wer wußte schon, was bereits in ihr wuchs?

Es war der 22. Tag. Sie machte sich nicht wirklich Sorgen. Wenn sie schwanger wurde, wurde sie jetzt eben schwanger.

Dachte sie zuerst.

Lukas berechnete Flugkörper und ihre Bahnen, blaues und rotes Licht – und daraus wurde Phantasie. Doch dies nun war real. Und er wußte, was er wollte. Argumente hatte er nicht, aber er redete viel.

– Wir müssen etwas tun.

– Und was, fragte sie in Richtung seines Gesichtes, das immer dunkler geworden war, von der Dämmerung, aber vielleicht auch von etwas anderem. Sein weißes Hemd leuchtete.

– Pille danach.

Er hatte das Herz einer Eule, nächtlich und wendig.

Aloe schwieg.

– In England ist es einfach, da ranzukommen.

– In Deutschland auch.

– Egal, Aloe. Hier geht es besonders einfach.

– Aber ich glaube nicht, daß es nötig ist.

Ihr war heiß. Es ging nicht nur um das möglicherweise entstehende Kind. Wenn auch darum. Darum natürlich auch.

– Du g-l-a-u-b-s-t. Was soll das denn heißen?

Natürlich konnte sie einen Eisprung außer der Reihe nicht ausschließen. Niemand konnte das.

Über ihre Ruhe staune er. Auch wenn es nur ein kleines oder sehr kleines Risiko sei. Was sie ja wohl annehme. Aber ihm nicht einreden könne. Er staune doch sehr.

Sie zündelten da mit etwas herum.

Aloe erschrak, vor dem Wort.

– Also? fragte sie leise in die Dunkelheit hinein.

Etwas in ihrem Bauch gluckerte. Etwas in ihrem Bauch zog. Als sei sie schon schwanger. Aber sie erkannte das Ziehen. Es kam nicht vom Schwangerwerden, sondern vom Fühlen. Wie früher, als Kind. Sie mußte lächeln und war, als ihr bewußt wurde, daß sie lächelte, froh über die Dunkelheit.

– Damn it, sagte Lukas zum dritten Mal. Er hatte auf die Uhr geschaut. 20.05. Er betonte die fünf, als wäre das die größte Unverschämtheit überhaupt. Dabei wäre auch um 20.00 schon alles, was sie jetzt brauchten, geschlossen gewesen.

Das Ziehen im Bauch sog die Luft an, die Aloe atmete, den ganzen Raum, in dem sie sich befand. Weit entfernt von ihr Lukas – wie er dort auf seiner Bank saß, in seinem Unglück und Kampf. Denn er kämpfte ja. Um oder eher gegen etwas? Gegen sie?

Beinahe hätte Aloe gelacht, ihr peinliches, hilfloses, nicht mehr abzustellendes Abwehrlachen, beinahe wäre es aus ihr herausgebrochen. Plötzlich glaubte sie zu verstehen. Lukas fühlte sich ihr ausgesetzt.

Ihr war schwindlig. Weil sie die Konfrontation scheute? Weil sie merkte, daß sie selbst auch nicht so genau wußte, ob sie ein Kind mit Lukas wollte? Oder redete sie sich das nur ein, um besser nachgeben zu können und dem Konflikt mit Lukas aus dem Weg zu gehen?

– Ja, sagte Aloe in die Dunkelheit hinein, ich nehme sie, ja.

Unverrichteter Dinge wie eine enttäuschte Mücke flog ihre innere Stimme davon.

Lukas atmete scharf ein. Hatte er sich schon auf etwas anderes eingestellt gehabt? Dann stand er neben ihr, die Hand auf ihrer Schulter, und flüsterte: danke! Er machte Licht.

– Jetzt haben wir nur noch ein Problem, Alla, wie kommen wir an die Pille ran?

Morgen einfach zu Boots reinmarschieren, das Ding (wie auch immer es heißen mochte) verlangen, funktionierte nicht. Wie der Broschüre *Safer Sex*, die jeder College*fresher* in die Hand gedrückt bekam, mühelos zu entnehmen war, brauchten sie ein Rezept. Genauer: sie, Aloe, brauchte es.

Normalerweise ging man in solch einem Fall zur Collegenurse. Erzählte ihr, in ihrem dunklen, schäbigen, nach Desinfektionsmittel und muffigen Binden riechenden Zimmer, was Sache war. Hörte sich nickend ihr Fluchen über die *poor quality condoms* an. Nahm das Rezept und ging.

Doch Aloe war in Oxford nicht mehr versichert. An einen Auslandskrankenschein hatte sie nicht gedacht. Innerhalb von 24 Stunden mußte sie das Zeug schlucken. Besser noch früher. Alle sechs Stunden eine Dosis. Am besten alles innerhalb der ersten 24 Stunden. Stand im Kapitel *Safer Sex with more Fun.*

Lukas seufzte: da gebe es eine gewisse Jamina. Die habe sie noch nicht kennengelernt. Mathematikerin, sehr intelligent. Die könne er fragen, ob sie das für ihn mache. Ja, mit der habe er öfter zu tun.

Alles in ihr, Aloe-Vera-Alla, alles, lehnte ab. Jamina! Die brauchte sie nicht kennenzulernen, denn wie sie aussah, konnte Aloe sich von dem Foto in Lukas Schreibtisch vorstellen, Typ dunkelhaarige Madonna, die ihre guttrainierten Arme – Trizeps, Bizeps, Schultertattoo, aus einem schwarzroten Seidenkleid heraus von hinten um Lukas schlang. Das hätte Aloe natürlich gar nicht sehen sollen. In Lukas Schreibtisch kramen. Aber wenn er schon so lange in die Bibliothek ging. *The Great Mathematical Ball 1996*, stand in superkitschigem Gold unter dem Bild.

Es sei ihr peinlich, einen anderen mit hineinzuziehen. Eine andere. Lukas nickte.

Am nächsten Morgen, um neun, als in der *hall* gefrühstückt wurde, schlichen sie zur Nurse. Niemand sah sie, bis auf Grace, hocherhobener Ginsterschwanz. Die Nurse war überhaupt nicht rundlich, dafür zwei Kopf größer als Aloe, weißer Kittel über Knochengestell, aber sie fertigte, nach einem kurzen Blick auf Lukas, dann auf Aloe, dann auf Lukas, widerstandslos das

Rezept aus und trug, ebenso widerstandslos, auf Lukas Karteikarte ein gleich teures Mittel gegen Bronchitis ein.

Als sie gingen, triumphierte Lukas. Aber nur kurz. Und nur, indem er England lobte. Da sehe Aloe mal, der berüchtigte, aber doch auch zu Recht berühmte englische Pragmatismus. Wie leicht und selbstverständlich das eben ging, *without any fuss*.

Sie hätten sich gar nicht so beeilen müssen. Es gab einen neuen Pillentyp. Die einzige kleine, hellblaue Tablette erst nach dem Abendessen nehmen. Die Packungsbeilage erwähnte beiläufig, daß den meisten Frauen davon schlecht werde. Lukas leuchtete vor Rücksicht wie ein Halloween-Kürbis, als er am Abend – früh – aus der Bibliothek zurückkam. Er arbeitete lieber dort als in seinem kleinen Institutskabuff, einem schiefen weißen Gebäude nahe am Oxforder Bahnhof, in dem die Astronomen im Keller saßen. Es war dunkel und eng, aber Computer liefen eben überall, und während der Computer rechnete, saß sein Dompteur in der Bodleian unter tiefblau an die Decke gemalten Tierkreiszeichen und drehte sich um die Welt, die an diesem Tag allerdings darauf bestand, vor allem so konkrete Dinge wie Nudeln, Cheddar, Karotten, Zucchini und Crème fraîche zu enthalten, mit denen bepackt Lukas am Abend die Treppe zur Collegeküche hinaufstapfte.

Er würzte den Auflauf mit echtem Curry, vom indischen Imbiss quer über die Beaufort Street. Es schmeckte hervorragend. Aloe aß zwei Teller. Schleckte noch die Sauce ab. Grinste Lukas über den Tellerrand fröhlich an. Problem gelöst, Fröhlichkeit echt. Sie fühlten sich wohl miteinander, im Gleichklang. Aloe leerte ihren Blutorangensaft, sie krochen früh ins Bett, drehten sich zueinander. Aloe schlief sofort ein.

Den Saft hätte sie auf keinen Fall trinken sollen. Gegen eins wachte sie zum ersten Mal auf. Sie mußte sich übergeben.

Als ihr dann auch noch eine Welle *Fairy's*-Spülgeruch überm Waschbecken in die Nase stieg, fing sie gleich nochmal an. Sie fühlte ihren Magen gegen die Bauchdecke schlagen. Der Saft war besonders schlimm, seine Fruchtsäure, versetzt mit Magensäure, fraß die Schleimhautzellen in Nase, Gaumen, Mund so richtig an. Die Übelkeit saß ihr im Blut, zirkulierte im ganzen Körper, Erbrechen half nichts; es brachte keine Erleichterung.

Die ganze Nacht wehte ein lauer Wind durch den Collegegarten, schmeichelte sich in die Berberitze und Linde, den Orangenbaum und den Wein an der Hauswand, der gerade die ersten Blätter schob. Am Morgen übergab Aloe sich zum fünften Mal. Ihr Magen war leer, aber immer noch kam etwas von dem Saft. Im ersten Sonnenlicht sah sie ein rötliches Rinnsal ins Waschbecken fließen, es blieb in den Haarrissen hängen und setzte sich dort langsam zu einem Muster zusammen, das aussah wie ein fossiler Fisch. Platt, empfindlich und stumm.

Als wäre er einer der angebissenen Äpfel von Apple hing der Mond im Fenster. Aloe griff sich kurz an die Hose, die Binde saß. Sie hatte ihre Tage bekommen, Lukas war beruhigt, morgen flog sie nach Haus. Wie jede Nacht rüttelten ein paar Studenten am Gitter des Drehkreuzes. Sie brüllten den alten Keble-Schlachtruf gegen St. John's. Man haßte sich mit Tradition. Gar nicht so schlecht, einen echten Feind zu haben, was für Mühe der sich mit einem gab. Lukas war schmusig gewesen die 14 Tage hier. Schmusig war man natürlich nicht, schmusig war, wie Opossum, ein Wort aus ihrer Privatsprache, das sie nur benutzten, um sich gegenseitig aufzuziehen oder Schmusigsein zu spielen.

Ein bißchen echtes Schmusigsein war auch darin. Am Vormittag hatte Aloe beim Packen auf dem Boden des Rucksacks die Zeitung vom Hinflug wiedergefunden, völlig zerdrückt, ihren Mondabdruck. Geschwindigkeiten addieren sich, sagte die Physiklehrerin Amroth in Aloes Kopf. Sie hatte einen rotblonden Afrostruwwelkopf und einen Körperbau, an dem jeder Rock sich benahm wie ein schwerfällig eierndes Wagenrad. Doch ihre Augen hinter den Brillengläsern funkelten vor Begeisterung. Aloe flog mit 1000 km/h; unten fuhr ein Auto mit 100 km/h von ihr weg. Es schien zu stehen, weil immer noch 900 km/h in Aloes Richtung übrigblieben. Und andersherum: fuhr das Auto mit 100 km/h in Aloes Richtung, schien es zu rasen, weil es mit ihrer und seiner Geschwindigkeit fuhr – 1100 km/h.

Müßten wir das Auto, rief Aloe da im halben Traum auf Lukas Bett, das Auto, das von uns wegfährt, nicht eigentlich rückwärts fahren sehen? Jetzt funkelte Frau Amroths Brillenglas wirklich, sozusagen »von innen«, wobei innen aber einfach nur eine Stufe hinter dem Glas, nämlich in den Augen war. Daß wir es nicht rückwärts fahren sehen, sagte Frau Amroth, liegt an unserem Gehirn. Es erlaubt das Sehen des Rückwärtsfahrens nicht, weil wir gelernt haben, daß Autos nicht mit irrsinniger Geschwindigkeit rückwärts fahren. Unserem Gehirn, sagte Frau Amroth, ist nämlich sehr viel an der Aufrechterhaltung unserer Normalität gelegen.

Aloes Gehirn arbeitete linear, logisch, konstant. Was nicht sein durfte, war auch nicht. Diese Beziehung ist schön! Aloes und Lukas Glieder berührten sich im Schlaf. *We are hairy doped animals* hatte die auf Schultern glücklich schwankende Karen Susan durch die *hall* gegrölt.

Aloe schaute in die vorbeischleichende Nacht, den vorbeischleichenden Wind, lauschte nach außen und innen und spürte, wie ihr der Schweiß aus allen Poren brach.

# 2
# Essen

Im neuesten Videospiel lernt er fliegen, Autopilot – und *crash, crash*. Doch abends in Aloes Arm, im Bett, riecht er nach kleinem Jungen. Zu Aloes Freund sagt er Frank, seinen Vater kennt er nicht, der ist fort, in eine andere Welt. Holger und Ingrid leben in einem Altersheim, *Betreutes Wohnen*; die beiden Häuser in Schwandt stehen noch, sind aber vermietet. Ein Zaun ist wieder zwischen ihnen gezogen, der Fischteich trockengelegt, so hat man es Aloe erzählt, sie ist seit Jahren nicht mehr dort gewesen. Stefan war zu klein, um sich an Schwandt zu erinnern. Später soll er entscheiden, was mit den Häusern geschieht.

Damit er es tun kann, muß sie die ganze Geschichte erst für ihn ordnen. Das Hermes Shuttle glänzt im Wohnzimmer, neben dem Geburtstagstisch. Es sieht aus wie ein überdimensioniertes, zuckrig glasiertes Ei, Aloe sieht es so, aber glaubt dem Bild nicht, denn sie weiß, wie hart dieser Stahl ist, dieses sanft wirkende Blech. Gebogen, gefräst, geschraubt zu Autos, Raketen, Flugzeugen oder Pistolen. In langen Produktionsterminals von schnellgliedrigen Bots zusammenmontiert, deren Körper in Hallen rotieren, während ihre Gesichter auf Websites Besucher empfangen, zum sanften Chat. Ein einziger schwerer Körper, ein kleines Nicht-Cyber-Wesen steht in der Halle noch dabei, mit einer dampfenden Styroportasse Kaffee in der Hand, und poliert den roten Knopf – dem Musikmix im Kopf lauschend, übertragen durch einen Chip im Hemd, den sein Lebenspartner ihm jeden Morgen einsteckt, wie früher die Frau dem Bergwerker das Butterbrot.

Ein Finger, der den Knopf drückt bei Kamera oder Shuttle, einer, der am Pistolentrigger zieht. Das Shuttle ist ein Spielzeug; vielleicht lohnen sich dafür riesige Produktionsstraßen nicht. Ebendies erscheint Aloe plötzlich als Grenze zwischen Ernst und Spiel, wie man früher gesagt hätte: die Hand mit ihren Furchen und ihrem Schweiß am Shuttle, die kleine Belästigung beim Schraubendrehen durch ein Jucken am rechten Zeh, durch einen Wunsch. Alle anderen Geräte hingegen entstehen menschenneutral und sind versteckte Waffen. Selbst Kameras schießen. Die Grenze läuft scharf, minimal. Man lernt damit umzugehen, oder man lernt nichts.

– Seit wann fotografierst du, Aloe?

Frank schneidet Karotten. Er kocht gern, der erste von Aloes Männern mit dieser bewundernswerten Eigenschaft. Sie sitzt am Küchentisch und schaut zu. Manchmal streicht Frank sich mit der Hand von oben nach unten über seinen kleinen Bauch, als verschwände der dann. Er hat Stefan einen Raumfahrerhelm mitgebracht und das Shuttle gebührend bewundert, fast paßte er selbst noch hinein. Klein, *by German standards*, dafür hat er eine Mutter aus York, und Aloe mag den englischen Akzent, der sich manchmal an die Oberfläche seiner Stimme schleicht wie ein Echo aus einer anderen Zeit.

Franks Hände sehen aus, als wäre er vierzig, dabei hat er bestimmt fünfzehn Jahre mehr auf dem Buckel, als Volkswirt in einem großen Unternehmen gearbeitet, »ausgestiegen«. Jetzt tut er nichts; oder kocht für sie.

– Weil du lernst, etwas zweimal zu sehen. Und wenn du es zweimal sehen kannst, dann auch hundertmal. Auf einem guten Foto durchschaust du einen Körper als all die Körper, die er einmal gewesen ist und die er noch werden kann.

– Um Gottes willen, sagt Frank und nimmt ein Bündel Dill aus der Einkaufstasche, ich geb dir nie eines von mir.

Das regelmäßige Tack Tack des Messers auf dem Schneidebrett. Stefan sitzt in seinem Zimmer am Computer und spielt töten, bauen, leben, zerstören – sie weiß es nicht. Am kleinen Finger links trägt Frank einen Siegelring, was Aloe ziemlich lächerlich findet, etwa so wie die weißen Männersocken, die es gab, als sie fünfzehn war.

– Ein Foto, das ist Chemie und ein Ministückchen Zeit. Ein lebendiges Auge und eine Reihe chemischer Reaktionen. Durch die Blende fließt Vergangenheit in die Zukunft, und dann erscheint ein Gesicht, weiß oder gelb, narbig oder glatt, als wäre es jetzt – dabei ist es vielleicht längst tot.

Die Karottenscheiben brutzeln in der Pfanne. Frank schneidet Champignons mit Aloes japanischem, sehr scharfem Messer und sieht sie kurz an.

Er besitzt ein Haus, in dem Aloe nie war.

Er kennt Boltanski, Hockney, Gerz und sogar Reineke Dijkstra, hat von ihnen gemachte Fotos gesehen und erinnert sich.

– Und Tunick, kennst du den auch?

– Der fotografiert doch Menschen, die nackt auf einer Straße liegen, durchschnittliche Leute in der Stadt.

– Ja, jeder kann mitmachen. Wer gekommen ist, zieht sich aus und legt sich auf den Asphalt. Frauen, Männer und manchmal auch Kinder. Jeder sieht anders aus und doch haben alle so ohne Kleidung etwas einander Ähnliches, sagt Aloe; menschlich, aber auch Fleischhaufen, wie Kühe auf einer Weide, nur so nackt, nackter als alles andere, hört Aloe sich sagen, da auf dem harten Asphalt, so erdig und sterblich und schön.

Frank macht Ratatouille mit Farfalle, er kennt sich in Aloes Küche bestens aus, nie fragt er »wo ist das große Sieb«, »wo ist die Schöpfkelle«, wie Lukas immer gefragt hat, selbst als sie schon zusammenwohnten, und ihre Küche doch genausogut die seine war. Doch jedesmal hat Lukas nachgefragt, als wäre er nicht zuhause.

– Die Bilder wirken voll, aber zielen auf Leere, Frank. Tunick muß immer wieder die Fotofläche auswischen, nur von dem so entstehenden Nichts her kann er arbeiten. Was später zu sehen ist, versteht er als Störgeräusche, die sich eintragen. Körper zum Beispiel, die nicht miteinander sprechen, obwohl sie nebeneinanderliegen. Weil sie auf die Kamera ausgerichtet sind, auf den Betrachter, der aus der Zukunft kommt – den sie nicht kennen und nie kennen werden – ausgerichtet auf die Maschine und ihn. So vergessen sie einander. Und werden eben dadurch eins, auf dem Bild.

Sie hört sich selbst zu und wundert sich, was sie sagt. Sie hat selten einen Grund, über Fotografien anderer zu sprechen. Ihr Wissen ist da und wartet darauf, was sie damit tut.

Sie weiß.

Wie sie auch weiß, daß sie Franks Frage nicht beantwortet hat.

Zur Zeit fotografiert Aloe Käfer und Wanzen im Umkreis von AKWs. Seit Jahrzehnten arbeitete die Kunstfotografie daran, Vorgefundenes und Inszenierung, Abbild und Verfremdung auf verschiedenste Weisen miteinander zu verknüpfen. Spiele mit der Tradition im großen Knipszusammenhang der touristischen Welt. Spätestens seit Jeff Wall drehen sich Wirklichkeit und Künstlichkeit jedoch nicht mehr um-, sondern ineinander.

Vor ein paar Wochen hat Aloe für sich eine neue Möglichkeit entdeckt, sie miteinander zu verschalten. Sie fotografiert die eingesammelten, betäubten Käfer unterm Mikroskop. Der Umkreis eines AKW beträgt 250 km. Zehn Beine statt acht. Ein zwei- statt dreigliedriger Fühler. Auf den ersten Blick fällt der Unterschied nicht auf. Auf den zweiten wird etwas so Unsichtbares wie Strahlung sichtbar. Die Vielfalt der Glückskäferschildchen begeistert Aloe: Schwarz auf Gelb, auf Rot, auf Orange, Pünktchen, Streifen, Flecken wie Augen, umrundet von strahlendem Weiß, Zeichnungen einer Spezies vom Mars oder vom Inneren der Erde. Aloe retouschiert die Käfer weg, montiert nur ihre Schilde hintereinander.

Sie werden zum Ornament, zu einem Bild, das unentscheidbar hin- und herkippt zwischen Abstraktion und Realdokumentation. Eine Modefirma hat ihr viel Geld dafür bezahlt, eines dieser Fotos als Matrize für ein Stoffmuster nehmen zu dürfen. Was ist eine natürliche, was eine strahlungsinduzierte Mutation? Kamera, Pistole, Rakete, denkt Aloe, wenn sie in der Dunkelkammer steht: Geisterjagd. Und alle drei zum Schießen gemacht.

Frank wirft dicke grüne Lauchringe in die Pfanne:

– Ich glaube, ich habe einen Tunick, aber er ist ziemlich klein.

Auf seine englische Understatement-Art, die Aloe besonders mag, grinst er dazu:

– Wenigstens kann ich jetzt mit dem, was du erzählt hast, etwas mehr auf den 30 x 30 Zentimetern sehen. Teuer genug waren sie ja!

– Da ist noch etwas, sagt Aloe leise.

Das Tack Tack des Messers auf dem Schneidebrett; Franks Siegelring tockert seinen Rhythmus dazu. Neben dem Brett steht die alte Fortnum&Mason-Teedose, Assam Superb. Ihr Grün beruhigt Aloe.

– Bald kann man angeblich unser ganzes Gehirn in all seinen Vernetzungen auf eine CD laden. Dann wird der Geist von der Hardware Körper getrennt. Und ein einziger schwerer Körper, ein kleines Nicht-Cyber-Wesen steht noch dabei in der vollautomatisierten Lese- und Ladehalle, mit einer dampfenden Styroportasse Kaffee in der Hand, und bewacht den Ladevorgang.

– Was hat das mit Fotografieren zu tun?

– Beides geschieht zu einem bestimmten Zeitpunkt. Der Fotografierte und der im Herunterladen Kopierte werden eingefroren, zu einem Bild. Danach existiert dieser Mensch in zwei Versionen, die eine verändert sich weiter, die andere nicht. Die alte kopierte Software kann man später in einen neuen Körper laden, dessen Gehirn ganz leer ist. So soll man dann weiterleben dürfen, die alte Person in einem frischen Body. Niemand müßte mehr sterben. Wenn er gestorben wäre, könnte er wieder auferstehen.

Frank starrt sie erstaunt an. Er weiß nicht, daß sie sich wünscht, daß es das gäbe. Daß es schon früher erfunden worden wäre. Daß Menschen auf diese Weise rettbar wären. Wer traurig ist, malt sich vieles aus, auch wenn es unwahrscheinlich klingt. Wer traurig ist, weil ihm jemand fehlt, der nicht mehr lebt, spürt Hoffnung selbst in solchen Ideen.

Nach dem Abendessen machen sie eine Kissenschlacht, zu dritt. Frank läuft zu großer Form auf, die Kissen fliegen nur so. Stefan, der kreischend auf die Matratze fällt, noch bevor das Kissen ihn erreicht – und wie er es genießt, dann wieder selbst wirft und springt, ein wilder Zwerg. Manchmal erinnert er sie an Lukas, auch wenn das natürlich nicht sein kann, aber es ist so. Ein paar Stunden später schickt Aloe Frank fort. Sie ist froh, als sie endlich allein ist. Die Zigaretten, die Frank ihr mitgebracht hat, liegen unberührt auf dem Wohnzimmertisch. Aloe hat den Thermostat umgestellt, so daß die Heizung nachts weiterläuft. Obwohl Stefan bei geschlossenem Fenster schläft. Er mag es nicht, wenn die Tauben auf seinem Fensterbrett tapsen, es macht ihm Angst. Ein kleiner Junge, in ihrem Arm, im Bett. Erst muß sie ihn aufklären über Männer und Frauen, so daß es ihm gefällt, dann wird sie ihm Anitas Geschichte erzählen. Und auch Lukas wird darin vorkommen.

Immer wieder waren sie zu dritt gewesen. Selbst manchmal, wenn Aloe mit Lukas allein im Zimmer saß. Oder damals, als sie mit Anita davon träumte, zum Meer aufzubrechen, ganz am Ende, zum Meer, zu dritt.

Seit wann fotografierst du, Aloe?

Ein Bild erscheint vor ihrem inneren Auge – einem Auge, das keine Metapher ist, sondern etwas Reales in ihrem Kopf, überall im Gehirn verteilt, etwas, das sehen riechen hören kann und sein Lid nach einem Rhythmus auf- und niederklappt, mit dem Aloe sich manchmal übereinstimmen fühlt, doch dann wieder ist ihr, als säße ein anderer in ihr und spielte mit ihr das Püppchen-schau-du-für-mich-Spiel.

Aloe sieht sich mit ihren Eltern und Anita Kissenschlacht spielen. Aloe sieht, wie sich Anita, noch bevor ein Kissen sie berührt, kreischend ins Bett fallen läßt, und wie sie alle lachen. Als sei das Komische immer da, stecke aber im Körper fest und warte auf seine Befreiung. Dann fließen Tränen links und rechts, und es ist lustig. Der Bauch tut vor Lachen weh. Auch sonst fließt manchmal Wasser aus den Augen rechts und links und heißt Weinen. Es ist komisch, daß die Augen so zwei Richtungen haben in einer, wie der ganze Mensch; das eine Mal mehr mit dem Bauch verbunden, das andere Mal mehr mit der Brust. Aloe sieht sich ein Kissen werfen und wie Stefan sich, noch bevor das Kissen ihn berührt, kreischend fallen läßt. Aloe sieht ihre Mutter Ingrid, die selbst bei Kissenschlachten noch an ihre Frisur dachte, während ihre Stimme sich zu einem schrillen Lachen hochschraubte – schon als Kind hatte Aloe sich gefragt, wo dieses Lachen sich mit dem Körper verband, und ob es eher komisch oder traurig war. Und dann war da etwas Drittes: hoch, splittrig, schnell. Etwas, das sich durch jede Wand bohrte und auch ins Nichts. Anita.

Wie sie sich kreischend fallen läßt, noch bevor Aloes Kissen sie berührt, wie sie lacht und ruft: Lollo, ich kann nicht mehr!

Natürlich hängt alles ordentlich aneinander, eines am anderen, wie es sich gehört. Lange Zeit hat Aloe geglaubt: ich beobachte es nur, das berührt mich nicht. Lange Zeit hat sie geglaubt, in Sicherheit zu sein. Doch wie ein gigantischer Magnet ist Anita in ihrem Leben gestanden, und sie, Aloe, hat Teilchen gespielt und ständig versucht, die Ladung zu wechseln. Mal angezogen, mal abgestoßen. Sie hat beobachtet, ja, und was sie sah, hat auf sie abgefärbt.

Lukas kam es nicht ungelegen, mit Aloe zusammenzuziehen, vor allem, da sie sich um alles kümmerte, die Zeitungen Wochenende um Wochenende durchwühlte, Besichtigungstermine ausmachte, Verhandlungen mit Maklern führte: Aloe war Feuer und Flamme. Lukas Sachen aus Oxford wurden gleich zu der neuen Adresse gebracht.

Er war verändert, als er zurückkam. Er sagte, daß er nicht verändert sei. Aloe war sich nicht sicher, warum er es abstritt. Lukas sah noch besser aus als die Jahre davor; ihm stand, daß er älter wurde. Groß, schlank, gerade dreißig geworden, das Gesicht kantiger, selbstbewußter als früher. Er strahlte eine selbstverständliche spielerische Intelligenz aus. Feine Adern, glatte Muskeln. Und sein unwiderstehliches Lächeln, eine ganze Kaskade verschiedener Arten, Herzen aufzuschließen und andere mitzureißen, etwa mit diesem zum Pferdestehlen einladenden Flimmern der chrysopasgrünen Iris, die leuchtete wie ein Elmsfeuer über einem Moor. Aloe konnte sich vorstellen, wie er auf der Straße angeschaut wurde. Aber es war unvorstellbar, daß diese Person noch vor zwei Jahren Pornopostkarten verteilt hatte, denn Sex schien ihn nicht mehr zu interessieren.

Aloe war sich nicht sicher, aber Lukas bot sich als klassischer Fall für Freuds Sublimationstheorien an. Das ärgerte sie: so konnte man schließlich mit Theorien gar nicht übereinstimmen. Doch Lukas hatte, was sie bald den Arbeitsblick nannte. Er war verschachtelt, in sich gekehrt, dabei noch immer gesprächig, noch immer witzig, wenn andere dabeisaßen. Aber, und da war Aloe sich sicher, es war, als hätte er einen inneren Bereich in Winterschlaf gelegt. Extrem verlangsamte Blutzirkulation, Aufbrauchen der angestauten Fettreserven. Sex gab es theoretisch in seiner Welt und praktisch als Blick auf einen prallen Frauenpo irgendwo in der U-Bahn, auf Brüste in einem halbdurchsichtigen Shirt. Aloe hatte den Eindruck, er wichste nicht mal sonderlich viel. Es kam einfach nichts, die Energie, jaja Freud, floß in die Arbeit, dorthin war alles Innere gerichtet, das Aloe an Lukas wahrnahm, lauter kleine Lampen im Bergwerk der Mathematik. Haha, dachte Aloe, und als sie Lukas darauf ansprach, sagte er: verändert habe ich mich nicht.

In gewisser Weise stimmte das sogar. Es war nur seine andere Seite, die, die ihn nach Princeton getrieben hatte, die den schnellen Verkehr regelte, die Forschung und nochmal Forschung hieß, als absolviere er ein Trainingsprogramm für Fußballer: immer dranbleiben, kein Sex vor, während oder nach dem Spiel. Sie schliefen zwar noch miteinander, allerdings selten. Es ging kühl zu, strich über Oberflächen. Als Aloe einmal, mit Lukas unter sich, auffiel, daß sie nicht nur wie sonst manchmal in den Himmel starrte, sondern an die Einkäufe nachher dachte, war sie im ersten Moment nicht mehr überrascht, danach aber bedrückt.

Shoppen ging sie immer öfter. Kaufte immer mehr, aber es half nicht gegen Aloes Unzufriedenheit, wenn es auch anderen zu helfen schien.

Ob Lukas sich bereits in Oxford bedroht gefühlt hatte durch die Anwesenheit all der anderen Forscher, viele von Selbstbewußtsein aufgepumpt – kleine Fische, die Schwimmblasen an der Körpervorderseite haben, voll mit Luft? Sie waren Götter, und sie waren unsicher, wie auf einer Kinderwippe rutschten sie zwischen diesen Gefühlen hin und her. Aloe mochte nicht glauben, daß Lukas es nicht durchschaute. Doch Ehrgeiz, das stachlige Schweinchen, rüsselte in ihm herum, und jedesmal, wenn es neue Witterung aufnahm, fingen in Lukas Gehirn die Strategiezellen zu feuern an – was muß ich tun, wie schnell, wie komme ich am besten durch.

Als Aloe das erkannte, war es plötzlich einfach, damit umzugehen. Auch sie zog schließlich durch, was sie sich einmal in den Kopf setzte. Alle Welt hatte ihr vorgehalten, wie kannst du nur Kunstgeschichte studieren!, die übliche Sülze aus Hasenherzen, überzuckert mit ein bißchen rosa Höflichkeitsschaum (»du bist doch so klug …«). Denen zeigte sie es. Ihre Dissertation war bald fertig, locker zog sie das ab, allerdings hatte sie sieben verdammte Kilo zugelegt in den letzten drei Monaten, das war Lukas natürlich gleich aufgefallen, am Flughafen noch im niegelnagelneuen Schein der halbrunden Tunnel, durch die Laufbänder einen unter farbigen Neonröhren entlangschoben, während man sich selbst in der Plastikverkleidung der Wände unscharf gespiegelt sah, hatte er eine Bemerkung dazu gemacht.

Jetzt noch Vorbereitungen auf das Rigorosum, ein paar zusätzliche Spezialgebiete, Caravaggio etwa. Lukas sah sich Reproduktionen der alten Gemälde auf Aloes Schreibtisch an und fand sie schön. Aloe zeigte ihm den jungen Christus in Emmaus, ein frisch gebratenes Hähnchen lag vor ihm auf dem Tisch, Obst, ein angebrochenes knuspriges Brötchen.

– Wie willst du abnehmen, wenn du dauernd solches Zeug anschaust?

– Das laß nur meine Sache sein. Auf dem Bild ißt ja auch keiner.

Christus holte mit der Rechten weit aus, wie jemand, der spricht, aber sein Mund war geschlossen. Nur Männer saßen in dem dramatischen Hell-Dunkel der Szene um ihn, auf Stühlen des 16. Jahrhunderts; es war tatsächlich ein Stilleben vor geschlossenen Lippen, das Tischtuch leuchtete weiß.

Aloe zeigte Lukas, um das Thema zu wechseln, eine Magdalena und tippte auf ihren langen, zur Seite gebogenen Hals und die freien Schultern. Das Dunkel des Hintergrundes und Magdalenas Haut stießen in einer langgeschwungenen, seltsam erotischen Linie zusammen.

– Sieht aus, als schmiege der Raum sich an ihren Schlaf. Als träume sie den Raum und sich darin, träume das Bild.

– Machst du das auch, Alla?

Sie lächelte und nahm Lukas Hand: vielleicht träume ich dich! So selten, wie du da bist.

– Puhh, sagte Lukas in gespielter Empörung. Warum hat dieser Caravaggio eigentlich alle Hintergründe so dunkel gemalt und dann Lichtflecken aus dem Nirgendwo hineingesetzt?

– Bündeln.

– Wie? Das Licht?

– Eher die Dunkelheit. Sie ist ja nicht schwarz, sondern schattig und sogar silbern, schilffarben braun oder ocker und immer bewegt, verwirbelt, kleine Orkane, wie Gras sind sie oder Flüsse aus Ebenholz – Aloe zeigte auf eine Stelle neben Magdalenas Hals: oder Wurzeln, die sich in die Erde bohren und dann wieder aus ihr herauszusausen scheinen – sie ist immer die Geschichte um die Leute herum, und das Bild wirft nur ein paar Lichtpunkte hinein.

– Hmm, er malt … als sähe er das Universum. Schwarze Löcher und die merkwürdigen Wirbel der schweren Masse – Löcher und darauf Menschen.

Es war schon nach 23 Uhr, wie meistens, wenn Lukas aus dem Institut zurückkam. Oft sah er ganz zerwühlt aus, nur seinen Augen war das Starren auf den Bildschirm nie anzumerken – dabei hätte es Aloe nicht gewundert, darin irgendwann ein ∞ oder ein π statt einer Pupille zu sehen.

– Gehen wir endlich ins Bett, Kasimir?

– Unbedingt! Ich dusch nur noch.

Aloe aß meistens allein, Aloe war es, die meistens einkaufen ging. Lukas sah aber ein, daß so nicht gewettet war, und übernahm seinen Teil. Eigentlich rauften sie sich erstaunlich schnell zusammen, als wären sie kleine Tierchen, die ein bißchen spielen, sich neckisch am Fell zerren. Tatsächlich lief es bei ihnen sachlicher ab, pragmatisch. Die Wohnung war staubig, irgendwann kam dann eine Putzfrau. Nachmittags trafen sie sich auf einen gemeinsamen Kaffee.

– Holst du die Bücher ab?

– Gehen wir mal ins Kino?

Aloe klaute Lukas den Milchschaum vom Kaffee und schleckte sich über den Mund. Die Krise der ersten Zeit war vorbei.

Zudem besaß der Ehrgeiz-treibt-Ehrgeiz-an-Riemen, über den sie beide liefen, auch seine Vorteile, und er hätte gut weiter funktioniert, wäre da nicht etwas anderes gewesen. Es kam wie ein Gast, sehr klein, wuchs, nistete sich ein, lag neben Aloe im Bett, setzte sich auf ihren Nacken, die Schultern taten ihr weh, manchmal der Bauch, dann wieder fiel ihr etwas aus der Hand, sie wußte nicht, warum sie so nervös war – und aß Schokolade zur Beruhigung, zum Trost. Nach Schwandt zu ihren Eltern fuhr sie nie. Ein Leben ganz ohne Anita Aphrodita, ohne deren Schönheit aushalten zu müssen, an sie zu denken, sie dauernd vor sich zu sehen, ohne Neid. Das wollte sie. Die Stunden allein am Schreibtisch genoß Aloe; daß Lukas in die Wohnung zurückkommen würde, freute sie. Der Gast aber wuchs, die Kilo an Aloe gingen nicht weg. Also beschloß sie, eine richtig harte Abmagerungskur zu beginnen: wenig essen, noch weniger, kaum etwas. Und joggen. Aloe freute sich, daß das Gehirn bei anstrengender Arbeit ein paar Kalorien zusätzlich verbraucht. Der Gast war angekommen und entpuppte sich später, wie zu erwarten, als alter Bekannter, ein treuer Gefährte. Aloe spürte ihn jedoch zunächst nur diffus, vielleicht auch, weil man als kräftig konditioniertes Pferdchen im Trabrennstall der Karrieren schlecht über sich selbst nachdenken kann. Ihr Körper allerdings unterhielt eine besonders gute Verbindung zu Verdrängtem. Das Gerede vom Denken im Bauch hielt Aloe für Quatsch, ein völlig falsches Bild. Bei ihr kam der ganze Körper in Aktion, und das Abnehmen wurde das genau richtige Ventil für einen Druck, von dem sie gar nicht gewußt hatte, daß er in ihr steckte.

Was ihr so zusetzte, sagte sie später, wie man hinterher mit Erklärungen kommt, war, daß alle Probleme, die sie mit sich allein gehabt hatte, Einsamkeitsgefühle, gelegentliche Schübe von Traurigkeit und Verlassenheit, durch das Zusammenleben nicht verschwanden. Im Gegenteil.

Dazu kamen die angefressenen Joghurts im Kühlschrank. Die Käserinde, die Lukas liegen ließ, um Aloe nichts wegzunehmen. Er fragte sie, ob er dies oder jenes aufessen könne. Es war nett gemeint, doch nervte sie, bis er nicht mehr fragte, was sie auch nervte. Als wäre man nicht mit einem Körper schon beschäftigt genug.

Dazu kam: kaum gewöhnte sie sich während eines Wochenendes an seine Anwesenheit, wurde es Montag, und sie war wieder allein. Dann lief Aloe den langen Flur auf und ab. Wenn man in die Wohnung kam, lagen links das Bad und Lukas Zimmer – beide zur Straße hinaus – rechts, dem Bad gegenüber, befand sich Aloes Raum mit einem kleinen Balkon, auf den gerade ein Stuhl paßte. Daneben das Schlafzimmer, vor dessen Fenstern eine Kastanie ihre Blätter ausbreitete. Dann knickte der fensterlose Flur scharf nach links und führte die ganze lange Wand von Lukas Zimmer nach hinten, wo die Küche mit einer Vorratskammer wie ein Wabenstock am Haus hing. Die Dielen knarzten unter Aloes Schritten. Der Flur wurde ihre persönliche Rennstrecke. Auf und ab, vorbei an ein paar Bücherregalen und dem kleinen Tischchen mit dem auf die Schublade gebrannten *Clara*, das Ingrid ihr anläßlich der unerwarteten Rückkehr nach Deutschland geschenkt hatte, nicht ohne zu erzählen, wie erfolgreich Anita Jura studiere und auch wie schnell, da sie das Modeln inzwischen aufgegeben habe. Nichts, dachte Aloe, setzt mich unter Druck. Sie folgte keinem *Brigitte*- oder *Petra*-Programm, sondern reduzierte einfach auf 1000 Kalorien. Das griff. Manchmal gönnte sie sich ein Stück Kuchen, aß dann aber den ganzen Tag nichts sonst. Sie hob die Gelatine von den Erdbeeren, kratzte den Pudding vom Teig. Du schlachtest ja dein Stück, rief Lukas, als er es das erste Mal sah bei einem ihrer Nachmittagsausflüge, und seither dachte sie immer daran, wenn er nicht da war, und vermißte seine Stimme, seinen am Nachmittag schon stark nachgewachsenen Bart, sein listiges Augenfunkeln.

Aus Oxford kamen Briefe: Einladungen vom College oder der Mathematical Society; auch private Post in weißen englischformatigen Umschlägen, an denen Aloe manchmal roch. In Kinderkrimis, die sie gelesen hatte, machte man solche Briefe über Wasserdampf auf, las und klebte sie wieder zu. Aloe ließ die Briefe liegen und fahndete auch nicht nach ihnen, wenn Lukas sie geöffnet hatte; in Oxford hatte sie genug von Jaminas und Karinas oder wie sie alle hießen gehört; das reichte ihr noch jetzt.

Sie versuchte, mit Lukas über ihre Gefühle zu sprechen. Daß sie dünner geworden war, hatte sein sexuelles Interesse wieder gesteigert; er streichelte ihr über den nackten Po (Aloe lag gern auf dem Bauch), immer von oben nach unten streichelte er, nie zurück, das machte er lieber in der Luft. Als sie ansprechen wollte, was sie bedrängte – konnte sie es so nennen? – Familienbande, sollte sie es so sagen (und Anita erwähnen)?, fand sie die richtigen Worte nicht. Vielleicht auch weil sie, während er sie streichelte, nicht recht wußte, ob dieses neue sexuelle Aufflackern sie freuen sollte oder doch eher eine nachträgliche Beleidigung ihres sieben Kilo Zusatzgewichts war und damit ihrer ganzen Person, der ganzen Liebe nämlich, um die es hier schließlich doch auch ging.

Lukas streichelte Aloes nackten Po und sagte, daß ihre Haut ihm gefiel. Er begann sie zu küssen. Alles weitere wurde weniger lasch als sonst, klappte aber erst beim zweiten Versuch. Lukas hatte ein Erektionsproblem, es kam ihm, aber nicht ganz, er blieb weich in der Spitze, ein bißchen buttrig. Vielleicht mißfiel ihm das Kondom. Aloe schaute zu, als er es sich überstreifte, sie mochte den Gummigeruch nicht sonderlich, aber zum Glück hatte man in der Möse keine Geruchsnerven – als sie das dachte, mußte sie schmunzeln, und Lukas kam, weil er das Lächeln auf sich bezog, und es ihm vielleicht gefiel, daß sie diesmal nicht laut schrie. Aloe jedoch fühlte sich wie eine der kleinen Kastanien an dem Baum vorm Fenster. Nach außen stachlig grün, innen ein trockener Kern.

Lukas rollte so schnell von ihr wie immer. Das Schlafzimmer, ihr einzig wirklich gemeinsamer Raum – sie hatten das hellbraune breite Futonbett, das japanische, sich nach oben verjüngende Regal und den metallfarbenen Deckenfluter gemeinsam ausgesucht – fing Aloe auf. Sie konnte die Silhouetten der Möbel und des Fensters links vom Bett deutlich erkennen, denn durch den Vorhang, einen einfachen Baumwollstoff, der mit einem rötlichen Blattmotiv bedruckt war, fiel immer etwas Licht. Aloe fühlte sich geborgen, doch der nächste Tag kam bestimmt, und wieder hatte sie Lukas nicht gesagt, was sie herausgefunden hatte: es gab keine Rückkehr. Rückkehr war ein Paradox. Man mußte alles neu aufbauen, doch auch das Alte war noch da, die eigene Vergangenheit – mit Anita mitten darin. Doch das sagte sie ihm nicht, so wenig wie sie ihm sagte, wo sie inzwischen jeden Vormittag, Mittag und Nachmittag ihre Zuflucht suchte, ihr paradoxes Heil.

Es war ein gigantisches System aus Waren und Nummern. Nichts wurde dem Zufall überlassen. Es war durchstrukturiert, ausgeklügelt und auf Verbrauch abgestellt. Aloe liebte den Supermarkt, ihr neues Daheim.

Eine Minute den Gang rauf, eine runter, nächster Gang – viel besser als der Flur. Anonym und überwacht zugleich, beides zog Aloe an. Vormittags, mittags, nachmittags, der Supermarkt. Er wurde Aloes Oase, ihre Tankstelle, ein vertrautes Zuhaus. Sie fühlte sich eingeweiht.

Wo Sehnsucht ist, entsteht eine Geschichte, und wo alle sehnsüchtig sind, aber nicht wissen, wohin damit, laufen sie zum Einkaufen. Verpackt in Kleider und Worte sehen sie sich von nah in die Augen, ohne etwas zu sehen. Umgeben von Stilleben aus Broten, Zitronen, Feigen, umgestürzten Wasserflaschen, bunten Überraschungseiern, Schälmessern mit knallroten Griffen – Stilleben wie von Frans Snyders, Nicolas Gillis oder Floris van Dijk, zu kunstvollem Durcheinander ausgelegt auf Plastikregalen. Aloe bewunderte die zeitgenössischen Arrangements der Vergänglichkeit, übersprüht von Kunstlack und Strichcodes, aufgehoben für immer in den Videos der Überwachungskameras, in der Kälte der Truhen. Sie sah anderen in die Augen, von nah, und sah sie nicht.

Mit kleinen Ohren, gestopft von Muzak, mit kleinen Nasenlöchern, gestopft vom weltweit gleichen Supermarktgeruch aus Ventilatorstaub, verschütteter Milch und Putzmittel, mit ganz kleinen Augen, weil sie alles schon kannte, lief sie ihren Parcours. Aloe kaufte nur mehr für andere ein. Die Beute, harmloses food, verpackt, gefroren, eingebüchst, hüpfte ihr nur so in den Korb. Aloe, sagte sie jetzt gern zu sich, denn allein mit der dritten Person traf sie die kleine, harte Figur, die sie seit Wochen herausschmolz aus sich.

Die Alten waren die einzigen, die gehetzt wie sie durch die überkopfhohen Warengänge rannten. Diese kleine Oma mit braunbestrumpften O-Beinen in schiefgetretenen Sandalen überholte Aloe jetzt zum dritten Mal. Die Alten ruderten, man sah, für die war das ein Sumpf. Der Einkaufskorb der Frau noch immer fast leer, Aloes übervoll. Daß sie das alles nach Hause tragen mußte, war ihr jetzt egal. An der Gefriertruhe beugte sie sich besonders weit vor.

Fallen stellen, züchten, manipulieren, zerschreddern, stoßen, abschneiden, aufteilen, kochen, mischen, konservieren: Nahrung, *food*. Sie kaufte zwei Pack Hähnchenkeulen, besser drei. Die Alte neben ihr griff schnell und schüchtern zu. Aloe schaute hin, schaute wieder weg. Das wollte sie jetzt nicht sehen.

An der Kasse war sie glücklich. Nahm MINTS, Kaugummis, SNICKERS, MARS, FIORETTO, GIOTTO, HANUTA, Kinderschokoriegel in die Hand. Legte MINTS, Kaugummis,

SNICKERS, MARS, FIORETTO, GIOTTO, HANUTA, Kinderschokoriegel wieder zurück ins Regal. Nahm MILKY WAY in die Hand. Legte es zurück. Rückte in der Schlange eins vor. Nahm all das feine, leichte, süße, kalorienschwere Essen in die Hand. Legte es zurück. Niemand wunderte sich über sie. Hier fühlte sie sich wohl. Hier war sie nichts.

Die in der Schlange vor ihr zogen die Lippen von den Zähnen zurück mit einem kleinen, leisen Schnalzen, das das Knacken der Plastikkarten auf der Scannerplatte imitierte. Die Karten glänzten golden wie Zähne, die Käufer strahlten. Das Klacken der Karten war das Geräusch, das ihr Herz machte – bei jedem Einkauf ein kleiner Sprung.

Um 20 Uhr kamen die Gäste. Lukas legte Jacken weg, Patrizias Blumen, den von seinen Institutskollegen und ihren Freundinnen mitgebrachten 1989er Jahrgangswein, die Schachtel kleiner Zigarren, die sein Professor (solo) ihm in die Hand drückte: Sie rauchen doch bestimmt?

Aloe war froh. Sich unterhalten, ein Gläschen trinken, Merlot, ja, sagte sie, gern!, und stellte, wenn niemand es sah, das volle Glas bei den Teelichtern ab. Dabei tat sie, als streife sie nur die Ärmel ihrer Kostümjacke hoch. Sie ging jetzt oft ins Solarium, dort wärmte das Licht bis in die Knochen, dort aß keiner etwas, dort kaufte sie sich mit der Bräune ein »gesund siehst du aus«.

Patrizia kaute an einem Stück roter Paprika, lässig die Beine über Kreuz saß sie da. Die neue Dissertation *Der ethnologische Blick – Deutschland nach 45 aus amerikanischer Sicht* auf der Basis von Foucault und Mauss bekam ihr gut. Das Thema bedeutete vor allem, daß sie in Deutschland in Bibliotheken mußte, obwohl sie als einzige von ihnen weiter in Oxford immatrikuliert war. Sie trug anthrazitfarbene Strümpfe mit lila Punkten.

– Sehr kleine oben, das längt das Bein. Ich habe übrigens ein Appartement hier gemietet, es wird mir zu blöd, immer ins Hotel zu gehen.

Aloe war überrascht, doch ehe sie sich freuen konnte – oder dem nachspüren, was sie bei dieser Nachricht wirklich empfand –, rief Lukas aus dem Flur nach ihr, und sie erinnerte sich, daß sie in die Küche mußte. Also ließ sie das Strumpfmuster stehen, sah aber noch, wie der Kopf darüber sich nach Lukas Stimme drehte, wohl um auch ihn in die neuen Pläne einzuweihen. Aloe hörte schon, wie er später wieder sagen würde »die schwimmt ja in Geld«, wobei sie annahm, daß Lukas auf Patrizia neidisch war, weil sie, anders als er, ein Promotionsstipendium in England erhalten hatte.

Auf dem Weg in die Küche jammerte Aloe über das Nichtaufgegessene auf dem Vorspeisenbuffet. Die eingelegten Tomaten, Auberginen, alles, was schwamm und glänzte in seinem Öl. Ihr Bedauern war ein echtes Gefühl. Selbst die vergeblich abgeschnittenen Basilikumblätter auf den Zucchinistreifen taten ihr leid.

– Nehmt doch noch!

Der Mond floatete im Küchenfenster, schorfig wie eine Schüssel voller Cornflakes mit Milch. Überm Spülbecken spuckte Aloe aus, was sie im Mund hatte. Die anderen wurden fett, sie wurde schön.

Paradox Nr. 1: sie kochte jetzt besser als je zuvor. Es beruhigte sie, Nahrung zu riechen, zu halten, zu wiegen. »Lukas entlasten« nannte sie das. Fett reingießen und mehr Zucker als im Rezept. Fett, so nett, wenn es für die anderen aus der Flasche floß. Was hatte mehr Kalorien, Walnuß- oder Sonnenblumenöl?

Für neun kochte sie die Menge für zwölf. In die Sauce kippte sie zwei Becher Sahne statt einen. Niemandem fiel auf, daß sie selbst beim Essen den ersten Gang ausgelassen hatte.

– Wir spielen Restaurant, sagte sie 15 Minuten später, brachte das Chicken Masala, mit Reis und Broccoliröschen im Maisbett auf dem Teller arrangiert, ganz fertig auf den Tisch. Den eigenen Teller zuletzt, so gehörte es sich. Daß er in der Küche der erste war, wer sah's. Da legte sie ihre Portion auf, dann erst kam die Butter zum Mais, die Sahne zur Sauce. Viel. Nie genug.

Sie blickte über den Tisch. Die Servietten hatte sie als große Ultramarinblumen kunstvoll in die Gläser arrangiert. Das Hühnerbein auf ihrem Teller jedoch war ihr Meisterstück. Haut, darunter kaum Fleisch. Das ausgelöst, den anderen untergeschoben. Mit ein paar extra Broccolistengeln die leere Haut auf dem eigenen Teller ausgepolstert. Stand wie das Olympiadachzelt.

– Guten Appetit!

Der Rest des Essens war Choreographie. Aloe wartete mit dem Anschneiden ihres Hähnchens, bis alle redeten, kauten, anderswo hinsahen. Schon lag ein Haufen Knochen, ein Haufen Broccoli auf ihrem Teller. Sie saß da wie ein Lamm. Sie trug ja jetzt auch viel Weiß.

Ihr Kostüm war das engste – das allerweißeste, das allerengste. Als Lukas aus Oxford kam, hätte ihr das mit ihren 62 Kilogramm wahrlich nicht gepaßt. 52 zeigte die Waage inzwischen – Aloe fluchte: immer noch. In ihrem Kopf liefen ständig Filme über serviertes, geteiltes, verputztes, ratzeputz aufgegessenes Essen ab. Stimmte der Film wie jetzt mit der Wirklichkeit überein, fühlte sie sich wohl. Lukas bot an, in die Küche zu gehen, um die Nachspeise zu holen.

– Ich komme mit!

Patricia, den Kopf zu Lukas gedreht.

Das hätte gerade noch gefehlt. Sich die Regie aus der Hand nehmen zu lassen!

– Sucht doch Musik aus, ihr zwei.

Patrizia stand am CD-Regal, Lukas hockte neben ihr und

wühlte in seiner Sammlung; Aloe sah seinen vom Sommer noch gebräunten Nacken neben Patrizias Strümpfen, Patrizias Hand, die glänzende Hülle der CD, beider Finger darauf. Lehn dich in deinem Stuhl zurück, sagte Aloe sich, genieß dein Völlegefühl und laß die beiden die beiden sein. Sie lächelte, ihr Mund öffnete sich gern für pure Luft; er wurde immer größer in dem immer schmaleren Gesicht.

Alle Lust war weg; ihre Tage blieben aus. Jede Nacht stieg der Hunger in ihren Kopf, bis er an der Basis des Hinterschädels die kleine Drüsenkirsche, die an einem kurzen Stil dort hing, so berührte, daß sie weiterschlief.

Patrizia und Lukas hatten Piazzolla gefunden, die anderen angelten noch immer mit ihren Fingern an den Bestecken, schoppten und schlürften. Lukas Professor, der selten überhaupt in Deutschland war, machte Zigarettenpause, drückte die Marlboro aber nach der Hälfte schon wieder aus und nahm sich von allem eine zweite Portion. So einfach konnte Glück anscheinend sein. Doch wie er und die anderen logen! Wie sie bei jedem Bissen so taten, als wären sie vollständige, autonome Geschöpfe. Dabei mußten sie sich dauernd stopfen, wodurch ihre Abhängigkeit von der Außenwelt, dieser ständige verzweifelte Stoffwechsel des Lebendigen sich gnadenlos zeigte! Arcimboldo-Köpfe! Überall drängte, was sie gefressen hatten, wieder aus ihnen hervor, Ohren wie Gurken, Maiskolbennasen, Pfirsichspaltenaugen mit Kirschkernen, warzige Äpfel als Bäckchen.

Als Lukas Aloe von hinten an der Schulter berührte, zuckte sie zusammen. Erst störte sie, daß er so bei ihr stand, doch dann gefiel ihr, die eigene Schulter derartig knochig unter seinen Fingern zu fühlen. Lukas schien von ihren Eßmanövern nichts zu bemerken, sie war ihm dankbar dafür und legte für eine Sekunde den Kopf auf seine Hand.

Alle waren weg, und Aloe nahm – endlich – ein heißes Bad. Bis übers Kinn ließ sie sich ins Wasser und deckte ihren Körper mit Schaumflocken zu. Weiße fluffige Gebirge, fast nichts. Der Körper im Dunkeln darunter war heiß und leicht.

Kaum schlüpfte sie ins Bett, drehte Lukas sich zu ihr. Er sagte »jetzt freust du dich, daß Patrizia öfter hier sein wird« statt »die schwimmt doch in Geld«. Aloe legte sich auf den Rücken, Lukas blieb liegen, sie drehte sich weg, schob aber ihren Rükken an seinen Bauch, was gefährlich war, weil es ihr so immer besonders gefallen hatte, sie jetzt aber nicht wollte. Oder doch? Aloes ganzer Kopf hing voll kleiner, weichlicher Drüsen, die bimmelten, Rhythmus und Schlag, stillstanden, sich nur mehr erinnerten, träumten und schmerzten.

Lukas tat nichts. So daß auch Aloe sich nicht von der Seite auf den Rücken drehte und nicht vom Rücken auf den Bauch, sich also gar nicht drehte, vor allem nicht auf Lukas. Er sah sie enttäuscht an, sah mitten hinein in die Laß-mich-Augen ihres neuen Ichs, da löste der Rest sich von selbst. Aloe sackte, völlig erschöpft, ins Kissen zurück – und weinte.

Lukas zögerte. Was denn sei, sie mache ihm Sorgen, morgen komme er früher aus dem Institut zurück, sie solle verstehen, er habe so wenig Zeit, natürlich, sagte sie, dabei hätte es gar keinen Trost gebraucht, denn sie weinte, weil sie so glücklich war und der Abend so gut, ganz ohne etwas zu essen, vorbei.

Bonbongelb, schweinchenrosa, peppermintgrün – wie mehrstöckige glasierte Torten sahen die Häuser aus. Jede Nacht verwandelte sich in Aloes Träumen alles in Essen. Jeden Morgen hörte sie die Vögel singen, rollte im Laken als ein Körper unter einem schlaflosen Kopf, wollte schlafen wie Lukas, wie alle anderen in den Wohnungen unter, neben und über ihr, aber lag wach. Der Mond hing wie ein aus der Backe operiertes Fettpölsterchen am Himmel, das stundenlang herumrutscht und dann herunterfällt, in Aloe hinein, jede Nacht.

Sie schlich aus dem Bett, Stunden bevor ihre neuen Jobs (im Café hinter der Uni und im Völkerkundemuseum) begannen. Sie schlich aus dem Bett, fror wie ein Schneiderlein und sagte sich: Aloe, das Trainingsprogramm! Lukas lag noch in den Kissen, knackig und halbnackt – sie sah seinen Po. Er wurde schon fetter, Lucky Luke, ein schönes Spanferkelchen gäbe er ab, drehte sich bestimmt bald gut am Spieß. Sie mästete ihn; jeden Tag mußte er essen, was übrigblieb.

Wie immer morgens ging Aloe die Liste in ihrer rechten vorderen Stirnecke durch: säuberlich stand da in Kalorien untereinander, was sie zu sich genommen hatte. Jeden Morgen fing sie bei Null an. Hatte sie zwischen 22.00 und 2.00 noch etwas gegessen, kam das zur Strafe sowohl auf die Liste des Vortages als auch auf die des Folgetages. Sie ließ sich nicht täuschen, sie war Expertin für Kalorien und Zeit.

Aloe, das Trainingsprogramm! Sie trabte durch die Wohnung, um sich aufzuwärmen, mußte aber darauf achten, nirgends anzustoßen, denn alles stand voll. Vasen, Tischtücher, Kerzen, Besteck – Aloe kaufte ein, doch leider verbrauchte jeder Kauf das Lustgefühl sofort wieder, das er erzeugte. Gestern beim Aufräumen hatte Aloe die Pornopostkarten hinter dem vierten Tagebuchband von Tschechow wiedergefunden. Oberkörper in rotem Lederbody, schwarze Weichgummistiefel bis übers Knie. Aloe lief vor der Kommode, in der sie die Karten versteckt hatte, auf der Stelle und schaute den Packen noch einmal durch. Zwei Frauen, jede in Strapsen und Hüftgürtel, darüber ein Mieder, das die Brüste nach vorn preßte. Zwei Vaginen, und vor der einen ein Penis. Er hing herab, klar, Aloe lachte, klar wie Kloßbrühe, daß er angebunden war, aber sie mußte zugeben: sehr gut angebunden, gut retouchiert. Aloe schob den Stapel unter die Wäsche zurück.

Aloe, das Trainingsprogramm! Sie legte sich auf den jadegrünen Teppichboden im Schlafzimmer, auf ihrer Seite des Bettes. Lukas, der am Fenster schlief, hatte sich umgedreht und zugedeckt. Vielleicht wäre Sex mit ihm gestern doch gut gewesen, verbrauchte immerhin 75 Kalorien, wild vielleicht 150. Aber sie wollte wirklich nicht, fühlte sich geschlossen wie eine Lychee, wenig Fleisch, dann ein fester undurchdringlicher Kern.

Sie kicherte. Stellte es sich vor und kicherte. Situp 15, Runde 1.

Sie wurde ein Neutrum. Das war für viele verlockend. Oh ja, sie war nicht allein, mit den Wünschen der anderen wußte sie sich verbunden. Draußen wurde Klärschlamm verklappt, das Meer geölt, alte Salzminen waren mit weißen strahlenden Fässern gestopft, Luft wog mehr als früher, auf Bäume regnete es sauer, Erde, schwefelgelb gesprenkelt wie das Gefieder einer Vogelmutation, klebte unter den Schuhen. In manchen Flüssen hielten sich dank jahrelanger Arbeit wieder ein paar Krebse; Schneewinter blieben seit '85 aus, in Schwandt erklärten die Fremdenführer, die ein paar verwirrte Touristen durch den Schloßpark mit den grünschnäbeligen Schwänen führten, welche Vögel in den letzten 20 Jahren verschwunden waren, ein/zwei Schmetterlinge pro Sommer torkelten noch vorbei. Man baute Filter in die Wasserleitung, die Katze des Nachbarn bekam Junge, eines zog die Hinterbeine nach und wurde ertränkt, das war immer so gewesen, alle in den Dörfern pendelten, die Jüngeren aber lebten längst in der Stadt, sie wurden neutral. Neutrale Neutren. Der große Feind war untergegangen, jeder spürte die Erleichterung, sie lag in der Luft, das Ozonloch wuchs, aber war weit weg, Tiroler Nußöl Faktor drei galt als Nostalgie. Kleine nationale Kriege flimmerten über die Bildschirme. Man selbst hielt sich sauber und neutral. In den Labors kamen karierte Mäuse zur Welt, fluoreszierende Affen sprangen durch künstliche Dschungel, in einer Eizelle verschmolzen Schaf und Schwein. Riesenkonzerne klonten Mais- und Reiskörner so, daß sie nicht mehr als Saatgut gebraucht werden konnten, und hier waren sie selbst, die Jungen, die Zukunft, das Material – ein Stückchen neutraler als je zuvor. Verlockend und *clean*. Man hatte Muskeln, *musculi* – die kleinen Mäuschen unter der Haut, die ließ man spielen, locker fielen chemisch erzeugte Stoffe darüber, Microfasern paßten sich exakt an. Schön sah es aus, *push-ups* für Busen und Po, vorm Spiegel zog man die Lippen nach. In Fotos und Videos galt *morphing*, die Überblendung von einem Gesicht in ein anderes, als neuester Kick. Man erkannte sich darin, daß man wie alle anderen war.

Aloe stand nicht allein, als Body Artist konnte sie gehen, Körperformerin, *special thanks to Anita*, diesem ungeahnten Geschenk aus der Zukunft, das '69, als es auf die Welt kam, natürlich noch von niemandem als solches erkannt worden war.

Lukas dachte vermutlich, jetzt dreht sie ab! Und wußte nicht, ob es ihm eher gefallen oder mißfallen sollte. Als Mann behandelte sie ihn ja nicht gerade. Das immerhin war neu, ungewohnt; irgendwie schien es ihm sogar recht.

Onaniert er oder was?, fragte Aloe sich, Situp 9, Runde 2. Seine Sexualität war ja schon seit der Rückkehr aus Oxford auf Storchenbeinen dahergekommen, mit Hüpfen und Stottern, mal sechs Wochen gar nicht, oder neun, dann ein paar Tage wie blöd. Lukas hatte da einen Stau. Das ärgerte Aloe. Sah ihre Verweigerung doch beinahe wie eine Antwort auf sein Stottern aus, eine platte Antwort, das ärgerte sie. Denn das war es nun wirklich nicht.

Neutrum, neutral sein, paßte zu viel mehr.

Nur die älteren Männer fielen heraus, machten Aloe an, als hätten sie ständig pochende Dinger in den Hosen, dauergeil wie in den siebzigern, im Jugendprogramm. Doch wie alt sie genau dadurch wirkten, liebenswert alt! Halb wissend lächelten sie dazu, mit ihren Krähenfußaugen, immer leicht gebräunt, unwissend verschämt lächelten sie, aber in vollem Stolz darauf, was sie taten. Sie spielten sich selbst, wie sie gewesen waren und vor fast 30 Jahren gedacht hatten, daß sie sein mußten, wenn sie älter wurden, um ihren Vätern nicht zu gleichen, und spielten das so deckungsgleich mit sich, daß Aloe sie manchmal unheimlich fand, so echt unecht. Sie klebten wie Baklava, jede Schicht eine ihrer Erzählungen über sich selbst. Und dann fand sich da noch etwas, in den Augenwinkeln neben den Krähenfüßen, ein aus Verzweiflung warmes Brennen, eine Sehnsucht nach – nach – Aloe sagte: nichts. Oder wie sollte man es nennen? Jugend, Gesundheit, Lebenslust? Nur ein russischer Spruch fiel ihr dazu ein: wenn du über vierzig bist und morgens aufwachst, ohne daß dir etwas weh tut, bist du tot. Wenn es danach ging, war sie hundert.

Situp 14, Runde 3.

Sie machte ein Experiment, und die Natur machte mit. So war das mit der Natur. Klonversuche liefen in den Labors. Die Natur änderte sich eben und sie, Aloe, änderte sich auch: Sätze, zurechtgelegt, falls Lukas mal fragte. Aber er fragte nicht. Er schaute nur und sagte: jetzt ist es perfekt. Oder: klasse Figur.

Wie gestern morgen. Aloe stand am Toaster. Als Lukas ein paar Tage erst zurückgewesen war, hatten sie ihn im Karstadt gekauft, obwohl sie gar keinen Toaster wollten. Aber dieser war so hellblau, so rund gebogen wie ein alter Käfer-Kotflügel und hatte eine so große schwarze, unpraktische Taste, daß sie ihn einfach mitnehmen mußten. Wie heiter sie an diesem Tag gewesen waren. Wenn man die Taste drückte, gab es ein lautes Knackgeräusch (Sounddesigner hatten daran gewiß tausendmal herumexperimentiert), das in ein kleines, brutzliges Summen überging. Aloe sog den Duft der beiden Brotscheiben für Lukas ein. Lukas las Zeitung. Das Frühstück war immer am gefährlichsten, jeder noch ein bißchen traumzerschmolzen und dem anderen nah.

Lukas sagte: Du wirst immer knochiger.

Aloe bezahlte das Abonnement. Ihre Zeitung, sein Toast. Sie strich Butter auf die heiße Scheibe, weil sie mochte, wie das Fett zerlief.

– TINS, sagte Lukas.

Aloe steckte das Messer in die Butter und butterte Lukas Toast ein zweites Mal. Er las in der Zeitung, sah es nicht.

– Two incomes, sagte Lukas, no sex.

Wie sie lebten, hatte also einen Namen, eine offizielle Form. Anerkannt war es und hatte mit so etwas wie Magersucht nichts zu tun.

T-I-N-S. Lukas stockte, sagte nein, doch nicht, du hast kein Einkommen, nur Jobs.

Gemein. Aber er schaute unschuldig. Aloe lächelte, auf die Höhe des Verdienstes komme es wohl nicht an. Davon stehe da nichts. Lukas biss in seinen Toast, strich noch Marmelade nach, nickte zerstreut.

– Was machst du denn da, Alla?

Lukas war aus dem Bett gesprungen und fast über die Waage gestolpert.

›Alla‹. Also hatte er gut geschlafen. Er warf sein Shirt auf die Matratze und verschwand im Bad. Sie stand, wie jeden Morgen nach den Übungen, auf der alten, nichtdigitalen Waage. Von ihrer Lust, dem Zurücksacken des Zeigers über die Kilozahlen zu folgen, ahnte Lukas nichts.

Schnell schlüpfte Aloe in die Chintzbluse, zog sich den Rock zurecht. Weiß und orange auf brauner Haut. Dazu ihr langes, blondes Haar, ihr feingeschnittenes Gesicht. Natürlich wollte sie gefallen. Lukas und sich und allen anderen auch. Paradox 2: sie gefiel sich besser als je zuvor, sie war unzufriedener mit sich als je zuvor, sie trieb das Sich-Gefallen weiter als je zuvor, um zufriedener zu werden als je gedacht.

Sie wollte durch Bäume gehen.

Wasser pladderte gegen die Duschwand. 50,5 Kilogramm. Aloe holte tief Luft, atmete aus, stieg erneut auf die Waage. 50,5. Sie fing an, sich wieder auszuziehen. Plötzlich stand Lukas im Handtuch da und sah ihr auf die nackte Brust.

– Nach Knoten abtasten.

– Ach so.

Sie freute sich, daß ihr diese Antwort so schnell eingefallen war, knöpfte die Bluse zu und drehte sich zu Lukas, der in seine grüne Lieblingshose schlüpfte.

– Tut mir leid, sagte er, ich wollte dich nicht überraschen.

Als sie an ihm vorbeiging, gab sie ihm schnell einen Kuß. Aber nur auf die Wange; selbst vor möglichen Kalorien in seinem Speichel hatte sie Angst. Er zuckte zusammen, kein Wunder, schließlich küßte sie ihn kaum mehr. Lukas roch, wie alle, die Fleisch aßen und Milch tranken, ranzig und leicht süßlich.

– Mach doch schon mal Kaffee, rief sie ihm nach, als sie ins Bad ging. Sicherheitshalber schloß sie die Tür ab, bevor sie sich die Bluse wieder aufknöpfte. Anziehen, ausziehen, der ganze Morgen ging so vorbei. Den dünnen Körper, der ihr gegenüber im Spiegel erschien, der schnaufte und müde war, zog Aloe zu sich herüber wie von einem anderen Stern.

Lukas hatte einen Fernseher gekauft und ins Schlafzimmer gestellt. Er brütete über dem Hauptkapitel seiner Dissertation, in der er nach einer Erklärung für die Intensitätsschwankungen von Quasaren suchte, Milliarden von Lichtjahren weit entfernten, sternförmig erscheinenden Objekten, die vermutlich die aktiven Kerne ferner Galaxien bildeten. Tanzten Quasare auf den Gasscheiben riesiger schwarzer Löcher, die ihrerseits sehr schnell rotierten? Die Berechnung von Rotationen, Abstrahlungen, bipolaren Jets und intergalaktischer Materie nahm Lukas vollkommen in Beschlag. Er suchte nach einem Modell, das »sein« Caelotop erklärte, sein Himmelsfeld.

Manchmal lag er auf dem Bett und dachte mit dem Fernseher nach. Im Fernseher dachten Menschen, die in Rennwagen saßen, über Ausbremsmanöver, Überholchancen und Crashs nach. Lukas schaute Formel 1.

Aloe fand die aus den Wagen direkt übertragenen Aufnahmen ziemlich unscharf, doch Lukas bröckelte fast von der Bettkante vor Begeisterung. Direkt neben der Nase färbten seine Backen sich rot.

– Unglaubliche Konzentration, rief er, und was für eine Gehirngeschwindigkeit das beim Fahren braucht!

Wollte er Unfälle erleben? Aloe schüttelte den Kopf; als hätte Lukas es gesehen, wurde er unvermittelt still. Nach einigen Minuten sagte er ruhig:

– Siehst du, meine Liebe, die machen's wie du! Gehen ein hohes Risiko ein und warten darauf, gerettet zu werden!

Zum Glück war sie schon an der Tür und konnte so tun, als habe sie nichts gehört:

– Ich muß ins Museum, tschau!

So ein Unsinn, was er da sagte. Lukas haßte es doch, selbst retten zu müssen, deswegen regte er sich am Bildschirm so auf – und deswegen sah er gern zu, denn dort griffen am Ende immer andere ein. Bis jetzt hatte er nichts zu ihren Eßgewohnheiten gesagt. War das eben etwa ein Kommentar dazu gewesen: »Risiko eingehen und darauf warten, gerettet zu werden?« Sollte er doch bei seiner Arbeit bleiben, er brauchte sich nicht einzumischen – gerade das war ihr recht.

Aloe breitete Shahtush-Schals aus Kaschmir vor einer Gruppe älterer Damen aus. Die Stolen wurden aus der Wolle von Milchlämmern gewebt, Bildstickereien säumten die Ränder. Das Ganze war so fein, daß es sich durch einen Ring ziehen ließ, und weil Aloe selbst keinen trug, lieh sie sich einen von den Damen aus. Sie berührte diese Stoffe gern, sorgfältig legte sie sie nach der Führung wieder in ihre Vitrinen zurück, immer an anderen Stellen gefältelt, aber achtsam so, daß eine der Bordüren mit großäugigen stolzen Pfauen, die aus feingestickten Rhododendronbüschen lugten, zu sehen war. Noch besser gefielen ihr die fünf nordindischen Miniaturzeichnungen aus dem 18. Jahrhundert, die das Museum besaß. Aloe nahm eine der Lupen aus dem Direktorenzimmer mit auf ihren Rundgang, wenn sie die Miniaturen vorstellte, obwohl sie auch für das bloße Auge schön waren: die Farben leuchteten wie Safran, wie frischangeschnittene Mangos, wie Melonenfleisch. Auf Aloes Lieblingsbild saßen ein paar Frauen unter einem Baldachin im obersten Geschoß eines Palastes, um dessen spitzen Turm gleich mehrere strahlendweiße Kraniche kreisten. Die Hofdamen schminkten und unterhielten sich, während unten im dicht wuchernden Garten ein dunkelhäutiger, schön angezogener Mann allein auf einem Teppich saß. Vor ihm, aber halb seiner Sicht entzogen, bewegte sich ein merkwürdig grauzotteliges Tier mit schlitzförmigen Augen, die gelb und rot strahlten. Es drückte sich an einen Baumstamm, als wisse es nicht, was als nächstes tun, und zwei schwarzgrau getüpfelte Reiher sahen es erstaunt an. Der im Gebüsch Verborgene sollte kein anderer als Krishna sein.

Als Kontrast führte Aloe ihre Gruppen dann eine Treppe hinauf in den Saal mit den schwarzweißen kifwebe-Masken aus dem Kongo; Ahnen-, Toten- und Zaubergesichtern, die böse Kräfte abwehren, aber auch herabbeschwören konnten – grob gestreift, in harte Kontraste gesetzt und eben dadurch rauh und real, obwohl doch eigentlich nur ein Stück Holz. Immer am Ende zeigte sie noch den großen thailändischen Kinnara, ein Mischwesen aus Vogel und Mann, meist gegossen aus Bronze, immer vergoldet, das bis heute vor fast allen buddhistischen Tempeln in Thailand Wache hielt. Ein im Vergleich zu den afrikanischen Masken feiner Geist, zierlich, aber mit langem Schnabel und spitzen Krallen. Jedes Volk stellte sich seine Schrecken anders vor. Wie Menschen sich in Bilder gossen, wie die Museumsbesucher sich dann davor drehten, verwandelten, manchmal auch träumten, wie ihre Gesichter leuchteten im Widerschein einer längst vergangenen Zeit, ohne daß sie davon wußten, darüber staunte Aloe in stillen Minuten, wenn die eine Gruppe ging und die nächste kam.

Manchmal vergaß sie dabei sich selbst. Doch fünf Minuten später schon rannte sie erneut, schwitzte und rannte. Ein Körper in Ruhe verbrauchte etwa 2000 Kalorien pro Tag, bei ihren 1,73 cm, ihrem Ausgangsgewicht. Also rannte Aloe Treppen hinauf, Trottoire entlang, als führe ihr ständig ein Bus vor der Nase davon. Rannte durch die Gegend, die ihr Leben war, aber das fiel ihr gar nicht mehr auf. Wichtige und unwichtige Wörter veränderten sich. ›Kalorien‹, das Riesenwort, das allerwichtigste Wort, schluckte schwache Wörter wie ›Leben‹. Veränderte Wörter wie ›Freiheit‹, ›Genuß‹.

Mittags aß Aloe einen eingeschweißten Keks aus der Cafeteria, in drei »Etappen«, jede Etappe ein Sieg. Der Keks war grau, bröckelig, im Vergleich zu ihm sahen die Löwen auf den assyrischen Steinreliefs, einer Leihgabe des British Museum, appetitlich aus. Doch der Keks gab ihr Kraft, wie die Löwen hätte sie hinter Jagdwagen herspringen können, über einen See, drei Schützen auf einmal ins Auge fassend. Sie bewunderte die elegant herausgearbeiteten Körper, ihre Sehnigkeit, Leichtigkeit –

wie sie wuchsen, mitten aus dem Stein. So wünschte sie sich! Aber auch die Körper des Königs und seiner Jäger standen den Tieren an Grazie und Spannung nicht nach. Der Ansatz eines Muskels, für sich betrachtet, konnte zu einem Wesen mit Fell wie zu einem mit bloßer Haut gehören. Und wie die Löwen liefen! Lässig krümmten sie die großen Pfoten beim Abrollen ein, geradezu sanft berührten sie die Erde, ja streichelten sie. Die Hingezogenheit des Bildhauers zu ihnen war in den Reliefs zu spüren, seine Achtung vor der Kreatur hatte sich in den Meißelschlag übertragen. Da stand sie und staunte es an.

Wie ein Pfropfen, der über einer alten, schmerzenden, unerwartet wieder angerührten Stelle herausschießt aus einem engen Hals, jagte Aloe am Abend die Museumstreppe hinunter. Die letzten paar Stufen hüpfte sie. Angeblich ging sie immer ziemlich gerade, vielleicht sogar etwas steif. Der Bus fuhr ihr vor der Nase davon. Versäumte man den Bus also doch öfter, als man ihn eben noch erwischte? Oder war es nur *ihr* Gehirn, das sich immer das Schlechtere merkte? Eine Traube Zuschauer lehnte über dem Geländer der nahen Steinbrücke; unten im Fluß kämpften ein paar Männer und Frauen auf Funboards gegen eine kleine Staustufe an. Alle trugen schwarze, mit leuchtfarbenen Streifen bordierte Taucheranzüge, Muskeln wölbten sich, Adonis und Helena beim Rendezvous im Gummianzug. Schnell ging der Ritt, wieder schaffte einer nur einen einzigen Zug die weißsprühende, gierig gurgelnde Welle hinauf. Aloe schaute zu, weil sie auf den Bus warten mußte und es ganz angenehm fand, sich solange auf dem Steingeländer der Brücke abzustützen.

– Hey, flüsterte jemand hinter ihr.

Der mit den blonden Rastalocken aus der Besuchergruppe von eben.

– Warum hast du es so eilig?

Aloe war verwirrt, eine derartige Begegnung war nicht eingeplant.

– Wollen wir einen Kaffee trinken gehen?

Sie erschrak, als sie es aussprach:

– Ich bin krank, siehst du das nicht?

Erschrak, denn es tat ihr so gut, es zu sagen, auch wenn es natürlich nicht stimmte. Sie, krank? Im Gegenteil, wie ein Dschinn war sie aus der Museumsflasche geschossen, ein Wirbel über der Stadt! Das dachte sie noch, da ging sie schon allein durch die dunklen Straßen zur Lukas&Ich-Wohnung zurück.

Doch etwas hatte ihr die Stimmung verdorben. Daß der Typ sie angesprochen hatte, hatte sie gefreut. Vielleicht hätte sie doch ja sagen sollen! Kaum war der Blonde weg, fehlte er ihr; kaum war er fort, wollte sie ihn. Aloes Laune verschlechterte sich mit jedem Schritt. Lächerlich, alles lächerlich. Wie alle um sie herum vor sich hin schlitterten, etwas versuchten, aber kläglich scheiterten, ihre dämlichen Gesichter dazu, das Gefunkel der Augen – die Wellenreiter waren schuld! Sie hatten Aloe die Stimmung verdorben. Hüpften und lachten, amüsierten sich und genossen die Welt. Was für ein aufgeregtes Gewusel war doch diese Stadt. Aloe wollte Ruhe, Aloe wollte nur noch eines: Statik. Sicherheit.

Zu Hause, auf der inzwischen abgewetzten Schlafcouch, rollte sie sich unter die schon bereitliegende Decke und schlug ihren Kalender auf: 24. Oktober. Am 10.11. nur noch 48 Kilo haben. Am 30.11. nur noch 46. Das Abnehmen ging nur mehr langsam. Wäre ihr bloß nicht so kalt. Könnte sie nur schlafen. Doch wer wenig ißt, braucht weniger Schlaf. Die Nächte werden lang. Wer wenig ißt, friert. Wärmflaschen, Socken, Pullover. Es dauerte Stunden, bis die Füße so warm waren, daß Aloe einschlafen konnte. Sie las nach. Mindestens 31 Grad Zehentemperatur, Relikt aus der Steinzeit, Körper signalisiert sonst

Erfrierungsgefahr. Sie fluchte: diese atavistischen Tricks. Auch daß ihr Körper die Periode eingestellt hatte, war eine Finte ganz nach seinem Geschmack. Er sparte, wo er konnte. Sie gab aus, was sie konnte. Kopf und Körper arbeiteten gegeneinander. Einer mit Hormonen, der andere mit kaviargroßen Eßportionen. Ein Schlachtfeld, nach innen verlegt. Helena, die Schöne, die jeden Krieg wert war, saß tief in Aloe. Helena war ihr Skelett. Das begehrteste Objekt. Sie liebte sich als Helena.

Ein Krampf in der linken Wade weckte sie wieder auf. Aus der Küche kam das Summen des Kühlschranks. Leise schlich sie darauf zu. Die Wohnung war dunkel. Aloes Gelenke fühlten sich an wie Schaum. Von einem Fenster im Haus gegenüber fiel gedimmtes Licht auf den Tisch. Das Wasser im Filter warf einen Widerschein über die Abstellplatte – ein kleiner, in eine unnatürliche Form gequetschter Teich. Aloe löste sich eine Magnesiumtablette in Leitungswasser auf, lauschte dem leisen Zischen, sah den Mondlichtpfützen auf dem Fußboden zu.

Sie wußte, wie hieß, was sie tat, auch wenn sie die Krankheit, die der Name bezeichnete, nicht hatte, dessen war sie sich sicher. Sie hätte aufhören können, wenn sie gewollt hätte, dessen war sie sich sicher.

Nur wollte sie nicht.

Das war noch sicherer.

Sie kam sich klug vor. Makellos. Die Tabletten hatten keine Kalorien. Darauf achtete sie zuallererst.

Lukas lag im Schlafzimmer, eine Hand hing aus dem Bett, eine *Motorwelt* lag aufgeschlagen auf dem Boden, die Nachttischlampe brannte noch. Daß sie so beschäftigt war mit sich, kam ihm doch zupaß, ihr Abmagern erzeugte Freiraum für Lukas Arbeit, nicht wahr! Aloe schaltete die Lampe aus und ging zu ihrer Couch zurück. Im Einschlafen sah sie einen der assyrischen Löwen, dunkelrot auf dem roten Sandstein, fühlte die

Pracht des Palastes, den diese Reliefs geschmückt hatten, fühlte das Vergnügen, die Sonne und Freude, die die Bilder ausstrahlten, die Weichheit des Löwenfells, die Samtigkeit der Pfoten – und dachte, an der Grenze zum Traum, daß der Löwe ja zu Lukas gehörte.

Er packte sie in seinen metallischgrünen Twingo. Raste den ganzen Weg und schwieg. Aloes Eltern hatten die Lukas-Eltern eingeladen, in denen sie potentielle Schwiegereltern ihrer Tochter witterten. Zu Lukas gehörte der Stier, Aloe hatte am Morgen in einem Bibellexikon nachgeschlagen.

Nach zwei Stunden Fahrt sah Aloe das Schloß von Schwandt auf seinem schuppigen Hügelchen vor sich auftauchen, sah die nostalgische Mühle am Fluss, der in einer Doppelschleife floß, um das Mühlrrad anzutreiben. Schwandt kam nicht von ›verschwinden‹. Schwandt kam von Schwan, so sage der Volksmund, sagten die Fremdenführer, und die Schwangeschichte gehe so: vor einigen hundert Jahren habe der damalige Schloßherr für seinen Park mit den künstlichen Seen Schwäne eigens aus China kommen lassen. Diese Schwäne sollen, hier streite der Volksmund, gelbe, rote oder in allen Farben des Regenbogens schimmernde Schnäbel gehabt haben. Leider entkamen sie dem Schloßherrn bald und mischten sich mit ganz ordinären, deutschen Schwänen. Seither aber, so der Volksmund, finde sich ab und an ein Schwan in Schwandt mit grünem Schnabel, sagten die Fremdenführer, die ab und an versuchten, dem einen oder anderen Schwan den Schnabel grün zu lackieren, sagte der Volksmund. Niemand allerdings hatte etwas dagegen, denn es förderte das Geschäft in Swan-Lake-City-to-be, das mit dem Verschwinden nichts zu tun haben wollte.

Aloe dirigierte Lukas Richtung Mühle, an den Parkanlagen vorbei um die Ecke. Da stand es schon, das gelbe Haus, und war gelb wie das Haus, in dem Holger Böhm als Kind gewohnt hatte.

Nur daß diesem hier in Schwandt die große schlesische Holzveranda fehlte und sein Gelb nie richtig schien. Aloes Vater änderte den Anstrich alle paar Jahre, immer gelb, doch immer ein anderes. Zur Zeit prangte Nanking, eine Mischung zwischen Quitte und sandfarben, an diesem selbst erbauten Haus, das eben kein ererbtes, überkommenes, also selbstverständliches Haus, kein eingewohntes, sondern ein frisches Haus war, eine einzige mickrige kleine Generation. Als Aloe auf die Welt kam, war es gerade fertig geworden, und Anita kannte nur es, das Haus, das in diesem November wie eine große leuchtende Zitrone auf einem graubraunen Laubkorb saß.

Alle anderen hatten sich schon begrüßt und die ersten Peinlichkeiten überwunden, als endlich auch Aloe und Lukas Hände schüttelten, Wangen berührten. Die Verspätung schien Lukas unangenehm zu sein, aber ein schneller Blick auf Georg und Brigitte verriet ihm, daß seine Eltern auch ohne ihn bestens zurechtkamen. Denn natürlich sprach man bereits über »die Kinder«. Leider, sagte Brigitte, als man sich zu Tisch setzte – Apfelkuchen, Mokkartorte, Kaffee und Tee – leider habe sie kein Foto von Lukas mit zwölf mitgebracht, damals seien sie eben aus der Schweiz nach Deutschland umgesiedelt, eine wichtige Zeit.

Aloe hatte Lukas Eltern schon ein paar Mal gesehen, sie waren zu Besuch nach Oxford gekommen. Sie mochte den Schweizer Akzent seiner Mutter, die das ›l‹ von ›Aloe‹ tief hinten im Gaumen aussprach. An Georg fiel ihr erneut der runde Kopf mit dem klugen Gesicht auf, seine kleinen blauen Augen wetzten listig darin. Zum Lesen und auch jetzt, um die Kuchen zu inspizieren, setzte er sich eine silberne Brille auf. Er machte Aloe immer Komplimente, hoffentlich sagte er nichts zu ihrer

Figur. Er sagte nichts, und Aloe war natürlich enttäuscht, aber Georg war damit beschäftigt, Holger zu erklären, daß auch er, ein Küken aus dem Schwarzwald, sich hochgedient habe. Seit Jahren arbeite er nun als Manager eines großen Keramikbetriebes fürs Marketing.

– Unter anderen Bedingungen natürlich umgesiedelt als Sie, Herr Böhm, ganz anderen!

Georg hatte Mokkatorte gewählt, und Aloe neben ihm roch das Stück auf seinem Teller.

Sie saßen zu siebt um den Mahagonitisch, den Ingrid eigens ausgezogen hatte. Es war ein bißchen eng in der Eßecke des Wohnzimmers, und warm, was Aloe allerdings angenehm fand. Draußen wurde es bereits dunkel; Ingrid hatte Kerzen auf den Tisch gestellt und auf der anderen Seite des Wohnzimmers an der Couchecke die Stehlampe eingeschaltet. Im Garten der Böhms hingen noch ein paar Blätter an den Buchen, blühten noch ein paar Astern und eine offensichtlich etwas aus dem Zeittakt geratene dunkellilafarbene Dahlie, die aussah wie ein großes Auge, das sich langsam beugte und hob.

Aloe war von Ingrid zwischen Georg und Brigitte gesetzt worden, die an dem einen Kopfende des Tisches Platz genommen hatte. Am anderen saß Holger, der auf Georgs Bemerkung, die doch eine Art Frage gewesen war, nun bloß ein mageres »na ja« herausbrachte und dabei auf seinen Teller sah.

Aloe wußte, daß ihr Vater nicht gern davon sprach, wie er nach Schwandt gekommen war, daß er selbst bestimmen wollte, wann das Thema ›Flucht‹ aufkam, daß er nichts sagte, wenn er danach gefragt wurde, nur schimpfte über die ›Heimatvertriebenen‹, selbst keiner sein wollte. Nie dazugehört! rief er gern. Zugleich aber, auch das wußte Aloe, hatte er das Wort in seiner Brust eingeschlossen wie in einem Kästchen, die große gelbgrün schimmernde Weintraube ›Heimat‹ – das war sein *soft spot*. Vielleicht war es eine Folge der gewaltsamen Geschichte, daß er darüber nur reden wollte, wenn er selbst es anpackte. Aber er schätzte Georgs Zeichen von Interesse, Aloe erkannte es an der Stellung von Holgers Mundwinkeln – fast ein Schmunzeln. Georg war '46 in die Schweiz ausgewandert (dort gab es einen Onkel, der hatte Brot und Milch und Arbeit für mich) und erst in den siebzigern wieder nach Deutschland zurückgekehrt, mit Frau und Sohn.

Kerzen, ofenwarmer Kuchen, Kaffee. Die Dämmerung drang ins Zimmer wie dichter warmer Stoff. Aloe konzentrierte sich darauf, langsam zu essen. Die Eltern Riehm waren beide eher rundlich und klein, Lukas überragte seinen Vater um einen Kopf.

– Auch in der neuen Klasse war Lukas sofort wieder die Nummer eins, sagte Brigitte.

– In der Klasse die Nummer eins, und bei Brigitte, warf Georg ein, spöttisch, denn der Stolz seiner Frau war ihm peinlich, doch man sah, daß er ihn heimlich teilte.

So ist das eben bei Einzelkindern, dachte Aloe; sie beneidete Lukas darum. Er, der ihr gegenüber saß, sagte nichts und nahm nur etwas Sahne nach. Der Sahneberg in Ingrids Kristallschale sah aus wie die Bauchringe des Michelinmännchens, nur gelblicher. Ingrid freute sich über Lukas Appetit und bot dem Freund ihrer Aloe bei dieser Gelegenheit gleich das Du an. Anita grinste dazu.

Eigens zu diesem Nachmittag war sie gekommen, als vielbeschäftigte Juristin, das zweite Examen locker geschafft. Sie arbeitete jetzt in einer Kanzlei. Gräßlich, dachte Aloe. Anita war noch hübscher geworden, auch wenn sie an diesem Nachmittag eher beleidigt schaute, oder vielleicht nachdenklich. Doch selbst das stand ihr ausgezeichnet, dem etwas kantigen Gesicht zwischen den blonden Locken, der schlanken, dabei aber fest und entschieden wirkenden Gestalt. Anita, der feminine Knabe aus einem frühen Raffaelbild, nein: Giottos Madonna, die in den Uffizien hing, eine Maestà mit leicht geöffneten Lippen, feiner langer Nase und einem Gesicht wie aus Ebenholz und Milch, so gerade geschnitten, so symmetrisch und durchwirkt – so androgyn. Lukas saß neben ihr und redete auf sie ein. Aloe verstand nicht, was er sagte, nur manchmal schaute er zu Aloe und nickte ihr auffordernd zu.

– Er war so ein stilles Kind, erst machten wir uns Sorgen, dann stellte sich diese mathematische Begabung heraus. Es war auch unheimlich, wissen Sie. Es war nicht nur schön.

– Aloe war ebenfalls klug in der Schule, sagte Holger.

– Man hat ja keine Ahnung, woher so etwas kommt.

Ingrid seufzte, als Brigitte das sagte; Lukas, Anita und Georg nahmen ein zweites Stück Kuchen.

– Woher etwas kommt?, woher soll man das wissen! rief Holger und sah plötzlich aufgeregt aus. Er hatte eine Flasche Grappa geholt und schenkte nun reihum ein,

– nach all dem Fett!

Aloe beobachtete Lukas und vergaß darüber, Holger daran zu hindern, auch ihr einen Schnaps hinzustellen. Brigittes Gerede schien Lucky Skywalker nichts auszumachen; als er Aloes Blick spürte, blinzelte er ihr nur zu. Brigitte sah es und lachte:

– Ich weiß, gell, mütterliche Affenliebe, aber, Aloe, er war ein so ungewöhnliches Kind, mit fünfzehn fing er an, nach Moskau zu Mathematikwettbewerben zu fahren und sogar die deutsche Jugendmannschaft dafür zu coachen, hat er dir das je erzählt?

Hatte er nicht.

– Mutter, jetzt hör aber auf!

– Jaja, aber Aloe, sagte Brigitte, wobei sie erneut das o ein bißchen zu lang aussprach und das l rollte, Alooe, ich will, daß du weißt, wie er diese Zahlen liebt, seine ganze Kindheit gab er dafür.

Brigittes olivgrün angehauchter Teint, dunkle Haare, die borstig um den Kopf standen – die hatte Lukas auf jeden Fall von ihr.

– Wer was von wem, darüber konnten wir uns nie einigen, rief Holger, stoßen wir auf die Kinder an! Er hatte abgenommen in den letzten Jahren, ganz von selbst war er dünner geworden, und wenn er sich wie jetzt im Glas der Barvitrine gespiegelt sah, lang und hager, war er ein überraschter, von einer Frage aufgezehrter Mann, mit einem Adlerhaken von Nase im Gesicht.

Aloe trank trotz der Kalorien einen großen Schluck von ihrem Grappa, weil sie noch an den kleinen Lukas dachte, der sich stundenlang über seine Hefte gebeugt hatte, um Pyramiden und Oktaeder einander umkreiseln zu lassen in einem Raum, der nur aus Zahlen und Papier bestand. Um auf diese Weise Materien und Kräfte zu erfinden, von denen noch keiner gehört hatte – bis die menschliche Wirklichkeit ihnen, weil es die Erfindung auf dem Papier gab, in den Beschleunigern der Physiker tatsächlich auf die Spur kam, zögernd und erstaunt.

Die Kerzen auf dem Tisch strahlten hell und warfen tiefe Schatten, so dunkel war es bereits geworden. Aloes Hände sahen wie zweigeteilt aus, ein warmes Gelborange floß links die Finger hinab, die andere Seite war pechschwarz, fast wie auf einem Caravaggio-Gemälde oder einem Centrefold von Cindy Sherman, die hatte ihre Figuren auch gern von hinten ausgeleuchtet. Anita habe sich später richtig gemausert, erzählte Ingrid, die im Vergleich zu Brigitte sehr hell, groß und etwas müde wirkte.

– Von der Straße weg wurde sie als Model engagiert. Wir waren natürlich zuerst dagegen, so neben der Schule! Aber Anita hat es durchgesetzt, es ist ja auch eine Begabung, und tatsächlich hat es zu mehr Disziplin geführt. Zuletzt ist sogar ein Plakat mit ihr überall in der Stadt gehangen, etwas unter Wasser, sagte Ingrid, war es nicht so, Anita?

– Vergiß das Internat nicht, hörte Aloe sich zu ihrer eigenen Überraschung sagen. Das Internat, in das ihr Anita geschickt habt, zwecks Disziplin!

Anita, die Tasse auf halbem Weg zum Mund in der Hand, schaute erstaunt zu Aloe. Schnell steckte Aloe sich einen Bissen ihres vielfach zerteilten Apfelkuchens zwischen die Lippen und senkte den Blick. Sie hatte sich nicht einmischen wollen. Aber sie konnte es nicht ertragen, wenn Ingrid mit Anita angab, wenn Ingrid alles hinstellte, als wäre es ihr Verdienst, aber eigentlich, nein, hatte sie sich nicht einmischen wollen. Jetzt bloß nicht Anita ansehen. Kontakt mit Anita vermeiden wie immer, aber heute erst recht. Die brachte es sonst noch fertig und stellte sie zur Rede: »warum bist du so dünn?«

Doch weshalb war Anita überhaupt da? Aus Neugier auf Lukas? Auf Lukas und sie, Aloe? Um wieder hinter ihr herzulaufen und zu versuchen, sie in ihr Leben hineinzuziehen. NEIN DANKE! dachte Aloe und schaute sich erschrocken um, denn es war so laut gewesen – aber sie schien es doch nur gedacht zu haben. Niemand bemerkte etwas, auch Anita unterhielt sich angeregt weiter mit Lukas, die beiden verstanden sich offensichtlich prächtig. Aloe ärgerte sich darüber, doch andererseits kam es ihr gerade recht. Sie hatte Angst vor Anita und deren Blick, diesem Röntgenstrahlauge…, nein, schlimmer: dieser verdammten Unbestechlichkeit.

Mit 12 oder 13 hatte Aloe angefangen, sich Holgers Kamera auszuleihen, mit 12 oder 13 hatte Aloe angefangen, auf Bildern Dinge zu sehen, die es da gar nicht gab. Tante Erika, Holgers Schwester, hatte ihr eine Postkarte aus Amsterdam geschickt, auf der zwei prächtig in gebauschte Hosen und weit schwingende Umhänge gekleidete Kaufleute an einer Kommode lehnten, umgeben von Dingen, mit denen sie handelten, einem Globus, einem Fäßchen Salz, einer Landkarte, die über die Kante hing, einem gemusterten Teppich. Zwischen ihnen am Boden befand sich ein unförmiges weißes Ding, das aussah wie eine exotische Frucht, doch als Aloe die Karte zur Seite drehte, war die Frucht ein Schädel geworden. Kurz darauf hatte, es war Zufall, Aloe Poes *Verlorenen Brief* gelesen und nicht glauben wollen, daß man, was man sucht, nicht findet, wenn es offen daliegt. Also hatte sie Ingrids Ehering genommen, gut sichtbar auf den Verschluß einer Rasierwasserflasche im Bad gesteckt und Ingrid suchen lassen. Der Verschluß war silbern, der Ehering golden. Er stach auf der Rasierwasserflasche hervor wie ein wunder Daumen an einer gesunden Hand. Aloe hatte Ingrid gesagt: er ist im Bad, und man kann ihn einfach so sehen, und Ingrid hatte alles genau inspiziert, ihre Nase hatte sich mehrfach keine drei Zentimeter vor dem Ring befunden – und sie hatte ihn nicht gesehen! Es war anstrengend für Aloe, weil sie mit aller Kraft an sich halten mußte, um nicht laut loszulachen und herumzuspringen im Bad, vor lauter Staunen und Unglauben. Und dann kam Anita, schaute sich drei Sekunden um, sagte: hier ist er doch! und zog den Ring wie selbstverständlich vom Rasierwasserverschluß.

Georg lächelte in die Runde. Brigitte hatte als Gastgeschenk drei große Tafeln Schweizer Schokolade mitgebracht.

– Beim Essen denke ich manchmal an die Schweiz und sehne mich nach etwas von dort. Na, lachte sie, ist weit verbreitet, ein Kindheitsphänomen, oder? Man sehnt sich nach Mutters Suppentopf zurück und nennt es Heimat.

Brigittes schweizerisches »oder«.

– Ach, sagte Holger, dieser Begriff, der hängt mir wirklich

zum Hals raus. Heimat – das ist doch etwas, was es immer erst hinterher gibt, immer nur in der Vergangenheit real.

Aloe hörte halb hin, halb weg. Brigitte hakte nach:

– Aber damals stellte das Nazireich doch die Welt für Sie dar, in die wurden Sie doch hineingeboren.

– Es war nicht das ›Nazireich‹ und schon gar nicht der Untergang. Sondern einfach die Form, wie man lebte, wenigstens als Kind, sagte Ingrid. Ihre Stimme war leise, aber fest.

– Und doch hatte es etwas Halblebendiges und Verquetschtes, Frau Brigitte (meine Güte, das klang ja fürchterlich, Holgers: »Frau Brigitte«). Die Geheimnistuerei der Erwachsenen, die Angespanntheit, wie es weitergehen würde, natürlich bekamen wir das mit, vor allem nach '39. Es war nie ›normal‹, sondern immer ein Ausnahmezustand, erst ekstatisch, und dann kippte er in sein Gegenteil. Normal war das nicht.

– Doch, doch, rief Ingrid, das haben wir ganz unterschiedlich erlebt, Holger, da streiten wir noch jedesmal. Bei uns auf dem Dorf geschah nichts, auch der Krieg kam erst '45 an. Wir mußten Kartoffeln klauben, noch hinter den Kartoffelnklaubern her, das war das einzige Anzeichen, und Tee aus Bucheckern kochen, na gut, der schmeckte widerlich. Aber für mich hieß Krieg jahrelang Natur, Spielen und Sport.

– Tu nicht so naiv, Ingrid, sagte Holger, niemand kann sich heute unschuldig daran erinnern, wir alle wissen doch, was passiert ist, wir alle wisssen, wie wir nichts sahen und mitbekamen. Auch wenn wir Kinder waren und es nicht verstehen konnten, etwas davon spiegelte sich doch in den traurigen Gesichtern der Erwachsenen, zeigte sich in den Listen der Gefallenen, die ab '39 aushingen, auch bei euch im Dorf, und bei uns in der schlesischen Kleinstadt – er wandte sich Brigitte zu – natürlich erst recht.

Georg nickte. Er sah manchmal etwas formlos aus, wie ein

Mann, der jedem gehören konnte (vielleicht mußte das so sein, nach 30 Jahren Marketing), doch jetzt erschien das Funkeln eines kleinen Jungen in seinen Augen, der durch Felder lief und sich manchmal vor Fliegern duckte wie vor Fliegen. Und dabei gewann. Aloe war überrascht und schaute zu Lukas, der sich gerade die Grappaflasche griff. Da Anita keinen Alkohol wollte, goß er nur sich selbst ein, und Aloe hörte ihn zu Anita gewandt sagen: … das macht sie gern, alle mitnehmen auf den glitschigen Weg von den Kindern zur eigenen Kindheit …

Niemand achtete mehr darauf, ob oder wie Aloe aß. Erleichtert schob sie ihren Teller weg. Ingrids gelbgrüne Blechbüchse mit den vergilbten Sportabzeichen fiel ihr ein: Wimpel und ein paar angelaufene, schäbige Medaillen aus den dreißigern. Sie hörte Ingrids Stimme dazu, stolz, so stolz.

– Ich hatte eine Europakarte an der Wand über meinem Schreibtisch, sagte Georg. Darauf markierte ich mit den Stecknadeln meiner Mutter die Einfallsrouten der Wehrmacht, die Orte der Gefechte, der Siege. Es war wunderbar, wir siegten immer. Zum einen war das ein Knabenspiel, wie Knaben seit jeher Krieg gespielt haben. Aber zugleich fand es noch mal statt, in der Wirklichkeit der Erwachsenen, in den Zeitungen, am Volksempfänger und vor allem in den Gesichtern der Menschen um uns. Eben das machte unser Spiel unglaublich aufregend; wir waren so wichtig, so real – ja, so fühlten wir uns.

Brigitte fitzelte kleine Schnipselchen von ihrer Papierserviette, und Ingrid flüsterte:

– Es war eine schöne Kindheit, ich lasse mir das nicht nehmen, egal, was wir heute wissen. Wir hatten doch ein Recht auf unsere Unbeschwertheit!

– Ich glaube, man hat auf nichts ein Recht!

Aloe hörte, wie Georg ausatmete nach diesem Satz. Sein Bauch hing über den Hosenbund, und Aloe, die das widerlich fand, fühlte sich plötzlich hin und her gerissen. Man konnte nichts glauben, was ein Mensch mit so einem Bauch von sich gab! Aber ihre Ohren hatten einen Ton aufgefangen, der nach Erfahrung klang. Nach einem Gemisch von Stimmen, nach einem Stück Leben unterm Leben.

Für einen Augenblick waren alle still, Aloe hörte die Wanduhr ticken, sah den Garten trotz der Dunkelheit.

– Aber man muß sich wehren! rief Anita.

Und als wäre es eine Antwort, flüsterte Holger:

– und dann sind wir abgeschabt worden, wie eine Flechte abgeschabt worden von der eigenen Vergangenheit! Im Januar '45. Und die anderen auch, nur ein paar Monate später.

Aloe stand im Bad und malte sich sorgfältig den Mund größer, obwohl er groß und schön geschwungen war. Ihr Gesicht hatte eine eher runde Form, immerhin die Stirn relativ hoch, während sich die Augenbrauen weit zu den Schläfen zogen zu einem schrägen *tiger look*, wie Wolfgang, ein Kollege von Lukas, gesagt hatte, der ihr schmeicheln wollte. Recht auf Unversehrtheit, auf Freiheit und Trotz, sich wehren – die Wörter taumelten in Aloes Kopf. Schuld mußte der Grappa sein! Was für ein Nachmittag. Sie hatte zu viel gegessen und vor allem getrunken, aber es war zu schwierig, jetzt noch darüber nachzudenken, es auseinanderzudröseln, nein, nicht ihre Sache, ihre Sache war das alles doch sowieso nicht! Aloe schaute sich von der Seite noch einmal im Spiegel an und öffnete die Tür. Lukas stand davor.

Einen Augenblick lang glaubte Aloe, er hat sie belauscht, jetzt hat er einen Verdacht, weiß es gar.

Lukas nahm sie an der Schulter und sah sie im Halblicht des Flurs aufmerksam an:

– Sei doch netter zu Anita!

– Warum?

– Sie hat dir nichts getan. Und sie wartet darauf, das merkst du doch. Ich glaube, sie will etwas mit dir besprechen.

– Ich will aber nicht.

– Es soll gar nicht über dich sein, sondern über sie selbst.

Hatten Lukas Augen eben ironisch geblitzt?

– Das fehlte mir noch!

– Komm schon, sie ist doch jünger als du.

– Mann, Lukas, das hab' ich mein Leben lang gehört.

– Darüber haben wir schon mal gesprochen, Mitgift, Alla.

– Aber das ist jetzt ein anderes Gespräch.

– Du hast gesagt, daß es keine geheime Vorwelt gibt, die das Leben ruiniert.

– Das hab ich gesagt, Lukas? Klug.

– Aber auch Anita hat etwas gesagt.

– Was denn, mein Bester?

– Die braucht man ja nur anzusehen, das ist schon Erzählung genug.

– Ihre tiefe Stimme. Und ihre tolle Figur.

– Na ja, sie hat einen kleinen Bauch, Aloe.

– Ist mir auch aufgefallen … Aber ich will nicht darüber sprechen.

Aloe schubste Lukas weg und lief ins Wohnzimmer zurück. Dort gab es mehr Luft als im Gang, vor allem weil Anita nicht mehr am Tisch saß. Vielleicht war sie eine rauchen gegangen. Aus dem ersten Stock jedenfalls kam Velvet Underground, die Töne perlten durchs Treppenhaus, Aloe stellte sich vor, wie sie über die Stufen sprangen, dunkel auf hell. Wortlos setzte sie sich. Brigitte stand ein paar Meter vom Tisch entfernt und diskutierte mit Holger. Georg wühlte in seinen Hosentaschen, bis er endlich ein zerdrücktes Päckchen Zigaretten fand. Ein einfacher Fall, hörte Aloe die Ärzte wieder sagen. Sie beugten sich über Anita. Das ist schnell operiert, sagten sie, und dann ist alles normal, normal zu 93 Prozent, zu 95, 98. Höher kämen sie nicht, aber 100 Prozent normal sei nicht normal, das sei niemand. Anita wurde entlassen, ihre Stimme war eher tief als hoch, in einem Zwischenreich, normal-anormal. Ihre vergrößerte Klitoris, ihre Schwellung mit Harnausgang, ihr irgend etwas, das fast ein Penis war, jedenfalls verdammt wie einer aussah, war in mehreren Stufen verkleinert worden, nach innen gedrückt. Anita wurde ein zurechtoperiertes, eindeutiges Tierchen im Staat der Männer und Frauen, der seligen Zweigeschlechtlichkeit.

Brigitte streckte den Po nach hinten, wenn sie sich aufregte:

– Aber das haben eure Eltern euch allen doch vorgelebt: wie man sich einrichtet und im Trott marschiert!

Lukas, der eben zur Tür hereinkam, legte seine Hand auf ihren Arm:

– Und in der Schweiz ist es besser, Mutter, oder?

Brigitte zuckte die Schultern.

– Eben darum geht es mir! Ich frage mich, ob es heute noch einen Unterschied macht, wie wir damals aufgewachsen sind, ich und die drei anderen hier.

Ingrid schaltete die Deckenlampe an und begann, das Geschirr zusammenzustellen. Lukas lehnte am Bücherregal, Holger schnorrte eine Zigarette bei Georg:

– Meine Vergangenheit hat sich mein Leben lang geändert.

– Ach, meine ist immer gleich geblieben, lachte Georg, aber seine Augen sahen traurig aus.

– Holger als Vertriebener und ich arm wie 'ne Kirchenmaus, mit einer kranken Mutter am Hals. Ingrid lachte kurz und trocken: das reichte, können Sie uns glauben, um eine gewisse Sehnsucht danach zu entwickeln, sich wieder einzurichten.

Ingrids Vater war '37 an einem Schlaganfall gestorben; ihre Mutter hatte sich in den letzten Kriegstagen den Oberschenkelhals gebrochen. Ingrid, das einzige Kind, mußte sehen, woher sie etwas zu beißen bekamen. Aloe mußte an die Eberesche vorm Haus mit ihren großen korallenroten Früchten denken. Alle anderen behaupteten, diese Vogelbeeren seien giftig, aber ihre Mutter machte daraus Marmelade und Kompott, und es schmeckte lecker. Damit hatte sie nach dem Krieg ihr erstes Geld verdient.

Holger räusperte sich:

– Wißt ihr, ich habe dieses Haus jetzt in den 30 Jahren, die wir hier wohnen, zwölfmal neu anstreichen lassen. Immer gelb. Und immer habe ich mir die Farbe auf der Fassadenkarte neu ausgesucht, und immer habe ich gedacht: das ist es jetzt! Jetzt sieht es aus wie damals zuhause.

Er sog an seiner Zigarette.

– Und dann haben sie es gestrichen, und jedesmal hat es natürlich anders ausgesehen als zuhause. Der Maler lacht schon, wenn ich wieder in seine Werkstatt stapfe. Ich brauche »gelb« gar nicht mehr zu sagen. Da haben wir alles durch: Neapelgelb, Goldschwefelgelb, Marylinmonroeblond (als Anita ins Internat geschickt wurde; daran erinnerte sich Aloe gut), Crème-écru, lang nicht so elegant wie der Name, Opermentgelb bis zu diesem Nanking jetzt. Und beim nächsten Streichen wird es wieder so sein – die Farbe ist falsch. Doch das beste daran ist: ich lache darüber und tue es trotzdem. Es wird nie werden, wie es war, es KANN gar nicht so werden, aber es ist wie ein Traum, mein Traum, und ich tue es, bis ich tot bin, da könnt ihr Gift darauf nehmen.

Lukas blätterte in einem Brockhausband und machte Aloe deutliche Zeichen, daß er aufbrechen wollte, doch sie dachte gar nicht daran, darauf einzugehen nach der Streiterei vorm Bad. Ingrid schaute zu ihrem Mann und verzog den Mund:

– Wissen Sie, Frau Riehm, daß wir gelernt hatten, uns anzupassen, hat uns immens genützt nach dem Krieg. Es ist vielleicht nicht schön oder gut und sieht nicht elegant aus. Zwischen den Wörtern ›dazugehören‹ oder ›abweichen‹ hat für uns nie ein ›und‹ stehen können wie vielleicht für Sie. Das ist der Unterschied! Wir haben gelernt, daß man sich nicht immer auflehnen darf. Man muß auch mitmachen können, sonst hält man es nicht aus.

– Im Krieg und nach dem Krieg, sagte Anita. Und was hat dieses Mitmachen mit euch gemacht oder mit uns? Habt ihr auch gelernt, danach zu fragen?

Sie stand in der Tür, keiner hatte sie kommen hören. Ihre Haare sahen verwuschelt aus, als hätte sie eine Runde geschlafen; ihre Stimme klang weich. Komisch, dachte Aloe, daß Anita jetzt am Nachmittag müde sein sollte. Sonst war sie doch gerade das Gegenteil davon, und Alkohol trank sie normalerweise gern.

Und was hat es mit euch gemacht oder mit uns? Im Zusammenhang mit Anita hatte diese Frage einen besonderen Klang. Lukas schaute Aloe an, als wisse sie, die jeden Tag dünner wurde, seiner Meinung nach besonders viel darüber, wie man in einem Delirium lebt zwischen Wissen und Nichtwissen, Sehen und Wegschauen, Denken und Gefühl.

– Ja, sagte Anita, genau das. Darum, nicht aufzufallen, ging es die ganze Zeit. Und mir ging es darum, mich zu wehren.

– Davon kriegen Kinder mehr mit, als man denkt, nickte Holger. Er starrte an Anita vorbei Brigitte an, als sei ihm plötzlich klar, wie sie sich zuerst gegen Lukas Begabung gewehrt hatte (das hatte Lukas durchaus einmal erzählt), aus Angst, das Besondere ihres Sohnes verlange auch etwas Besonderes von ihr, was es tatsächlich tat.

Ganz aufrecht, den alten Läuferbrustkasten gespannt – ja, er holte tief Luft – saß Holger da. Lang und hager, ein überraschter, von einer Frage aufgezehrter Mann: habe ich es richtig gemacht?

Anita sagte abrupt, sie müsse jetzt gehen. Ingrid nickte eingeweiht:

– Zu Walter, ja?

Walter, dachte Aloe, das ist doch Anitas rundköpfiger Jurist, den sie im Studium kennengelernt hat, er Dozent, sie Studentin. Bei einem der wenigen Besuche mit Lukas in Schwandt während der Oxfordzeit war dieser Walter ebenfalls dagewesen, gar nicht so schrecklich, fand Aloe und hatte geglaubt: das ist eben Anitas Papajurist. Offensichtlich war er mehr. Um Ingrids Augen kräuselten sich Lachfältchen wie Pfefferminze. Anita gab jedem die Hand, auch Aloe; im Mantel stand sie vor ihr und sah sie keine Sekunde länger als die anderen an.

Brigitte beugte sich über das Waschbecken zum Spiegel, als Lukas die Tür aufstieß.

– Könntest du dir mal angewöhnen abzuschließen, wenn du aufs Klo gehst?

– Aber ich schminke mich doch nur, Lukas!

Das konnte er sehen. Sie zog sich die Lippen mit einem Konturstift nach, exakt auf der Linie zwischen Mund und Haut.

– Hat eine hübsche Schwester, deine Aloe. Ist die schwanger?

Eben hatte Lukas an der Haustür Anita noch hinterhergerufen »hoffentlich sehen wir uns mal wieder!«. Aloes schöne blaue Augen waren dabei dunkel und abweisend geworden wie ein polierter Opal. Anita hatte »gern!« geantwortet und ihm nochmals eigens zugewunken.

– Ach, laß mich mit deinen ewigen Tratschereien in Ruhe. Es reicht mir schon, wie dick du heute wieder mit meiner ›Begabung‹ aufgetragen hast.

Ihr Verhältnis war nicht gerade das allerbeste. Es gab zwar selten Streit, aber als Brigitte damals kurz vor dem Umzug nach Deutschland Lukas Kinderbücher und einige alte Schulhefte weggeworfen hatte, während er schlief, war etwas zerbrochen. Hatte sich aufgelöst. An seiner Stelle schwebte eine Blase, gefüllt mit Luft. Distanz. Oft hatte Lukas sich seither seine Mutter dabei vorgestellt, wie sie den schweren Sack mit seinen Sachen in die damals noch ungetrennte Mülltonne warf. Sich abplagte, das blaue Plastik über den grauen Eisenrand der Tonne zu wuchten. Er hatte geschrien, als er entdeckte, was geschehen war; es tat ihm bis heute weh.

Brigittes Blick flackerte, als wüßte sie, woran er dachte, kehrte aber zurück auf das Gesicht im Spiegel, um den Lippenstift aufzutragen. Sie sprach, ohne sich zu Lukas zu drehen:

– Habe ich dir schon einmal erzählt, wie ich mit zwanzig mal wochen-, ach was sag ich, monatelang, wenig und immer weniger gegessen habe.

Brigitte drückte die Lippen aufeinander, um die Farbe gleichmäßig zu verteilen. Diese Geste einer Frau, von fünfzehn bis zum Ende, ganz automatisch. Lukas starrte zum Fenster, der Himmel war grauschwarz, doch mit Flecken gestriemt wie eine heranrollende ölige Flut.

– Okay, Lukas. Ich weiß auch, daß ich von diesem verdammten Grappa immer zuviel trinke. Aber ich sage dir, so eine Krankheit bekommt man nicht grundlos. Man braucht sie.

– Du hast wirklich zuviel getrunken. Ich verstehe überhaupt nicht, wovon du redest. Wollte mich nur verabschieden. Und wisch dir den Fleck neben der Lippe ab, bevor du hier das Licht ausmachst!

Er ging. Brigittes erstaunten Blick in die leere Badtür konnte er sich gut vorstellen. So war es schon lange: bis sie sich zu ihm umdrehte, war er längst fort.

Im Wohnzimmer hatte sich die Stimmung geändert, als Brigitte zurückkam. Aloe stand aufbruchbereit an der Tür; die drei anderen saßen schweigend am Tisch. Verschworen wirkten sie, zusammengerückt durch ein Ereignis, das keiner sehen konnte; die alten Gesichter, in denen nur jemand, der selbst alt war, das Wrack einer jungen Person erkannte, einander zugewandt.

– … was sollten wir tun. Es war ein Schock, aber auch eine Herausforderung. Sie sollte ein normales Leben führen, und wir auch. Das haben wir hinbekommen. Anita war das Besondere in meinem Leben, eine Aufgabe, ich hatte lange darauf gewartet, jetzt war sie da. Bei Holger die Flucht, bei mir das. Für eine Frau ist es ja immer etwas anderes als für die Männer. Eine Herausforderung, eine Mission, das war Anita für mich.

Sahne lief an Ingrids Daumen entlang wie eine komische pelzige Träne, und keiner sagte es ihr.

Patrizia bot Aloe Kekse, Eis, Nuß-Schoko-Kuchen an. Aloe entschied sich für Zahnweh als Grund dafür, daß sie nichts essen konnte, auch diesmal nicht.

Nur Tee.

Ein bißchen Milch in den Tee würde sie nehmen.

Patrizia, wieder auf Bibliotheksbesuch in Deutschland, kam direkt aus Cork. Nun waren sie und Tee-mit-Milch endgültig eins. Nun hieß Patrizia Patty, denn so hatte Mark sie immer genannt.

Die meisten ihrer Verwandten hatten bereits über den Jordan gemacht, wie Patty gern sagte, also saß sie mit ihrem Besuch in ererbten Stühlen mit geschnitzten Rücken- und Armlehnen vor einem Teetischchen (»die schwimmt in Geld«), das man längs seines eingelegten Schachmusters kompliziert zusammenklappen konnte. Patty hatte immer solo gelebt, mit wechselnden Männern. Die toten Verwandten taten ihr gut.

– Hat es dir schon mal jemand von hinten gemacht, Allo?

– Na klar.

– Ich meine anal, so richtig, na, ich meine, dann weißt du erst, was das heißt.

– Dieses Irland, nicht wahr, Patty?

Ja, allen Klischees hatte es voll entsprochen. Da führe sie gleich wieder hin. Zu Mark.

– Trash-ficken ist in. Du machst es möglichst dreckig, möglichst wie im dreckigsten Film.

– Aha.

– Das war einfach ein richtig guter Fick. Ach, mehr als das! Sprengte alles.

So blöd das klinge, hatte Patty gerufen, sprengte, im Wortsinn! Wenigstens ein Kondom habe Mark genommen. Was ihr in diesem Moment aber auch schon egal gewesen sei. Total egal. Sie habe ihn nur noch haben wollen. Und da sei er mit der Analnummer gekommen. Sie sei schon weit gewesen, und dann das. Er habe seinen Schwanz einfach mit ihrer Nachtcreme eingerieben, die neben dem Bett stand. Nachtcreme, kicherte Patty. Und ihr dann auch noch extra was um die Falten geschmiert und in *die* Falte hinein.

– Du glaubst es nicht. Es war verteufelt eng. Tat die Hölle weh, als er eindrang. Riß mich auseinander. Aufreißen! ich sag's dir: kein Ausdruck. Das Kondom machte alles noch enger. Spürbar! sagte Patty und seufzte.

Enger. Ihr Mark und ihren Mark in ihr.

*Ihren* Mark!

– Man merkt, du hast es nie probiert. Ich könnte mir Lukas schon vorstellen …

– Laß Lukas aus dem Spiel.

– Du weißt gar nicht, wie es ist. Freu dich, da steht dir eine Entdeckung bevor. Ist wie Jane Austen zum ersten Mal lesen. Die, die es schon kennen, beneiden einen darum, was man noch vor sich hat. Es ist natürlich nicht für jeden gleich.

– Ach so, wie Jane Austen.

– Mensch Allo, du tust ja so, als seist du schon ewig mit niemandem mehr im Bett gewesen.

Drei Monate waren es mindestens.

– Verstehst du: richtig genommen werden. Den schlimmsten Klischees entsprechen. Wie die Feministinnen es immer verbieten. Unterwerfung und so. Genau das macht Spaß. Vergiß den ganzen Autonomiefirlefanz.

Patty trank einen großen Schluck Tee.

– Erniedrigung und Stärke, murmelte sie. Ich lag auf der Bettdecke, kriegte fast keine Luft mehr, er stieß heftiger, drückte mich weiter ins Kissen, ich glaubte, ich ersticke, gleich ersticke ich an meinen Haaren, dachte ich, und er stößt da durch, in den Gang, immer enger, je weiter er kommt, er hört gar nicht mehr auf, ich hatte das Gefühl ich komm gleich – also, alles kommt – fließt raus – meine Bauchmuskeln drücken – wahnsinniger Schmerz – peinlich – Lust, da in meinen Eingeweiden, und dann

– ja?

– ich fiel in Ohnmacht. Plötzlich hatte ich das Gefühl, alles in meinem Leben bislang verfehlt zu haben, völlig falsch gelebt. Dieses Gefühl saß in meinem Körper, von oben bis unten, hinten vorn, wuchs an, zog sich unvermittelt zusammen, nur um sich sofort wieder auszudehnen, noch weiter als zuvor. Rotes Knäuel, feuerndes Gehirn. Im Bauch, in der Milz, hoch in den Magen, die Speiseröhre, den Mund hinauf, Blitze, was weiß ich: rot rot, da ließ ich los. Sackte einfach weg. Als ich aufwachte, war Mark fort.

– Das ist wohl auch irisch?

Patty hatte allein fast die ganze Kanne Assam getrunken. Aloe hörte sie in der Küche mit der Teedose (Assam Superb, goldgrün, von Fortnum & Mason) hantieren, dann mit etwas rascheln, wahrscheinlich dachte Patty an Mark und stopfte irische

Haferkekse in sich hinein. Die Wand Aloe gegenüber war leer bis auf ein kleines Chromregal, das als blitzende Skulptur in ihrer Mitte prunkte. Patrizia stellte nur Gegenstände aus Glas oder halbtransparentem Kunststoff in dieses Regal. Die einzige Ausnahme war ein Foto ihres Vaters, der schon vor 20 Jahren gestorben war. Zwischen all dem Glas und Chrom sah der Tote auf dem Foto seltsam farbig, ja geradezu durchblutet aus.

Aloe hingegen fror. Sie fror ständig, wußte, daß es noch schlimmer werden würde, und hoffte, der neue Tee würde helfen. Sie versuchte, niemanden zu erschrecken. Dazu gehörte, daß sie das Frieren versteckte. Als sie die Augen hob, sah Aloe auf ein Butterbrot, das immer näher kam. Eben hatte sie sagen wollen, es ist doch nicht schlecht, Patty, so ohne Anhang zu leben, um endlich zu ihrem Familienbesuch in Schwandt zu kommen, eben war sie fast am Ziel ihres Besuchs, und nun schwebte ein Butterbrot direkt vor ihrem Mund. Aloe hörte sich stammeln:

– Ähh, nein. Ich – ich habe … Zahnweh.

Patty knallte die Kanne auf den Tisch und baute sich vor Aloe auf, die wie erstarrt im Erbstuhl saß:

– Meinst du nicht auch, daß es mit deinem Versteckspiel allmählich reicht?

49 Kilogramm. Sie war Blut und Gehirn, nichts mehr sonst. So etwas schmetterte sie locker ab. Paradox 3: wer wenig ißt, bekommt Kraft. Paradox 4: wer leichter wird, schwebt nicht mehr so sehr. Also konnte sie Patrizia auslachen, mit einer Handbewegung die Unterstellung, daß das alles eine für sie sehr bequeme Opferkonstruktion sei, vom Tisch wischen; da hatte sie es gar nicht nötig, sich zu verteidigen, gegen eine solch groteske Annahme, diesen Neid, sagte sie sich, als sie ihren Mantel nahm, da ging sie jetzt nicht mehr so schnell hin, doch zum Abschluß würde sie großzügig sein: ohne schmerzlichen

Zug, ohne Verbitterung streckte sie Patty die Hand hin, sagte dann aber doch das »ich verzeihe dir« nicht, das sie sich zurechtgelegt hatte, da hätte Patrizia nur gelacht, »mach's gut« rief Aloe und rannte die Treppe hinunter, aber nur bis in den nächsten Stock, die restlichen drei Etagen ging sie langsam, die Beine plötzlich wie Blei.

Draußen klafften die leer geblasenen Äste weit auseinander, Krähen flogen hoch, als gingen sie auf die glänzenden Kliffe der Häuser los. Aloes Hand zitterte. Sie würde Lukas fragen, wegen des Essens – ihres Essens. Ja, sie würde es tun.

Doch schon in der Wohnungstür spürte sie, daß Lukas nicht zu Hause war.

Ein paar Astern stäubten ihre Körbchen an seinen Hosenbeinen ab, die kleinen Kieselsteine des Gartenweges tuschelten unter seinen Füßen, Lukas ging aufrecht, sich jeden Schrittes sehr bewußt, auf die hellbraune Holztür zu, in einer dunklen Stoffhose von Donna Karan, einem weißen Armanihemd, die Jacke über den Arm gelegt, es war ein erstaunlich warmer Herbstabend, die Astern am Wegrand stäubten wirklich höllisch, Lukas trug einen schwarzen Tanga von Boss und fand, obwohl er sich aufrecht hielt, daß er tappte, denn es war das erste Mal, daß er ... Man muß sich schützen, hatte er gedacht und zog sich nun an der Haustür der alten Villa die Jacke doch wieder an. Das Kondom (von Ritex, glatt) knisterte in seiner inneren Jackentasche, über seinem Herzen, das pochte. Das Kondom war völlig unnötig, aber das wußte Lukas erst später, obwohl er es sich hätte denken können, doch wozu etwas denken, als er auf den goldenen, in einen Ring eingelassenen Klingelknopf drückte, neben dem Schild *Villa Ankona*. Du mußt dich schützen, hatte Lukas schließlich bereits zuvor gedacht, und nicht nur Kondome und AIDS damit gemeint, sondern den Schutz von etwas anderem, in ihm. Unschuld war es nun nicht gerade, zumindest nicht im herkömmlichen Sinn, aber es hatte damit zu tun, ein Bereich von Sexualität, den er sich nicht beschmutzen lassen wollte. Wo ging man hin, um sicher zu sein? Den Taxifahrern war nicht zu trauen, alle gekauft; ebensowenig konnte oder wollte er seine Kollegen fragen (wußten die überhaupt was?), also war er zu Beate Uhse marschiert, hatte sich an der Kasse im halbdunklen Entrée durch die Magazine geblättert, am Ende eine Pornokassette genommen und den jungen Mann an der Kasse, der den Strichcode vor den Scanner zog, nach der Adresse des besten Bordells der Stadt gefragt. Es lag außerhalb in einer Villengegend, und Lukas war von der S-Bahn bis vor die Haustür gelaufen. Sich schützen – also kam er allein und blieb es den ganzen Abend, auf eine seltsame Weise, als wäre er zum ersten Mal beim Arzt, zum ersten Mal in einem Flugzeug, zum ersten Mal auf einer Bühne – und all dies zugleich.

Der Himmel zog sich Perlenschnüre aus Wolken über den Bauch, Holunderbeeren standen zu schwarzen Tellern aufgefächert in den Büschen, rochen aber nicht. Sie trug ein bodenlanges weinrotes Kleid, das ihre Figur betonte. Groß, brünett, höchstens fünfundzwanzig, dachte Lukas, während sie hallo sagte, komm rein.

Jeannette duzte ihn sofort, nahm ihm die Jacke ab, als er seinen Namen sagte, Lukas – er hatte sich überlegt, ob er sich anders nennen sollte, doch warum?

Auf ihren nicht sonderlich hohen Schuhen, die einen schaukeligen, an arabische Harems erinnernden Absatz mit blitzenden Goldstreifen an den Seiten hatten, ging Jeanette vor Lukas durch die alte Villa, der man überall die ursprüngliche Wohnaufteilung ansah, was seltsam vertraut wirkte und ein bißchen komisch und aufregend zugleich. Was früher als Empfangsraum oder Salon gedient hatte, war zur Bar umgebaut worden. Andere Zimmer öffneten sich sternförmig dorthin. Als erstes in die Bar gehen – das war so ungefähr, was Lukas sich vorgestellt hatte – so würde es sich abspielen – aber dann kam es doch anders. Für die Aufbewahrung seiner Jacke hatte er an der Garderobe 30 Mark abgegeben, dafür wurde er jetzt zu einem Drink eingeladen, einem Whisky on the rocks, den eines der Mädchen ihm mixte (die anderen saßen auf den Barhockern oder in einer mit hellem Leder bezogenen Sesselgruppe, ungefähr zehn insgesamt). Er war der einzige Gast; es war ja auch erst kurz nach 18 Uhr – früh, sehr früh, das war ihm klar gewesen, aber dann, hatte er gedacht, sind sie ausgeruht, und noch frisch, und die Auswahl ist groß. Lukas nahm einen Schluck von seinem Whisky – nicht schlecht –, und begann sich zu entspannen. Alle geschmackvoll gekleidet, hübsch anzusehen sowieso. Busenansätze, glatte Oberschenkel, durch Falten und Schlitze bewusst enthüllt, dann wieder verborgen, begleitet von Lächeln, die nicht künstlich wirkten, und auch die Kleine hinter der Bar, brauner Pagenkopf, feingeschnittenes Gesicht, deutete alles nur an. Später erkärte eine ihm, daß das Haus keine Schanklizenz habe und daher die Kunden zu ihrem Drink einlade, aber es gehe eben nicht um die Drinks, sagte sie, ihr sowenig wie ihm!, und da war es wieder Jeannette, die sich auf den Hocker an seiner Linken schob: ich darf? Er nickte, sie gefiel ihm sowieso am besten. Eine Schwarze kam durch eine der offenen Türen und setzte sich ebenfalls auf das cremefarbene Sofa, fürs nächste Mal, dachte Lukas, doch Jeannette schien ein gewisses Recht auf ihn zu haben, und ihm war es lieb, es laufen zu lassen, wie es sich ergab. Die Mädchen machten ruhig ihre Arbeit, Anmache, aber schick, und sehr angenehm.

Licht fiel durch die offenstehenden oder halbangelehnten Türen rund um die Bar. Unter dem glatten dunkelroten Stoff des Kleides sahen Jeannettes Beine wie gemacht für Berührungen aus. Aber Lukas traute sich nicht, die Hand auszustrecken. In der Bar lief Jazzmusik. Der ganze Raum roch gut, nach den Parfums der Mädchen, ihrem Schweiß und ein bißchen nach dem alten Haus, das sich vermutlich wunderte über das, was es zu sehen und hören bekam. Auf dem Parkett lag ein etwas abgewetzter Perserteppich. Eine Puffmutter war weit und breit nicht zu entdecken. Jeannette nippte an ihrem Wasser und sah Lukas dabei zu, wie er die anderen im Raum taxierte, unverschämt, denn das traute er sich immerhin. Wozu war er schließlich da? Der Whisky war rauchig mild, und allmählich wurde Lukas Kehle feucht, sein Blick kehrte zurück auf Jeannettes Schlüsselbeine. Er fuhr gern mit der Zunge in diese Kuhlen und die kleine Vertiefung in der Mitte des Halses, wo die Schlüsselbeine ansetzten. Jeannette trug eine silberne Uhr, groß wie für Männer, das Armband eine einzige glänzende Spange, die sich um ihr gut gebräuntes Handgelenk schloß. Sie hatte eine Stupsnase, volle Lippen und ein schmales Kinn, die blauen Augen nur wenig geschminkt. Ihre Haare lockten sich leicht, sie trug sie in der Mitte gescheitelt, die herzfömige Spitze des Haaransatzes auf der Stirn wirkte wie ein kleiner Schmuckstein und war das erste, was Lukas berührte, als sie, die ihr Wasser ausgetrunken hatte, erneut sachlich, aber auch ein bißchen verschwörerisch sagte: bist du soweit?

Die Uhr würde das einzige sein, was sie nicht auszog. Lukas schaute auf das schwarze Ziffernblatt, als er Jeannette, seine erste Hure, von hinten fickte, fast eine Stunde nach diesem »bist du soweit?«, beim zweiten Mal, das 150 Mark extra kostete, solange alles innerhalb der ausgemachten 60 Minuten blieb, und das schwarze Ziffernblatt hüpfte vor seinen Augen auf und ab wie ein verzücktes riesiges Atom, durch ein Sieb von Fremdheit und Erstaunen gekämmt. Lukas fühlte sich für Sekunden wie jemand, der in einem riesigen Netz aufgefangen liegt, als kleines wohliges Insekt. Jeannettes Schenkel waren glatt und feucht, sie stöhnte, anders als beim ersten Mal, und da er ihr Gesicht nicht sehen konnte, nur den wippenden Rücken, konnte er nicht entscheiden, ob es echt war – konnte das sein? – eigentlich nicht, aber sie ließ ihm die Möglichkeit, es zu glauben, und das war schon mal mindestens 50 Piaster wert. Feucht war sie immerhin wirklich; oder wie machten diese Frauen das?

Doch jetzt stand die Uhr erst auf 18.25. Lukas sah sich noch einmal um in der Bar, lutschte einen der Eiswürfel aus seinem Glas. Daß er eben zu Jeannette nur hatte ja sagen müssen, fand er erneut sehr angenehm und professionell. Sie war sofort aufgestanden, wartete jetzt in der Mitte des Raums und begann einen Strip, den alle ansehen durften – Lukas Geschenk an die beiden anderen inzwischen eingetroffenen Kunden. Er lächelte in sich hinein bei dem Gedanken an diese Invasion von etwas Demokratischem selbst in den Puff.

Nicht von schlechten Eltern, Jeannette. Zackig, munter, offensichtlich gut einstudiert, zu einem hiphopartigen Lied, das Lukas nicht kannte. Ihr Busen war kleiner als gedacht, aber was soll's, da schließlich bot Aloe, mager oder nicht, genug.

Aloe. Es war das zweite Mal, daß ein kleines Lächeln über Lukas Herz kroch, doch es hatte Beine und setzte sich wie ein Falter, oder doch eine Mücke?, die die Stelle zum Einstechen sucht. Er oder sie hinterließ jedenfalls ein bißchen Staub, denn natürlich war Lukas Aloes wegen hier. Unsinn, natürlich war er nicht ihretwegen hier – er ärgerte sich über den Gedanken. Um seiner selbst willen war er schließlich gekommen. Der Falter hob ein Bein: zickte Aloe nicht so herum, wäre er jetzt im Institut und sparte eine Menge Geld, an das Lukas jetzt doch auch kurz dachte, natürlich, denn ein Assistentengehalt an der Uni ist zwar nicht schlecht, aber so ein Edelpuff doch – na ja, eben unberechenbar. Eine heiße Welle von Skrupeln oder auch nur alt eingeübter Sparsamkeit, von Scham, sich selbst etwas so Luxuriöses zu gönnen, von dem man später nichts hatte außer einer Erinnerung, zog über Lukas hinweg. Schnell trank er seinen Whisky aus.

Die anderen Nutten applaudierten Jeannette, die sofort in der Bibliothek verschwand, um sich wieder anzuziehen, für Lukas. Wer hätte gedacht, daß in einem Puff also alles doppelt oder dreifach kam und zudem rückwärts ging, daß nämlich die Hure, die du dir ausschaust, sich für alle auszieht und die Intimität dann damit beginnt, daß sie für dich wieder in ihre Kleider schlüpft, mit Slip und Strümpfen und Pushup-Blümchen-BH. Es lohnte sich doch!

Jeannette trug also einen orangen Stringtanga, und ihr Apfelpo fiel Lukas nun auch unter dem glatten Rot des Kleides gleich ganz anders auf, als sie vor ihm die alte Holztreppe zu ihrem Zimmer hinaufging. Das Löwenkopfgeländer, geschnitzt für eine Umgebung mit Biedermeiermöbeln und Großvatersesseln, tat den Zweck, den es immer getan hatte, es führte die Hände. Der Löwe am Ende des Handlaufes bleckte die Zähne, als er Lukas entdeckte, und rollte verschwörerisch die Augen. In Lukas Kopf liefen Bilder des Strips, vor seinen Augen lief Jeannette, und Lukas switchte mit Gefallen im Takt des Stufengehens dazwischen hin und her, her, hin, bis sich im Stakkato der Blicke auch Aloes nackter Körper zwischenschaltete, wie er sie vor ein paar Wochen erst gesehen hatte, als sie sich eine Strumpfhose anzog (sie waren zu einer Geburtstagparty eingeladen, und Aloe kleidete sich dafür im Schlafzimmer um, als Lukas zufällig hereingekam). Eine schwarze Strumpfhose mit Naht, auf ihrer nackten Haut. Aloe hatte Lukas gleich entdeckt und ihn gebeten, den Sitz der Strumpfnaht auf ihrer Pofalte zu kontrollieren und gegebenenfalls zu korrigieren. Kokettes

Miststück! Das durfte er, aber nichts sonst. Und er hatte es auch noch getan und sonst nichts weiter versucht, zärtlich, sachlich, Lukas. Oder war er inzwischen schon so daran gewöhnt, daß er nichts weiter mehr spürte, ja, so weit hätte sie ihn beinahe gebracht. Lukas schnaubte. Da wußte man ja gar nicht, worüber mehr erschrecken: wie abgestorben Aloe war, oder wie angepaßt er sich verhalten hatte. Lukas Hand schoß hervor und griff an Jeannettes Hintern, der ruhig weiter wie ein Pendel im Kleid hin und her schwang, die Treppe hinauf, Stufe um Stufe. Sanft im Takt bewegten sich Lukas Finger auf der linken Pobacke mit.

Er fühlte sich wie ein Knabe, ohne Mutter auf einem Ausflug ins Land des weißen Hasen. Alles war möglich. Jeannette öffnete die Zimmertür, eine Mischung aus Ikea und Mädchenhaftigkeit empfing Lukas. Am Fenster der Tür gegenüber standen Flaschen in einer kleinen Glasvitrine, daneben ein Toilettentisch mit Schminksachen und ein großer weißer Schrank voller Utensilien, wie sich bald zeigen sollte. Jeannette drehte sich um: 500 für eine Stunde mit einmal, Extrawünsche extra.

Man konnte sie auch für den ganzen Tag mieten oder einen Abend, etwa als Ehefrau, machte 1500, nur einmal ficken und schnell war für 200 Mäuse zu haben. Er nahm die Stunde, ohne Whirlpool im Keller, darauf stand er nicht, auch die anderen Kellerräume wollte er nicht erst noch sehen, nein danke, ihm reichte es, einfach reinzukommen in sie, endlich wieder in einer Frau zu sein, *no extras*. Also buchte er gleich zweimal, sie aber sagte: warte doch ab, und wartete ihrerseits, bis er die fünf Hunderter auf die Frisierkommode geblättert hatte (es war billiger, als er gedacht hatte). Als hätte Lukas durch das Hinblättern des Geldes zum richtigen Ton gefunden, sagte er nur noch: zieh dich aus!

In Unterwäsche stand sie vor ihm. Lukas lag auf dem Rücken

quer überm Bett, ließ Jeannette an sein Hemd, die Unterhose. Eine Stunde, da war langsam Ausziehen drin, denn er brauchte noch etwas Zeit. Das Fenster hatte villengemäße Läden aus Holz, einer war vorgeklappt, über die andere Fensterhälfte hing ein heller, aber blickdichter Vorhang. Das Zimmer war dämmrig, kein elektrisches Licht, nur über der Bar ein paar kleine Halogenstrahler. Eine Amsel sang, vielleicht saßen die Bewohner der Nachbarvilla jetzt beim Aperitif im Wintergarten. Jeannette streichelte Lukas zwischen den Beinen. Sein Schwanz reagierte, Lukas sagte nichts, ließ sich streicheln, stand noch einmal auf und trank einen Schluck Wasser. Als er sich umdrehte, lag Jeannette, mit ihren schönen Schlüsselbeinen und blauen Augen, an denen die Schminke nicht verfloß, nackt im Bett, er legte sich auf sie und drang sofort ein.

Na ja, beinahe sofort. Jeannette ließ sich nicht überrumpeln, Jeannette streifte ihm noch blitzschnell ein Kondom über, ja, er stand ihm prall, *no problem*. Der Gedanke an Aloe tat sein Teil, Jeannette tat das ihrige, eine hervorragende Kombination, wie er sich rächte – er hatte es nötig – ja, doch, ja – und hier durfte das sein – er krallte sich an ihren Hals, rücksichtslos – das kaufte er sich.

Lukas war erleichtert, wie gut es ging; keine peinliche Niederlage, kein Versagen. Er konnte seinen Trieben eben doch vertrauen, sie funktionierten wunderbar, Speichel floß ihm in der Kehle zusammen, wie zuvor, als er sofort noch ein zweites Mal kam, noch in ihr drin, also galt es nur als ein Mal, stellte sich später heraus. Sie hatte nicht gestöhnt, aber sich mitbewegt, den zweiten Orgasmus durchaus mitbekommen, denn sie zwinkerte ihm zu, als sie ihm das Kondom wieder abzog, so rasch wie sie es aufgesetzt hatte. Das war es, was ihn später an einen Arztbesuch erinnerte: die professionelle Geschicklichkeit und Routine ihrer Handgriffe an seinem ihr doch fremden Körper.

Sie lagen zusammen, wie man nur nach Sex zusammenliegt. Lukas grinste und steckte sich eine Zigarette an, die Jeannette ebenfalls auf ihrem Tischchen bereitliegen hatte. Der alte Raum, der nicht zu dem breiten Bett paßte, das Tischchen und der Teppich bauten für Lukas und Jeannette aus Gewohnheit (man war in einem Schlafzimmer, nach Sex) ein Stückchen Intimität.

– Was machst du sonst?

– Ich habe eine Ausbildung als Werbefachfrau. Aber da kann ich später noch arbeiten.

– Und wann fliegt man hier raus?

– Kommt drauf an, wie du aussiehst, spätestens mit fünfunddreißig.

– Und du bist schon lange dabei?

Sie machte sich einen Spaß daraus, ihn raten zu lassen, wie alt sie war.

– Ich finde es nicht schlecht, die Bezahlung ist in Ordnung, so was wie gesundstoßen, nicht wahr?

Jeannette lachte trocken, es klang echt. Sie hatte eine Goldkrone hinten im Mund.

– Wieviel kriegst du denn?

– 40 Prozent.

– Und wenn wir nochmal ficken?

– 50.

– Steckst du das manchmal so ein?

– Meinst du, das würd ich dir erzählen?

– Gibt es hier Kameras, die uns beobachten?

Lukas sah sich um, konnte aber nichts entdecken. Jeannette drückte ihre Zigarette aus und stand auf.

– Selbstverständlich nicht. Aber du siehst auch nicht so aus, als ob du das bräuchtest.

– Was soll das denn heißen?

– Bestimmt hast du eine Freundin.

– Fragt ihr eure Kunden immer, warum sie kommen?

Jeannette stand am Bett und drehte sich vor Lukas.

– Überleg dir was, sagte sie.

Das Ziffernblatt der Uhr trug sie nach innen über den Puls gedreht. Noch eine gute halbe Stunde. Aber die Natur hatte noch ein bißchen mehr Pause an Lukas Körper vorgesehen, Pause fürs Gespräch und für neue Geschäftsverhandlungen. Jeannette öffnete den hohen weißen Schrank, um Lukas sehen zu lassen, was es so gab – im Schrank, und, als sie sich bückte, zwischen ihren Schenkeln.

– Viele kommen nur, um zu reden.

Lukas sah genau hin. Die Zunge bewegte sich von selbst.

– Quatschen, quatschen – über ihren Chef, ihre Frau, ihre Freunde. Bringen ihn gar nicht hoch oder vielleicht gerade so, aber nur nebenbei, nach 55 Minuten reden einmal reinrammeln.

Parfumflakons und Schminkstifte, ein noppenbesetztes schwarzes Halsband mit Hakenring in der Mitte. Alles mit Tarifen versehen, System Puff, normierte Obszönität, einschließlich einer kleinen, abgeschabten Stelle im Teppich neben dem Bett, dort trieb sie es gewiß auch. Es war öffentlich und intim zugleich, insbesondere weil sie hier auch wohnte, nachts allein schlief – oder mit ihrem Freund. Nahm sie die Pille, um mit dem auch ohne Kondom zu vögeln, küßte sie ihn?

– Zieh Strapse an.

Lukas war überrascht, wie harsch seine Stimme klang. Jeannette warf ihm einen kurzen Blick zu wie »na, bist du schon wieder drauf?«, kokett-willig-ironisch.

Während sie die Strümpfe einklinkte, wollte sie wissen, was er so mache.

– Sterne erforschen. Ich bin Astronom.

Lukas hatte kurz gezögert, er hatte keine Lust, in ein Gespräch über Astrologie gezogen zu werden, aber er hatte Jeannette unterschätzt, offensichtlich kannte sie den Unterschied.

– Mir war immer egal, was da oben passiert. Mich interessiert das hier unten.

Sie lachte, trällerte den Anfang von *material girl* und stieg, in Strapsen, über Lukas. Mit gegrätschten Beinen blieb sie stehen. *Der* Blick sei kostenlos!

Er blätterte seine 150 extra hin, und fünf Minuten später tanzte die Uhr vor ihm auf und ab wie ein vergrößertes Atom, und er lag in einem Netz, ein Insekt mit Horn, ruhig und durchströmt, sehr erdig und in Jeannette drin. Sie war enger von hinten als von vorn, ihre Schenkel besser als ihr Busen, der ohne den Pushup ein bißchen hing (dabei war sie erst zweiundzwanzig, sagte sie, und es konnte stimmen). Lukas gelang es, es länger hinauszuzögern als beim ersten Mal, auf- und absteigen ließ er sie – tat ihr weh – hielt sie hin. Ihr weh tun wollte er, wie Aloe weh tun und sich etwas Gutes, und genauso hing es zusammen. Wie er gegen sie fickte, fickte, rammelte, und es machte Spaß, und er tat ihr weh.

Schade, daß er es Aloe nicht erzählen konnte. Natürlich hätte er es erzählen *können*, aber es war besser, das hier heimlich zu tun, und Aloe eben dadurch ihrer völlig blöden Ignoranz zu überführen, ihres Körperwahns. Lukas kam mit dem Oberkörper hoch, faßte Jeannette an den Busen – sie schrie leise, erstaunt, er zog sie nach hinten mit sich zurück, so daß sie sich bog, ganz bog, mit seinem Schwanz. Er kam in diesem Moment und schnellte aus ihr heraus, das Kondom rutschte dabei von ihm ab, so daß sein Sperma auf Jeannettes Haut spritzte und ins Bett. Lukas gefiel es, Schluß mit Hygiene und Vorsichtsmaßnahmen, er hatte sich durchgesetzt. Er machte die Augen auf, erlöst lächelnd in ihrem dunkelbraunen weichen Haar.

Als er ging, hungrig plötzlich und etwas verschwitzt, aber er hatte sich nicht duschen wollen, die Stunde war auch fast vorbei nach dem zweiten Mal (nur Jeannette war kurz im Bad verschwunden), als er das Gartentürchen der Villa hinter sich zuzog, doch ohne es ins Schloß einschnappen zu lassen, für den nächsten, als Lukas, geradezu pfeifend, hätte er es gekonnt, durch die Villenstraßen Richtung S-Bahn schlenderte, beschwingt und ein wenig müde, wie nach einer Heldentat oder einer Initiation, verpflichtungslos gut gelaunt, einmal die Knochen durchgeschüttelt, leer- und zugleich vollgepumpt, als er so ging, fiel ihm ein, wo er den weißen Hasen zuletzt gesehen hatte. Auf Neos Computer in *Matrix* war *follow the white rabbit* erschienen, es hatte an der Tür geklingelt, jemand, der Neo Geld zurückgeben wollte, stand draußen, die Frau, die ihn begleitete, trug das Tattoo eines weißen Hasen auf der Schulter. *Matrix* hieß Gebärmutter. Latein hatte Lukas immer gemocht. Er lächelte zum ersten Mal an diesem Abend, ohne daß ihm etwas mit staubigen Beinchen übers Herz kroch und dort Spuren machte wie ein Falter oder ein Wurm. Er war selbst in einer Mini-Matrixwelt gewesen, na ja, nicht ganz, aber die Analogie machte ihm Spaß. Jetzt schlenderte er wieder hier übers Trottoir, ganz wirklich und scheinbar unverändert, ein gutgelaunter, junger Mann, dem der Magen knurrte und der aussah, als käme er von einem netten nachmittäglichen Tantenbesuch.

In einem chinesischen Restaurant in Institutsnähe bestellte Lukas zur geheimen Feier des Tages eine Ente in Orangensauce. Er hatte sich schützen wollen, gut so! Denn natürlich war etwas geschehen. Die Ente kam, kroß und weich. Selbst das Fett unter der Haut, das er sonst immer zur Seite legte, schmeckte Lukas heute. Er bestellte Reis nach, wurde hungriger beim Essen, spürte die Bruststückchen nachgeben, wenn er darauf biss. Ingwer, die frische Säure der Orangensauce und das Fleisch gingen auf in seinem Mund wie eine körperliche

Musik. Lukas aß schnell und beobachtete einen Studenten aus dem Institut, der drei Tische entfernt eifrig versuchte, eine hübsche Schwarzhaarige anzubaggern. Wohlwollend sah Lukas zu, wie einer, der sich beiläufig aus dem Fenster lehnt, während der Zug, in dem er sitzt, um eine Kurve biegt: und voller Erstaunen fällt sein Blick auf den Waggonschwanz, der treu zwischen dem Himmelblau und einer oktoberbraunroten Landschaft dahinzieht wie eine Erinnerung an etwas, was man bis vor kurzem selbst noch war.

48,5 Kilogramm. Rot wie die Innenseite eines Venusfliegenblattes hing der Mond im Fenster.

– Was hast du heute gegessen, Aloe?

– Keine Ahnung, merkst du dir das denn so genau?

– Nein, aber du.

– Da täuschst du dich, mon cher.

Er saß an ihrem Bett. Sie lächelte ihn an.

– Weißt du eigentlich, wie das geht?

– Was, Lukas?

– Kalorienbestimmung. Man nimmt ein Metallgefäß mit dicken Wänden, entflammt darin die zu messenden Lebensmittel unter starkem Druck und verbrennt sie. Die freiwerdende Wärmeenergie wird dann als Kalorien angegeben, als physikalischer Brennwert.

– Klingt gut.

– Ja, aber der Mensch geht aufs Klo. Also werden auch Urin und Kot im Kaloriemeter verkokelt und vermessen. Vom physikalischen Brennwert abgezogen, ergibt das den physiologischen. Der ist aber oft nur geschätzt. Wir spazieren ja nicht mit einem Kohleofen im Bauch herum, sonst müßten wir statt mit der Zeitung mit einem Feuerlöscher aufs Klo.

Sie lachte. Lukas nahm ihre Hand:

– Geh doch mal zum Arzt.

– Ich war schon.

– Ich mache mir Sorgen.

– Er sagt, es ist ganz normal.

– Du solltest mehr essen.

– Tu ich.

– Ich meine …

– Es ist ganz normal.

Kurz darauf lagen sie zusammen im Bett, streichelten sich und schauten ein Video vom letzten Autorennen in Monaco an. Die Rennbahn, eine leer geräumte Straße, schlängelte sich durch die Stadt. Palmen wedelten, hie und da war das blaue Glitzern des Meeres zu sehen.

– Wenn es kein Schicksal gibt, dann auch keinen Zufall, flüsterte Lukas.

Wahrscheinlich kommt jetzt gleich ein Crash, und er will mich warnen, dachte Aloe. Die Kamera schwenkte zur Box des Favoriten. Riesige Männer in roten Overalls, Kopfhörer über den Ohren, Notebooks auf dem Schoß. Die Werkzeuge für einen Reifenwechsel hingen an langen Schnüren von Stangen, die sich wie Käferfühler über den Halteplatz des Boliden bogen. Lukas sagte:

– Du hast doch einmal von einer alten Geschichte erzählt, in der ein Minnetrank vorkommt.

Die Rennwagen sausten mit unvermindertem Tempo über die Bahn, an der linken Bande kurz vor der S-Kurve gab es eine Rempelei; Aloe rief:

– Schau doch! Was für eine Geschichte? Das ist doch Quatsch.

Jedesmal, wenn ein Wagen von einer der aufgestellten Kameras wegfuhr, ahnte man für Sekunden die tatsächliche Geschwindigkeit.

– Weißt du, warum ausgerechnet Tristan und Isolde dieses

Minnegebräu erwischten, obwohl sie sich überhaupt nicht mochten, Alla? Nur, weil sie so eigensinnig und neugierig waren!

Nun fuhr wirklich jemand in die Box, der Reporter erörterte, ob es klug sei, Regenreifen aufzuziehen, da schoß der Wagen bereits wieder hinaus und hatte nur getankt.

– Schon damals ist das Schicksal als etwas verstanden worden, was nicht einfach so vom Himmel fällt. Die Betroffenen machen es immer auch selbst!

Er gab nicht auf. Aloe lächelte, lauschte auf das tiefe Summen der Motoren, die ihre gleichmäßigen Bahnen zogen. Sie dachte an das Selbstmörderische dieser Rennen; aber auch ihren spielerischen Aspekt. Aloe war zufrieden, die Rigorosumsvorbereitungen geschafft, sie schlief wenig, konnte wunderbar arbeiten. Statt einer Antwort drückte sie sich an Lukas, er war so schön warm, und bewegte gedankenverloren seine Finger auf ihrem Bauch wie Kinder es manchmal mit den Händen ihrer Mütter tun.

– Deine Mutter hat angerufen.

– Was wollte sie denn?

Jeder spielte ein Spiel im Innersten seines Lebens. Doch wie es mit anderen zusammenhing, war Aloe jetzt zu kompliziert.

– Du sollst zurückrufen.

Das hatte Brigitte nicht gesagt. Brigitte hatte mit Aloe sprechen wollen, allein. Brigitte hatte Aloe gefragt, warum sie so dünn geworden sei. Aloe hatte überrascht getan, Brigitte dann aber im Gegenzug auf die Müllgeschichte angesprochen, die Lukas manchmal erzählte. Daß er aus dem Müll stamme. Daß er ihr das schon in ihrer ersten gemeinsamen Nacht habe weismachen wollen.

– Ich weiß nicht, was er damit meint, keine Ahnung, sagte Brigitte und sprach ein bißchen schweizerischer als zuvor.

Jeder spielte sein Spiel.

– Ach so, sagte Aloe.

Und freute sich. Sie hätte gar nicht gedacht, daß die Müllsache noch einmal so nützlich sein würde. Denn tatsächlich war nach ein paar weiteren Floskeln das Telefonat vorbei gewesen, ohne daß das Thema Essen noch einmal berührt worden wäre.

Lukas stand auf einem Küchenstuhl und preßte mit aller Kraft eine Reißzwecke in die Wand. Sein Daumennagel war ganz weiß, die Fingerkuppe puterrot. Im Institut hatten sie beim Aufräumen ein Poster mit einer Erdaufnahme des Hubble Space Telescope entdeckt. Da niemand es wollte, hängte Lukas es jetzt überm Küchentisch auf.

Aloe hatte einfach getan, als interessiere sie sich plötzlich brennend für Formel 1. Sein Versuch, mit ihr zu reden, war fehlgeschlagen.

Kaum nahm Lukas den Daumen von der Wand, fiel die Reißzwecke wieder heraus. Wahrscheinlich steckte ausgerechnet an dieser Stelle ein Stein. Aber er konnte nicht ausweichen, ohne die drei anderen Kartenecken, die er schon angepinnt hatte, auch wieder zu lösen. Lukas stieg vom Stuhl und betrachtete die aus Millionen von Datenbits zusammengepixelte Aufnahme. Eine geradezu mystische Verschmelzung von Präzision und Phantasie. Alle Pixel echt, alle Farben falsch. Bodenschätze, versteckte Stollen, Ölfelder, Brände und Wald. Computerrhododendren sprossen über die Ozeane, durch die Wüsten zogen sich feine schaumige Riffs weißlicher Stürme, um den Nordpol flockte eine Wolke heller Bläschen, die aussahen, als stecke in jeder ein Babyhai, der in seiner Raumkapsel durch eine gallertige Masse Nahrung trieb. Jede Farbe ein Ausbruch, ein Gefühl, vieldeutig und rätselhaft. Über Mittelamerika saß eine riesige, grünbraun gesprenkelte Schildkröte, in deren Mitte ein roter Fleck leuchtete wie ein zyklopisches Auge. Er mochte diese Mischung von Genauigkeit und Wahn. Sie erinnerte ihn an mittelalterliche Gemälde vom Rand der Welt und seinen fabelhaften Wesen; hier kehrten sie als harte ›Fakten‹ wieder, waren aber eigentlich nichts als eine Folge von Nullen und Einsen, kein einziges Pigment zunächst, kein einziges Element – ganz irrealer Stoff.

Vielleicht hängte er deswegen die Karte hier auf. Irrealer Stoff, aber vertrauter als Aloe.

Lukas ging näher heran und hielt das noch nicht befestigte Eck mit der Hand hoch. Wie elegant gebogene Fischgräten zogen sich weiße Strände an Indiens Westküste nach Norden. Für einen Augenblick mußte er an die Forellen denken, die Aloe ihm bei seinem ersten Besuch serviert hatte. Wie entsetzt hatte sie damals geschaut, als er die Bäckchen aussog, und gedacht, er merke es nicht. Sie sprach nicht mehr wirklich mit ihm, er kam nicht an sie heran. Lukas nahm den Hammer und stieg erneut auf den Stuhl.

Als wäre die Wand aus Quark, ging die Reißzwecke jetzt hinein.

Irgendwann will er in den Orbit, um die Erde einmal mit eigenen Augen von oben anzuschauen. Einfach nur schwerelos segeln und sehen – was für ein Anblick muß das sein. Antwort auf ein Leben voller Fragen und vager Sehnsüchte: den Wunsch des kleinen Jungen zu fliegen, die körperliche Sehnsucht, wie vielleicht ein Hund sie hat, von etwas gehalten und getragen zu sein, den Scherz, für den er die Welt im Grunde hielt, das Gefühl, dennoch nie genug zu können oder zu verstehen, den tiefen Schrecken über den eigenen Tod, den Wunsch, sich hinzugeben, einfachen Herzens, unter einem Apfelbaum zu liegen und die Beine baumeln zu lassen, alles, was in ihm steckte von einem Wissenschaftler, Spieler und Dichter, einem Beobachter von Feuer und Sternschnuppen, was auch immer für Obsessionen an der Nachtseite seines Geistes nagten, jegliches süße und träumerische Verlangen, das er jemals für namenlose, weit entfernte Orte empfunden hat, den neuronalen Puls eines wilderen Bewußtseins, die Idee, sich ins Meer sinken zu lassen und nie mehr zu bewegen – unterzugehen wie ein Stein – ohne zu fallen – alle abstrakten Vorstellungen über die Einheit des Menschen, in diesem Augenblick wären sie aufgegeben und zugleich erfüllt. Das unentwegte Nichts Meister Eckharts berühren, jeglichem brennenden Bedürfnis, aller Verantwortlichkeit und Routine entfliehen, entfliehen auch der eigenen Überspezialisierung, dem engen, sich in Spiralen nach innen windenden Selbst.

Und was sagte Wolfgang da zu ihm im Institut: Träumer!

Lukas stieg vom Stuhl. Ja, er träumte sich manchmal weg. Er ging ein paar Schritte von der Wand zurück und kniff ein Auge zu. Hing die Karte schief?

Gestern ging es ihm noch so gut, und heute sagte Wolfgang im Institut:

– Du Träumer! Ich glaube, deine Aloe ist krank. Hab sie gestern auf der Straße getroffen. Die ist ja vollkommen ausgezehrt.

– Und du machst ihr noch ein Kompliment über ihre Figur!

– Na ja, es sieht gut aus.

– Eben! Da ist nichts krank.

Doch beunruhigt war er am Nachmittag in die Bibliothek gelaufen, diesen *Tristan* suchen, weil Aloe ihm einmal davon erzählt hatte. Krank? Aloe war ehrgeizig, wollte dünn sein. Er spürte, daß sie Platz brauchte für etwas in sich. Am besten half er ihr doch, indem er bei ihr blieb, obwohl sie so abweisend war. Dabei fiel ihm der Minnetrank ein. Aloe arbeitete zuviel und war nervös, doch das konnte er verstehen: was sollte sie schließlich nach dem Rigorosum tun als Kunsthistorikerin auf dem übersättigten Markt? Das hätte ihn auch nervös gemacht.

Aber da konnte er ihr nicht helfen! Er hing an ihr, ja, liebte sie. Dennoch, einen Minnetrank hätte er gern gehabt. Vor allem für sie; und ein bißchen vielleicht auch für sich.

Aloes Körper nachts – immer weißer lag er im Bett, hell und kühl. Aloe strahlte in einer unheimlichen Farbe. Und sie blockte alles ab, mit einem seit neuestem manchmal panischen Blick, »frag mich nichts!«, der ihm ins Herz bohrte. Lukas sah sich auf die Hände, sah, daß er sie zu Fäusten geballt hatte. Er schob den Stuhl unter den Tisch und löschte das Licht. Sie steckten in der Liebe wie Fliegen im Quark. Die Karte hing leicht schief, ein großer dunkler Fleck an der Wand.

Aloe hörte, wie Lukas einen Küchenstuhl quietschend über den Boden zog und seufzte, konnte er es denn nicht wenigstens einmal anders machen! Wie so oft stand sie nackt vorm Spiegel auf der Innenseite der Badtür. Die Schlüsselbeine ragten heraus; ihr Kieferknochen war so scharf, als fahre er beim Kauen als Messer auf und ab. Nein, die Schlüsselbeine sahen aus wie Griffe, an denen man sie hätte hochheben können. Sie lachte, wenn sie sich so, mit fremden Augen, ansah. Jedesmal war ihr Körper im Spiegel noch da, und jedesmal war er in ihren eigenen Augen zu fett.

Fragte sie jemand, wie es ihr gehe, sagte sie, es gehe ihr gut. Sie sagte allen, es gehe ihr bestens. Wunderbar, sagte sie allen, die sie fragten. Lukas fragte nie, schließlich sah er sie jeden Tag. Jeden Tag sehen machte blind.

Von der Sucht hatte sie nur das Magern. Und den Spaß. Das Süchtige hatte sie nicht. Nur das Magern, nicht das Hungern. Es machte ihr ein neues Kleid, aus Nerven, ganz eng. Die Haut über den Hüften, an den Oberschenkeln und an den Unterseiten der Arme aber war faltig geworden. Wie eine Echse, dachte Aloe, kaltblütig, mit Ringen unter den Augen stehe ich hier.

Sie hörte das Telefon klingeln. Lukas ging dran.

Aloe knipste das Licht aus und setzte sich auf den Wannenrand. Bald ist sie am Ziel. Identisch mit dem Typ von Frau, der von Plakaten grüßt, stromlinienförmig schön, ein Delphin, fest wie ein Phallus, eingewickelt in den Glanz der Selbstbeherrschung und Verhinderung unkontrollierter Reproduktion. Nur der eklige Bauch stand noch immer hervor. Angeschwollen, als ob sie sich ein großes Ei direkt unter die Haut geschoben hätte. 48,3 Kilogramm. Statt eines Kilos diese Woche gerade mal 200 Gramm. Sie mußte immer länger auf Siege warten. Doch ein Sieg, der aus fünf oder sieben oder neun durchmagerten Tagen bestand, war doppelt, fünfmal, neunmal so schön. Neben ihr spiegelte sich die fleischige Silhouette einer Kannenpflanze im Fenster. Die hatte sie gestern als Sonderangebot im Supermarkt entdeckt.

Kannenpflanzen fraßen Insekten. Angeblich waren auch Delphine nicht so intelligent und harmlos wie früher angenommen, fraßen Artgenossen – Unsinn, murmelte Aloe und drehte sich zum Waschbecken, um sich zu kämmen. Aus dem Siffon standen Haare, automatisch zog sie an dem Büschel: wie schleimig es war! Als liege da einer darunter, überwintere dort wie ein Tier, aber mit Menschenhaar, und sein Bart wuchere durch das Sieb herauf.

In der Tür stieß Aloe mit Lukas zusammen. Für einen Augenblick erkannte sie ihn nicht. Und das Komische war: sie hatte den Eindruck, daß es ihm genauso ging mit ihr.

In den Linoleumfluren roch es nach Bohnerwachs, Kabeln und Studentenschweiß. Lukas hatte eine Packung Reiscracker in seine Ecke des Assistentenzimmers neben die drei aneinandergehängten Computer gestopft, deren Rechenleistung noch immer zu wünschen übrig ließ. Die Schaumstoffpolsterung seines Drehstuhls war durchgesessen. Auf dem einen Schrank des Zimmers, das er sich mit Wolfgang teilte – er und Wolfgang teilten alles: den Professor, den Kaffee, die dreckige Kaffeemaschine und das Forschungsprojekt, an dem sechs weitere Professoren und vierzehn Assistenten arbeiteten – auf dem ebenfalls geteilten Schrank stand eine chinesische Glückskatze aus Porzellan. Blauweiß gesprenkelt, mit langgerenktem Hals. Lukas haßte sie. Vor ein paar Monaten war sie aus einer großen, mit Holzwolle ausgestopften Kiste gekommen, die ein UPS-Bote bei ihnen abgegeben hatte. Schleppte der eigens eine mit riesigen chinesischen Stempeln bedruckte Kiste bei ihnen zur Tür herein – und dann war nur Holzwolle darin und allmählich schälte sich aus der Holzwolle diese dumme Katze. Um ihren Hals baumelte ein Brief in kaum verständlichem Englisch, geschrieben von einem Studenten in Shanghai, dem sie im Semester zuvor durch seine deutsche Zeit geholfen hatten, mit Reiscrackern vor allem.

Wolfgang war Ordnungsfetischist, fand Lukas, zumindest was den Schrank anging, alles in links und rechts aufgeteilt und wehe, Lukas legte etwas auf die falsche Seite. Andererseits war Wolfgangs Keyboard die reinste Katastrophe, fand Lukas, keksverkrümelt und kaffeebegossen, aus den Ritzen würden bald die Blümchen schießen. Kein Wunder, daß er es nicht fertigbrachte, der Katze den Hals zu brechen, oder auch nur, sie in die Tonne zu entsorgen, was Wolfgang seinerseits von Lukas verlangte, dessen Keyboard schließlich aussah wie das eines Ordnungsfetischisten, fand Wolfgang, so daß er, Lukas, sich ruhig auch der Katze annehmen konnte.

Sie spielten Zwilling, ohne es zu sein, doch es war die nervenschonendste und effektivste Weise, miteinander umzugehen. Einmal, auf einer Liegewiese im Stadtbad, waren sie aneinandergeraten; danach war Lukas nicht mehr sicher gewesen, ob

Wolfgang den Streit nicht absichtlich vom Zaun gebrochen hatte, um ihn zu berühren. Wolfgang, ein Stück größer als Lukas, hatte sich sehr knochig und fest angefühlt, nicht unangenehm, aber auch nichts weiter. Lukas hatte damals entschieden, daß er selbst eindeutig nicht bi war; kein Thema mehr zwischen ihnen. Von ihren Freundinnen, Affären oder was sonst so lief, sprachen sie nicht.

Das Assistentenzimmer hatte etwa zwölf Quadratmeter, mit den Computern, dem Schrank und der Katze war es richtig eng, die Kaffeemaschine stand nur halb auf dem Fensterbrett, die andere Hälfte schwebte frei. Reiscracker, auch Puffreis, eigneten sich am besten als Durchhaltelebensmittel, denn sie waren einzeln folienverpackt, da kroch kein Ungeziefer hinein. Saubergemacht wurde selten, in den Ecken häuften sich Kabel; Staub saß in dicken Flocken zwischen den schwarzen und grauen Knoten, Wolfgang nieste oft.

Die Astrophysik war in einem alten Teil des Unigebäudes untergeschlüpft, immerhin wenigstens im fünften Stock, der Blick aus den großen Fenstern lohnte sich. Bald jedoch würden sie ganz an den Stadtrand ziehen, ein neues Wissenschaftsareal hatte man dort mit EU-Geldern fast fertiggebaut. Ihre alten Zimmer waren bereits an Biochemiker vergeben worden, deren Fakultät so sagenhaft boomte, daß sie sich mit allem zufriedengaben, Hauptsache, es hatte ein Dach.

– Frag die doch, wie wir die Katze entsorgen sollen, sagte Wolfgang und biss mit indianischem Gleichmut in sein Mittagsbrot, denn seit am letzten Montag Ralph, Ralph mit ph, über heißen Würstchen in der Cafeteria erklärt hatte, wie man Ratten am besten umbringt – am Schwanz fassen und mit einem Kantenschlag an die Laborbank erledigen – betrat Wolfgang die Cafeteria nicht mehr. Er wollte keinem einzigen dieser Biochemiker nochmals freundlich begegnen müssen.

Lukas beobachtete, wie ein weiterer Brotkrümel auf Wolfgangs Tastatur fiel. Er selbst kaute an seinem dritten Reiscracker und stand dazu sicherheitshalber am Fenster.

– Woran forschen die da drüben denn zur Zeit?

– An freien Radikalen.

Wenn Wolfgang kaute, schob sich an seiner Schläfe ein kleiner, runder Hubbel hervor – wie eine Disk, die unter der Haut rotierte.

– In weißen Kitteln, sagte Wolfgang, als wäre das das Empörendste überhaupt. Die laufen da drüben in weißen Kitteln rum, nur ihrer dummen Ratten wegen, die sie angeblich aber schon gar nicht mehr brauchen, und forschen, diese Pseudomediziner, an Radikalen, die unsere Proteine ebenso zerlegen wie die Proteine verschlüsselnde DNA. Und uns, sagte Wolfgang, den Rest des Käsebrotes herunterkauend, altern lassen, vergilben, kurzum zersetzen. Und das alles nebenan.

– Und dabei verdienen sie ein Schweinegeld.

Kurz dachte Lukas an Jeannette. Ob Wolfgang das verstünde? Er war nicht nur einmal bei ihr gewesen. Für einen Augenblick fühlte er sich versucht, davon zu erzählen. Lukas kam sich mutig vor, stolz. Jeannette begrüßte ihn jedesmal freudig, sie machten Termine aus. Aber wenn er ehrlich war: je öfter er hinging (na ja, erst dreimal), umso langweiliger wurde es. Und dann war da noch Aloe. Wolfgang fischte einen Krümel aus seiner Tastatur; Lukas sagte nichts.

Von nebenan war das Klick-klick der Sampler und Codescanner sowie das Klick-klock der Futterschalen einer Mauspopulation zu hören, der ein menschliches Ohr aus dem Rükken wuchs. Ralph hatte es Lukas gestern gezeigt. Das Ohr war originalgroß, es nahm den ganzen Rücken der Maus ein. Ralph mit ph und die anderen streiften sich Gummihandschuhe über, griffen nach Minipinzetten und beugten sich auf hohen Laborhockern über die Einluglinsen ihrer Mikroskope. *The future to come*. In der Cafeteria wurde dann ein Ich-tus-für-die-Kranken-Bierchen abgezischt, auch schon mal ein Schnäpschen, für die ruhige Hand. Pharmasponsoring war leicht zu bekommen, Marlies, eine der wenigen Biochemiefrauen, hatte Lukas erst vor kurzem eine Schachtel Antidepressivum angeboten, wozu war man schon Chemiker, wozu lebte man im *white cube* eines Labors. Da er nichts nahm, hatte Marlies ihn wenigstens die Pille auf ihrer Zunge sehen lassen.

– Die mischen da was ab, sagte Lukas.

– Darauf kannste Gift nehmen, sind wir Waisenknaben gegen.

– Ohne Risiko kein Erfolg, Wolfgang!

– Nie war er so wertvoll wie heute.

Mit Plaudereien wie diesen probierten sie vor der nächsten Rechenrunde gern aus, ob das Hirnmaschinchen noch lief.

– Wir bekommen übrigens einen neuen, aus Passau.

– Hab ich auch schon gehört. Angeblich so genial, daß er nicht mal weiß, was eine Straßenbahn ist.

– Hat mit fünfzehn ein 1.0 Abi gemacht. 25 Patente angemeldet, jetzt ist er gerade mal zwanzig.

– Ich glaube, ich mag solche Typen nicht, sagte Lukas.

– Abwarten, abwarten. Erick soll ein superguter Mathematiker sein. Hör mal, Lukas, den können wir bestens brauchen. Ich hab da einen Plan. Wir sollten sehen, daß wir möglichst bald hier fertig werden und uns absetzen. Wir benötigen ein besseres Observatorium, das beste überhaupt. So kommen wir nicht weiter, nicht dahin, wo wir hinwollen, das weißt du doch auch.

Wolfgang deutete mit dem Daumen nach hinten, Richtung Biochemie:

– Wissenschaft vom Leben, daß ich nicht lache. Ich freue mich schon, wenn der erste Klon gegen seine Erzeuger klagt.

– Also pack den Tiger in den Tank, sagte Lukas und grinste.

Seltsam eigentlich, daß er sich mit Wolfgang immer wohl fühlte. Sich nie so allein vorkam wie manchmal mit Aloe. Es mußte an ihren kleinen Spielchen und klaren Verabredungen liegen. Die Katze starrte Lukas lächelnd an. Einer Glückskatze schlug man nicht den Kopf ab, oder?

Die Biowissenschaften würden in ein paar Jahren absolut in sein, Ralph mit ph war sich dessen absolut sicher, und es stand zu befürchten, daß er mit seiner Einschätzung richtig lag. Manchmal traf Lukas ihn mitten in der Nacht in der Tiefgarage, wenn er selbst erschöpft aus seinem Kabuff fand. Der Institutseingang war dann längst geschlossen, der einzige Weg zurück in die Welt führte durch die Garage. Da sie beide meist zu Fuß ins Institut kamen, standen sie gemeinsam vor dem großen Stahltor und warteten, bis es sich ratternd und ächzend in kleinen Schüben hob.

Jedesmal bangte Lukas, daß das Tor steckenbliebe. Sein altertümliches Knirschen und Knacken, das ganze Leid der Materie schien hier einen kleinen Mitternachtschat mit einem halten zu wollen. Er hatte keine Lust, eine Nacht mit Ralph im Institut zu verbringen, wirklich gar keine.

– Schon mal über Frauen und Männer nachgedacht, Mister Riehm?

Lukas fühlte sich verarscht.

– Wir experimentieren gerade mit geschlechtslosen Mäusen. Ob es andere Kräfte freisetzt, wenn man das Geschlecht wegnimmt.

Lukas dachte an Jeannette, an Aloe.

– Wäre doch schade, kein Geschlecht!

– Nicht für alle, murmelte Ralph.

– Und wie bekommt ihr das hin, ich meine, alle Säuger sind doch entweder xx weiblich oder xy männlich.

– Keineswegs. Es gibt auch jede Menge natürlicher Mischformen: xo oder x-halb-y. Schon mal was von Hermaphroditen gehört?

– Zweigeschlechtlichen?

– In der Natur ist das ganz normal. Und genausogut gibt es auch Geschlechtslosigkeit. Etwa Arbeiterinnen im Ameisenstaat.

– Aber weswegen probiert ihr das aus?

– Du bist doch sonst ein schlaues Bürschchen, Riehm. Wir, rief Ralph – das Tor war mittlerweile weit genug geöffnet, um einigermaßen aufrecht hindurchzugehen – wir, rief Ralph Lukas nach, erfinden eben den Menschen vorm Sündenfall.

Was für ein Angeber, dachte Lukas auf dem Nachhauseweg. Alles, was dieser Ralph über Biologie sagte, stimmte, der Rest war Phantasterei. Aber Leute wie Ralph gab es überall. Je weiter hinauf sie die Karriereleiter kletterten, umso verfitzelter und eingekniffener wurden sie, um später als Professoren mit eitlen Gesichtern über prall gespannten Bäuchen zu enden, die die ganze innere Knitterei mühsam verbargen. Lukas hoffte, daß er nicht nach Bohnerwachs und Elektrostaub stank wie Ralph nach Formaldehyd. Er ging zu Fuß nach Hause, um den Geruch loszuwerden, der vielleicht auch in seinen Kleidern hing. Wie fern und gleichgültig doch die Milchstraße über ihm aussah.

Am nächsten Tag war die Glückskatze verschwunden. Wolfgang brach seinen Schwur und ging mittags in die Cafeteria, um Ralph und Konsorten zur Rede zu stellen. Man einigte sich darauf, die Putzfrau zu verdächtigen, die allerdings heftig abstritt. Um 16 Uhr traf Erick ein.

Wer Glück hat, braucht keine Glückskatze. Ein paar Jahre später sitzen Erick, Lukas und Wolfgang in Cerro Tololo in Chile, 2200 Meter über dem Spiegel des pazifischen Ozeans, der nur wenige Kilometer weiter im Westen in langgeschwungenen, sandigen Buchten auf den südamerikanischen Schelf trifft. Sie stoßen auf ihren ersten Forschungspreis an und essen dazu Reiscracker mit Bananengeschmack. Die Bananen sind vielleicht, der Reis ist höchstwahrscheinlich genmanipuliert. Auf einer riesigen Leinwand hinter ihnen dreht sich ein Planet, leuchtet auf und verglimmt, drei Milliarden Jahre Kosmosgeschichte surren vorbei. Er heißt 2004 X7G29 und ist ein eisiger großer Körper, größer noch als der Plutomond Charon. So weit hat noch nie jemand in den Weltraum hineingesehen. »A giant new world«, schreibt die Times, »you don't know what there might be.« Sie haben gefunden, was die Galaxie im Innersten zusammenhält, na ja, das ist vermutlich übertrieben, aber sie sind der erst vor ein paar Jahren entdeckten, geheimnisvollen dunklen Masse auf der Spur.

– Die Kraft, die durch den Knoten geht, sagt Wolfgang.

– Haribo macht Kinder froh, antwortet Lukas.

– Die Katze hätte ich gern mal gesehen, sagt Erick, der stets die Einsätze verpaßt. Er hat noch nie ferngesehen und antwortet immer erst fünf Minuten später auf eine Frage, weil er zuvor wie der Schachcomputer Deep Blue Hundertausende von möglichen Antworten und ihre möglichen Auswirkungen durch seinen Kopf rattern lassen muß. Nur mathematische Formeln und Ergebnisse wie 32 465 mal 40 582, davon die Wurzel und alles mal π spricht er in normalem Tempo, Erick, der Champion der Champions, immer eine Ecke schneller, skurriler, verrückter als der Rest. Er sieht aus wie ein 1,90 Meter großes Gespenst und verrechnet sich nie.

Ein verwirrtes blasses Grün mit weißen Strahlhörnern wie Dorngefieder trieb knapp überm Horizont. Die Treppe zum Monopteros kam Aloe vor wie das Innere eines Kamins, so mühsam kletterte sie hinauf. Ein Mann in orangem Overall zog eine leuchtendblaue Tüte aus einem Mülleimer am Weg. Es stank. Kleine Regenbögen schüttelte ein klatschnasser Retriever aus seinem Fell. Aloe setzte sich auf eine der Steinstufen des Pseudotempels und fischte einen Kirschkern aus der Tasche ihrer Joggingjacke. Ihr neuester Trick. Im November mußte sie die Kirschen in der Delikatessabteilung kaufen, 100 Gramm, zehn Mark. Sie warf das Kirschfleisch weg oder machte Kompott für Lukas daraus. Die Steine hob sie auf und lutschte heftig daran. Endlich, sie hatte das kalorienlose Bonbon erfunden.

Vielleicht bemerkte Lukas ihr Abnehmen nicht, weil es inzwischen so langsam ging. »Frauen frieren eben viel.« Heizkissennächte. Ihr Magen gluckste. Sie sehnte sich nach Lukas. Oder doch nicht? Wollte, daß er sie zum Essen drängte. Vielleicht aber auch nicht. Es war egal, ob er da war. Am besten wäre er weggewesen. Nein, sie wußte nicht mehr, was sie sich wünschte. So heftig, als wolle sie die Backen in die Mitte ziehen, bis sie sich dort träfen, lutschte sie an ihrem Kern. Dann spuckte sie ihn aus.

Sie mußte weiter: rennen, rennen, Kalorien verbrennen. Aloe lief mit dunkler Brille. Ein eine Sonnenbrille tragendes und in dieser Funktion sich völlig erschöpfendes Gesicht. Sonnenbrille vor, Gesicht zurück. Es lief etwa einen Zentimeter hinter der Brille her. Aloe schrumpfte, machte Platz. Da hockte eine, blaues Körpertuch, mitten im Weg. Madonna in der Wiese, Bellini, die Bäume winzig und kahl, weit hinten ein Hügel, eine Burg, eine Kuh. Madonna mit leuchtenden Milchbrüsten, in fluoreszierenden Farben gemalt. Aloe sprang über die ausgestreckten Beine hinweg, erreichte endlich den See.

Ein paar braunrote Blätter kringelten sich um die Baumäste wie kranke Adern um Knochen. Aloe keuchte, andere Jogger überholten sie. Warum hörte sie mit dem Abmagern nicht auf? Weil sie es angefangen hatte? Einen Anlaß, Verbrennung anzufangen, sagte ihr Kopf, einen Anlasser für einen Verbrennungsprozeß, der angefangen hatte, auf ihr anzufangen …

Weiter: renn, Aloe, renn. Mit dem Schlüssel im Rücken wie ein Automat, dem Loch im Bauch, dem Schlüssel im Bauch, dem Loch im Kopf, das doch ein Lachen war. Wenn sie rannte, verdichtete sich, was sie noch hielt, ein zusammengeschmolzenes Stück, ein Rest Ich. Wenn sie rannte, konnte sie nichts mehr denken und sogar die Sehnsucht nach Essen verschwand. Schon waren wieder Straßengeräusche zu hören, wieder hatte sie eine Runde geschafft. Ihre Kehle und ihr Mund brannten, nach Luft schnappend stand sie an der Ampel. Längst ahnte sie: jedem Menschen war für seine Lebensspanne eine bestimmte Essensstrecke zugewiesen. Hatte er alles aufgegessen, starb er. 150 Schweine, stellte Aloe sich vor, 52 Ochsen, 70,5 Kilometer Brot, 1000 Kilogramm Butter, 100 Baumladungen Äpfel, 567 Hähnchen, 224 wagenradgroße Käse, 92 Gänse, 433 Tankwägen Milch, eine Tonne Joghurt, ein Hochhausberg Karotten, Kartoffeln etc. – kein Schlaraffenland, sondern das Gegenteil. Wer viel fraß, lebte kürzer; wer mit dem Essen sparte, lebte länger. Manche hatten eine lange, manche eine kurze Nahrungsstrecke hingelegt bekommen. Doch auf jeden Fall liefen die Esser voraus, auf den Tod zu, sie hingegen machte Zeit, indem sie stand.

Aloe lachte laut heraus, sie wußte genau, daß das eine Milchmädchenrechnung war. Ihr Denken hing schief, torkelte, schwappte; nur der Hunger bestimmte, was sie tat. Die Leute neben ihr an der Ampel drehten sich um. Böse schaute sie zurück. Eine brünette Dreizehnjährige räkelte sich auf einem

Plakat. Winterkampagne von H&M: Unterwäsche, ein Strumpf. Schneeflocken tanzten darauf. Aloe war sich zum ersten Mal beinahe dünn genug! Doch beinahe ist zwar nah, aber noch fern, ist fast ausreichend, doch nicht gut genug.

Die Zunge steckte ihr im Hals. Sie war zurück, drehte den Schlüssel im Schloß.

Lukas saß in der Küche und löffelte Spargelcremesuppe. Aloe setzte sich mit einem Joghurt zu ihm, doch der Duft der Suppe überwältigte sie, so daß sie Lukas gar nicht richtig zuhören konnte, erst als er etwas sagte wie »... Mutter hat angerufen«, drang es zu ihr durch.

– Schon wieder!

– Sie hat sich entschuldigt.

– Und wofür?

Lukas lachte, ein bißchen verlegen: für die Müllgeschichte damals.

Aloe war enttäuscht. Schon wieder der Müll! Sie schob Lukas ihren halbaufgegessenen Joghurt hin. Er nahm ihn, griff dabei aber nach ihrer Hand.

– Zu meinem zehnten Geburtstag bekam ich ein kleines Teleskop, wir lebten damals in einem Dorf in der Eiffel. Was war es da nachts dunkel. Ich hockte im Speicher unseres alten Hauses und streckte jede Nacht mein Teleskop durch eine Luke. Erst sah ich nichts, nur Haufen, Nebel, Kreisel. Eine Zeitlang weiß man dann gar nicht, ob die eigenen Augen diese Erscheinungen erzeugen oder ob wirklich etwas von draußen kommt. Ich fing an, Bücher und Karten zu sammeln, der Himmel wurde eine riesige Stadt und gehörte mir. Allmählich sah ich Autobahnen, Ringstraßen, Wohnzeilen, ahnte Krümmungen ins Nirgendwo. Und ich lernte etwas über das Licht. Auf dem Rücken, die Beine angezogen und manchmal übereinandergeschlagen wie einer an einem schönen Sonnentag unter einem Apfelbaum, lag ich in der Dunkelheit und suchte, was ich tagsüber berechnet hatte, bis Vater hochkam, um mich zu holen. Unten knarrte das Haus, manchmal raschelte eine Maus an mir vorbei oder auch eine Ratte, der Wind strich ums Dach. Die letzte halbe Stunde hob ich mir immer auf, einfach nur schauen. Es war perfekt.

Aloe überließ Lukas ihre Hand und fühlte sogar gern, wie er sie hielt.

– Manchmal ist es heute noch so, wenn eine Gleichung plötzlich aufgeht, wenn die Berechnungen der Strahlenabweichungen und Gravitationskräfte mir einen neuen Himmelskörper zeigen, auf dem Papier, und ich dann, in der Nacht, ein fernes uraltes Funkeln am Himmel entdecke, nur weil ich weiß: es muß da sein – und da ist es.

– Und dann, Lukas lächelte, und Aloe spürte, wie ihr Herz ruhiger wurde, eines Tages, als ich morgens aufwachte, waren meine ganzen Unterlagen weg. Meine Hefte, Rechnungen, Karten, Bücher. Mutter hatte sie in den Müll geworfen, und die Mülleute waren schon dagewesen. Alles genau geplant. Ich hatte geschlafen, und sie war leise in mein Zimmer gekommen, um alles in einen großen Sack zu stopfen.

– Und du hast dich gefühlt, als hätte sie dich selbst in den Mülleimer geworfen.

– Ja.

– Und was hat dein Vater gemacht, ich meine, du hast es ihm doch bestimmt gesagt?

– Ich erinnere mich nicht. Irgendwie bekam ich wieder Bücher und Hefte. Aber die waren nicht dasselbe. Es war eine Sache zwischen Mutter und mir. Und dafür hat sie sich jetzt entschuldigt. Dabei ist es so lange her.

Aloe sah auf Lukas Mund, auf die roten Lippen, die sich um den Löffel mit Joghurt schlossen, ihn wieder freigaben.

– Ich mag dich, hörte sie sich zu ihrer eigenen Überraschung sagen, ich mag dich sehr.

Ihr Herz schlug regelmäßig und ruhig. Sie standen eng umschlungen in der Küche.

– Sie hat auch gesagt, daß du sie auf die Idee gebracht hast. Nach einem Telefonat mit dir hat sie sich hingesetzt und nochmal über die alte Geschichte nachgedacht.

Aloe holte sich einen zweiten Joghurt aus dem Kühlschrank und aß ihn mit Genuß und ganz allein auf. Und Brigitte hatte sich also bei Lukas entschuldigt. Einfach so.

Nur in Jeans saß Aloe auf dem Wannenrand. Das Bad war längst der Raum, in dem sie sich am häufigsten aufhielt. Es ließ sich wunderbar heizen. Ihr Oberkörper schimmerte, auch Hals Arme Kopf hatte sie eingeölt.

Abwechselnd streckte sie, mit hochgebogenen Händen, die Arme waagrecht nach vorn – mit aller Kraft, als müsse sie etwas Schweres wegschieben. Ihre Hände glänzten im Licht. Aloe wartete auf ihren Big Bang, ihren Zusammenbruch. Sie saß auf dem Badewannenrand, stieß mit den Armen in die Luft, rief bei jedem Stoß: Anita, Anita – und zog und stieß. Wenn sie sich selbst gesehen hätte, hätte das Leuchten in ihren Augen sie überrascht?

Gefallen.

Sie sagte nichts.

Aloe war mit dem Fahrrad durch einen gezimmerten Fußgängerweg gerast, der um eine Baustelle führte, ein Riesenerdloch ließ sich durch die Spalten des Zauns erahnen. Sie schoß aus dem Holztunnel, schepperte die kleine Rampe hinunter zurück auf die Straße – und lag da. War in eines der weißroten Absperrbänder gefahren. Ihre Strümpfe waren zerrissen, sie blutete am rechten Knie. Lukas stand im Flur, als sie heimkam und sah gleich, daß sie geweint hatte.

– Gefallen?

Wie sie aussah, zerfleddert.

– Vögelchen. Nun komm.

Sie war ganz wacklig. Beruhigst dich schon. Er schaute besorgt und tröstete sie: in einer halben Stunde ist alles vorbei.

Sie war wie ein Kind. Fühlte das selbst. Sehr deutlich. Sonst fühlte sie wenig. Genaugenommen: nichts.

Aber dieser Sturz ließ sich nicht mehr ignorieren. Sie war auf der Straße gelegen, im Dunkeln. Als sie die Augen wieder öffnete, erkannte sie nichts. Dann glitten von hinten Lichter heran, Aloe hörte das Quietschen von Reifen ganz nah an ihrem Ohr, roch den auf dem Asphalt abgeriebenen Gummi. Die Autoscheinwerfer standen direkt über ihr. Während all dies geschah, dachte sie nur »na, schaffst du's, Alte?, schaffst du's nochmal?«

Der Schreck kam danach. Sie war gegen einen federnden Widerstand geprallt und wie von einer Gummiwand zurückgeschleudert worden. Das Absperrseil hatte sie gar nicht gesehen, erst am Boden war sie wieder aufgewacht. Das Licht griff von hinten nach ihr, kündigte ihr das jetzt an. Sie wußte schon.

48,00 Kilogramm. Aloe hatte das Rigorosum geschafft, es war leicht gewesen, ihre Dissertation ›wasserdicht‹, an den Rest erinnerte sie sich kaum. Jetzt machte sie Termine für Führungen im Museum in unglaublich engen Abständen aus, bis kurz vor Beginn ihrer Schicht im Café. Wer keinen Körper hatte, brauchte keine Zeit, um sich von einem Ort zu einem anderen zu bewegen.

Als sie bemerkte, daß ihre Handschrift sich veränderte, erschrak Aloe. Sie benützte immer dickere Stifte; am liebsten hätte sie mit Markern geschrieben, als könnten die Buchstaben dick sein für sie. Sie ging zu einem Gynäkologen. Er verschrieb ihr Hormone, Aloe wollte ihre Tage zurück. Immer öfter brachte sie Lukas vom Einkaufen eine Schleckerei extra mit, bezahlt von ihrem Geld. Spätestens am Abend aß er alles auf.

Lukas nahm zu. Erick schien davon nichts zu bemerken, Ralph wich dem neuen ›Trio infernale‹ sowieso aus, doch Wolfgang grinste:

– Alpig, sahnig, kauf ich!

Grinste: – Alles Müller, oder was?

Lukas zuckte die Schultern: Das Jüngste Gericht! Wartet auf dich, wenn du so weitermachst!

Kaum zuhause angekommen, probierte Lukas seine grüne Lieblingshose an. Der oberste Knopf ging nicht mehr zu. Aloe saß auf der Bettkante und unterdrückte ein Kichern.

– Vielleicht solltest du eine kleine Diät machen.

– Etwa so wie du, Alla?

Ihr Herz pochte: jetzt sagte er es ihr auf den Kopf zu!

Doch Lukas wich ihrem Blick aus. Fast war Aloe enttäuscht: er würde wieder nichts wissen wollen, allenfalls seine Dissertation erwähnen, die viele Arbeit.

– Hast du einen anderen, Alla?

Das also war es. Er hatte die Hose über den Bügel gelegt und hängte sie in den Schrank zurück. Daß sie darauf nicht früher gekommen war, bei sich oder einem Dritten suchte er die Gründe, nicht bei ihr. Erleichtert sprang Aloe auf. Es fiel ihr nicht schwer, Lukas davon zu überzeugen, daß es keinen anderen gab; es stimmte ja auch.

Lukas nickte, sah aber kaum aufgeheitert aus. Seine Augen kamen Aloe unnatürlich dunkel vor. Fast war er schon aus dem Zimmer, da rief sie ihm hinterher:

– du …

Er drehte sich zu ihr; erwartungsvoll. Vermied er das Thema Essen etwa aus Respekt vor ihr, schenkte ihr die Freiheit, so zu sein, wie sie wollte? Der Gedanke versetzte Aloe in einen Schwindel, ja, sie taumelte, »du …«, sagte sie und dann doch

– ach, ist nichts.

Zusammengerollt lag sie auf dem Bett, als Lukas gegangen war. Sie hatte nicht gewußt, daß zurückkehren so schwierig war. Sie war darauf vorbereitet gewesen, daß es den Ort, den man verlassen hat, nicht mehr gibt, weil man selbst sich verändert hat. Doch in Wahrheit war der Ort, den sie verlassen hatte, noch da, und die Familiengeschichte stürmte auf Aloe ein.

Sie hatte die Leuchtkraft der Trümmer unterschätzt.

Daß sie zum ersten Mal nach der Zeit in Schwandt wieder mit einem anderen Menschen zusammenlebte, machte alles umso heftiger. Aloe hatte Lukas grüne Hose aus dem Schrank geholt. Sie lag neben ihr und streichelte den Stoff.

47,00. Es warf sie um: Lukas hatte ihr ein Stückchen Zitronenkuchen zwischen die Lippen geschoben. Es zerging in ihrem Mund. Ihr Mund zerging im Kuchen. Sie zerging in beidem. Z-i-t-r-o-n-e. Als äße sie Zitrone an sich, die Essenz aller Zitronen, die es je gab, gibt, geben würde. Zunge und Bissen schmolzen ineinander. Nichts war je so intensiv oder würde es jemals wieder sein.

Lukas legte den Arm um Aloes Schulter, sie spürte seinen Atem an ihrem Hals, sprang auf und rief mit, wie sie fand, herzzerreißender Stimme

– nein!

starrte ihn mit weit aufgerissenen Augen an und fügte unmittelbar darauf wie geistesabwesend hinzu: was hast du gesagt?

– Wir machen einen Ausflug. Und du kommst mit!

Unbeirrbar sauste der grüne Twingo Richtung Wald. Lukas wollte spazierengehen. Im Auto war es eisig kalt, in Aloe laut: wie bei Rebecca Horns Chor der Heuschrecken schabte und klickte es, krachte und scharrte – Aloe klapperte mit den Zähnen. Jeder Atemzug beschlug die Frontscheibe, obwohl sie das Gebläse auf drei gestellt hatten. Lukas fluchte, und Aloe wischte, doch schnell schob sie die Hände zurück in die Taschen ihres weißen Mantels. Ihr ganzer Körper steckte in diesem langen dicken Mantel, sie darunter war so gut wie nicht da und fror doch.

Dritter Advent. Eine Welt, glitzernd und kalt. Auf den Ästen am Straßenrand hing eisiger Zuckerguß, die Spurrillen in dem Waldweg, auf dem Lukas schließlich parkte, waren glänzend überfroren. Im Sturmschritt sauste Lukas um den Kühler, riß die Tür auf:

– Bitte, Madame!

Und verbeugte sich leicht. Lucky Luke! Noch mehr Kälte strömte an Aloes Füße; automatisch stand sie auf.

Selbst die Luft hielt vor Kälte still, kein Vogel regte sich. Der Weg knirschte unter jedem Schritt, eingefroren standen Kiefernnadeln schräg in Pfützen, die Muster sahen wie Störbilder aus. Lukas lief voraus, sie redeten kaum, nach einer Stunde hatte zum Glück auch er genug, Aloe zitterten die Knie.

Wie zwei kleine Kiefern, draußen im Wald nebeneinander in die Erde gesteckt, saßen sie auf der Rückfahrt eingemummt in den Polstern, doch die Astarme berührten sich nicht, und auch die Wurzeln kamen einander nicht nah. Der Abstand war falsch, oder sie mußten noch wachsen.

Daß er sie vorhin etwas fragen wollte, sie umarmte, sie aber, als er gerade ansetzen wollte, einfach laut

– nein!

geschrien, ihn mit weit aufgerissenen Augen angestarrt und

unmittelbar darauf wie geistesabwesend hinzugefügt hatte: was hast du gesagt?,

tat ihr leid.

Lukas murmelte »ist ja okay« und sah bedrückt aus. Aloe drehte den Kopf weg und schaute auf ihrer Seite aus dem Wagenfenster. Rosa und gelb schob sich der Abend in den Tag, warf Lichtpunkte in die Hausfenster, drängte alle Farben in ihre Zwischenräume zurück.

Plötzlich fühlt sie sich frisch und roh. Von den Füßen steigt eine nie gefühlte Wärme hoch, da kommt es, langsam, nicht dramatisch, erwartet-unerwartet, jetzt, nachdem die Anstrengung vorbei ist: ganz sanft kriecht es in Aloe hinein. Sie legt sich in den Sitz zurück, die Freude steigt ihre Wade hoch, saugt daran, »Blut ist im Schuh«, doch sie ist die richtige Braut, etwas saugt, ruckedigu, am rechten Bein, bis die Wade ausgesoffen ist, sie liegt heiß in sich selbst, erfährt das Ausgesoffenwerden, es saugt ihr den linken Arm aus, dann den rechten, dieser Freudenwurm über das Unterdünne, 47,00, das sie ist, dieser Wurm, der sie aufschlürft, als wäre sie ein Milchshake, auf den Sitz geschüttet, weich und stumm. Sie hat keine Füße, Beine oder Arme mehr, kann sich nicht rühren, ist einfach dazu da, ausgesoffen zu werden, und wenn sie weggesoffen ist, ist von ihr nur noch der Ausgesoffenheitsfleck da, die Verausgabungspfütze, wo sie den anderen einen ausgegeben hat von sich, ein Schmerz durchzuckt sie, von oben bis unten, rotes Knäuel, feuerndes Gehirn, Gehirn in der Milz, im Magen, aber auch die Speiseröhre, den Mund hinauf, zackende Blitze, ja, so ist es, da hätte sie Patty was zu erzählen, ihre Stirn berührt die kalte Fensterscheibe (das spürt sie noch), sie gleitet, gleitet zu auf ein großes schwarzes Loch, es ist dunkel, glitzernd und speichlig, ein Mund, der sagt: Schluß.

Weit hinten hörte Aloe das Schleudern von Wäschestücken, hörte Schritte auf dem Gang, die Stimme einer Schwester »Eimer auf die 213!« Sie fühlte sich steif und blaß wie ein Laken. Aloe sollte sich bewegen, für den Kreislauf, aber nicht zuviel, sonst »flutschten« die eingepumpten Kalorien gleich wieder aus dem Körper heraus. Ihr sei eine Magensonde gelegt worden, wegen des Leidensdrucks, sagte der behandelnde Oberarzt. Damit meinte er allerdings sein Leiden (Klinikverwaltung, Verantwortungsstreß), nicht ihres. Er meinte seinen Geldbeutel, nicht sie. So war es immer. Sie war zurück, in der Normalwelt. »Zurück«. Aloe nahm so schnell zu, daß sich an den Hüften Schwangerschaftsstreifen bildeten.

Niemand außer Lukas kam sie besuchen.

Zunahmeprogramm, das hieß essen und reden. Doch wie sie den Therapeuten linkte mit diesem einen Wort, »Strudel«. Er meinte, sie rede vom Essen, doch Aloe dachte an den Strudel, der sie im Auto heruntergezogen hatte bis zu einem dichten schwarzen Wirbel, in dem sie beinahe ganz verschwunden war. Lukas nahm an, sie sei eingeschlafen. Erst als sie nicht aussteigen wollte, hatte er gemerkt, daß etwas nicht stimmte. Jetzt spülte die Therapie sie wieder hoch. Aloe fühlte sich wie ein Jojo.

Das Klinikpersonal kannte alle Tricks. Wog ›die Kandidatinnen‹ nicht zur angekündigten Zeit, sondern erst Stunden später, wenn alle die zwei Liter Wasser, die sie mühsam reingetrunken hatten, um schwerer zu sein, brav wieder ausgeschieden hatten. Dann kamen die Zivis grinsend an, sagten »na Püppchen« und entschuldigten sich noch für die Verspätung. Dabei hatten sie natürlich mitbekommen, wie vorher dauernd aufs Klo gerannt wurde. Aloe war hier ja nicht die einzige. Viele übten Neutrum sein.

Die einzige allerdings, die eine Postkarte aus Tokio bekam. Hochhäuser und ein Stück Pazifik. Erstaunte Wassermassen, tiefblau, beulten sich Richtung Mond auf, um das Wort ›Sehnsucht‹ zu illustrieren.

Der Therapeut lachte über den Strudel-Scherz. Er nahm ihn zu Aloes größtem Erstaunen nicht übel, doch sagte ihr auf den Kopf zu, daß ihre Magersucht eine einfache sei. Ein minder schwerer Fall. Etwas wie »perfekt sein wollen« und erkennen, daß es ohne Perfektion viel besser gehe; etwas wie »zu sich stehen«, sagte er. Er hatte schwarzes stoppeliges Haar und einen Bart, der schon mittags nachgewachsen war.

– Sie sind zu alt für dieses Krankheitsbild.

Kleine, aber warme Augen hinter einer roten Brille, die Aloe zunächst affig fand.

– Wollen Sie nicht erwachsen werden?

Der hatte leicht reden! Aber allmählich redete auch Aloe mehr.

Ein Geschmack stieg aus ihrem Magen auf – wieder Vanille eingefüllt bekommen. Künstliches Aroma, dachte Aloe, und eine Erinnerung stieg aus ihrem Magen: Holgers Geschichte, Ingrids, Anitas und ihre. Der Therapeut schaute Aloe über die Brillenränder aufmerksam an. Er machte sich nie Notizen, merkte sich dennoch alles. Aloe war beeindruckt. Er ließ sie sein, wie sie war, spielte ihr aber die Bälle, die sie ihm hinwarf, auf seine Weise zurück, ping-pong.

Und die Liebe, wo war die? Hatte sie mit all dem zu tun?

Lukas brachte einen großen Strauß roter Tulpen. Aloe hatte fünf Kilo zugenommen und die Magensonde wurde gezogen. Doch ihre Gedanken stießen mit dem Rot der Blumen zusammen; nachts hatte sie Angst, daß die Tulpen sie aussaugen könnten. Der Therapeut sagte: »herzlichen Glückwunsch, Sie sorgen sich also wieder um sich.« Blut strömte in Aloes Adern zurück. Es war dünn rot, aber immerhin.

Die Tokio-Karte kam von Erika, Holgers Schwester, die seit

Jahren in Japan lebte. Hinten stand ein Gedicht, nur die erste Strophe.

– Wer ist denn Johann Christian Günther?

– Keine Ahnung, Aloe, ich schau zuhause mal nach.

Eine Krankheit bekam man nicht einfach so. Eine Krankheit bekam man nicht zwingend. Aber man bekam sie auch nicht zufällig. Aloe konnte nicht sagen, warum. Es gab keinen Grund. Es gab viele Gründe. Eine normale Krankheit machte keinen Spaß. Diese schon. Machte Spaß und Angst, machte krank und half.

Der Oberarzt zählte Fakten auf:

– Jeder Mensch produziert männliche und weibliche Botenstoffe. Es kann sein, daß hier die anorektische Störung weiterwirkt. Sie verstehen?

– Ich meine, manchmal kommt es als Folge der Magersucht zu einer Überproduktion von Androgenen, was zu einer gewissen Verwirrung der sekundären Geschlechtlichkeit führen kann.

– Nein, nur vorübergehend.

– Haut, Haarwuchs. Den können Sie aber doch, ohne daß jemand was merkt, leicht beseitigen.

– Wir geben Ihnen ja was dagegen! Aber die Dosierung der Mittel ist äußerst schwierig, glauben Sie mir. Es kann sein, daß Sie für eine Zeit ein bißchen wie ein Mann aussehen, aber nicht so empfinden.

Sie dachte sofort: und das mir! Sie hatte nicht gewußt, daß sie durch die Magersucht diese Spaltung zu fühlen bekommen könnte. Sie hatte es nicht gewußt.

Der Therapeut lachte über die oberärztlichen Fakten und erzählte ein Rätsel: kommt ein Weiser bei drei Söhnen vorbei, deren Vater gestorben ist und 17 Kamele hinterlassen hat. Der eine Sohn soll die Hälfte, der zweite ein Drittel, der Dritte ein Neuntel bekommen. Schon seit Monaten rechnen die Söhne, aber es ist keine Lösung in Sicht. Der Weise gibt sein Kamel dazu. Jetzt bekommt ein Sohn 9, der andere 6, der dritte 2 Kamele. Macht 17. Das übrige Kamel nimmt sich der Weise wieder und reitet davon.

So weit war Aloe, sie erkannte die Frage darin: war Anita das Kamel in ihrer Geschichte oder war sie es in Anitas? An dieser Stelle wurden die Fakten weich.

Und die Liebe? Lukas las und las die Karte an Aloes Bett. Aloes Magersucht war ungewöhnlich, aber »simpel motiviert«, sagte der Therapeut. Sie war früh zusammengebrochen, »Sie wollten zusammenbrechen«, sagte der Therapeut. Aloe stritt das ab und merkte sich nun doch seinen Namen. Johann Christian Günther, sagte Lukas, Barockdichter, viele Gedichte geschrieben, jung gestorben, mehr weiß man nicht, sagte Lukas und las die Karte an Aloes Bett.

– Aber wenn es darum geht, zu mir selbst zu stehen, warum werde ich dann magersüchtig?

Aloes Therapeut drückte sich die rote Brille an die Nasenwurzel: Weil der Körper eine Sprache sucht. Welches Symptom er wählt, hängt von der Zeit und Gesellschaft ab, in der Sie leben.

– Verstehe ich das?

– Früher wären Sie dauernd in Ohnmacht gefallen oder hysterisch geworden.

– Und heute esse ich nichts mehr? Aber ich habe das doch nicht beschlossen!

Der Therapeut lehnte sich in seinem Stuhl zurück.

– Nein, das läuft halb bewußt.

– Und wie soll das gehen?

– Stellen Sie es sich wie einen Bus vor, ja, einen ganz durchschnittlichen Personenbus. Er fährt immer zwischen Ihrer Station und anderen Menschen hin und her. Dockt bei ihnen an und bringt andere Geschichten und Körper vorbei. Was dabei entsteht, nennt sich ›Leben in einer Gesellschaft‹ oder ›Zeitgeist‹ oder ›Mode‹ oder ›Nationalcharakter‹. Passiert die ganze Zeit, und man merkt es nicht. Ich zeige Ihnen was.

Er zog den Vorhang vor und bedeutete Aloe, sitzen zu bleiben. Der Therapieraum war klein, aber ganz angenehm, zwei Sessel, ein Regal mit ein paar Büchern und Spielen, ein Fernseher mit Videoapparat. Als das Band anlief, sah Aloe einen Mann, der eine deutliche Mundbewegung machte. Dazu war auch zu hören, was er sagte. Aloe hörte nur ein ›b‹, obwohl sie sah, daß der Mann zwei Buchstaben aussprach.

– Der Mann sagt bo, die Stimme, die sie auf dem Band hören, sagt aber ba. Machen sie mal die Augen zu.

Und tatsächlich, deutlich hörte Aloe das ba.

– Aber mit geöffneten Augen hören sie nur b, weil ihr Gehirn alle Informationen wegrechnet, die nicht zusammenpassen. Passiert die ganze Zeit, und Sie merken nichts!

So einfach war das also, so automatisch, vegetativ-schnell und permanent. Kopfschüttelnd ging Aloe in ihr Zimmer zurück, mit dem Gefühl, am schmalen Ende eines riesigen Trichters zu stehen, selbst ein mit Wahrnehmungen bombardiertes Teilchen im unendlichen Datenfluß, das seine kleine Welt zur ganzen Welt erklärte.

In gespielter Gleichgültigkeit, aber verletzlich und angespannt, saß sie auf ihrem Bett, wandte die Aufmerksamkeit wechselweise den Ärzten der Visite zu, dann den Farben der Diagramme auf ihrem ganz persönlichen Gewichtschart. Man diagnostizierte, in einer halbverständlichen Sprache, da Aloe eine noch immer schiefe Figur machte, aber eine Figur! In gespielter Gleichgültigkeit, mit einem wie aufgeblasenen Magen, einem halben Pfund Pillen, das sie in den 11 Wochen in der Klinik versteckt und nicht gegessen hatte, in großer Spannung saß sie da und ließ sich am Ende der Diskussion erneut auf die Waage schicken. Ein Licht zuckte auf. Seit einer Woche stabile 56 Kilogramm. Es war in Ordnung. Der Therapeut glaubte ihr ganz, sie glaubte sich halb. Er drückte ihr die Hand, Aloe sagte »viel Glück« zu ihm, beide lachten.

– Sehen Sie, wie gesund Sie sind!, rief er und schenkte ihr einen Ping-Pong-Ball. Aloe drehte den Ball in der Hand, schon spuckte die Tür sie auf dem Rasenplatz vor der Klinik aus. Die Wiesen standen grünbraun und matschig; es war Ende Februar. Lukas wollte Aloe stützen, aber Aloe konnte natürlich allein gehen, sie sprach von Regeln, Kontrollen, sie aß gern wieder von selbst, ja soweit war sie! »Ganz normal sein«, nichts Besonderes sein müssen, um leben zu dürfen, trotz und mit Anita.

Lukas saß am Steuer.

– Wir haben einen neuen, Erick.

– Und?

– Ist lustig mit ihm. Er antwortet immer erst fünf Minuten, nachdem man ihn etwas gefragt hat, verpaßt jeden Einsatz.

Aloe lachte, als sie sich vorstellte, wie Erick »guten Morgen« sagte, wenn er das Institut verließ.

– Weil er da ist, kann ich drei Wochen in Urlaub gehen. Den Antrag habe ich schon gestellt. Dann fahren wir zusammen weg!

Übermütig schlängelte Lukas den Twingo von links nach rechts, brauste und hüpfte. Dann sagte er ihr das Gedicht von der Karte, leise erst, doch immer sicherer:

Endlich blüht die Aloe
Endlich trägt der Palmbaum Früchte
Endlich schwindet Furcht und Weh
Endlich wird der Schmerz zunichte
Endlich sieht man Freudental
Endlich, endlich kommt einmal.

Sie wußte, daß das eine Hoffnung war. Sie hatte gelernt, daß nur Berechnung und Reue, Sehnsucht und Grausamkeit eine Geschichte in all die Facetten trieben, die zu ihr gehörten. Hie und da zeigte schon ein Busch Blätter, dunkelblaugraue Wolken zogen auf. Sie saß im Wagen und hörte Gesichter heulen unter dem Fahrtwind und reden im Wasser, das neben ihnen floß, mit Zungen, stachelig grün und fest wie eine Aloe. Sie lächelte ihn an.

# 3 Zündeln

Aloe steht auf, jetzt friert sie doch. 2 Uhr nachts. Stefans Sachen warten gepackt im Flur, morgen müssen sie zum Glück erst um zehn an der Schule sein, Stefan fährt für eine Woche ins Skilager, sehr praktisch, so kurz nach Ostern eine Woche Pause vom Kind. Hermes funkelt noch immer im *living room*; Söhnchen hat eingesehen, daß er es nicht ins Skilager mitnehmen darf.

– Dort kannst du den Berg runterfliegen, da brauchst du kein Shuttle.

– Prima.

– Na, so wörtlich war's nicht gemeint.

Er sieht aus wie ein halber Astronaut in der Skikleidung, die sie letzte Woche besorgt haben. Die aufgeplusterte Jacke, der Racing Ski mit futuristischer Bindung – unabdingbarer Schnickschnack im Rudel der gnadenlosen Markenvergleicher aus Klasse 2 b.

Aloes Fensterfront geht nach Südwesten. Darunter liegt die Stadt, halbwirklich hinter all dem Glas, und doch nicht weit entfernt. Verkehrsgeräusche Tag und Nacht, trotz der Schallschutzscheiben. Auf der linken Seite des Blickfeldes, ein Stück vorm Horizont, die eckige, langgestreckte Silhouette des Unikrankenhauses, mit den Positionslichtern eines Hubschrauberlandeplatzes auf dem Dach. Um das Krankenhaus sind in den letzten Jahren Gebäude nur so aus dem Boden geschossen, eines der neuen deutschen Biotech-Zentren im grünen Klee – und über den Klee hinaus gelobt.

Da sieht sie ihn. Ein großer Vogel sitzt auf ihrem Fensterbrett. Eine Eule? Aber jagen die nicht nachts? Der Vogel schläft, den Kopf ins Gefieder gesteckt. Er scheint fremd, fast wie ein Ding, verloren in seinem Vogeldasein. Aloe ist vorsichtig mit ihrem Blick; sie hat Angst, den Vogel aufzuwecken, wenn sie ihn zu intensiv betrachtet. Wenigstens das hat sie gelernt: nichts und niemanden beobachtet man ungestraft. Die eigene Anwesenheit verändert alles, und was man sieht, färbt auf einen ab, ob man will oder nicht.

Anita und sie. Jahrelang hat Aloe zugesehen und sich in sicherem Abstand von ihrer Schwester geglaubt. Geglaubt, wie Holger, ein ›weißer Jahrgang‹ zu sein, in den unschuldigen Flecken der Geschichte zu leben, beobachtend, aber nicht betroffen. Erst nach der Magersucht war ihr deutlich geworden: was für eine Illusion!, und sie hatte angefangen, sich zu erinnern.

Aloe reißt das Cellophan der Lucky Strike auf, riecht an einer Zigarette, steckt sie wieder zurück. Sie raucht nicht und wundert sich, daß Frank das vergessen hat. Denkt er, wenn ich sie im kleinen verführe, kriege ich sie vielleicht auch sonst dazu, mich wieder bei sich übernachten zu lassen? Aloe muß grinsen. Persipan, ganz oben auf dem Bücherregal, grinst zurück mit seinem blauweißen Maul aus Porzellan. Diese Glückskatze ist wirklich häßlich, aber Aloe mag sie inzwischen und lächelt. Männer wie Frank hat sie manchmal gehabt. Irgendwie ›wollig‹ und schauten einen glubschig an, wenn es ans Küssen ging.

Lieb ja, doch dann dieser Schafsblick – Himmelherrgott, war das fürchterlich. Sorry, Frank!

Das Wohnmobil, ein blauer VW, quoll an allen Ecken und Ende über, Lukas hatte gepackt wie für eine Arktisexpedition, dabei ging es nur nach Schweden. Überall im Süden war Aloe gewesen: Italien, Frankreich, Spanien, Jugoslawien, Griechenland, ein Schmetterlingsflügel, wenn die Alpen der Körper des vielsprachigen europäischen Falters waren. Also hatte sie »Norden« gesagt – Frühling war es doch auch –, aber Lukas packte wie für den Nord- und den Südpol zugleich: Schlafsäcke, Isomatten (dabei würden sie im Auto schlafen), zwei Flaschen Propan für den Kocher, mehrere Taschenmesser, Rotwein (teuer da oben), Whisky (noch teurer), Spaghetti kiloweise, Karten, Stiefel, Regenmäntel, Pullover, Decken und Thermoskannen.

Seit fünf Wochen war Aloe aus der Klinik zurück. Das Clay Mathematics Institute hatte zum Jahreswechsel angekündigt, 100 Jahre nach David Hilberts berühmter Pariser Liste mathematischer Probleme, die Lösung der wichtigsten Fragen des Faches im Jahr 2000 zu einem Preisgeld von einer Million Dollar erneut auszuschreiben. Man bildete Kommissionen, um sich auf sieben Probleme zu einigen. Die Fundamente schrecklicher wissenschaftlicher Fehden und lebenslanger Feindschaften wurden gelegt. Alle Mathematiker, die von den Plänen des CMI gehört hatten, tuschelten auf Institutsgängen und rüsteten ihre Computer auf. Lukas wußte, *for sure*, daß auch Poincarés Vermutung zur 3-Sphäre, sein Arbeitsgebiet, die Million Dollar wert sein würde. Seine Liebe zur Schönheit fluffiger Zahlenketten, seine Hingabe an eine Schrift, die nichts Sichtbares abbildete, sondern selbst das Ganze dieses Sichtbaren war, und der aus dieser Hingabe wie der stachlige Arm einer Araukarie sprossende Ehrgeiz trieben ihn um. Eine Kreislinie ist eine 1-Sphäre, die Oberfläche einer Kugel eine 2-Sphäre, die 3-Sphäre wäre also die Oberfläche einer vierdimensionalen Kugel. Aloe hatte den Kopf geschüttelt. Doch was wie ein dummes Spiel klang, besaß immense reale Bedeutung: eine vierdimensionale Kugel könnte unser Universum sein, verstehst du, Alla, stell dir doch vor: eine vierdimensionale Kugel.

– Kann ich mir nicht vorstellen.

– Das ist es ja, hatte Lukas gerufen und auf den Stift gebissen.

Lukas Plan hieß: fünf Wochen warm arbeiten an der Million Dollar, Urlaub danach. Das Wohnmobil hatte er längst reservieren lassen; Aloe freute sich und schaute Europa manchmal im Atlas, manchmal auf der Weltraumkarte an der Küchenwand an. Der sie weiter betreuende Kliniktherapeut sagte: fahren Sie ruhig, Sie sind stabil.

Lucky Luke sagte: jeder Kohlenstoff, aus dem Menschen bestehen, war zigmal schon in andere Wesen eingebaut – Baum, Wurm, Fisch, all das Zeug – und wir werden auch wieder hineingeraten, lauter Uraltes vom Urknall, du bist nur eine neue Kombination, früher warst du anders zusammengesetzt, ist doch klar – andere Kohlenstoffe, anderes Lebewesen, anderes Bewußtsein, klar, und der rote Faden, hatte Aloe gefragt: gibt es den?

Der Kliniktherapeut sagte: Sie sind stabil, und Aloe beschloß, ihm erst einmal zu glauben. Sie war stabil, wenn auch pleite. Lukas beglich den Großteil aller Kosten, Miete, Lebensmittel, Wasser, Strom – und die Anzahlung für die Reise. Er schien froh, mit seinem Geld etwas zu Aloes Heilung beizutragen. Blind wie ein Maulwurf gewesen, schrecklich, sagte er, wenn es um die Magersucht ging, schaute zerknirscht und packte Lebensmittel in den VW wie für eine Arktisexpedition.

Um 5 Uhr morgens ging es los. Sie nahmen die Autobahn, wollten später jedoch auf Landstraßen abbiegen, quer durch die fränkische Schweiz. Lukas, erschöpft von 5 Wochen Poincaré, schlief schon nach den ersten 40 Kilometern wieder ein. Aloe genoß die Fahrt, als glitzernde Stäbchen schossen die von ihrem erhöhten Sitz aus so klein aussehenden Pkws an ihr vorbei. Hinter ihnen preschte das Wohnmobil durch die Dämmerung. Ein paar große Tropfen Regen blieben für Sekunden auf der Windschutzscheibe stehen, bevor der Fahrtwind sie zerriß. Aloe schaute in die zerfließenden Wasserblasen und sah Anitas Gesicht – Anitas Gesicht, verschwommen im Riffelglas der Wohnzimmertür.

Ingrid stand im Wohnzimmer und drehte die Heizung auf, während Aloe sich ausziehen mußte. Oben nischt und unten nischt. Barfuß bis zum Hals. Aloe sollte wissen: Schande macht nackt. Wissen, daß man Schuld so deutlich sieht. Daß früher Menschen zur Strafe nackt auf den Marktplatz gestellt wurden, was Ingrid mit Aloe niemals täte, bloß ins Wohnzimmer wirst du gesperrt, damit du lernst, wie es ist, wenn man einen anderen kränkt!

Ein sonniger früher Nachmittag im September. Die Heizung aufzudrehen war so übertrieben wie sinnlos, doch es paßte zu diesem verkorksten Tag. Ingrid schloß Aloe ein, weil es wieder Streit mit Anita gegeben hatte, weil Anita wieder schrie und nicht mehr anders zu beruhigen war als dadurch, daß Aloe eine Stunde oder auch zwei splitternackt im Wohnzimmer saß. Anita es war, die Aloe nackt wollte. Ingrid durchschaute das nie; sie hielt es für ihre eigene Idee.

Die Beine untergeschlagen, kauerte Aloe auf dem roten Perserteppich, er war hart und drückte sein Muster in ihre Haut. Ingrid hingegen hatte einen weichen Tag und deswegen Hund mit ins Wohnzimmer gelassen. Aloe verglich sein weißes Fell mit ihrer Haut. Da Hund, ein Scotch Terrier mit großen schwarzen Augen, sowieso nicht auf seinen Namen ›Bert‹ hörte, nannte Aloe ihn einfach Hund. Ingrid sagte: womit habe ich das verdient? und drehte von außen den Schlüssel im Schloß.

Das war Anitas Moment. Wie eine Pflanze wuchs sie am Glas der Wohnzimmertür hoch, kaum war Ingrid außer Sichtweite.

Hätte Aloe sich in die Ecke beim Eßtisch gesetzt, hätte Anita sie nicht mehr gesehen. Doch Aloe blieb und drückte sich Hund an die Brust. Anita schnitt Grimassen. Sie wollte, daß Aloe Hund losließ. Sie wollte, daß Aloe die Beine spreizte. Groß und dick wie eine Riesenameise preßte sie sich näher an die Glasfüllung der Tür, um besser zu sehen. Aloe tat nichts – rückte nicht weg und zeigte sich nicht. Saß nur da und schaute der Schlingpflanzenaufführung an der Tür zu. Anitas Silhouette wuchs und drückte sich in die Rillen des Glases wie etwas Flüssiges, ganz nah an Aloe heran.

Anita war ein Monster, von Anfang an.

Tier, hatte Aloe erst am Morgen zu ihr gesagt. Ein Sonnenstrahl hakte über den Boden des Bads und die gelben Bodenfliesen leuchteten wie das, was Anita produzieren sollte – dort auf dem Plastiktopf, von dessem grünen Rand Anitas weißrosa Fleisch Aloe entgegenquoll.

Tier, dachte Aloe noch einmal, da krähte unter dem ›süßen Wuschelkopf‹ der feuchte Mund: fertig!, und Aloe half ihrer Schwester, sich anzukleiden. Wieder war nicht gelb, sondern rötlich, was im Topf schwamm. Anita, schon fünf, mußte noch pinkeln lernen. Aloe zog ihr die Unterhose über den Bauch. Ein Stück unterm Nabel trug Anita einen Verband. Er war klein, lächerlich klein, aber jedesmal zeigte sie stolz darauf.

Aloe wollte endlich wissen, was Sache war. Sie suchte nach Schnitten auf Anitas Haut, doch Anita wand sich, als wäre sie eingeölt, fühlte sich gekitzelt, schlug plötzlich auf Aloe ein. Der Plastiktopf rutschte mit knirschendem Schaben nach hinten. Aloe faßte einen Zipfel von Anitas Rock, Anita fiel, doch bevor sie schreien konnte, schob Aloe ihr einen Gummibär aus ihrer Hosentasche in den Mund. Die Beine aufgedeckt lag Anita auf Armeslänge vor Aloe und kaute. Wie eine Puppe sah sie aus, nur hübscher. Wachsam, vorsichtig, ein bißchen kokett.

Als Aloe sie die Treppe hinuntertrug, obwohl Ingrid behauptete: die ist doch viel zu groß für dich!, aber Ingrid wußte nicht, wie fest Anitas Körper war und wie gut er roch, hörte sie ihre Eltern in der Küche streiten.

– In ein paar Jahren ist es ausgestanden. Dann haben wir es vergessen und Anita muß nur noch die Tabletten nehmen!

Ingrids längliches Gesicht hatte sich gerötet, ihre normalerweise eher wässrig blaugrauen Augen blitzten. Holger stand aufbruchsbereit in der Tür.

– Exakt das meine ich, meine Beste: jetzt wird ständig an ihr herumoperiert und für den Rest ihres Lebens schluckt sie Tabletten. Wie soll da denn etwas vergessen sein!

Weiße Hemden betonten seine aprikosenfarbene Haut; er galt als schöner Mann, zumindest sagte das Ingrid, wenn sie sich nicht gerade mit ihm stritt. Holgers Haaransatz lief in der Mitte zu einer Spitze zusammen, was seinem Gesicht einen herzförmigen Zuschnitt gab, der ihm peinlich war. Er kämmte sich immer ein paar Strähnen in die Stirn, es sah wuschelig und oft etwas verschwitzt aus, machte ihn aber angenehm harmlos.

Aloe klemmte sich zwischen Tischkante und Besenschrank auf ihren Stuhl. Holger griff sich die Tasche fürs Büro. Er berechnete in einer Versicherung Schadensrisiken für Kraftwerke. In seinem Arbeitszimmer hingen Fotos von Reisen in den Jemen oder nach Saudi-Arabien; aus Indien brachte er ein weites, loses Hemd mit, das Anita besonders mochte und später oft trug. Die Pläne und Zahlenreihen auf seinem Schreibtisch faszinierten Aloe.

Ingrid flüsterte ihm etwas ins Ohr.

– Du hast keine Ahnung, antwortete er leise.

– Das ist kein Witz! Man muß sich auf die Zukunft vorbereiten.

– Ja, ja, die beste Zeit kommt noch! zischte Holger und hob spöttisch eine Augenbraue.

Anita stand zwischen den beiden und blickte stumm von einem zum anderen.

– Schau mal, sie lacht über uns, sagte Ingrid.

– Himmel, was bist du blöd!

Die Treppe knallte gegen Holgers Absätze, der Marmor wölbte sich wie die linke Ader an seinem Hals. Anita flüsterte, daß sie nicht mehr ins Krankenhaus wolle, nie mehr, und preßte sich an Aloes Knie.

Aloe ließ das Wagenfenster auf ihrer Seite etwas herab. Sofort stob ein scharfer Luftzug herein, der nach Blüten und Abgasen roch. Über einem kleinen Wäldchen neben der Autobahn kreisten Krähen einem dünnen, in weiten Spiralen aufsteigenden Rauch nach, als wollten sie ihn fressen. Perverse Natur. Aloe saß steif im Fahrersitz. Ihre eigene Vergangenheit steckte in einem Halbdunkel, an manchen Stellen verwischt wie ein aus großer Entfernung aufgenommenes Bild. Andere Stellen hingegen stachen ganz von selbst grell hervor. Exakt sah sie das Riffelmuster der Wohnzimmertür, Anitas Schatten darauf. Bis heute brauchte sie nur ›Riffel‹ zu denken, schon erschien Anita und bewegte sich zu einer imaginären, weil erinnerten Musik – häßlich, aufregend, bezwingend.

Aloe schluckte. Eine Dringlichkeit, die sie am ganzen Körper spürte, wetteiferte mit der Wahrheit, die etwas anderes als die Frage war, was damals ›wirklich‹ geschah. Das hatten sowieso längst die Schatten der Vergangenheit geschluckt. Entscheidend war, was sie aus ihren Erinnerungen machte. In diesem Prozeß entstand ihre Wirklichkeit – die von heute. Aloes Magen ballte sich zu einem kleinen nervösen Knäuel.

Holger fiel es zu, Anita regelmäßig ins Krankenhaus zu fahren und wieder heimzubringen; niedergeschlagen saß er danach noch tagelang im Wohnzimmer, selbst wenn sie schon wieder zurückgekommen war.

Ließ Ingrid ihn am Wochenende mit Aloe und Anita allein (»ich brauch auch mal Ruhe«), schickte er seine Töchter mit Jona, die im Nachbarhaus wohnte, gern in den stillgelegten Kalkbruch auf der anderen Seite des Flusses. Aufgeschlitzte Autoreifen, Flaschen und Stiefel tanzten auf den Wellen. *Baden-verboten*-Schilder standen am Ufer, für Blinde oder Leute ohne Nase; am Wasserrand wedelten pelzigbraune Wurzeln im Schlick, und nachts schien der Mond auf den Schaum, die kahle Uferböschung, das weiße Schild. Ein einziger Holunderstrauch wuchs dort, im Mai hielt er seine weißen Blütenteller in dieses gespenstische Licht, und Aloe fand, daß Weiß eine unheimliche Farbe war.

Der Fluß aber galt in ganz Schwandt als etwas Besonderes. Hier wurde Heraklit (»keiner steigt zweimal in dasselbe Wasser«) widerlegt. In Schwandt lachten sogar die Schüler ihn aus. Denn ihr Fluß floß an der Mühle in einer künstlich angelegten Schleife, so daß man durchaus zweimal ins selbe steigen konnte. Da hätten die alten Gesetze nicht gelten müssen. Aber weil der Fluß so dreckig war, stieg niemand auch nur ein einziges Mal in ihn hinein, die alten Gesetze galten also doch, und mittendarin liefen Aloe, Jona und Anita herum.

Sie frühstückten; Ingrid griff nach der Zeitung. Eine kleine Falte stand zwischen Nasenflügeln und Mund, ihre Augen blitzten noch von dem Streit mit Holger.

– Hat sie in einem durchgepinkelt? – Ingrid blätterte die Seite um – he, Aloe, hörst du nicht? Hat es rot ausgesehen?

Die üblichen Fragen. Mit den Zeitungsaugen schaute Ingrid Aloe an, sekundenlang leerten sie die Buchstaben, die sie eben gelesen hatten, auf ihr aus, dann sahen sie sie.

– Nach der Schule holst du bei Schlinke die Jugoslawienfotos ab.

Wie jeden Morgen saß Anita Aloe gegenüber. Wie jeden Morgen hatte sie noch etwas von ihrem Kakao, während Aloe schon fertig war. Anita trank langsam, mit tief über die Tasse gebeugtem Kopf. Ihre Haare leuchteten kräftig blond, während Aloes unentschieden aschblond aussahen, wie Ingrid sagte, graublond, schon jetzt, mit neun. Da leuchtete nichts. Und auf den Fotos war es am schlimmsten.

Immer durfte Anita, als die jüngere, vor Aloe stehen. Immer verdeckte ihr sonniger Körper Aloe, denn Anita war erstaunlicherweise nicht viel kleiner. Sie entwickelte sich prächtig und riß Ingrid zu Rufen des Entzückens hin: schaut nur, was für ein schönes Mädchen sie wird! Auf den Fotos war es angeblich besonders gut zu sehen.

Aloe nahm sich eine Scheibe Toast. Butter. Erdbeermarmelade. Ihr dritter Toast. Zwei waren erlaubt. Das Schlimme am Lob der Fotos war, daß es stimmte. Anita sah sagenhaft aus, wie eigens für diese Aufnahmen gemacht. Irgendwie brachte sie es jedesmal fertig, sich im Brennpunkt zu befinden, inmitten aller Strahlen, die die Linse bündelte – als fordere sie das zur Bestätigung ihrer Persönlichkeit, als Maßstab ihres Ranges, als sei sie ständig in Licht, Schmerzen und ein leidenschaftliches Geheimnis getaucht.

Jeden Morgen, wenn sie aus dem Bad kamen, hatte sich die Tablette in Anitas Kakao bereits aufgelöst. Aloe durfte aus dieser Tasse auf keinen Fall etwas trinken. Was für Anita gut ist, ist Gift für dich, hatte Ingrid gesagt und geschaut wie immer, wenn sie ehrgeizig wurde:

– Schön, daß wenigstens du einfach bist. Und vergiß die Fotos nicht!

Scharfe Kanten, knirschendes Laub. Lang und wippend ging Aloes Schatten neben ihr; wie ein Buckel saß der Ranzen auf ihm. An der Ecke zur Hauptstraße wartete Jona. Hier machten sie jeden Morgen ihren Deal.

Aloe tauschte Großmutters Nimm2 gegen Gummibärchen oder Schokolade. Jörg war verrückt nach Nimm2. Diesmal tauschte Jona ein Nimm2 gegen eine ganze Rippe Noisette und gab sie Jörg, gegen einen Kuß. Jona war verrückt auf Jörg. Aloe saugte ihre Backen über der Schokolade nach innen und stellte sich die Küsse vor.

Jungen, sagte Jona, werden in Korea nach der Geburt als »Kind mit Peperoni« bezeichnet. Jona las *Was Mädchen mit zwölf wissen wollen*. Sie waren beide jünger und wollten unbedingt wissen, was man auch mit zwölf erst ahnt. Eine Zeitlang machten sie sich den Spaß, »Peperoni« zu rufen, als Geheimwort für Jungen, die ihnen gefielen, bis Anita dabeistand und nickte, als wisse auch sie Bescheid. Mit einem Ausdruck in den Augen, der sie auf unheimliche Weise klug aussehen ließ. Es war verwirrend: manchmal wirkte sie fröhlich und als wisse sie Dinge, von denen Aloe und Jona nicht einmal träumten; dann wieder sprach sie tagelang fast nichts.

Um so mehr redete Ingrid. Sie log oft: nimm Anita mit, das ist schön! Dabei sollte Aloe Anita mitnehmen, weil Ingrid es nicht schön fand, mit Anita zusammen zu sein. Also kam Anita überall mit hin, und Aloe war oft genervt, manchmal aufgeregt und ab und an sogar stolz auf ihre Schwester, wenn sie auch regelmäßig vorgab, daß sie ihr lästig sei.

Doch Anitas guter Geruch fiel auch anderen auf.

Sie war beliebt.

Tat jemand sich weh: Anita konnte ihn trösten. Beim Spielen saß sie am Rand und schaute zu. Sie hatten sich über sie lustig gemacht, aber sich dann an sie gewöhnt. Schließlich begannen sie, sie zu vermissen, wenn sie nicht da war; bald hatten sie das Gefühl, etwas Schlimmes würde passieren, wenn sie wegginge, und spielten nicht, solange Anita nicht bei ihnen saß.

Es gab Tage, da spürte Aloe, daß Nita traurig war – so nannte sie es –, und schenkte ihr auf dem Nachhauseweg einen Extragummibär. Anita aß ihn immer; manchmal lächelte sie Aloe an, wenn sie ihn nahm; manchmal aber steckte sie ihn sich in den Mund, als merke sie es gar nicht, als sei sie gar nicht wirklich da.

Wie lappige Kohlrabi standen die Lehrer im Pausenhof. Aloe rannte und trat in Lichtflecken, damit keiner sie berührte, am Ende aber fing Dieter sie trotzdem ab, der rothaarige Dieter, der allen auf die Brüste unter den Streifenpullovern starrte, obwohl es da noch nichts zu sehen gab. Er packte sie am Arm und sagte: du. Sie gingen zur Buche im Schulhofeck. Dieter kletterte hinter Aloe her, die nicht ganz verstand, warum sie vorausklettern sollte, ihm ein Flugzeug zeigen (»das sieht man von weiter oben besser!«), sie tat es dennoch, und er schaute ihr unter den Rock. Als sie wieder unten waren, fragte er sie, warum ihre Unterhosen so gelb aussähen.

Aloe wurde rot, sie wollte in den Erdboden versinken, es war fürchterlich, und alles mit Dieter war verspielt. Dieter, dem hübschesten Jungen der ganzen Schule! Schuld war Ingrid, die zu Aloe sagte: die Unterhose kannst du auch nach zwei Tagen nochmal anziehen. So machte sie es selbst. Zog die Unterhose abends aus und morgens wieder an.

Wütend drückte Aloe beim Mittagessen die Schneidezähne in den Pfannkuchen, daß die Marmelade nur so herausspritzte. Doch Ingrid regte sich nicht darüber auf, Ingrid lachte sogar. Aloe mußte sich etwas anderes einfallen lassen, wenn sie sie ärgern wollte. Fünf Minuten später blinzelte sie quer über den Tisch Anita zu.

– Ich nehm sie mit hoch.

Ingrid war froh, Eintracht zwischen den Kindern, der gemütliche Teil des Tages begann.

Aloe wußte, daß Anita in Hoffnung auf ein Gummibärchen so eifrig hinter ihr die Treppe hinaufstapfte. Das Licht im Bad wirkte grün, der Dreimaster auf der von Aloe gemalten Kachel, die Holger über der Wanne eingemörtelt hatte, fuhr durch ein glänzendes blauschwarzes Meer. Aloe deutete auf ihre Hosentasche:

– Aber erst du.

Und knöpfte Anita die Latzhose auf. Kräftig spritzte der Strahl auf den Boden des Topfes. Als Anita aufstand, packte Aloe sie am Hals, riß sie nach vorn und tunkte sie ein. Das Licht klumpte zusammen in Aloes Fingern, die in Anitas Lokken griffen. Aloe hörte es rasseln, wenn sie atmete, als atme sie Fliesenscherben ein, laut stießen sie in ihr aneinander, stießen sie an, als lache jemand in ihr – jemand aus der Zukunft, tönern, unberührt.

Ingrid stürmte ins Bad, Anita hockte schreiend neben dem Topf.

– Was weiß ich, was sie hat, sagte Aloe.

Ingrid schnaubte. Sie begann, Anita auszuziehen und zu waschen. Das Pflaster unterm Nabel war weg. Erneut konnte Aloe nicht erkennen, was da zugepflastert gewesen sein sollte.

– Was hat sie denn, warum wird sie operiert?

– Sei du bloß ruhig. Du kommst auch noch dran!

Ingrid dachte über eine Strafe nach, das war offensichtlich. Es würde auf das Übliche hinauslaufen. Aloe sah, daß Anita eine Art Windel in die Unterhose bekam.

– Ich will das auch.

– Heute spinnst du wohl total!

– Aber SIE bekommt es.

– Ja, deswegen, sagte Ingrid, packte Aloe am Arm und zeigte ihr die Stelle zwischen Anitas Beinen, den kleinen Vorsprung zwischen den Lippen, um den sich zwei blutige Krusten wanden wie Minischlangen.

– Iiiiii, sagte Aloe, und spürte noch im selben Augenblick Ingrids Hand auf ihrer Backe.

Fünf rote Finger auf rosa Haut.

Rot auf rosa. So sah es auch bei Anita aus. Was Aloe sah, war die Ohrfeige wert. Ein zerquetschter, geringelter Wurm auf einem weißrosafarbenen, feuchten Blatt. Mit Fäden darin.

Sie schüttelte sich.

Anita sagte nichts, die ganze Zeit nichts. Ihre Wimpern warfen lange Schatten auf ihre Wangen. Nachdem sie, abgewaschen und sorgfältig eingecremt, aus der Wanne gekommen war, wurde Aloe nackt ins Wohnzimmer gesperrt.

Ingrid sagte: damit du weißt, wie es ist, wenn man einen anderen kränkt, und drehte den Schlüssel von außen im Schloß.

Und Anita grinste. Wie eine Schlingpflanze wuchs sie am Riffelglas der Wohnzimmertür hoch und begann ihre verrenkten Bewegungen, ihren Schattentanz, bei dem sie sich bog wie ein hohles Gras, ein Schlinggewächs in blinder Sehnsucht und Gier, ein Körper, der in stummen Verrenkungen schreit.

Aloe zog auf die Mittelspur und überholte einen Laster. 140 Stundenkilometer. Das Wohnmobil schüttelte in den Asphaltrillen, doch Aloe lächelte. An diesem Tag hatte sie nicht lange im Wohnzimmer bleiben müssen, Erika war zu Besuch gekommen. Einmal in der Woche fuhr Erika auf ihrem roten Fahrrad zur Familie ihres jüngeren Bruders. Sie war Aloes Patentante; ihretwegen hieß Aloe Aloe: auch wie eine Blume. War Erika da, kam Holger früher aus der Versicherung heim.

– Er kriegt einen Familientick, sagte Ingrid.

– Er wird häuslich.

– Er braucht Trost.

Erika arbeitete als Lehrerin. Die kann keine Kinder bekommen, behauptete Ingrid. Sie habe viele, meinte Erika und fragte nach Gary. Sie saß mit Ingrid im Wohnzimmer; zu Aloe, die sich schnell hatte anziehen müssen, als es klingelte, sagte Ingrid »geh raus spielen«, und Aloe ging, aber nur bis vor die Tür.

– Wo lebt er denn?

Durch den Schlitz zwischen Türstock und Türblatt konnte Aloe bequem ins Wohnzimmer spähen. Erika beugte sich zu Ingrid und tuschelte ihr etwas ins Ohr. Dann holte sie ein Fotoalbum aus der Schublade unter ihrem Schreibtisch.

Aloe streckte sich, um besser sehen zu können. Zum Glück störte Anita sie jetzt nicht. Wahrscheinlich saß sie wieder in der hintersten Ecke des Gartens, um später Märchen davon zu erzählen, was sie da so alles erlebte.

Er hatte den *beat*, hörte Aloe ihre Mutter sagen, Erika antwortete etwas wie »Riesenfrösche am Mississippi«, unglaublicher Swing, *Night-and-Day*. Damals im Dorf nach dem Krieg, als auch Erika plötzlich dort wohnte, mit Holger, der erst zwölf war, also noch zu jung, während Ingrid schon ihren sechzehnten Geburtstag feierte – gerade das rechte Alter für einen Flirt, sagte Erika. Ingrid wurde rot, in diesem Augenblick erkannte

Aloe, die sich enger an den Türspalt preßte, auch das Foto in Erikas Hand. Sie war enttäuscht: nur der Soldat! Sie hatte nicht gewußt, daß er Gary hieß. Er war zwei Köpfe größer als Ingrid, hatte einen Arm um ihre Schulter gelegt und lächelte mit unglaublich weißen Zähnen. Seine Uniform gefiel Aloe, das Glänzen der Knöpfe und Schulterstücke war selbst auf dem Schwarzweißbild zu erkennen. Ingrid flüsterte weiter mit Erika. Etwas wie ein Geheimnis blühte auf den orangegepolsterten Sesseln, die bisher ausgesehen hatten wie die Rutschschalen im Pausenhof. Jetzt sahen sie aus wie Blütenteller für Frauenkörper, aus denen Ingrid und Erika mit zwei spitzen und zwei runden Brüsten wuchsen. Ihre schmalen Taillen drehten sich eifrig über den lackierten Schuhen.

Sie frühstückten im Gras auf einer der vielen Nordpolexpeditionsdecken, tranken heißen Tee, ein richtiges Picknick, wenn auch etwas feucht. Aloe aß eifrig, obwohl Lukas sie nicht beobachtete, das machte er gut. Felder, Schilder, Amseln im Gebüsch. Die seltsam leuchtende Tristesse einer deutschen Landstraße, neun Uhr morgens. Ein Dorf lag schräg gegenüber auf einem Hügel, Kirchturm und Häuschen – Idyllenspiel. Die Dichte der Pflanzreihen auf den Äckern entsprach exakt der Breite der Erntemaschinen. Gelb gelackt zeigten sich die ersten Köpfchen Raps.

Aloe wühlte in der Tasche, die Lukas im letzten Augenblick unter den Beifahrersitz gestopft hatte. Neben diversen Straßenkarten, einem Paar Gartenhandschuhe (für den Motor?!), einer großen Dose Rasierschaum und einem Schraubenzieher mit gelbem Griff – Lukas *survival kit* – fand sie vier Bücher. Ein Apa-Travel Guide *Schweden*, eine *Flora und Fauna des Nordens*, einmal *Moby Dick* und ein graues abgegriffenes Exemplar ohne Schutzumschlag mit eingeprägtem Titel: *Venus*.

– Was denkst du denn, Alla! Wir machen doch keine Sexfahrt, sondern eine Erholungsreise.

– Ist das ein Gegensatz?

– Kannst du dir vorstellen, wie man hier im 18. Jahrhundert gereist ist?

– Natürlich nicht, Lukas! Und was hat das mit Sex zu tun?

Aloe biß in ihr zweites Brötchen, mit Butter und Erdbeermarmelade.

– Sei doch nicht immer so ironisch. Ich meine 1768. Ich meine den großen Venusdurchgang im Sommer 1769. Und einen Göttinger Astronom, hmm, sein Name fällt mir jetzt nicht ein …

– Egal.

– Kommt gleich! Er reiste 1768 mit der Kutsche, einem fast im Eis zerdrückten Schiff, und dann wieder mit der Kutsche über Stock und Stein ans Nordkap, um auf Order des dänischen Königs den Venusdurchgang durch die Sonne zu beobachten. Man brauchte die exakten Daten des Sonneneintritts und -austritts der Venus, einer kleinen schwarzen Kugel, die durch helles Glühen zog – brauchte diese Daten von den verschiedensten Positionen der Welt aus, um aus den Unterschieden zwischen Norden und Süden den Winkel im Entfernungsdreieck zur Venus berechnen zu können. Hatte man diesen Winkel, konnte man endlich den Abstand zwischen Erde und Venus bestimmen.

– Na, spannend …

– Jetzt warte doch. Das war entscheidend. Daraus ließen sich alle anderen Entfernungen errechnen, weil man wußte, wie die Planeten umeinander und um die Sonne kreisen. Endlich konnte so auch der Abstand zwischen Sonne und Erde festgestellt werden, denn darüber gab es damals nur wilde Spekulationen! Astronomen aus ganz Europa waren aufgebrochen, unterwegs in die letzten, dunkelsten, kältesten und ungesündesten Winkel der Welt. Da oben, am Kap, tummelten sich sogar Wale, der Göttinger hat allerdings keinen gesichtet, also habe ich sicherheitshalber *Moby Dick* eingepackt, um nicht ganz leer auszugehen!

– Siehst du, Ironie ist doch gut! Kennst du Friedrichs Eismeerbild?

– Meinst du den, von dem auch dieser Mönch am Meer ist?

Aloe nickte: Dicke, sich ineinanderschiebende und aneinander auftürmende Eisschollen, du hörst es geradezu krachen, wenn du das Bild siehst, und das helle Blau des Himmels kracht mit.

– Da ist es ja hier geradezu ruhig.

Aloe zwickte Lukas in den Oberschenkel, er nahm ihre Hand.

– Das letzte Picknick, an das ich mich erinnere, Skywalker, ist bestimmt 20 Jahre her.

– Und, wie fühlt es sich heute an?

– Unvergleichlich viel besser natürlich! Damals war es ein Ausflug zu Vaters Geburtstag, im Juni. Wahnsinnig heiß, Fliegen, Mücken, stechendes Gras. Und er erzählte wieder die Vanille-Huhn-Rind-Geschichte.

– Was ist denn das?

Aloe trällerte: *Vanille, Huhn und Rind, die kennt heut jedes Kind!* Müßte dir gefallen, vermutlich einer der ersten deutschen Werbesprüche. Und mit dem Aroma der Erdbeermarmelade auf unseren Brötchen hat es auch zu tun.

Vanille, sagte Holger und steckte sich den ersten Löffel kalter Tomaten-Gurken-Suppe, Ingrids Picknickspezialität, in den Mund, Vanille, Huhn und Rind lagerten zu Pulver zerrieben in großen Holzbottichen. Wir liefen dazwischen herum, sagte Holger, mehr als 35 Jahre ist das jetzt her. Während die Bottiche in der Halle von Großvaters Aromafabrik standen, wo mit gigantischen Gebläsen gesaugt und riesigen Löffeln gerührt wurde, stapelten sich die Säcke, in denen das Pulver angeliefert wurde, im Speicher der Fabrik. In einem Licht, das durch die Sparren floß wie Gold, sagte Holger von seinem Zuhause. Säkke mit magischem Pulver. Mit seinen blonden Jugendlocken sah Aloe ihren Vater zwischen ihnen stehen, als er die selbstgebastelte Lunte auf dem Speicher anzündete, mit diesen Händen, die seine Hände waren, nur noch kleiner. Und was für ein Knall. Und wie Holger sich duckte. Aber die Vanille regnete doch auf ihn herab und der Speicher schwamm im Vanillenebel davon. Was für ein Dreck, sagte Großmutter Katja an dieser Stelle üblicherweise, Dreck, aber doch auch schön, gab sie zu, denn plötzlich stand der Kleine, der Aloes Vater war, vor ihr, sagte Katja, wie ein Engel, mit der ganzen gesprengten Vanille im Haar und überall sonst. Dabei roch er wie ein ganzer Vanilleturm, unerträglich, und der Dackel, der nichts von Magie verstand, wurde ganz verrückt davon. Er wollte bellen, mußte aber ständig niesen und wurde davon sowohl noch verrückter als auch ganz weiß mit Vanille, die von Holger herabstäubte. Auch die Luft war voll mit magischem Pulver und dick und weich, was wiederum die Heimat war, sagte Großmutter, und dann, aber das wußten wir damals noch nicht, fehlten nur noch ein paar Jahre bis zur Flucht.

Aloe dafür wußte genau, wie Holgers Geschichte weiterging. Sie alle haben diese Hände gehabt, sie alle haben diese Jugend gehabt, Hände, die den Dackel zum Metzger brachten. Nichts zu fressen. Weder für ihn noch für sich, also für ihn erst recht nicht. Aloe versuchte, ihren Vater zu verstehen.

Wie er den Familienhund, das zitternde, kleine, braune, vertrautwarme Ding zum Schlachter trug. Dann saßen sie auf dem Leiterwagen. Dann im Zug. Dann wieder im Leiterwagen. Auf dem einen Koffer, der von den zweien, die sie mitgenommen hatten, nach drei Tagen noch übrig war. Erika ist fünf Jahre älter als Holger, Holgers Bruder acht, aber verkrüppelt. Holger fror. SS-Männer zerrten ihn am Mantel. »Was tut der große Junge auf dem Wagen?« Ließen ihn wieder. Um ein paar Monate zu jung für den Abknalldienst.

– »Sein oder …« Sie alle waren Hamlets, sagte Aloe zu Lukas. Die den Geist übersehen hatten, die es nicht gehört hatten, »etwas ist faul …«, und die nicht verstanden, was es hieß, daß Dänemark seit ein paar Jahren in Deutschland lag.

Februarfrost. Weiter nach Süden. Dort, wo die Bomben ins Haus einschlugen, in dem der eine, übriggebliebene Koffer gestanden hatte, rieselte Staub aus dem Dach, und das Dach stürzte dem Staub hinterher. Darunter lag der Bruder, in seinen Mantel gewickelt. Man grub ihn aus. Man grub ihn ein. Die Erde war halbgefroren. Katja konnte kaum noch laufen. Erika, in den Mantel des Bruders gewickelt, schrie jede Nacht im Schlaf. Wochen später rollte der Wagen ins Süd- und Rettungsdorf ein. So fing ein Kommen an, dem kein Gehen mehr folgte.

Hingekommen waren sie, auf den Hund, sagte Holger, hingeschlagen oder hineingeschneit. Nicht sie waren der Schnee – Schnee war, was sie empfing. Kalt, und zog sich zurück, wenn sie die Hände ausstreckten. Also steckte Holger die Hände in den Schutt, in den Zement, die Steine, den Dreck. Umklammerte Schaufeln, Holzbalken, Eisenträger. So fing das Bleiben an, das er seinem Kommen folgen ließ. Allmählich kam zum Bleiben ein allgemeines Blühen. Die Gesichter wurden rot. Ingrid, schon immer im Süddorf, legte Schminke auf. Holger fing Frösche im Dorfteich und grillte sie. Man war jung und schaute einander verstohlen an. Die Alten hingegen versuchten, all das, was sie verloren hatten, zu essen. Die Jungen blieben drahtig, arbeiteten, rechneten – Statistik, Ballistik, Logistik – die Maschinen liefen an. Man kam jetzt groß raus, das glich das mißglückte Ankommen aus.

– Ich erinnere mich noch an Holgers erstes Auto. Außen hellblau; innen hatte es einen gelöcherten weißen Himmel. Albinosterne, Lukas. Man konnte auf der Rückbank liegen und unter Albinosternen fahren.

Holgers Hände umklammerten das Lenkrad des Wagens, sie schienen zu spielen, doch sie taten etwas; sie trommelten, schnell. Stumm waren die Münder, und die Augen schauten auf die Strecke vornweg, geradeaus, nicht nach hinten, wie auch die Großeltern, die inzwischen noch mehr aßen, um nicht sprechen zu müssen, denn hätten sie gesprochen, hätten sie zugeben müssen, daß sie etwas sahen, woran niemand mehr erinnert sein wollte. Es war hoch wie ein Turm, doch keiner sprengte es weg, obwohl sie sich das wünschten, genau das. Manche von ihnen kannten den Turm von innen wie sie auch, allerdings erst nach '45, russische Lager von innen kannten, obwohl sich das nicht vergleichen ließ und sie *lebend* herausgelassen waren – und schauten weg.

Doch eines war immer da: die kleine Unendlichkeitsschlaufe, die Holger nicht malen konnte. Er setzte in seinen Rechnungen für die Versicherung zwei Kreise übereinander für eine 8. Diese Zahl in einem Schwung zu schreiben war ihm nie gelungen; in seiner ganzen sogenannten Jugend hatte er es nicht gelernt. Die beiden Kreise öffneten sich nicht füreinander, ja sie trafen sich nicht einmal. Ein Riß trennte sie voneinander, ein weißer Schatten, messerscharf. Ihn hatte Holger behalten. So wie das Grundstück, auf dem er jetzt saß, sagte er, und nicht mehr weggehen würde, er nicht, für den Rest seines Lebens. So wie der blaue Fleck in der rechten unteren Ecke seines Daumennagels. Da hatte er zu Hause, sagte er, den Hammer genommen und sich auf den Finger geschlagen, und dann den Dackel zum Metzger getragen. Aber trotz des Pochens im Daumen das Dackelherz gegen die eigenen Rippen hämmern, bitten, flehen gefühlt. Da schaute er die eigenen Hände an, neben der Schüssel mit Suppe, die auf der Picknickdecke stand.

Etwas pflanzen und dann auch wachsen sehen – sein Motto. Langsam begann Aloe, die kalte Suppe nicht ausstehen konnte, ihren Teller auszulöffeln.

– Ich lebe länger als ihr!

Ingrid stöhnte: was?

– War nicht so gemeint.

– Ich kapier das nicht, sagte Holger, was sind die Kinder so aggressiv, ich kapier das nicht.

Da erst sah er Anita. Sie stand neben seinem Stuhl, Tränen in den Augen, »Hund, Daumen«, kaum war sie zu verstehen. Holger hob sie hoch. Das hatte Aloe noch nie erlebt – daß er die Kleine festhielt wie jetzt. Anita nahm Holgers Daumen in die Hand und tröstete ihren Vater wie sonst die Kinder, mit denen sie spielten. Aloe dachte »du Mistküken, du durchtriebenes Stück!« Nach jeder Operation blieb Anita länger zu Hause, nach jeder Operation mußte sie seltener ins Krankenhaus.

Als Lukas und Aloe weiterfuhren, zog ein Gewitter auf; über die Konsole des Wagens flackerte ein zuckendes Gewebe aus Schatten und Licht. In der Stadt gab es nur Sommer und Winter, man lebte in kurzen Wegen auf einer Sprache aus Geld und Schnelligkeit. Regnete es, verwandelten sich die Einwohner der hochgebauten, aus glitzernden Einkaufspassagen und eng verschachtelten Wohnungen bestehenden Häuser in ein Heer wuselnder Schalentiere unter glänzendschwarzen oder rotpinkgeblümten Schirmen. In einem großen Leuchtschriftband am Bahnhof zählte eine unsichtbare Uhr rückwärts die noch verbleibenden Sekunden zum Millenium. Doch dann setzte man sich in einen Wagen und war einfach fort: ringelte sich in die grauweißen, nie endenden Straßen, besoff sich an Luft, um sich zu häuten und erregt erdig zu werden, von der Sonne beschienen in der Blechbüchse Auto, verborgen darin wie ein kleiner hinduistischer Gott.

– Wo in Schweden willst du eigentlich hin, Aloe?

– Einfach mal schauen.

– Und sonst?

– Was sonst? Ich glaube, ich hätte Lust auf eine Insel.

– Hmm?

– Dort kann man gut nachdenken.

– Das habe ich noch nie gehört.

– Dann bin ich ja froh, Lukas, auch dir mal was Neues bieten zu können!

Schmale Plastikbahnen lagen links und rechts der Straße in den Feldern über nackter Erde, um wer weiß was – Keimlinge, Fruchtfliegen, Menschenköpfe – zu bedecken. Es war wunderschön anzusehen, die letzten Sonnenstrahlen darauf, die noch durch die aufziehenden grauen Wolken drangen, Glimmer von Wasserrouten. Die Vereinigung von Künstlichkeit und Natur, im Plastik fand sie statt: da wucherte, was wuchern konnte, radikal, egoistisch, absolut.

– Gibt's hier auch Musik, Lukas?

Aloe kramte in den Kassetten, suchte eine Oper, fand aber nur einen Sampler mit Mozartarien, immerhin etwas Tragik und Sex – verschmitzt legte sie Lukas, der jetzt am Steuer saß, die Hand in den Schritt. An der Windschutzscheibe klebten Insekten, kleine gelbe und schwarze Flecken. Der erste Donner grollte heran, sie fuhren in ein riesiges Prasseln und Leuchten.

Sie hatte verschwiegen, wie das Picknick, bei dem Holger die Vanillegeschichte erzählte hatte, weitergegangen war. Auch damals hatte es plötzlich ein Gewitter gegeben, sie waren zum Auto gerannt und schließlich, als es gar nicht mehr aufhören wollte zu regnen, in ein Café gefahren. Dort hatte Holger Anita erneut auf den Schoß genommen. Als die Bedienung den Kaffee brachte, bat er sie um Streichhölzer, denn seine waren völlig durchnäßt.

Wie seine breite Männerhand sich nach der blauen Welthölzer-Packung streckte – doch hastenichgesehen griff Anita zu. Und strahlte, strahlte, die Finger fest um die Schachtel gekrallt. Holger brachte es nicht fertig, sie ihr aus den Klauen (den kleinen lieben süßen, doch ja, Klauen) zu drehen, obwohl Ingrid die Brauen zusammenzog. Ja, er nahm auch noch eines der Hölzer und strich es direkt vor Anitas Augen an, die größer wurden, veilchenfarben, als wolle sie das Feuer ganz von innen verstehen, an seinem blauen Kern.

Holger rief »schön, nicht wahr!«, er meinte den ersten Zug an seiner Zigarette, doch Anita war es, die selig seufzte: ja! Holger fühlte sich so gerührt von ihrem Mitleid zur Daumengeschichte und ihrer Begeisterung jetzt, daß er sich fast die Finger verbrannte; gleich wollte sie, daß er das nächste Hölzchen anstrich, für sie.

– Was für eine hübsche Tochter, sagte die Bedienung. Ingrid kramte in ihrem Portemonnaie, vielleicht sagte die Frau mit dem kroatischen Akzent es nur des Trinkgeldes wegen, aber nein: sie hatte doch die ganze Zeit schon Anita angestarrt, bezaubert von diesem verrückt veilchenblauen Blick, der weißen Haut, den Locken, so blond.

Aloe hätte Ingrid um den Hals fallen können, als sie schnippisch antwortete: Sie meinen wohl meine beiden hier! Und die Kleine, na ja, wäre sie bloß nicht so wild.

Wie wahr! Jona hatte ihnen gewunken, als sie am Morgen abgefahren waren; Jona mit zwei blutverkrusteten Halbkreisen links auf der Stirn, Jona, die Angebissene, da stand sie märtyrerhaft am Zaun. Jona wuchs bei ihren Großeltern auf und bekam Süßigkeiten, soviel sie nur wollte. Gestern war sie mit zwei Hanuta zu ihnen gekommen, hatte genußvoll das eine gegessen, dann die Waffeln des zweiten knacken lassen. Normalerweise gab sie Aloe und Anita etwas ab, diesmal aber aß sie allein. Anita schaute wie immer und sagte nichts, sprang dann aber plötzlich auf Jona los und biß sie in die Stirn. Jona blutete, Holger schoß aus dem Wohnzimmer, Jona schrie, Holger packte Anita, Anita schrie. Sie mußte alles zugeben, es war zu eindeutig: der Abdruck der Zähne auf Jonas Stirn, ihr exakt dazu passender Mund.

– Wie kommst du nur darauf?

– Gerade du, die sonst immer so sanft ist?

– Gerade du, die doch weiß, was weh tun heißt!

Anita mußte Jona ihren neuen, weißrotgestreiften Ball schenken, und Ingrid gab Jona 2 Mark, damit sie sich nirgends über Anita beklagte. Man war etwas Besonderes, aber man wollte es nur in dem Rahmen sein, der für Besonderes vorgesehen war. Ingrid und Holger fanden, sie seien schon genug aufgefallen – er als Flüchtling, sie durch ihre Armut nach dem Krieg; jetzt wollten sie dazugehören. In dieser Hinsicht war Anita eine Katastrophe für sie. Herzeigen? verstecken? – diese halbseidene Tochter, die gerade an den seidigsten Stellen – nun ja, zu groß, geschwollen, operiert, empfindlich war. Trug man da nicht einen Makel mit sich herum? Und den Verdacht: ihr seid schuldig. Oder warum sonst habt ihr so einen Balg!

Anita wurde für sie alle zu einer rauhen, unerwarteten Lektion. Darüber, daß es immer der Körper ist, der einen verrät.

Doch jetzt saß sie friedlich auf Holgers Schoß. Lauerte nur

darauf, die Streichhölzer zu stibitzen. Holger rauchte und freute sich über den angenehmen Ausklang des Ausflugs. Alle waren satt, auch die Sonne schien wieder. Eine Krähe hüpfte auf der Restaurantterrasse. Anders als die im Osten war sie ganz schwarz; ein großer polierter, aufrecht laufender Schuh. Aloe folgte Holgers zufriedenem Blick. Ihr Vater merkte offensichtlich nichts, sie jedoch fühlte die Ungeduld ihrer Schwester. Frühling und Sommer waren schlimme Zeiten für Anita, weil man kaum Kerzen anmachte; auf der Terrasse in Schwandt hätte der Wind sie sowieso gleich wieder ausgeblasen. Tee wurde von Ingrid in Thermoskannen gefüllt; es gab keinen Gas-, sondern einen Elektroherd, das ganze Haus kam ohne Streichhölzer oder Feuerzeuge aus. Und Anita litt, denn sie war feuersüchtig wie andere mondsüchtig sind. Sie brauchte Umgang mit ihrer Droge, eine Packung Brand für ihr kaputtes Herz. Manchmal erwischte Aloe bei Jona oder Klassenkameraden ein paar Streichhölzer und gab sie ihr. Anita packte die nächste Uhuflasche und klebte die Hölzchen vorsichtig so zusammen, daß die Köpfchen frei blieben. Meist bastelte sie sogar kleine Sachen daraus, einen Tisch oder Stuhl, auch Häuser konnte sie gut. Sie arbeitete dann mindestens eine Stunde; war sie fertig, rief sie leise »Lollo!«, denn das letzte Zündholz strichen sie gemeinsam an. Dann hielt Anita die kleine Flamme an das geklebte Haus, und Aloe durfte mit zusehen, wie es in Flammen zerstob. Wenn mehrere der Schwefelköpfchen gleichzeitig explodierten, jauchzte Anita auf.

Der Bauch der Fähre schluckte das Glitzerchen von Wohnmobil weg, um für ein paar Stunden einen scheppernden Dialog mit ihm zu halten. Blech- und Benzingestank. Die Ostsee gluckste träge, als die Motoren begannen, das dreckige Hafenwasser von Saßnitz aufzuwühlen. Aloe und Lukas kauften eine

Stange Marabou-Schokolade *duty free* und sahen im schrägen Nachmittagslicht die Kreidefelsen von Rügen vorbeihaspeln. Das Deck hatte einen dunkelgrünen Boden aus kleinen, nebeneinandergelegten Plastiksternen, zwischen deren Zacken das Wasser ablaufen konnte. Passagiere hockten in bunten Plastikstühlen. Man sollte einkaufen oder fernsehen. Im Schiffsinneren gab es gepolsterte Sessel, fest in Fünferreihen montiert, mit zurückstellbaren Lehnen. Als es dunkel wurde, rollten Lukas und Aloe sich in einer Ecke des zweiten Fernsehraumes auf dem Boden zusammen und versuchten zu schlafen. Aloe war erstaunt, wie locker Lukas wirkte. Bis gestern hatte er gearbeitet, heute kein Wort mehr davon. Es war das erste Mal, daß sie gemeinsam in so etwas wie einen Urlaub fuhren. Sie spürte seinen Schwanz durch die Hose und nestelte unter der Decke an der wachsenden Beule. Als ob sie wieder fünfzehn wären und keine andere Gelegenheit hätten als halböffentlich in einem durchschwitzten, schaukelnden Raum.

Sie berührte Lukas, und dabei erzählte sie ihm, wie sie sich vorkam, ein bißchen lächerlich, aber auch seltsam aufgeregt, wie im Zug mit dem ersten Freund. Wie in einem der heißesten Sommer in Schwandt. Wie in einem Schaufenster, und daß es ihr gefalle. Sie berührte ihn und spürte, daß er härter wurde, mit jedem Wort. Sie berührte ihn und erzählte ihm, daß es von Malmö nach Stockholm 530 Kilometer Luftlinie seien. Daß auf zwei Dritteln des Landes keine Menschen wohnten. Daß sie sich fragte, wo Bullerbü wohl gelegen haben mochte. Daß sie es auf der Karte gesucht, aber natürlich nicht gefunden habe, und sie berührte ihn. Sie fühlte sich wie ein kleines Kind und spielte Fünfzehnjährige, glorios, auch das erzählte sie ihm. Sie glaubte, daß er nur ihretwegen diese Reise machte, als Ausgleich für die Magersucht. Sie fragte ihn, und er sagte: wirst ja sehen, und berührte sie.

Wie zwei Pelztierchen, die Pfoten weich, schliefen sie schließlich ein, die Schnauze auf den eigenen Gliedern, in den Nervenspitzen im Gehirn ein feuriges Tamtam.

Aloe schreckte hoch. Etwas war über ihre Beine gestolpert. Sie wußte nicht, wo sie war, blinzelte ins Licht und sah in ein dunkles Gesicht. Rund, schwarz – und klein. Ein offenstehender Mund, die oberen Schneidezähne fehlten. Aloe stützte sich hoch, das mokkabraune Mädchen neben ihr auf dem Teppich weinte. Lukas schlief.

– Hast du dir weh getan?

Die Kleine weinte.

– Did you hurt yourself?

Sie nickte. Aloe bot dem Kind ein Stück Schokolade an, die es aber nicht nahm. Langsam beruhigte es sich dennoch, zog den Rotz die Nase hoch. Es schien nicht verletzt, war wohl nur der Schrecken gewesen. Aloe redete leise auf die Kleine ein, deren kurze Afrozöpfe von zwei lila Love-in-Tokios gehalten wurden. Es sah lustig aus.

– I like your hair!

Das Mädchen lächelte vorsichtig. Schließlich gab es Aloe sogar die Hand, um sich mit ihr auf die Suche nach seinen Eltern zu machen. Doch wo? Immerhin, den Namen sagte der zahnlückige Mund deutlich, und Aloe beschloß, nicht lange durchs Schiff zu irren, sondern die Eltern ausrufen zu lassen. Der Maat, bei dem sie warteten, spendierte ihnen sogar eine Cola, eine verschlafen blinzelnde, langbeinige Mutter kam herbeigestürzt, und Aloe ging zu ihrem Platz zurück.

Lukas atmete ruhig und langsam, doch sie konnte nicht mehr einschlafen. Zu viele Gedanken schossen ihr durch den Kopf, die Mozartarien aus dem Auto, das Mädchen und seine so sichtbare Angst – und ihr eigener Schrecken bei dem Gedanken, ihr Leben selbst in die Hand zu nehmen. Wo ihre Wünsche von heute und ihre Vergangenheit sich kreuzten, entstand eine steife, klirrende Sehnsucht. Wie eine Hohlnadel steckte sie in Aloes Brust. Auf der Nadel saß ein Stöpsel. Kleine Fortsätze an ihm führten in verschiedene Richtungen, doch sie waren alle verklebt vom Silberglimmer falscher Bilder, die den Zugang zu Aloes Kern verstellten. Sie handelten von Scham und, zu Aloes eigenem Erstaunen, von Sex.

Ingrid und Erika stritten in der Schwandter Küche.

– Anitas Schulnoten machen mich fix und fertig. Wenn es so weitergeht, fällt sie garantiert durch.

– Dann schick sie zu einem Psychologen, Ingrid, sie braucht Hilfe!

– Ich will von dir wissen, ob du einen guten Nachhilfelehrer kennst, aber die Kommentare dazu, wie ich meine Kinder erziehe, kannst du dir sparen. Geh doch selbst zum Psychologen.

– Ach?

– Ja, und frag den, warum du keine kriegst!

– Da gibt man dir einen guten Rat, und du gehst auf einen los. Wie immer Ingrid: eingebildet bis zum letzten!

– Du brauchst mir nicht zu sagen, wie ich mit meinen Töchtern umgehen soll! Du schon gar nicht, du verklemmtes Stück!

– Arrogante Zicke! Nur aufpassen, daß dir niemand reinregiert, nicht wahr? Nur aufpassen, daß dir keiner dein Glaskastenleben antastet.

Eine Tür knallte, Ingrid rief Erika noch »perverse Tussi« hinterher, dann war es still. Als Aloe in die Küche kam, aß ihre Mutter ein Stück Kuchen – das Messer, mit dem sie es abgesäbelt hatte, hielt sie ausgestreckt und krümelig noch in der Hand, als wäre es eine Trophäe, als äße sie ein Stück Erika.

Ingrids Gesicht war von weicher Haut bespannt; etwas großporig unter der Nase und am Kinn, mit hellen Augenbrauen, an denen sie seit neuestem dauernd zupfte. Längst über vierzig, sagte sie, wenn sie müde war, spät bekommen die Kinder. Sie strich sich gegen die Falten über die Stirn, biß in ihr Kuchenstück und rief: ihr macht mich fertig!, sah dabei aber ganz munter aus.

Nach diesem Streit traf man sich höchstens noch in der Wohnung von Dritten oder in öffentlichen Räumen mit Erika. Am liebsten ging man in die Oper. Ingrids Hang zu einer gewissen Theatralität, Holgers Vorstellung von Normalität, beider Wunsch nach Aufrechterhaltung des Familienspiels – dort wurden sie erfüllt. Ingrid warf sich in Schale, mühelos übertrumpfte sie Erika, die von sich selbst sagte, ihr Knochenbau habe von vornherein verhindert, daß sie jemals schick sein wollte, zum Glück!

Besonders praktisch an der Oper war, daß man sich immer nur die 20 Minuten in der Pause sah. Die Großeltern mochten es auch; sie leuchteten im Foyer ein bißchen im Glanz der Vergangenheit, Katja immer im Kostüm, mit drei langen Bernsteinketten aus Ostpreußen behängt, Großvater mit silberner Uhr am Hosenband und Riesenbauch unter der Weste. Holger arbeitete inzwischen bei der Nürnberger, Sicherheit im Zeichen der Burg. Nach den blühenden fünfzigern, den konsolidierenden sechzigern, schwankten die End-siebziger bedenklich hin und her. Besonders für Menschen wie Holger, die von der sexuellen Befreiung nichts hatten, sagte er, weil sie schon fast vierzig waren, als es passierte. Er beaufsichtigte jetzt Unfallversicherungsnehmer – nicht bevor der Unfall passierte, sondern danach. Aloe fand das erstaunlich, Holger fand es typisch für den Menschen, daß er betrügt, wo er kann. Darin glichen sich die Versicherungsaufsicht im allgemeinen und die Unfallaufsicht im speziellen. Und die sexuelle Befreiung, aber das sagte Holger nicht.

Ingrid jubelte: Anita hatte den Übergang in die nächste Klasse geschafft, auch ohne Psychologen! Zur Belohnung durften die Mädchen diesmal in die Oper mit: Pamina sehen. Die Höhle betreten, den Raum der Erwachsenen, dunkel wie das, woraus am Anfang der Drache kommt. Aloe wußte schon, daß die Zauberflöte so begann – Holger hörte die Oper zur Vorbereitung bereits zum dritten Mal durch. Bim bim, klirr klirr, Käfige sind schön.

Diesmal putzte Ingrid sich und ihre Töchter so richtig heraus. Alle in der Oper sollten sagen: ach, sind die beiden süß, damit sie ihr ganz besonderes Lächeln lächeln konnte, in dem ein merkwürdiger Triumph sich halb zeigte, halb verbarg. Das gelbe Kleid mit Spaghettiträgern paßte bestens zu Ingrids gebräunter Haut und den hellbraunen Haaren, die sie aufgesteckt trug. Die Pailetten am geraden Saum über der Brust glitzerten, links am Bein hatte das Kleid einen langen Schlitz. Ingrid sah hübsch aus und erstaunlich jung.

– Na, wieder im Kampfanzug, grinste Holger.

– In voller Montur, sagte sie.

Im Auto rutschte Aloe auf dem Sitz hin und her. Ihr gelber, mit großen purpurnen Blumen bedruckter Rock war kurz und irgendwie zu eng. Das ist die Spannung, sagte Ingrid. Immerhin klebten diesmal Aloes Schenkel nicht, innen und hinten, hinten und innen, am Sitzplastik an, denn sie trug Seidenstrümpfe. Das erste Mal das Seidenstrumpfgefühl! Glitschig außen, darunter straff. Mit dem Zeigefinger stach sie sich in den Oberschenkel. Ihr Bein zuckte, obwohl es aussah wie ein fremdes Stück. Aloes Strümpfe waren heller, Anitas Beine dafür dünner; Anita streckte Aloe die Zunge heraus.

Im Sturmschritt raste Familie Böhm die Treppe hinauf zum ersten Rang, gerade noch schlüpften sie hinein. Töne flogen von allen Seiten auf Aloe zu, an die mit feuerroter Seide bespannte Wand zu ihrer linken lehnte sie sich mit äußerster Vorsicht. Soviel Stuck, soviel Plüsch, soviel Haut. Der Kronleuchter entschwebte Richtung Decke, Tamino kollerte Richtung Drachenmaul und fiel als erstes in Ohmacht, Aloe kicherte, doch Holger stieß ihr mit dem Arm in die Rippen. Als die Königin der Nacht auftauchte, wurde Aloe von selbst ganz still, und noch als die Pause anfing, wußte sie nicht, was ihr mehr gefallen hatte: die Stimme der Königin oder ihr prächtiger Sternenmantel.

Alles strömte ins Foyer. Ingrid schrie HUCH!, als sie am üblichen Treffpunkt nicht nur die Großeltern und Erika sah. Sie wurde ein bißchen rot, meinte dann aber nur, gleich wieder kühl: – ach, heute in Begleitung!

Solche Bemerkungen waren die direkteste Art, in der sie noch mit Erika sprach. Großvater aß ein Stück Erdbeerkuchen vom Pausenbuffet. Er war schon so alt, daß er keinen Vornamen mehr hatte, während Großmutter noch immer Katja hieß, vor allem in Augenblicken wie diesem. Ihre großen blinkenden Brüste, halbnackt und halbwelk, luden zur Landung ein, und die schnellen weißen Streiflichter in ihren Augen begeisterten Aloe. Sie bewunderte, wie hier die Stimmen schwirrten, wie Lichter über die Wände zuckten, wie gut die Frauen rochen – betupft von rötlichen Strahlen, mit grundloser Fröhlichkeit getauft, standen alle bis auf Ingrid da. Huchs Hand lag auf Erikas Hüfte.

– Sind die Mädchen nicht wieder nett! lenkte Ingrid ab, doch als sie sich umdrehte, stand da nur Aloe.

– Wo ist denn Anita? Um Himmels willen, wo ist sie denn?

Alle schauten sich erschrocken um, schuldbewußt, zerknirscht – weit konnte sie doch nicht gelaufen sein! Aber sie war nirgends zu sehen. Man stob auseinander, Aloe streifte mit Ingrid suchend durchs Foyer. Sie wußte danach nicht mehr zu sagen, wen sie zuerst sah, als sie um die Ecke am Weinausschank bogen: den dunklen, hochgewachsenen Mann in einem eleganten grauchangierenden Anzug oder Anita, die ganz in seiner Nähe stand. Mit einem Feuerzeug in den Fingern.

Zum zweiten Mal an diesem Tag schrie Ingrid HUCH!

– Gary?

– Ingrid!

– Das ist meine Tochter.

– Oh, sehr beautiful. So einen beautiful Tochter bei so einer schönen Mutter kein Wunder.

Anita blinzelte Aloe zu und ließ das Feuerzeug blitzschnell in den Ärmel ihres Kleides gleiten. Ingrid merkte nichts davon; sie hatte nur für Gary Augen. Zu viert wanderten sie zum Familientisch zurück. Die Leute schauten ihnen nach.

– Ich zerpflück mich, der alte Gary Gates! rief Katja.

›Zerpflücken‹ war ›mich laust der Affe‹ auf schlesisch.

– Noch immer bei den GIs? Deutschland scheint Ihnen ja zu gefallen.

– Wird immer besser.

– Und was sind Sie da jetzt? Captain oder so, ich meine, ich hab ja nie eine Kaserne von innen gesehen …!

Holger war es, der so genau wissen wollte, wer da in diesem teuer aussehenden Anzug, hochgewachsen und durchtrainiert, vor ihm stand. Garys Haut war von einem dunklen Muskatbraun, sie sah sehr weich aus. Anita strahlte, als hätte sie eine Heldentat vollbracht. Ob sie in Garys Nähe gelaufen war, weil sie dort ein Feuerzeug gesehen hatte? Oder weil Gary schwarz war und auffiel? Oder war es bloß Zufall gewesen, daß sie bei ihm herumkroch? Feuerzeuge zogen Anita magisch an. Andererseits war sie schüchtern, lief ja auch sonst nicht zu Fremden. Verstohlen schaute Aloe von der Seite an Gary hinauf. Sie hätte ihn, nur von dem Soldatenfoto her, nicht erkannt. Aber Ingrid war sofort klar gewesen, daß er es war.

– Meine Güte, das ist jetzt über 30 Jahre her.

– Wir waren verdammt jung, Ingrid!, too young, you know.

Aloe hoffte, daß sie jetzt nicht auch englisch sprechen mußte und rückte ein bißchen von Gary und Ingrid ab. Zweifelnd blickte sie zu Anita: hatte die etwa ihre Gabe, die sie beim Trösten der Spielkameraden bewies, ihre merkwürdige Gabe, in den Herzen anderer zu fühlen, nun auch auf Erwachsene ausgedehnt und daher den Weg zu Gary gefunden?

Erst viel später kam Aloe der Verdacht, daß hinter Garys Anwesenheit in der Oper an diesem Abend möglicherweise Erika steckte, daß es Erikas kleine Rache an Ingrids wohlgeordnetem Glaskastenleben war, sie hier wieder mit Gary zusammenzubringen. Anita hatte gar keinen Grund, darauf stolz zu sein.

Schmale, lange Straßen, immer geradeaus. Am Rand standen eierschalenfarbene Holzhäuser mit Eingangssäulchen und Vordach, dahinter Wald Wald Wald. Lukas lümmelte im Beifahrersitz, drehte dauernd die Heizung rauf und runter, blätterte in der Karte und zeigte schließlich auf einen Fleck im Meer, der aussah wie ein springender Heuschreck mit Fühler.

Der Fühler hieß Fårö, Gotland der Rest. Aloe gefiel es gleich.

– Früher gab es hier Rochen und riesige Wale, sagte Lukas und hielt Aloe die Karte hin. Auch hier unten, denn es war ja so kalt. Und eben menschenleer. Rochen und gesunkene Schätze, sagte Lukas, Handelswege von überall her nach Visby auf Gotland, Hansestadt, im Mittelalter sagenhaft reich, sogar die Schweine fraßen aus Silbertrögen.

Aloe linste zu Lukas hinüber. Sie mußte sich aufs Fahren konzentrieren, sah aber, daß auf der Karte, die Lukas aufgeschlagen hatte, das Seepferdchen Gotland im Mittelpunkt der Welt trieb. Die Grenze zwischen Europa und Rußland verschwamm.

– Wilhelm Gustloff, sage ich da bloß, Alla, die Wilhelm Gustloff.

Weiblicher Artikel, männlicher Name. Konnte nur ein Schiff sein.

– Soll das Bernsteinzimmer geladen gehabt haben. Sank am 30. Januar '45 von sowjetischen Torpedos getroffen. Hatte Flüchtlinge und verwundete Soldaten an Bord, wie alle Ostseeschiffe damals, große Evakuierungsaktion der Deutschen Marine. 900 bis 1200 überlebten den Untergang, 5000 bis 8000 starben, hier im Meer.

Lukas Finger zeigte mitten ins Dunkelblau. Aloe sah, daß einige Ecken Gotlands als militärisches Übungsgelände markiert waren.

– Bis heute suchen Grabräuber und Bernsteinzimmergläubige das Wrack, es soll bei Gotland liegen. Wie eine Menge anderer Wracks auch, die Ostsee ist ja voll damit.

– Richtig beruhigend, mein Lieber, wenn man an die Heimreise denkt! Aber so weit kommen wir ja eh nicht mehr, wir ertrinken ja schon hier.

Es regnete mal wieder (April!). Diesmal *cats and dogs*. Ja, Hunde und Katzen regnete es; sie wußten nicht, ob es diesen Ausdruck auch im Schwedischen gab, aber er paßte auf das schwedische Wetter wie eigens dafür erfunden. Als die Scheibenwischer es nicht mehr schafften, hielt Aloe an. Unter den dunklen Wolken vor ihnen zeigte sich ein Stückchen chlorfarbenen Himmels, dort schien bereits wieder die Sonne. Wie heftig die Windböen zischten, wie laut der Regen auf das Autoblech prasselte, als sitze man unter einem Schlagzeug, in einer Drehtrommel, in Pistolenfeuer, einem Gehörtest: wann wird der Mensch taub oder verrückt? Es rutschte, pladderte, schliff, sang, pfiff und krachte – und war plötzlich vorbei.

Kiefern und Fichten troffen. Aloe zog die Wagentür auf. Wie

belichtete Mäuler sahen die Pfützen im Weg vor ihr aus. Aufgerissene dünne Lippen, am Rand ein bißchen grün oder braunerdig, und dann ein riesiger silberner Mund, in dem sich der Himmel spiegelte. Aloe lief zum hinteren Teil des Wohnmobils und kramte ihre Kamera heraus. Wie lange hatte sie nicht mehr fotografiert, ja, einen Bogen darum gemacht, aber diese Löcher, die in der Erde staken wie geheimnisvoll eingebuddelte Wesen, mußte sie aufnehmen. Links der tropfende Wald, geradezu verwunschen, rechts Fahrrillen in der Straße – ein guter Kontrast. Wildes Brombeergebüsch streckte seine Dornen nach Aloes Pullover; die Brennesseln hatten schon Blätter und stachen eifrig. Der Boden quatschte und patschte unter ihren Füßen, gelblicher Schlamm überzog das Schuhleder, man konnte nicht gehen, ohne sich einzusauen, doch das war Aloe vollkommen egal. Sie fotografierte.

Lukas staunte, wie schnell es ging, sie staunte, wieviel sie sah und welchen Spaß es ihr machte. Regenwürmer und Schnekken krochen herum, Baumstämme mit Astfortsätzen sahen wie riesige Wirbel aus, hell und dunkel, trocken und feucht, das dichte, verklebte Nadelgrün hing herab, als wäre es der Muskel eines uralten Tieres.

Nach eineinhalb Filmen hielt Aloe erschöpft inne. Die Landschaft verwandelte sich zurück in das, was sie war: tropfende Äste, graue Wege. Lukas musterte Aloe; sie lachte verlegen.

– Na ja, früher hab ich viel fotografiert.

Und jetzt wollte sie erst einmal pinkeln gehen. Lukas kam mit. Was für ein Gegurgel um sie herum! Aloe streifte sich die Hosen herunter und wackelte vor Lukas übermütig mit dem Hintern. Er verdrehte die Augen, als wären sie in einem Film. Die Fahrt veränderte die Art ihres Zusammenseins. Nähe wurde unkomplizierter, natürlicher. Aloes nackter Po berührte das feuchte Gras. Eine Raupe, rotschwarz gestreift, mit Stacheln rundum, kroch neben Aloe auf die Straße zu. Lukas kickte sie mit dem Fuß weg, als stachelbesetzte Kugel schleuderte sie durch die Luft. Aloes Pinkeln war im allgemeinen Getropfe nicht zu hören. Langsam zappelte sie sich in ihre Hosen zurück.

– Hat deine Kamera eine Makrofunktion, Alla?

– Natürlich.

– Bist ja gut ausgerüstet.

– Wie gesagt, früher …

– Und warum hast du aufgehört?

– Ach, irgendwie. Frag lieber, wie ich anfing, im Garten von Schwandt!

Ein knorziger Ahorn machte im Herbst unheimliche Geräusche – wie eine quietschende Tür, die direkt in den Himmel führt –, unheimliche Düfte produzierte er im Sommer. Er stand in der wilden Ecke des Gartens, dort saß Anita unter dem Schatten-Blitz-Schatten der Blätter im hohen Gras. Zwischen mannsgroßen Disteln und Brennesseln lehnte ein grünscheckiger Holzzaun. Alle anderen waren in Ferien gefahren, aber die Böhms blieben daheim, denn für Anitas Abschlußbehandlung kamen die Sommerferien gerade recht.

Vielleicht lockten die Stare im Vogelhaus am Ahornstamm ihn an. Eines Tages jedenfalls war er da, behauptete Anita, ein dicker schwarzer Kater mit weißem Herzfleck in der Mitte der Brust. Ein unglaublich tolpatschiges Tier. Sie hatte ihn sogar aus dem Teich neben dem Ahorn ziehen müssen. Klein und schlotternd saß er am Ufer, richtete zwei spitze Ohren auf und fauchte. Das heißt, sagte Anita, das nasse kleine Schwarze riß sein Maul auf und sträubte die Schnurrhaare. Aber es kam kein Geräusch. Der Kater war stumm. Der Kater ist ein Geist, sagte Anita.

Bestimmt wollte Anita sich mit dieser Geschichte nur wieder in Szene setzen; Aloe glaubte kein Wort, war aber neugierig genug geworden, um ins Garteneck zu schleichen. Der Kater und Anita lagen aneinandergeschmiegt im hohen Gras. Anita hatte die Beine angezogen, den Mund halb geöffnet im Schlaf. Der Kater streckte die Pfoten auf ihren Bauch. Der Herzfleck über seinem Brustknochen leuchtete auf wie auch Anitas geschlossene Lider, wenn die Sonne kreisrund durch die Ahornblätter fiel. Aloe atmete flach und ihr Herz zuckte vor Fremdheit und Neid. Anita hatte einen Freund.

Am Ende des Sommers blieb der Kater weg. Anita erzählte, er habe einen Riesensprung über den Teich getan. Habe sie angesehen mit seinen honigfarbenen Augen, sich aufgeplustert, bis er fünfmal größer geworden war – und sei dann unversehens aus dem Stand über den Teich gesprungen. Einfach so. Aus dem Stand. Gelandet zwischen den Brennesseln und blauen Disteln auf der anderen Seite und im Gestrüpp verschwunden. Übers Wasser geflogen mit abgespreizten Beinen wie ein feuriger Ball, wie die Sonne! Es sei daher nur natürlich, daß er seither nie mehr gekommen sei.

Aloe glaubte erneut kein Wort, fing aber an, Anitas Ahorn und seine Umgebung zu fotografieren. Jedesmal waren selbst die einzelnen Gräser fein säuberlich auf den Fotos zu sehen, doch nichts sonst. Aloe beschloß, die Filme im Fotolabor ihrer Schule selbst zu entwickeln. Ein älterer Schüler wies sie ein. Sie vergrößerte auf 40x60. Die Bilder wurden körnig wie der Gries in Ingrids Küche. Gras wuchs aus pockigen Bröseln. Doch nie war auch nur eine Spur des Katers zu entdecken. Aloe war sich plötzlich nicht mehr sicher, ob das hieß, daß es ihn nicht gegeben hatte oder ob es exakt das Gegenteil bewies. In jedem Bild steckte eine Geschichte.

Die Fotos wirkten langweilig. Man sah nur Gras, und die Katze war ein Geist.

Aloe stand am Herd und rührte lustlos in einem großen Topf Spaghetti. Die Wohnmobilfenster hatten sich bereits in den ersten Kochminuten vollständig beschlagen. Lukas stapfte an dem kleinen See entlang, an dessen Ufer sie für die Nacht geparkt hatten. Aloe rührte und fluchte auf den Topf, das Propan, Lukas und die ganze Reiseidee. Ihr Bauch schmerzte. Früher hätte sie gedacht, daß es der Tag vor ihrer Periode war, aber seit der Magersucht hatte sie nicht mehr geblutet.

Wenigstens essen konnten sie draußen. Die Spaghetti klebten; die Stimmung war mäßig. Tomatensauce hatte Aloe auch noch nie gemocht! Immerhin roch es nach Holz und Moos, und es war kein Dorf mehr in Sicht. Aber Wildnis? Vor einer halben Stunde erst waren sie an einer großen Fabrik vorbeigekommen. Kühltürme, gewaltige, runde Silos, davor ein paar kleine Seen mit Binsen und echten Schwänen. Fischmehlherstellung oder ähnliches, jedenfalls ein Geruch, bei dem man sofort spürte, wie davon die Krebszellen wuchsen.

Lukas sagte: Läßt du mich auch mal?

Er meinte die Kamera. Schaute durch den Sucher, drehte am Objektiv, suchte den Makro-Umstellknopf, schaltete den Autofocus aus, wieder an, drückte ab.

– Jetzt hast du meine Füße fotografiert!

Er zuckte die Schultern, gab den Apparat zurück (das Bild wurde übrigens gar nicht so schlecht: kognakfarbener getrockneter Matsch auf Aloes ultramarinblauen Schuhen)

– Terra incognita, ist es das?

– Wie meinst du?

– Was du hier suchst, Aloe?

– Ich suche nichts. Ich will mit dir zusammensein, ohne Arbeit, ohne Programm. Die Natur sehen. Fahren und reden.

– Denkst du daran, was du machst, wenn du wieder zuhause bist?

– Ich dachte vorhin, warum man sich an manche Sachen erinnert und an andere nicht, obwohl sie angeblich viel wichtiger waren, na weißt du, so Offizielles eben, die Konfirmation und all dieser Quatsch.

– Es gibt Leute, die glauben, daß man sich an alles erinnert, was man je in seinem Leben gehört, gesehen, gerochen oder gefühlt hat.

– Aber das stimmt nicht!

– Vielleicht doch. Man kann es bloß nicht abrufen. Es ist im Gehirn abgelegt, und irgendein eifersüchtiger Zeremonienmeister wacht darüber, daß man nicht rankann. Aber es ist da. Schau dir doch nur Erick an.

– Ach, du immer mit deinem Erick.

– Er ist nicht ›mein Erick‹. Bist du eifersüchtig auf meine Arbeit, oder was?

– Ich mag ihn nicht.

– Du hast ihn nur einmal gesehen. Das ist ungerecht.

– Dann bin ich eben ungerecht. Ich finde auch ungerecht, was mir passiert ist. Die Magersucht und all das …

– Das ist dir nicht einfach ›passiert‹, Aloe, das weißt du genau!

– Jaja.

Sie wollte keinen Streit, nicht auch das noch. Wenigstens die Bauchschmerzen hatten nachgelassen.

– Ich bin nicht eifersüchtig auf deine Arbeit, sondern auf der Suche nach meiner. Und außerdem finde ich ungerecht, daß ich hier erfrieren muß, bloß weil ihr Männer dieses Walfanggen gegen Kälte eingebaut habt!

Sie legten sich im Wohnmobil gleich ins Bett, viel anderes konnte man da sowieso nicht tun. Zum Ausgleich fürs Spaghettikochen las Lukas aus seinen Büchern vor. Ostsee, das Schneckenmeer: mal Süßwassersee, mal Teil des Atlantiks. Baltisches Eismeer vor 12 000 Jahren, bis Salzwasser einströmte und mit ihm die Schnecke Yoldia arctica, typisch für Gletschergewässer, ihre runden Schalen sind überall im Stein zu finden. Eine Landhebung, sagte Lukas, und schon wurde die Yoldiasee zur süßen Ancylussee, da konnten die Yoldias dann ihre Ancylusverwandten begrüßen und selbst an Salzmangel kläglich eingehen. Kurz darauf (bei Lukas waren das ein paar tausend Jahre) wurde die Ostsee wieder salzig, das Littorniameer, benannt nach der Littorina-Schnecke, die es heute aber schon wieder nicht mehr gibt, der ist die Ostsee zu süß.

– Als könne sie sich nicht entscheiden.

– Wer, sagte Lukas.

– Die Ostsee natürlich, wer denn sonst?

Er sagt nicht »du«. Er sagte gar nichts. 20 Minuten später räusperte er sich, mit einem Nachhall in der Stimme. Sie hatten miteinander geschlafen. Hübsch. Ja, hübsch, nett – Aloe hatte sich dabei mit kalter, frischer Neugier beobachtet – kalt wie eine Grütze aus dem Kühlschrank, und draußen hat es 30 Grad. Was nicht stimmte. Aber eben doch sehr angenehm, bis auf den Latexgeruch, der an schwedischen Kondomen auch nicht besser war. Aber immerhin, sehr angenehm, Lukas mal anders zu erleben, Lukas geil, sabbernd, skrupellos. Ihre Knochen schlugen noch immer härter aufeinander als früher. Es war unbequem. Aloe schaute seinem Vergnügen zu und sich selbst. Lukas wurde heftig, da kam dann doch auch sie, ihr gefiel, daß er sie nicht gefragt hatte, keine Rücksicht nahm.

Als sie aufstand, um sich etwas zu trinken zu holen, rieben ihr die feuchten Haare zwischen den Schenkeln. Sie öffnete die Tür des Wohnmobils. Die Felsen, auf denen sie zum Essen gesessen hatten, standen wie Zuckerhüte im Mondlicht. Nackt wie sie war, und obwohl ein scharfer Wind blies, sprang Aloe in das feuchte, stoppelige Gras. Vielleicht würde sie ein paar Katzen heulen hören. Doch es blieb still, die nächsten Dörfer lagen wohl wirklich weiter weg. Der See zeigte sich als kleines Meer aus flüssigem Quecksilber. Es gab also Leute, die glaubten, daß man sich an alles erinnerte, was man einmal erlebt hatte. Leute, die die Instanz, die den Zugang bewachte, Zerberus nannten oder Zeus. Dieser Zeremonienmeister war das Seltsamste überhaupt, nicht das Ich und kein Es, sondern etwas noch einmal darüber, das die verschiedenen Bewußtseinsschichten verwaltete. Aloe fiel auf, wie weiß ihre Haut im Mondlicht aussah. Sie erinnerte sich an das Weiß der Holunderteller am Fluß in Schwandt, doch jetzt erschien ihr die Farbe schön. Am Seeufer saßen große Gebüsche wie Wattebäusche auf dem Wasser. Das Gras war feucht, Aloes Fußsohlen bewegten sich immer schneller, sie sah ihre Hand durch die Luft streichen, sah das silberne Licht, sie tanzte darin. Der große Rechner und Schieber im eigenen Kopf – ihn erwischte es erst, wenn man starb, dann gingen die von ihm bewachten Kanäle auf, und das Gehirn zuckte wild und frei in ungeahnten Neuronenstürmen, alles kam wieder in einem wahnsinnigen Feuer, Purgatorium und Hölle zugleich – und dann war man kein Mensch mehr. Es klang wie ein Traum, der Traum von Objektivität. Aber solange man lebte, veränderte die Gegenwart die Vergangenheit, war Fälschung die einzige Option, sprang man nie zweimal in denselben Fluß.

Der Wind zerrte an Aloes Brüsten und Haar. Der einzige dunkle Fleck an ihr, ihr Dreieck, sprang über die Wiese wie eine geometrische Formel, hierhin, dorthin, schneller als der Wind, unberechenbarer auch, doch greifbar und fest. Wie das, worauf Aloe nun tanzte, sah manchmal die eigene Geschichte aus: unsicher und verfilzt, wenn man sie aus der Nähe betrachtete, halb festgetretener Morast, doch schließlich lief sonderbarerweise ein Weg darüber hin. Aloe fror nicht, sie atmete mit jeder Pore, ihre Brustwarzen waren fest, und zwischen den Beinen wurde ihr warm; es kribbelte leicht. Große Vögel flogen mit lang vorgestreckten Hälsen über den See hinweg zum Waldsaum, es waren wohl Gänse, aber genau erkannte Aloe die Tiere nicht, denn alles schaukelte auf und ab, um sie her, zu ihr hin.

Die schlechte Laune vom Spaghettikochen war vergessen, das Blut floß. Angenehm müde kroch Aloe in das warme Wohnmobil zurück; das Tampon flutschte leicht in sie hinein (sie tastete im Dunkeln in ihrer Kosmetiktasche, zum Glück lag ein altes o.b. darin). Unter der Decke schmiegte Aloe sich an Lukas, der im Halbschlaf den Arm öffnete. Der Wind rüttelte am Wagen. Sie liebte sein Pfeifen und seine Kraft, liebte das Rasen der Erde darin.

Mitten auf der Autobahn nach Oskarshamn (mittags fuhr dort die Fähre nach Visby), ging ihnen das Benzin aus. Und sie hatten keine Karte, mit der man an den Tankstellenautomaten bezahlen konnte. Und alle anderen Tankstellen schienen geschlossen zu sein. Weil Sonntag war. Da standen sie nun, tot hing das überladene Wohnmobil auf der Standspur. Ganz ohne Reservekanister, denn an den hatte Lukas, Sternfahrer, nicht gedacht. Schräg gegenüber war eine Tankstelle zu sehen, geschmiegt in eine Kurve der Autobahn, in einer von Bäumen umstandenen Mulde. Aber zur Ausfahrt laufen, um hinüberzugelangen, und wieder zurück? Da wäre die Fähre gewiß weg; ein ganzer Tag verloren. Lukas packte sein Portemonnaie, sagte tschau und sprang los – einfach über den Asphalt, zwischen Fahrern hindurch, die so erstaunt waren, daß sie sogar vergaßen zu hupen – weg war er, weißes Hemd und helle Hose, wie ein Stern, er winkte von drüben. Fünfzehn Minuten später kam er mit einem Kanister Benzin zurück. Verschwitzt und lächelnd stand er vor Aloe und nannte sie Adrenalina, weil sie sich so aufgeregt hatte, noch immer aufgeregt war.

Sie war sehr beeindruckt. Und gerührt. Das Schiff nach Visby erwischten sie gerade noch.

Aus dem Nichts erschien die Insel in der Armbeuge des Horizontes, ein kleiner Hügel zuerst, dann die Domkirche, Häuser am Wasser, Wasser und Himmel. Sie drehten in einer Schaumkrone im Hafen und dockten an.

Riesiger Huflattich – wie Fremdlinge mit Hüten, ohne Gesichter, standen die Stengel da – wuchs am Parkplatz neben der dicken Stadtmauer, an der Aloe und Lukas den Wagen stehen ließen. Sie würden ein paar Tage bleiben; Aloe wollte eine ordentliche Toilette und eine Dusche. Es war zwar ganz hübsch, im Wald ein Tampon herauszuziehen, das Blut in Klumpen heruntertropfen zu fühlen und den rostig-süßen Geruch nicht mitzubekommen, weil der Waldboden ihn gleich wegnadelte. Aber das Blut klebte danach an den Fingerspitzen, und Wasser war rar.

– Wie fühlt dieses Bluten sich eigentlich an? fragte Lukas.

Sie saßen im Freien in einem Café und aßen Waffeln mit Sahne und Salmbärssylt, einer dunklen, beerigen Marmelade.

– Wie ein Berg.

– Ein Berg?

– Ja, es stülpt sich auf, man merkt es kaum, erst am Ende, kurz vorm Gipfel, da ist man erschöpft und wird plötzlich ärgerlich, daß man noch nicht oben ist. Und der Rücken tut weh, wie wenn du zu weit gelaufen bist. Und dann fängt es plötzlich an – das ist wie …, wie eine Wasserscheide. Es gibt doch Berge, an deren linker Flanke regnet es und rechts scheint die Sonne. Und oben, innerhalb von einem Meter wechselt das Wetter.

– Aha, und dann ist man auf der anderen Seite und geht wieder runter?

Aloe lachte: man rutscht! Rutscht mit dem ganzen Blut, das aus einem herausfließt, den Berg wieder hinab. Der Bauch wird dünner, die Brust weicher, die Laune besser, denn das Rutschen tut nur am Anfang weh.

– Weh?

– Na, Rückenbauchweh, je nachdem, wie weit vorn oder hinten deine Gebärmutter sitzt. Und so ein komisches Gefühl von Geöffnetheit zwischen den Beinen, ein Prickeln, das aber nicht sexuell ist.

Die Gerüche, Blicke auf vollgesogene Tampons und das ambivalente Gefühl bei dem Ganzen: beruhigend (mein Körper arbeitet, wie er soll) und beunruhigend zugleich (was fließt da wieder alles weg) erwähnte sie nur en passant.

Aloe nahm sich ein Stück von Lukas Waffel. In Nach-Magersuchts-Zeiten war das erlaubt.

– Was machst eigentlich du die ganze Zeit, Lukas?

– Wenn wir fahren, schaue ich die Landschaft an, na, und hier natürlich die hübschen Schwedinnen.

– Hast du die Schlange vorhin gesehen?

– Schlange, Schlange, Alla, ich erwarte jeden Moment, daß ein leibhaftiger Dino um die Ecke biegt!

Man konnte Tee nachnehmen, soviel man wollte. Dünne, braune, nach Weihnachten duftende Kekse lagen in einer Schale am Tresen. Offensichtlich wurden sie in Schweden das ganze Jahr hindurch gegessen.

– Sie war grau mit dunklem Zickzackband am Rücken! Wie auf Richard Avedons Porträt des dreizehnjährigen Klapperschlangenhäuters, der mit den weißen Schlangeninnereien und einer wunderbaren Schlangenhaut in Händen unschuldig in die Kamera schaut.

– Hmm, begeistert mich jetzt nicht unbedingt. Und 10 Meter lang, oder?

Aloe blickte zu Lukas und entdeckte zu ihrer Überraschung anstatt Spott eine vielschichtige Bitte in seinen Augen. Sie wußte: ihm bedeutete das Fahren durch die Natur nicht soviel wie ihr. Es war gut, daß sie existierte, diese kleine und realbunte Erde, aber das war es auch schon. Lukas interessierten, solange es nicht um seine Arbeit ging, Überblicke mehr als Details, lieber die Vogelperspektive als der Vogel. Dafür ging man natürlich am besten zum Fernseher oder ins Netz – schon schwankten Kamelhöcker zwischen arabischen Dünen, schon glitten Ottern über das Eis im Yellowstone Park, und es sah sehr komisch aus, wie sie erst liefen und dann ein Stück auf den Bäuchen rutschten. Im Fernsehen hatte man immer beides: was man mit eigenen Augen sehen konnte und was verborgen war. Eine Aufnahme aus einem Nest, ein historischer Schwenk, sogar der Rachen eines Prontosaurus war nachgebaut – nun durfte man sein Röhren hören.

Aber das war es nicht. Die Bitte in Lukas Augen hatte auch nichts damit zu tun, daß er sich etwa langweilte. Schon mehrfach hatte er gesagt, wie sehr es ihm gefalle: in der Sonne die Beine auszustrecken, Milchkaffee zu schlürfen, das Meer zu riechen. Aloe spürte, daß er wollte, daß sie etwas erkannte. Über sich.

Die Luft war dicht und warm und fiel in großen, alten Scherben auf sie beide herab.

Freitags fuhr Ingrid zum Großeinkauf. Kaum schloß sie die Tür hinter sich, stürzte Aloe aus ihrem Zimmer und bekam einen Schatten, er war warm und hatte Angst, etwas zu versäumen. Anita, die kleine Pflanze, die noch vor ein paar Jahren an der Wohnzimmertür hochgekrochen war, spürte in wilder Anhänglichkeit, daß Aloe sich veränderte, verstand es aber nicht. Aloes Nerven waren geschmeidiger geworden, doch auch rauher. In ihrer Hose hatte ein roter Fleck geleuchtet, und Ingrid sagte: da ist es ja.

– Was?

– Na, willkommen bei den Frauen.

Es war das komischste Willkommen, das Aloe je hören sollte. Es klang wie: jetzt kannst du auch Brustkrebs kriegen und Gebärmutterkrebs. Hämisch klang es und schadenfroh, zudem aber auch ernst, wie ein richtiges »Willkommen«, von gleich zu gleich. Hätte sie damals gefragt: was ist wirklich mit Anita?, Ingrid hätte es ihr wahrscheinlich erklärt. Aloe spürte, daß sie an einem Tor stand. Eine Hälfte leuchtete, die andere war schwarz, Überraschungen krochen dort herum, Schmerzen und Wesen mit fremden Gesichtern.

All dies versteckte sie vor ihrer sonnig blonden, immer hübscheren Schwester, aber zum Schnüffeln nahm sie sie mit. Hund saß vor der Haustür und heulte Ingrid nach, Anita und Aloe taten das Gegenteil, gingen ins Schlafzimmer und wühlten im Einbauschrank. Ganz rechts fand sich Ingrids Opernausstattung, inklusive Nerz. Der teure Mantel roch im Sommer nach Mottenkugeln, und im Winter auch. Das Fell war weich wie das der Hamster im Käfig im Flur. Links hingen Holgers Anzüge und seine Krawatten, eine neben der anderen über der Leiste in der Tür. Erstaunlich bunt sahen sie hier aus; wenn Holger sie trug, verschwanden sie fast. Im Nachtkästchen an seinem Bett fanden sie Kondome, Anita zog sie hervor, sie rissen eine Packung auf und rollten den Gummi aus. Kurz darauf spülten sie ihn die Toilette hinunter. Die Kondomschachtel stellten sie vorsichtig in den Nachtkasten zurück.

Am nächsten Tag kam Besuch, Lisa (Busenrollen auf der Seite) und Margret (Doppelkinn), Großcousinen von Holger über sieben oder acht Ecken, niemand zählte mehr nach, die Böhms aus Königsberg, die Böhms aus Breslau, die Böhms aus Berlin.

Ästchen und Seitenfädel, Ingrid pflegte jeden Kontakt, solange es nicht zu Erika war. Holger ertrug den Besuch der Cousinen schweigend und dachte an seine Schwester, die nicht mehr in Schwandt wohnte, was ihn wütend machte, denn sie lebte mit Huch in Tokio, obwohl Holger dagegen gewesen war. Die spinnt! Alles hinzuwerfen, um einem Mann einfach so hinterherzulaufen. Bis Japan! So laut hatte er geschrien, daß die Möbel davon etwas zur Seite gerückt waren.

Zur Begrüßung drückte Lisa das Kinn hinunter, wie immer, wenn sie wichtig aussehen wollte:

– Mensch, Kindchen, du hast ja schon einen richtigen Busen!

Sie schien etwas Schreckliches entdeckt zu haben. Auch Ingrid schaute auf. Lisa spritzte sich eine Extraladung Dosenmilch in den Kaffee und seufzte. Aloe wußte nicht, was sie mit dem neu an ihr gefundenen Busen machen sollte und was daran so schrecklich war. Also sagte sie:

– Und Anita hat Kondome.

Holger sprang so heftig auf, daß sein Stuhl laut krachend nach hinten fiel. Lisa wurde sofort ganz rot, Panikbacken wie auch Margret. Beide lachten hektisch. Daß Holgers Wut ihnen Spaß machte, hätten sie nie zugegeben, aber im Brennen der Wangen sah Aloe es, im Flackern der Augen: sie schämten sich, und sie empfanden Lust. Holgers Hand verdoppelte sich, wurde schneller, Holgers Hand stand als roter Fleck mit drei Fingern auf Anitas Backe, Holgers Hand holte ein zweites, ein drittes Mal Schwung.

Am Abend kam Winnetou I im Fernsehen. Aloe hatte sich vorgebeugt, um besser zu sehen, da zischte Anita von hinten, so daß sie es deutlich hören konnte, und Ingrid, die drei Sessel weiter saß, nicht:

– Das zahl ich dir heim.

Aloe schaute weiter in Winnetous schönes Gesicht. Sie hatte

das Gefühl, daß Anita ihr jetzt nie mehr die Treppe hinunter nachkäme, wenn Ingrid zum Einkaufen fuhr.

– Das Wichtigste hast du ihnen ja doch nicht erzählt! sagte Anita. Selbst zum Petzen bist du zu blöd!

– Feiger Krüppel! flüsterte Aloe zurück; so laut kam es ihr vor, daß der ganze Raum davon widerhallte, aber Ingrid reagierte nicht.

Sie ließen noch die Filmmusik ausklingen, alles andere wäre zu auffällig gewesen, dann gingen sie die Treppe hinauf.

In der Diele vor dem Hamsterkäfig blieben sie stehen. Plastikrad, Holzhäuschen, Nest. Die leichte Metallöse der Käfigtür klickte. Man konnte das Häuschen einfach abheben. Heu, Rüben, Stroh. Die Hamster lagen verknäult darunter, warm so zu zweit. Anitas Hamster war kleiner als Aloes. Anita drängte sich neben Aloe. Aloe nahm Anitas Hamster, knallte ihn gegen die Wand. Neben die Badtür. Anita nahm Aloes. Knallte ihn gegen die Wand. Neben die Badtür.

Die Hamster sind goldbraun, weiße Backentaschen, kleine weiße Zehen, die sie ganz vorsichtig auf die Hand setzen, schüchtern, ein Vorderbein angehoben, wie zur Flucht, dabei aber auch gierig schnüffelnd, freßbereit. Jetzt glitschen sie an der Wand. Glitschen, knacken nur leise, jaulen nicht. Sie rutschen die Rauhfasertapetenwand nicht sehr schnell, alle Viere ausgestreckt, etwas verdreht, hinab. Die dunklen Knopfaugen bewegungslos. Kaum berühren sie den Boden, versuchen sie wegzurennen. Ganz schnell, ganz eng an der Leiste laufen die Hamster entlang – und laufen doch nur hinein in die schon wieder geöffnete Hand. In der Eile drückt Aloe fest zu. Sonst rettet Anita noch ihr Tier.

Um Anitas Hamster richtig werfen zu können, opfert sie ihren.

Als beide ein paarmal geworfen hatten, wurden die Hamster

langsamer. Sekunden blieben sie nach dem Rutschen und Aufklatschen auf der Wand benommen am Boden liegen. Die Barthaare zitterten. Aloe spürte beim Aufheben die kleinen Knochen durchs Fell. Ihre Finger waren heiß geworden. Die Hamster, ihre schwarzen Augen, veränderten sich nicht, aber Aloe sah die Panik darin.

Irgendwann hörten sie auf und steckten die Hamster in den Käfig zurück, wo sie sich sofort in ihr Häuschen verkrochen, aus dem sie nie mehr hervorkommen sollten. Anita schaute fern und rührte sich nicht, als Holger die Fellhäufchen am nächsten Tag auf einer Schaufel in den Garten trug. Aloe saß, ebenfalls bewegungslos, neben ihr. Die Hamster waren langsam gestorben. Der Tod hatte Aloe überrascht, auch wenn sie ihn die ganze Zeit hatte kommen sehen – eine Wolke, etwas Leichtes, Unbekanntes, Grausiges. Holger fluchte:

– Was die einem für Mist andrehen in den Tierhandlungen!

– Seid nicht traurig, Kinder!

Damals wußte Aloe noch nicht, daß man immer alles zugleich ist. Alles, was man einmal war. Und was man werden könnte. Wie ein Teilchen im Quantenstrom. Warum auch nicht. Denn warum sollte der Mensch als Ganzes etwas anderes sein als alle seine Teilchen?

Sie drehte sich halb zu Anita um:

– Es tut mir leid.

– Was?

– Das mit den Hamstern.

– Du hast ja keine Ahnung!

Und dann lachte Anita. Tief und aus vollem Herzen. Sie lachte mit einer Stimme, die Aloe noch nie gehört hatte. Aloe griff sich an die Ohren, aber die waren wieder ganz normal. Anitas Stimme schwang wie von hundert Engelschören, hatte etwas von den Trompeten von Jericho, war zugleich tief und sehr voll, laut und zufrieden, ein eigenes Lebewesen in Anita, das sich streckte und zeigte. Ihre Augen funkelten, als hätte sie eine orange und eine gelbe Iris, so lachte sie. Anita wußte etwas, wovon Aloe nur ahnte, daß es mit den Krankenhausaufenthalten verbunden war. Wie ein großes, heimliches Leuchten kam es ihr vor.

Mit roten Wangen, empört und wütend stand Lukas vor Aloe, die am Hafen bei den Huflattichen saß.

– Schau dir das mal an.

Er hatte ihre Filme abgeholt. Die Fotos waren perfekt entwickelt worden, was regte er sich denn so auf? Gut, es stimmte, man konnte jedes Bild, das Aloe gemacht hatte, exakt von Lukas Aufnahmen unterscheiden.

– Du hast ein absolutes Raumgefühl!

– So etwas gibt es doch gar nicht, Lukas.

– Ich kann es nicht fassen, Alla. Und nie hast du davon erzählt!

Lukas war wütend über ihr Schweigen und seltsam angeturnt von ihrer Fähigkeit; Aloe gefiel, wie er nun geradezu glimmend vor ihr stand. Gemeinsam sahen sie die Fotos ein zweites Mal durch. Aloes Gefühl für Proportionen und Abstände existierte offensichtlich noch – intuitiv die Gliederung des Raumes in Sichtbares, Halbsichtbares, Unsichtbares erfassen – einen Rhythmus, eine Musik, sofort als Bildkomposition im Kopf. Manchmal verschob sie den Sucher ein bißchen, aber Lukas hatte sich während ihrer Fahrt schon mehrfach gewundert, wie schnell sie auf den Auslöser drückte, während er lange herumschwenkte. Und jetzt sah man es also gleich. Aloes Fotos waren einfach besser, Lukas gab es nicht nur neidlos zu, nein, er betonte es und regte sich erneut auf:

– Das kannst du! Und läßt es einfach sein.

– Jahrelang verkommen läßt du es!

– Ich faß es nicht.

Aloe konnte sich nicht helfen. Sie lachte Lukas ins Gesicht und wurde ein bißchen rot vor Freude. Am besten gefiel ihr das Foto, das sie von Lukas gemacht hatte, als er über die Autobahn lief. Alles stimmte: die flitzenden Pkws, das dunkle Grau der breiten Straße, der scharfe Strich der Leitplanke und Lukas wie ein schönzackiger (weil im Laufen so auf- und abspringender) Stern, weiß und von hinten zwischen den Wagen. Ja, das war es! Klares schwedisches Licht und flackernde Geschwindigkeit im Bild, eine einfache Komposition: flache Autostriche – viele – der kleine Lukas darin als struppiger Fleck, in der Vertikale nur die Bäume und der Pfosten der Tankstelle, auf den Aloe scharf gestellt hatte, so daß man alle sechs Beine des Hundes sah und die Flamme, durch die er gleich springen würde. Es war das Bild, für das Aloe später ihren ersten Fotopreis gewann, einen kleinen Preis, aber immerhin.

Jetzt riß Lukas es ihr, noch immer unwirsch, weg.

– Mit diesem Können läufst du jahrelang herum und tust nichts. Wer glaubst du eigentlich, wer du bist!

Ja, was glaubte sie?

Ein Feuer knisterte im Kamin, die Stimmung hatte sich gebessert. Aloe und Lukas saßen im Fischlokal am Markt. Es war der Geheimtip der Visbyer selbst, die meisten Touristen liefen achtlos vorbei. Auf den Bänken vor der Tür lagen Schweinsköpfe aus Plastik, auch dort saßen Leute, aber Aloe sagte nur: die haben das Walfang-Kältegen!

Helle Plastikkanister mit Selbstgebranntem standen in der Ecke. Die Frau, die sie bediente, hatte hüftlanges braunes Haar und trug eine lindgrüne Bluse, die ihren Busen hervorquetschte. Es sah erstaunlich gut aus. Ihr Mann bediente hinter der Theke. Aloe, die die Kamera jetzt überallhin mitnahm, sah dem Paar zu, wie es Hand in Hand arbeitete, jeder einzeln und doch zu zweit. Das Lindgrün der Bluse, die die Frau trug, schien des Mannes Phantasie von Zärtlichkeit zu sein; das Muster seiner Stiefel ihre Sehnsucht von einem festen Schritt durchs Leben. Die ganze Nacht über wanderte der Schatten der Wirtsleute über das Feuer im Kamin. Als die Fischsuppe kam, legte Aloe die Kamera weg und begann, Lukas von dem Brand in Schwandt zu erzählen.

Zum Kaffeetrinken fuhr Ingrid nach dem Zauberflötenbesuch immer öfter in die Stadt, das heißt, sie fuhr durch die ganze Stadt hindurch, an Schloß und Schwänen vorbei in den Norden, wo die amerikanischen Kasernen lagen. Manchmal nahm sie Aloe oder Anita mit. Sie gurrte und sagte:

– Man wird sich ja noch mal mit einem alten Freund treffen dürfen!

Sie sagte:

– Wir machen es nur wie die anderen.

Ingrid lernte in Stöckelschuhen über Schachtgitter zu gehen, wie man es in Filmen sieht. Ein rosa Band wickelte sich im Speicher um Holgers Liebesbriefe und verblich. Das war der Lauf der Dinge, das war die Natur. Im Wissen darum, was sie tat, saß Ingrid abends am Eßtisch und sah bescheiden aus.

Auch bei den Ausflügen bestellte sie stets nur ein Getränk; Aloe hingegen bekam Eis oder Eisschokolade oder Kuchen und Cola, ganz wie sie wollte. Die Rechnung bezahlte Gary, Gary, oh Gary. Sie bewunderte seine schönen Hände, erfuhr, daß er zwei weiße Großväter hatte, berührte manchmal den Stoff seiner grünen Uniform mit dem *Duty Not Reward*-Spruch und einem amerikanischen Adler auf jedem Schulterstück. Einmal, als Ingrid aufs Klo ging, beugte er sich zu ihr:

– Deine Mutter ist mir von Himmel untergefallen …, oder irgendwo ähnlich, er lachte: do you understand what I mean?

Aloe nickte, den englischen Satz hatte sie bestens verstanden, denn zuhause wurde jetzt mehr AFN gehört. Gary war '48 nach Philadelphia heimgekehrt, doch vor ein paar Jahren nach Deutschland zurückversetzt worden.

– Wir haben Probleme mit der Integration, Ingrid, und müssen gut konzentriert an die Rassenfrage sein.

– Ich habe gelesen, daß es eine Menge Lokale hier gibt, die Schwarze nicht reinlassen?

Aloe übte Erwachsensein, trank diesmal nur Tee und hörte zu.

– Es ist nicht nur ihre Reagierung auf uns. Auch die in die Army ist nicht gut. Der Dollarkurs steht so schlecht, viele können sich nur mehr leisten einzukaufen im PX.

Das war der amerikanische Supermarkt, aus dem Gary manchmal eine Marsbar mitbrachte, die in Deutschland einfach Mars hieß. Aloe beobachtete, wie ihr Teebeutel aus glitzernder Gaze sich mit Wasser vollsog. Es war langweilig. Wäre Gary nicht so nett gewesen, wäre sie nicht mitgefahren. Eine hochhackige Schwarze wackelte, gerade als Aloe den Beutel aus dem Glas nahm, an ihrem Tisch vorbei und rief: »Hey, Gary, wow! That's your new friend?« Dabei sah sie Ingrid schelmisch an.

– Wie frech die Leute sind!, sagte Ingrid.

Der Beutel lag auf dem Steinboden neben Aloes Stuhl. Als sie sich bückte, sah sie, daß sich Ingrids und Garys Knie unterm Tisch berührten. Sie schaute jedesmal nach, und jedesmal war es so.

– Es ist schlimm, sagte Ingrid manchmal. Und auf dem Heimweg:

– So schlimm ist es auch wieder nicht.

Diesmal allerdings täuschte sie sich. Schon von der Bushaltestelle an der Mühle aus sahen Aloe und Ingrid den Widerschein, hörten die Sirenen. Ihre Straße war verstopft, zwei große Löschfahrzüge standen dort, einer hatte eine lange Leiter ausgefahren. Aloe dachte »Jona«, Ingrid dachte richtiger und schrie »nein«, aber die Flammen kamen trotzdem aus ihrem Haus, aus dem Fenster des Gästezimmers im ersten Stock. Na ja, Flammen, eher Rauch. Unsinn, richtige Flammen – sie sah sie ja vor sich, bis heute. Und wie Anita sich freute!

Wie sie dagesessen hat, eine halbe Stunde ist es erst her, Zeitungen zusammenschob, etwas Spiritus nachgoß, alles anzündete, ja, Aloe stellte es sich lebhaft vor. Anita war schließlich Expertin, ein richtiges Feuer bekam sie locker hin. Großmutter Katja sollte aufpassen, war aber einfach zu langsam, hatte keine Ahnung von Anita. Siehst du sie, ruft die Erinnerung Aloe zu, wie sie mit leuchtenden Augen vor dem gerade entstandenen Feuer sitzt und es beobachtet – wie sie lauscht. Zu schnell soll es nicht gehen, sie will es genießen, das Papier hört sie knistern; verfolgt, wie die alten Schuhe, die sie darunter geschoben hat, anfangen zu brennen – Anita genießt es und sieht jedes Detail, luchsscharf, adlerwach. Kleine Stichflammen schießen auf, ja sie hat, in Imitation ihrer Streichholzexperimente, auch ein paar in Spiritus getränkte Stoffetzen am Rand in den Haufen gesteckt. Jetzt erreichen die Flammen diese kleinen Fakkeln, jetzt geht es richtig ab – macht nichts, falls die Großmutter etwas hören sollte, dieses Feuer löscht keiner mehr so schnell. Asche fliegt, das Papier ist verbrannt, die Schuhe und jetzt auch der alte Mantel strahlen Wärme aus, gute Nahrung, das Feuer freut sich und frißt. Richtig warm wird es im Zimmer, und Aloe sieht, wie Anita ein Stückchen abrückt, wie die Flammen aufflackern, und noch ein Stück rutscht Anita auf dem Boden zur Tür. Wie ihre Schwester sich daran freut, das Fenster geöffnet zu haben, sieht Aloe, wie die Luft ins Feuer fährt, Feuer wird, Feuer ist; wie es an den Möbeln des Zimmers leckt, am Gästebett, am Vorhang, wie orange gelb hellgelb es lodert und zischt, viele Kerne hat, nicht mehr nur einen, Aloe sieht es, mit Anita, überall im Raum.

Ob das Feuerzeug aus der Oper eine Rolle gespielt hatte bei diesem einmalig erfolgreichen Zündeln, war Aloe unklar, so genau ließ sich der Tathergang (Ingrids Wort dafür) nicht klären.

Tatsächlich war, als Ingrid und Aloe eintrafen, der Brand fast gelöscht. Anita und Großmutter Katja standen Hand in Hand auf der Straße neben dem vordersten Löschzug. Offensichtlich glaubte Katja, Anita mit ihrer Hand zu trösten; Aloe war sich sicher, daß es in Wirklichkeit andersherum war. Katja rief noch »nu pluder nich so, Ingridchen«, da zerrte Ingrid die beiden schon auseinander, schubste die verdatterte Katja zur Seite und packte sich Anita. Wie sie sie zu sich zog, ein Stückchen anhob, mit unerwarteter Kraft, noch ehe klar wurde, was passierte, eng vor ihr stand, schwitzend, stickig – wie sie Anita dabei immer fester umklammerte (und Aloe sie beide plötzlich als zwei gekreuzte Schwerter sah, gegeneinandergelehnt), wie das alles ganz lautlos geschah, einen Augenblick als Bild stehen blieb und dann plötzlich zurückkippte, so daß Ingrid energisch atmend vor Anita stand, etwas gebückt, den Mund auf Höhe von Anitas Mund, Auge in Auge, sie lange eindringlich anschaute, mit einem irgendwie erregten Blick – entschlossen, bekräftigt, zufrieden –, dabei aber den Griff ihrer Hand an Anitas Ausschnitt verstärkte und sie noch ein Stück zu sich heranzog, bis Anita ihre Hitze spürte, die glatten Nägel auf der Haut zwischen ihren Ihr-wachst-bald-Brüsten, und Anita schon fast freiwillig nachgab, Ingrid sie aber dann mit einem Riesenruck, einer ganz unglaublichen, völlig überraschenden Kraft zurückschleuderte, so daß Anita hart landete, sich den Rücken an dem Lampenpfosten, der hinter ihr stand, anschlug, gar nicht wußte, was … und Ingrid laut durch die ganze Straße rief, tief aus der Brust: du Scheißzwitter du! – das vergißt Aloe nie mehr.

Ingrid hielt inne.

Zum Glück standen nicht mehr viele Leute auf der Straße; dennoch wußte innerhalb weniger Stunden der ganze Stadtteil Bescheid. Anita rappelte sich wieder auf und schaute ihre Mutter mit einer seltsam teilnahmslosen Neugier an. Katja jedoch streckte die Hand aus: komm, mein Kind!, und führte Anita aufrecht und stolz ins Haus zurück. Die Bernsteine ihrer Kette funkelten wie Augen, gewaschen mit einem seltsam hellen Wissen, getränkt mit geradezu himmlischer Leichtigkeit und Souveränität.

Aloe und Ingrid standen allein auf der Straße. Einer der Löschzüge hatte Öl verloren, farbige Schlieren wanderten über den feuchten Asphalt. Es roch nach Feuer und Wasser. Alles war ungewohnt intensiv, irreal, die kleinen dunklen Ascheflokken auf dem Boden, der Regenbogen des Öls in den Pfützen. Aloe hatte nur eine vage Vorstellung davon, was Zwitter hieß; verstand aber gleich, daß es das besondere Krüppelwort für Anita war. Etwas Ungeheuerliches war in der Luft gelegen und hatte sich niedergeschlagen.

Im Spiegelbild der Pfütze stand Ingrid Kopf und hielt sich die Hand vor den Mund.

Lukas lachte, toll, sagte er, dann noch einmal leiser: toll! Da war *ein* Faktum – Anita geboren mit einer vergrößerten Klitoris, also gut, einer penisartig vergrößerten, dennoch: nur ein Stückchen Fleisch, eine Fehlbildung der Scheide – und ihr habt eine unglaubliche Geschichte darum gebaut. So viel geschwiegen, bis das kleine Faktum immer größer geworden ist, sich immer mehr daran angelagert hat, und jetzt ist es eine riesige Blase, die euch alle noch immer umgibt, auch dich, meine Liebe. Die Böhmsche Familientragödie.

– Es war ein wirkliches Problem.

– Die einzig Vernünftige scheint deine Tante Erika gewesen zu sein. Nahm es hin als das, was es war.

– Vielleicht hatte sie selbst ähnliche Schwierigkeiten.

– Du redest wie deine Mutter.

Aloe rief: Laß mich in Ruhe!, aber etwas in ihr flüsterte: man könnte es sehen, wie Lukas vorschlägt! Was für eine kleine, unbequeme Stimme. Aloe wollte nicht darauf hören, sondern beleidigt sein, weil Lukas nicht emphatischer reagierte, sie nicht mitleidsvoll in die Arme nahm. Ihre Interpretation der Sache stimmte doch! Letztendlich hing selbst diese Reise noch damit zusammen. Irgendwann lernte man »so ist die Welt« und richtete sich darin ein. Das machten schließlich alle. Und da tauchte nun ein »man könnte es auch anders sehen, es war nur eine kleine Beule« auf. Aloe spürte, wie stark sie ihr Selbstverständnis noch immer mit Anita verknüpfte. Sie war aufgestanden, drehte am Knopf ihrer Jacke, plötzlich verlegen und ertappt von den eigenen Gedanken. Lukas legte seine Hand auf ihre, durch die unerwartete Berührung verwirrt, sagte Aloe noch einmal, wenn auch sanfter:

– Laß mich, ich will ins Bett!

Aber die Stimme in ihrem Kopf war laut und sicher geworden. Noch als Aloe unter der Decke lag, flüsterte sie: sieh die Vergangenheit doch als lustig, wild und als einen Bluff, häßlich und intensiv, komisch und zerklüftet, als einen Teil von dir, sieh's, düster und strahlend, aufregend und komisch wie das Leben selbst.

Der Wagen holperte über Schafsperren, eine enge Straße führte an der Küste nach Norden. Sie waren schweigend gefahren, und Aloe spürte, wie Lukas darauf wartete, daß sie endlich etwas zum gestrigen Abend sagte. Wie er wartete, aber auch wie es Widerstände gab in ihr, die sich verknäulten und Krieg führen wollten, weil sie immer Krieg geführt hatten. Gegen Anita und mit Anita, gegen Holger und Ingrid und mit ihnen gegen Anita, gegen sich selbst und für sich selbst, weil Krieg eben doch von Kriegen kam und man nichts beobachten konnte, ohne selbst davon ergriffen zu werden. Aloe fühlte sich aufgewühlt, ein Rudel Elektronen, das nur in rasender Bewegung ein Atom ergab, eine zerklüftete Einheit. Verwirrt stand sie mit Lukas auf einem Friedhof neben einer der 57 weißgekalkten Kirchen Gotlands, bis Lukas rief: wir sind nicht zufällig hier, und ihr winkte.

Gräber mit deutschen Namen. Lukas sagte, als habe er Aloes Gedanken gelesen: so kann es auch ausgehen! Im Juli 1915 ist die Albatross, ein deutsches Kriegsschiff, hier an der Küste von einem russischen Schiff mit Kanonen beschossen worden. Die Russen mußten sich entschuldigen, weil sie schwedisches Hoheitsgebiet verletzt hatten. Die lädierte Albatross wurde an Land gezogen, ihre 200 Überlebenden blieben kurzerhand für den Rest des Krieges, und wie du hier siehst – Lukas zeigte auf die Grabsteine – manchmal auch länger. Für sie war der Krieg einfach aus, die machten nicht mehr mit.

Aloe nickte nur und hielt sich an der Kamera fest, die sie um den Hals trug.

Eine Sandbank stieß ins Meer, lang und flach gebogen wie die Schnauze eines Schwertwals.

Im See von Tingstäde lag ein riesiges Holzfort. Manchmal war es bei ruhigem Wasser auf dem Grund zu sehen.

Als sie den Kai im Fårösund endlich erreichten, stampfte sofort ein schmales Fährboot auf sie zu. Aloe setzte sich auf einen Stuhl an der Reling, Lukas nahm das Fernglas und ging zum Bug.

Nach der Feueraktion in Schwandt war es Aloe manchmal so vorgekommen, als hätten die Leute in ihrer Umgebung, die Gräser, Bäume, der Boden und selbst die Luft etwas auf alle Böhms

Zustürzendes bekommen. Kaum sahen die Süd-Schwandter Anita oder auch Aloe, blinzelten sie sich an. Aloe allein nahmen sie gern zur Seite, um sie auszufragen:

– Wie sieht es aus?

– Hast du sie da mal angefaßt?

Anita war der Freak, und Aloe die Schwester des Freaks, die insofern auch etwas Freakhaftes an sich hatte. Wer sie für sich war, war ganz unsichtbar geworden.

Anitas Auswuchs, ihre zum Penis vergrößerte Klitoris, ein Stück Wucherung und Zierrat, war etwas, was man zwar zunächst hatte abschneiden können, das sich dann aber weder mit den Mitteln der Chirurgen noch mit denen der Erklärung entschärfen ließ. Denn es blieb, da konnte man tun, was man wollte, das Zeichen verbotener Gedanken, die die Zweigeschlechtlichkeit und das Zusammenleben in Mann/Frau-Paaren in Frage stellten. Je mehr man versuchte, die Verbindung zwischen diesen Gedanken und Anita zu unterdrücken, um so deutlicher trat sie hervor.

Doch selbst der Dreck des Klatsches, die hämischen Augen und das Spotten der Münder wurde durchstrahlt von dem unheimlichen Glanz, der seltsam provokanten Schönheit Anitas – eine einzelne Geste von ihr, ein Moment, wenn sie aufstand, sich setzte, jemandem die Hand gab und sagte: ja, ich bin es.

Ihre Schönheit zeigte, was der Mensch ist – Mann und Frau und immer etwas von beidem, zerbrechlich in seiner Zufälligkeit, verletzlich in seiner Lebendigkeit, tollköpfig und wunderbar – Anitas Schönheit wies beständig darauf hin, denn sie war immer da. Egal, wie es Anita ging, egal, wie man herzog über sie, Anita war graziös und souverän in einem, es flog ihr zu. Sie gab die Prinzessin im Schlamm; sie tat es mit Anmut und natürlicher Würde. Denn Anita war, schon durch die Erfahrungen im Krankenhaus, in dem sie immer wieder angestaunt und herumgezeigt worden war, vorbereitet gewesen. Die einzige Person, die es unvorbereitet traf, hieß Aloe.

Aloe saß zwischen allen Stühlen. Sie war normal, aber wie sah das aus neben dieser Schwester? Ein Freak hat immer Feinde und Bewunderer, Leute, die ihn eklig finden, und Leute, die ihn verehren. Aber als Schwester des Freaks, als Schatten einer Besonderheit, ist man nichts. Dorthin hatte der Satz des Therapeuten in der Magersuchtsklinik getroffen, Aloe müsse lernen, ihr eigenes Normalsein anzunehmen.

Die Fähre über den Fårösund schlingerte breit im Wasser, Brecher sprühten über die Seitenwände und den Wagen, später wanden sich Salzkrusten auf seinem Lack wie die Küstenlinien eines neuen Kontinents. Die Ostsee gab sich smaragd- und jadegrün, dazwischen schlackig grau.

– ›Ö‹ heißt Insel, ein Land mit zwei Häusern darauf, ein Kopf mit zwei Haaren, sagte der Fährmann. Im Sommer veralge alles, jetzt sei die beste Zeit!

Das Hellblau seiner Augen leuchtete über dem orangen Wetteranzug: Charon, plastikgeschützt. Lukas gab das Fernglas an Aloe weiter. Im Sund lagen drei rostige Schiffe, keine Wracks, aber beinahe. Hohe technische Aufbauten, ein bißchen schief. Der Vorposten der schwedischen Marine, den das Ende des Kalten Krieges kalt erwischt hatte.

Aloe schmeckte die salzige Luft. Ihr wurde klar, daß sie ihrer Schwester noch immer dafür böse war, wie sie die eigene Anomalität damals genossen hatte.

Fårö begann mit einer Windmühle. Es gab eine einzige Straße, dennoch verloren sich die Autos bald, die von der Fähre rollten. Nach Kilometern passierten Aloe und Lukas einen Hof an einer Weggabelung, dann nichts mehr außer Steinen und vom Wind niedergehobelten Wacholderbüschen. Die Wege wurden enger, staubiger, grau oder sandighell. Der Wagen rumpelte voran; hie und da Ginsterhecken und Schafflöckchen auf dunklem Grün. Sie ließen alles hinter sich.

Lukas fuhr mal schneller, dann wieder langsam, er träumte vor sich hin. Der Himmel hing in langen Schafszungen in die Windschutzscheibe, tief und stark gewölbt, das mußte der ›Norden‹ sein. Mehrere kleine Ös sprenkelten den Horizont.

In einem etwas geschützten Winkel, der einzig steilen Ecke der Insel, brüteten Trottellummen, torkelnde Vögel mit weißen Körpern, schwarzen Köpfen und Flügeln, fast wie Pinguine. Ein Trottellumme konnte nur fliegen, indem er auf dem Wasser Anlauf nahm oder, bequemer, sich von einem hohen Felsen stürzte.

Sie stiegen aus dem Wagen und versuchten, sich der Kolonie anzunähern. Die Insel fiel hier zum Meer hin schroff ab. Lukas ließ das Fernglas in die Runde schweifen, endlich nicht mehr nur Natur, sondern auch Technik, endlich etwas, was man nie im Fernsehen sah: er suchte nach abgewrackten Schiffen, die hier versandeten, entdeckte aber bloß den einen oder anderen Frachter, während die ehemals russische, jetzt lettische Küste, gänzlich verborgen blieb. Nur die Fähre tockerte verläßlich hin und her, übersprüht von Gischt.

– Wenn einer nicht reinpaßt, ist er verloren, sagte Aloe mit Blick auf die Lummen, die einen Riesenlärm machten und scharf beißend stanken. Auf dem Wasser vor dem Felsen bildeten sie Ketten, kleine Herzschlagbordüren der See.

– Wie immer in der Natur, Alla. Da ist die Kultur also doch ein Fortschritt, oder?

– Eher eine Frage.

– Wie meinst du das?

– Mit Hermaphroditen ist man in der Antike viel entspannter umgegangen als in unserer ›fortschrittlichen‹ Gesellschaft. Und bei den sogenannten Naiven ist das bis heute so.

Aloe war noch immer gekränkt von Lukas Lachen im Fischlokal.

– Was machst du da überhaupt? Suchst du Ostereier am Horizont?

– Ich suche Sicherheit.

– Wie? Ich hätte gedacht, du brauchst das nicht!

– Doch, warum nicht, natürlich brauche ich sie. Und ich finde etwas davon gerade hier. Da liegen diese alten Schiffe, die einmal so eine Bedrohung waren – aber das ist vorbei. Nichts ist so beruhigend wie eine abgetakelte Flotte, die an die Konflikte vergangener Zeiten erinnert.

– Aber wenn du in den Himmel schaust mit deinen Teleskopen, dann siehst du doch Satelliten und die MIR und all dieses Zeug, mit wer weiß was für Programmen an Bord, da geht es doch weiter!

– Aber abstrakt. Nach einiger Zeit sieht man es nicht mehr. Das funktioniert wie mit den absterbenden Bäumen vor der Nase, den Bildern in der Tagesschau und so. Und bei Satelliten ist es eigentlich noch einfacher. Was auch immer sie tun, welchem Zweck sie auch dienen mögen: im Gegensatz zu diesen Schiffen sehen sie schön aus, unberührbar, seren.

– Das alte Erhabene, puhh, sagte Aloe.

Und fing an zu fotografieren: Lukas, rechts, links, schräg, mit Schiff im Hintergrund. Sie sah ihn atmen, sah sein Gesicht, leuchtete es aus (»dreh dich nach rechts!«), schnitt daran, aber wußte nicht, wer er war. Seine Träume: eine fremde seltsame Welt, durch die manchmal wohl auch sie taumelte, doch eben auch nur als Bild.

Daß sie ihn nicht kannte, er ihr immer verschlossen blieb, zu einem Teil zumindest – und sie ihm – war ein Gedanke, der sie beunruhigte, verletzte erst, nervös machte, aber dann in tiefe Ruhe umschlug, als wäre sie erleichtert, eigentlich.

– An manche Stellen zieht Bedrohung hin, von anderen weg, sagte Lukas, wohl noch immer in Gedanken bei den Schiffen, aber er schaute dabei Aloe an. Schien seinen intuitiven Tag zu haben.

– Zieht weg und kehrt wieder?

– Vielleicht, antwortete er, den Kopf wiegend, so daß das Foto verwackelte.

Am Abend sprühte das Meer, donnerte gegen die Küste, grollte und zeigte, was es war.

Sie konnten kaum aus dem Wagen steigen. Der Wind blies alles weg, vor allem die Luft zum Atmen. Raukar standen am Strand – ein paar Meter hohe Kalksteinphalli, bizarre Figuren aus felsigen Überhängen und tiefen Löchern – die Phantasie stürzte sich darauf, sie wollte ja immer Gestalten sehen. Wie diese skurrilen Türme den Elementen trotzen, dachte Aloe, denn so führten Wind und Wasser sich auf; ›Elemente‹ war das einzige Wort, das dieses Toben, Zerren und lustvolle Heulen traf. Die Welt machte Krach und freute sich daran. Gischt sprühte auf, glasig, giftig grün. Sie spie Lukas und Aloe ins Gesicht, auch wenn sie Meter vom Wasser entfernt standen, kleine Steinchen flogen, abgesplittert vom Fels, ein ständiges Schaben und Trümmern war am Werk. Härter, viel härter war das Wasser als der Stein. Nach fünf Minuten saßen sie schlotternd wieder im Wagen, erst mal atmen, Wangen reiben, Ohren spüren. Aloe lachte. In diesem Wind war alles einfach, nah, essentiell. Jede Verstimmung blies er weg. Sie war glücklich wie lange nicht mehr. Nur Wasser und Wind, nur Boden unter den Füßen und Lukas neben ihr.

Für die Nacht (sie wagten es nicht, im Wagen zu bleiben bei diesem Sturm) fanden sie eine zur Ferienwohnung ausgebaute Mühle. Im hölzernen Dach stand, anstelle des Mahlgestänges, ein breites Bett. Der Wind heulte um die Steinwände; Feuerwanzen krabbelten in der Küche im Erdgeschoß. Ihre Flügelmuster sahen aus wie die bourbonische Lilie, orange auf schwarz.

Mitten in der Nacht weckte Lukas Aloe auf.

– Du hast recht gehabt heute Nachmittag. Wir reden anders miteinander.

– Hast du schlecht geträumt?

– Nein, Alla. Ich wollte es dir nur sagen. Ich spüre dich hier viel mehr als zuhause.

– Ich dich auch.

– Und ich will mehr davon. Ich will, daß du ganz zu mir kommst. Für immer.

Er hielt sie fest in seinen Armen. Sie hörte, wie er wieder einschlief, und lag noch lange wach, unter dem flüssigen Schwarz der Fenster, still und gebannt, und eine innere Stimme sagte: das ist es jetzt, das ist es jetzt. Rühr dich nicht, mach es nicht kaputt.

Ein dünner, zarter Knochen, so lag der Strand, als sie noch vorm Frühstück hinuntergingen ans Meer. Ebbe. Es stank nach Tang, aber nach einiger Zeit rochen sie es nicht mehr.

Sie sahen eine große Möwe ihre Kreise über dem Wasser ziehen, immer enger, unten blitzte vermutlich ein Heringsschwarm.

Ein kleiner Krebs huschte rückwärts aus seinem Loch.

Muscheln und handtellergroße Quallen lagen auf dem Sand.

Rosa Schäfchenwolken sahen sie am Horizont, flach angestrahlt von der aufgehenden Sonne.

Ein Sandregenpfeifer stolzierte lautlos durch den Schlick.

Da hörten sie es. Ein großes, anschwellendes Glucksen, das mitten aus dem Wasser zu kommen schien.

Es kam mitten aus dem Wasser. Nahm zu, ein Trichter bildete sich, das Wasser rauschte hinein, und eine silberne Kugel schob sich hervor. Als ginge eine zweite Sonne auf. Doch der Kugel folgte eine andere, abgeplattet, schon eher ein Halboval – sie saß auf etwas wie – wie – einem Dach. Die erste Kugel hatte ein Auge. Alles war so nah, daß sie das Fernglas nicht brauchten. Die Ostsee mußte an dieser Stelle des Strandes steil abfallen, in eine Art Loch, und daraus tauchte das U-Boot auf. Man wollte vielleicht einmal einen Blick auf die Küste werfen, die Besatzung übte, so am Morgen, ein kleines Auftauchen und Schauen: ist die Welt noch da?

Finnisch, lettisch, estisch, russisch oder von der Nato.

Es jagte Aloe Schauer über den Rücken und über eine spezielle Haut im Herzen – sie spürte irritiert, daß ihre Brustwarzen schwollen. Das also hieß Macht. Herrlich und metallisch, klar und mit unglaublicher Selbstverständlichkeit erschien das Boot – und mit etwas wie Grazie. Die Frage »dürfen die das?« verschwand hinter dem schieren Faktum »sie tun es«.

Aloe hatte ihr Leben lang von Waffen gehört, aber nie eine von so nah gesehen. Sie existierten und wollten benutzt sein. Wollten tauchen, schießen, spionieren. Waren stets da, doch verbargen sich.

Und nun lugte eine silberne Fischdose, gefüllt mit Menschen und Waffen, vorsichtig in Großer-Kraken-Manier aus ihrem Versteck. Das Wasser perlte am Tarngraugrün ab. Das Boot war lang wie ein Wal und wie einer geformt. So stellten Lukas und Aloe es sich jedenfalls vor, denn sie sahen nur einen Teil seines Rückens und das Periskop. Als kleines Bild, ein Pärchen, aneinandergedrückt mit erstaunten, zuerst verängstigten, dann aber überraschtamüsierten Gesichtern erschienen sie in der U-Bootkombüse auf dem Bildschirm. Als Aloe und Lukas saßen sie an dem Strand, in der Wirklichkeit der oberen Welt.

Doch eigentlich fiel ihnen das mit dem Bildschirm erst später ein.

Noch schwebte das Boot im Wasser, mühelos, schaumgeboren.

Existierten und wollten benutzt sein.

Allein das Material, die schiere Faktizität dieser Waffe, war eine Verlockung, riesig und schön, wendig und bizarr. Aloe verstand, daß man so etwas, wenn man es schon besaß, auch einsetzte. Wie eine Pistole in der Schublade. Die konnte auch manchmal aussehen wie eine Lösung, einfach weil sie da war. Waffen wirkten nicht erst, wenn sie schossen. Aloe fühlte, wie sie bereits zuvor Wirklichkeit ansaugten.

Lukas und sie kamen aus einer harmlosen Welt. Keine Kids mit Messern auf dem Schulweg, keine Pistolen, kein Krieg in ihrem Leben. Aloe kannte nur Steinschleudern, gebrochene Arme und Beine (Skifahren), Gehirnerschütterungen, platt gewalzte Tiere am Straßenrand, zerbrochene Hamster. Die einzige Waffe in ihrer Umgebung war ihr scharfes Messer aus Japan. So scharf, daß es selbst zu suchen schien, was es schneiden konnte.

Es wurde vollkommen still. Als wären die Vögel in der Luft erstarrt, als verhielte das Meer. Ernst und Schweigen dehnten sich zum Horizont. Eine alte Erinnerung war angezapft, etwas ganz tief im Hirnstamm: daß der Mensch selbst einmal an Land gestiegen war, als Gattung, daß er selbst einmal, als Einzelwesen, in Wasser schwamm, neun Monate lang. Sie hatten das Gefühl: jetzt auch nur ein einziges Wort, und eine Schale zerbräche.

Die Schale umspannte sie beide und den Horizont.

Lautlos tauchte das Boot ab. Die See war glatt, ebbig und lahm.

Ein paar Wasserlinsen in einem Graben am Feldrand bebten nach. Der Krebs schaute aus seinem Loch.

Als Aloe und Lukas zur Mühle zurückgingen, fuhr die Fähre

hin und her wie immer. Der Fährmann stand an Bord, ganz in grünem Ölzeug, mit einem leuchtendorangen Band um die breite Brust. Aloe schaute durch Lukas Fernglas. Die Begegnung mit dem U-Boot hatte sie an einer empfindlichen, merkwürdigen Stelle berührt: *big brother is watching you.* Und sie, obwohl völlig unschuldig in ihrem Strandgang, fühlten sich wie ertappt! Für Lukas war es dennoch der absolute Höhepunkt des Urlaubs, er zog sofort sein Marinebuch hervor, fand aber nichts zu U-Booten.

– Es gibt sie gar nicht, Aloe!

– Aber wir haben es gesehen.

– Zum Glück zu zweit.

– Du meinst, wenn man es zu zweit sieht, ist es kein Traum oder Wahn?

Beim Frühstück in der Mühlenküche erzählte Aloe ihm den Rest ihrer Geschichte. Reglos hockten die Feuerwanzen mit ihren uralten Panzergesichtern dabei. Vielleicht glaubten sie, daß man sie nicht sah, wenn sie sich nicht bewegten.

Der nächste Sommer in Schwandt war wahnsinnig heiß geworden. Licht schäumte über den Garten, die Luft wirkte wie geschmolzenes Glas. Sie steckten in einem siedenden Topf; alles – Bäume, Häuser, Himmel – hatte einen metallischen Schein.

Hund, nach Menschenjahren bereits vierundsiebzig, lag wie tot neben Ingrid im Gras, so daß man seinen hellen Bauch sah, dort, wo er rosa wurde wie ein kleines Schwein. Nie mehr samstags in die Stadt, fluchte Ingrid, die pure Hölle, diese Menschenmassen, verrückt, stöhnte sie, und schwenkte den neu gekauften Badeanzug durch die Luft. Rot mit großen Blumen, was für ein Fähnchen, verrückt, stöhnte sie, aber was für eine Ausgelassenheit erschien in ihrem Gesicht, und jeder wußte, daß sie von Gary kam.

Ein paar Meter weiter, ebenfalls im Gras, doch auf dem Bauch, lag Anita. Der Schatten ihres Sonnenhutes fiel schräg über die weiß strahlenden Seiten ihres Buches. Aloe hielt Abstand von ihrer Schwester, als hätte sie Angst, sich anzustecken bei ihr. Seit dem Zwitterruf ging es mit Aloes Gefühlen für Anita auf und ab wie in der Achterbahn, unglaubliche Stürze, kriechende Aufstiege und dann wieder das magenhebende Schrecklustgefühl vor der nächsten Kehre ins Nichts einer nicht geteilten Erfahrung.

Kühl war es nur in Holgers Kellerbüro.

– Er spekuliert, sagte Ingrid.

– Er redet immer weniger.

– Na ja, solange er nicht säuft.

Holger hortete Geld. Er war weniger rundlich als früher, zwei dünne Falten verbanden seinen Mund mit dem Kinn.

– Geld will es dunkel, sagte er.

In seinem Kellerbüro zählte er seine Schätze wie Dagobert Duck, nur daß sie nicht glänzten, sondern ganz aus Zahlen bestanden. Was aber offensichtlich nichts machte, denn meistens sah Holger dabei glücklich aus. Die Zahlenlisten und Kurven, ihre Täler und spitzzackigen Berge waren seine Achterbahn.

– Der Teufel scheißt immer auf den größten Haufen, sagte er.

Aloe lernte Latein. Im Lehrbuch gab es ein Kapitel über Venus und Merkur. Sie, schön und frech, listig, schaumgeboren, herrlich und getarnt – er, der Bote der Götter. Sie sollten nur die Wörter lernen und mit Hilfe der Wörter grammatische Strukturen, Aloe aber lernte, Merkur hieß früher Hermes, Venus hieß Aphrodite, einen Sohn hatten sie auch. War ganz normal gewesen, dieser Hermaphroditos, dann aber liebeswidersinnig geworden. Von der in ihn verliebten Nymphe wollte er nichts wissen. Die Götter jedoch neigten offensichtlich zu pragmatischen Lösungen und verschmolzen ihn daher kurzerhand mit der Frau. Komm mir nicht damit, sagte Holger, fehlt mir gerade noch, daß meine eigene Tochter mich auch noch über Hermaphroditen belehrt.

Anita war dreizehn, in der Stadt hatte jemand sie angesprochen, ob sie nicht als Model für die kommende Sommermode zu einem Probeshooting kommen wolle. Ingrid hatte gestöhnt, Holger war in sein Büro gegangen, natürlich hieß es nein, dieses Teufelszeug! Aloe ärgerte sich. Sie hätte gern gemodelt, aber sie fragte keiner. Vorm Spiegel übte sie heimlich, die Lippe wie Anita aufzuwerfen. Es sah häßlich aus. Aloe stöhnte: bei Anita waren es nie die einzelnen Teile – die klassische Nase, die schmale Taille, die hüftlangen blonden Haare, der für ihr Alter gut entwickelte Busen. All das erklärte nichts. Anitas Charisma hatte sich sowohl den Messern entzogen als auch der Chemie der im Kakao aufgelösten Tabletten, den kunstvollsten Schnitten, den wirkungsvollsten Hormonen war es entkommen, weil es tiefer saß als all das.

Ingrids Weise, das Beste daraus zu machen, war, Anitas Schönheit so zu übertreiben, daß diese Schönheit irreal wurde – und damit auch Anita: unberührbar, keine Bedrohung mehr. Holger ließ sie gewähren. Aloe wußte nicht, ob er Ingrid durchschaute. Vielleicht kam ihre Strategie ihm auch gerade recht. Ständig munterte er seine Töchter auf, sich zu schminken, gut anzuziehen. Dann zeigte er ihnen ein Blatt mit einer besonders steilen Kurve und gab ihnen Geld. Dabei lächelte er Ingrid zu: na, wie lief's diesmal, in der Stadt?

Holger hatte längst von Gary erfahren. Er tat nichts dagegen. Aloe verstand in diesen Augenblicken sowenig wie sonst in ihrer Kindheit, wie stark Erschöpfung die Leben ihrer Eltern prägte. Daß Erschöpfung für sie Entscheidungen fällte.

Anita hingegen schien voller Energie. Nur manchmal schrie sie nachts; hatte Alpträume davon, wie man ihre künstlich hergerichtete Vagina bougiert hatte, das waren die Krankenhausbesuche nach dem Ende der Operationen gewesen. Einmal erzählte sie es Aloe: daß man ihr in regelmäßigen Abständen Metallstäbe dort hineingeschoben habe, erst einen, der gut paßte, dann immer dickere, um die Öffnung zu weiten. Bei vollem Bewußtsein, damit man besser abschätzen konnte, wann man wieder aufhören mußte. Aloe war schon vom Zuhören schlecht geworden; seither fragte sie nicht mehr nach.

Anitas Träume wühlten sie auf.

Anitas Träume steckten sie an.

Es war eine seltsame, aufgeladene Zeit.

Aloe schaute Hermesstatuen und Aphroditeabbildungen an. Der Lateinlehrer war begeistert über die Begeisterung seiner Schülerin, die nach immer neuen Büchern über Griechenland und Rom verlangte. Manchmal sah sie Körper mit einem flachen und einem gewölbten Busen, manchmal hatte die Statue zudem einen Penis, leider abgebrochen, wie jedes Mal bei diesen alten Marmorfiguren.

Einmal hockte ein großer weißer Vogel zu Hermaphroditos Füßen. Als Aloe genauer hinsah, erkannte sie, daß nur die Federn weiß waren, der schwarze Körper des Vogels hingegen (der nackte Hals, der Kopf, der große gebogene Schnabel, die Füße) steckte fremd in dem weißen Federsack.

Aloe sah einen Tierfilm im Fernsehen. Der Vogel war ein Ibis.

Aloe sah, wie er in einem aufziehenden Sturm seine Zeitlupenspiralen über dem Tigris zog.

Anita machte alles ambivalent.

Alle, die mit ihr zu tun hatten, spürten es. Spürten, wie es einem geht, wenn ein anderer etwas Verlockendes und Geheimnisvolles an sich trägt, was man selbst nicht hat. Anita war von ihnen getrennt, sie saß in ihrer Mitte, aber wie ohne Stuhl. Verzaubert und Zauberin zugleich; Strahlemädchen und Sündenbock.

Nur auf Statuenabbildungen schienen Aloe Zwitter weit genug weg, um sich in Ruhe ansehen zu lassen. Sie spürte eine tiefe Gier – sie wollte ebenso doppelt sein. Und sie wollte diese Doppelung zerstören. Wenn man etwas kaputtmacht, gehört es einem wie niemals zuvor. Was man zerstört, wächst einem zu. Als diffuse Sehnsucht kam etwas dieser rituellen Vorstellungen bei Aloe an, ohne daß sie die entsprechenden Riten gekannt hätte. Durch Anita schien ein unheimliches Versprechen menschlicher Ganzheit hindurch. Alle in Schwandt fühlten es und hatten heimlich davor Angst. Es erinnerte sie an ihre eigenen weichen und unzulänglichen Stellen. Es betraf den Kern ihrer Träume; rührte an die Frage der eigenen Sterblichkeit.

In diesem Sommer leuchtete das Schwandter Haus goldschwefelgelb. Vor ein paar Tagen schon war Ingrid ebenfalls durch die Stadt gefahren. In der Fußgängerzone hatte sie zufällig Anita gesehen. Anita, die zuhause Hausaufgaben machen sollte, umgeben von drei Freundinnen, die Fotos von ihr machten. Heimliches Modeln! Holger zögerte, hatte nun aber Ingrids Plan doch zugestimmt.

Ingrid, im neuen Badeanzug, verkündete den Beschluß im Garten: so gehe es nicht weiter! Anita komme ab Herbst in ein Internat, da sei sie gut versorgt, und das Modeln habe man dort auch im Griff. Anita klappte, ohne sichtbare weitere Reaktion, ihr Buch zu und ging ins Haus; Aloe hingegen blieb der Mund offen stehen. Sie jubelte, fühlte sich einsam, fühlte sich privilegiert (mich behalten sie hier) und benachteiligt (für Anita geben sie soviel Geld aus) zugleich.

Sechs Wochen später war sie mit Ingrid und Holger allein.

Anita schrieb aus dem Internat, wie gut es ihr gehe. Exakt unsere Absicht! sagten alle. Ingrid traf sich mit Gary, mit dem sie sich aber immer öfter stritt. Holger trank einen Winter und Sommer lang mehr Bier, um sich besser daran zu gewöhnen, daß Anita nur mehr in den Ferien kam.

Aloe schaute Kunstbände an. Körperdarstellungen – ob in Öl, Tempera, Stein, Papier oder auf Zelluloid – gefielen ihr besonders. Menschen wollten Menschen machen; Fleisch verwandelte sich in Stein. Die letzten Schuljahre gingen rasch vorüber, Aloes Abitur fiel glänzend aus. Im Colloquium Geschichte überraschte sie ihre Lehrer mit einem Vortrag über die Lebensweise der androgynen Berdache bei indianischen Stämmen, die in der Pubertät ihre Doppelgeschlechtigkeit wählten. Am Tag nach der Zeugnisübergabe zog Aloe von Schwandt weg. Der Lateinlehrer war traurig, als sie ging. Alle anderen schimpften, wie kann man nur mit so einem Abitur Kunstgeschichte studieren! Aloe konnte. Nach ihrem Magister bekam sie ein Stipendium für ein Aufbaustudium zum Kunstmanagement in Oxford, das sie sofort annahm, weil England eine Insel war (da kann man gut nachdenken!) und weit weg von Schwandt.

Die Tagfähre brachte Lukas, Aloe und das Wohnmobil zurück nach Saßnitz. Was für ein Riesenkahn, erneut voller Läden und Schokostangen, das waren sie gar nicht mehr gewöhnt. Lukas brauchte »eine Mütze voll Schlaf«, also strich Aloe allein durch das Schiff. In einem Zwischendeck entdeckte sie alte Telefonkabinen mit großen silbernen Hörern, unten eckig wie Schuhe geformt. Der Hörer lag erstaunlich schwer in der Hand und roch süßlichscharf. Schon lange hatte sie nicht mehr mit Schwandt gesprochen, Ingrid und Holger wußten wohl gar nicht, daß sie in Schweden gewesen waren. Aloe schaute auf eine Kalenderanzeige an der Wand: 13. April. Die Kreidefelsen zogen vorbei, fern wie bei der Hinfahrt auch. Das Plastikdeck war diesmal gelb; Aloe sah sich, als sie wählte, auf die dreckigen Schuhe. Sie kam sich durchgeblasen vor, sehnig und frisch in den Knochen. Mit einem Sauerstoffpilz im Kopf, besser als eine Droge, denn er wirkte langsam und machte empfänglich. Niemand hob ab. Sie versuchte es ein zweites Mal, doch in der Leitung knackte es nur wie in uralten Zeiten.

Aloe lehnte an der Brüstung, den Kopf in die Sonne gedreht, und aß ein Marabouschokostückchen nach dem anderen. Die Ostsee war kabbelig, milchig graugrün. Auch sie hatte die ganze Zeit hindurch auf etwas gewartet. Darauf, daß Lukas sagte, sie solle ihre Arbeit sein lassen, mit ihm kommen, weg aus Deutschland – in das große chilenische Observatorium oder sonstwohin, auf jeden Fall weit weg, er sei da auf eine heiße Spur gestoßen …

Ja, darauf hatte sie die ganze Zeit gewartet: daß er ihr so etwas vorschlug, und sie stehen- und liegenließ, was sie hatte, gebraucht wurde von Lukas – und alles an ihn delegierte.

So daß er die Verantwortung übernahm.

So daß die Vergangenheit zusammenstürzte und die Zukunft ganz von selbst entstand.

Doch Lukas hatte nicht mitgespielt.

Lukas hatte ihren Plan nicht im geringsten erfüllt.

Er hatte sich überhaupt ganz anders verhalten als gedacht.

Schien einen guten Instinkt zu haben, der Kerl. Ständig war er auf der Hut davor, funktionalisiert zu werden. Da hatte er einen Extrariecher, ein eigenes Gen.

Daß sie ihm von der Vergangenheit – endlich – erzählt hatte, sollte der letzte Köder sein.

Dramatisch. Er sollte sich eingeweiht fühlen, nahe. Und dann sagen: ist schon gut.

Und was hatte er getan – gelacht und gesagt: das kann man auch anders sehen. Da stand sie nun. Und ihre gemischten Gefühle für Anita hatten sich nicht beruhigt – im Gegenteil.

Aloe faßte in das Schokopapier, doch die Rolle war leer. Immerhin: das Essensproblem schien gelöst! Sie hatte die ganze Maraboustange aufgegessen, ohne es wirklich zu bemerken. Sie beschloß, das als Fortschritt zu betrachten.

Und Lukas? Aloe hatte den Eindruck, daß es ihnen auf der Fahrt gelungen war, gleichzeitig mehr Nähe und mehr Abstand zwischen sich zuzulassen. Wie paradox! Vielleicht war das einer der Effekte des Nordens: verwandelte einen in ein die Sonne stundenlang reglos anbetendes Insekt, uralt und von seltsamen Träumen durchkreuzt, das perfekt auf einem windgeschüttelten Ast balanciert.

Das zerknitterte Aluschokopapier funkelte.

Er hatte gelacht. Und gesagt: da glaubt man immer, daß man der einzige ist, dem so etwas geschieht. Aber meinst du vielleicht, es war lustig, als mathematischer Sonderling dazustehen? Jeder hat sein Päckchen gehabt als Kind, glaub mir, seine Geschichte.

Tröstete das? Natürlich nicht, nicht im geringsten. Denn da gab es das Jetzt – es dehnte sich, hatte ein Riesenmaul, saß auf einem, wollte angegangen sein. Aloe schaute auf die Kamera an ihrem Hals.

Es tröstete nicht, aber machte es vielleicht möglich, daß man darüber lachte, ein klein bißchen, vorsichtig erstmal. Sie knüllte das Alupapier zusammen und schnippte es über die Reling: ›meine Geschichte‹, das alte Gloriosum, der alte Fluch, der hübsch gemalte irische Knoten Mensch, Flechtwerk im Inneren, das sich nie auflösen läßt, weil, wenn man daran dröselt, schon ein neues Muster entsteht.

13. April. Der Himmel, rot und golden, sah aus wie ein Tuch, das man an allen Enden auf der Erde festhalten kann.

Allen Ernstes – mit einem Lächeln.

Sie waren beide hellwach, als sie mitten in der Nacht endlich zuhause ankamen. Lukas hatte die ganze Zeit auf der Fähre geschlafen, Aloe auf den letzten 300 Kilometer Fahrt. Diesmal nur Autobahn, geradeaus, kein Umweg mehr.

Jeder ging in sein Zimmer, Post ansehen, Mails checken. Wortlos, die alten Gewohnheiten – da waren sie sofort wieder, als hätten sie in diesen Räumen auf Lukas und Aloe gewartet. Freudig stürzten sie sich nun auf sie.

Und weil Aloe schon im Netz war und sich nicht müde fühlte, und vielleicht, weil sie wieder fotografierte und eben jetzt am Fenster lehnend an ihren Tanz unterm Mondlicht gedacht hatte, und wer weiß, was noch in dieser Stunde zusammenkam: sie gab das Stichwort ein. Innerhalb von 10 Minuten hatte sie sich auf eine Hermaphroditen-Pornosite geklickt. Anderswo gab es Herms im Netz nicht zu sehen. Anita war nur außen ambig gewesen, nur außen die vergrößerte Klitoris, eine Wachstumsstörung, hormonelle Drift. Innen organisch alles klar.

Hermaphroditen einzeln oder zu zweit, nackt. Aloe versuchte, die Gesichter zu sehen. Manche trugen wohl Perücken. Alle waren weiblich oder zumindest weiblich hergerichtet. Haarlos und erigiert. Busen, Vagina, Glied. Soviel war außen zu erkennen, und Aloe wußte, daß sie innen also alle eine Gebärmutter, Eierstöcke und manche von ihnen auch Hoden mit sich herumtrugen. Hermaphrodit, Androgyner, Intersex: Uterus, ein Eierstock links, rechts ein Eierstock-Hoden-Gemisch – in ihrem Kopf kreiselte eine unerhörte Musik.

Sie hatte früher schon einmal nachgeschaut, doch jetzt ließ sie zu, was sie sah. Zu ihrer eigenen Überraschung hörte sie sich kichern. Sie fühlte sich sehr komisch da vor dem Bildschirm, vor diesen irgendwie *riesigen* Körpern. Sie waren riesig sexuell, eingepackt in dieses Extrafleisch. Überkodiert, aber alles echt, sie brachten Aloe durcheinander, ihr wurde flau, sie staunte, die Körper waren schön, glatt, in sich geschlossen. Im Vergleich zu ihnen kam sie sich dünn vor, leichter an allen Stellen, den Brüsten, ihren Hüften, dem Po – und alles in ihr hatte sich verlagert auf diesen einen Punkt, nah am Bildschirm, vorstoßend in diese pfeilartige, schießende Bewegung, ein Drängen und sexuelles Andeuten – hatte sich verlagert in ihren an diesen Körpern gierig saugenden Blick.

Die Hermaphroditen waren ideal für Kameras, geradezu dafür gebaut. Alles war ja, ganz einfach, an einem einzigen Körper angebracht: ein Penis und eine Vagina. Da lag es dann, entspannt, das androgyne Wesen, wie entworfen für die Körperindustrie; ein Wesen, in dessen Körper alles Sexuelle sich verknotete und aufschürzte – da lag er, frei zeigbar: der zu extremer Medialität gesteigerte Mensch.

Ihr war heiß; eine nie gefühlte Peinlichkeit blendete Aloe, sie blinzelte vor Verlegenheit und Schweiß. »Der zu extremer Medialität etc.« – natürlich hatte sie sich damit ablenken wollen. Aber Anitas Name wickelte sich wie ein Lasso um ihre Hüfte und holte sie aus ihrem Versteck. Aloe fühlte sich unendlich beschämt: für das, was Anita gewesen war – was sie hatte durchmachen müssen – was sie nicht sein durfte – wie sie geboren war. Dies waren ganz widersprüchliche Dinge, doch Verlegenheit umhüllte sie zunächst. Das erste Gefühl, das sich dann herauskristallisierte, war Erleichterung – auch davon rann Aloe der Schweiß unter den Achseln: vor allem, daß es nicht *sie* erwischt hatte; dann aber auch, daß ihr eine vollentwickelte Mannschwester erspart geblieben war, der tägliche Anblick dieser Überlegenheit, Ambivalenz, Unerklärlichkeit, sie dankte Holger und Ingrid aus ganzem Herzen, ja, geradezu inbrünstig, dann lieber die Pflaster auf Anita, die ewige Pinkelei und die der Pinkelei folgende Hätschelei.

Und jetzt bewegten sich diese reichen, diese obszön prunkenden, mit Sex über und über behängten Körper so genußvoll auf dem Bildschirm, daß Aloe die Augen senkte. Eine sehr schöne Frau schaute sie an: in Maya-Haltung lag sie auf einem mit grobem Tuch überworfenen Sofa, trug ein schwarzes, ärmelloses T-Shirt, eine Hand stützte den Kopf, rötliche Haare standen wuschelig nach oben, die Haut des feinen Gesichtes schimmerte in dem von schräg vorn einfallenden Licht. Sie wirkte natürlich und absolut weiblich. Elegante Taillen-Hüftkurve. Kein Slip, die Beine geschlossen. Ihr Penis lag halberigiert auf ihrem unteren Oberschenkel, die Spitze sah hell aus den dunklen Schamhaaren hervor. Sie war schön und souverän, ein bißchen erinnerte sie an die Pornofrau auf Lukas Postkarten. Als Aloe sie ansah, rührte plötzlich Anitas Schmerz sie an: was man ihr genommen hatte, was sie gewesen und nie geworden war.

Aloe war verwirrt, aber auch wütend: warum schaute sie das an? Warum schaute sie das erst jetzt richtig an?

Zugleich fühlte sie sich erleichtert (wie einfach sie war), aber auch zurückgesetzt, und im selben Atemzug wiederum dankbar für ihre Angewiesenheit auf ein sexuelles Gegenüber, nach dem sie fiebernd tasten konnte, und jetzt tastete sie fiebernd in sich, nach einem eindeutigen Gefühl, fand aber nur einen Haufen, ein Gewusel wie in einem Schlangenkorb, das war es wohl, dieses ›verwirrt‹.

Sollte sie zu Anita fahren und endlich reden mit ihr?

Lukas klopfte, schnell klickte Aloe das Bild weg und rief: bin schon auf dem Weg.

Er war ungeduldig. Sein Schwanz bog sich in ihrer Hand.

Aloe ging zur Kommode neben der Schlafzimmertür und nahm ein kleines Päckchen heraus. Es lag absichtlich dort, möglichst weit entfernt vom Bett. Sie wollte, daß Lukas sie durch den Raum gehen sah, wenn sie es holte – von hinten, dann wieder von vorn. Sie plazierte die Gummispitze gut ausgewölbt auf der Eichel und rollte den dicken Rand über seiner Steife und Wärme straff nach unten.

– Wen schützt du, dich oder mich? fragte er.

– Vielleicht einen Dritten.

– Bei dir?

– Vor uns.

Lukas schaute auf ihre Finger. Sie gab sich Mühe, sicher zu scheinen, professionell. Es war, als massiere sie ein langes, halb schlafendes Gesicht.

Kaum war sie fertig, nahm Lukas ihre Hand und führte sie rückwärts an seinem Glied wieder nach oben. Das Kondom kam mit.

Er drehte sie um und steckte seine Nase in ihren Hintern. Aloe wurde ein weicher, warmer Mond, hatte Meere, Wälle aus Lippen, eine elliptische Bahn. Lukas fand, was er suchte, mit dem Finger, der Hand, seinem Schwanz. Sie spürte ihn deutlicher als sonst, er war heiß, ihre Finger verknoteten sich, sie roch Lukas Salz, sein Finger schmeckte nach ihm und ihr. *Mare nectaris, mare serenitatis*, nach Waldboden und verstaubtem Karamell, nur schärfer, beißend. Er war schon in sie eingedrungen, ihre Gesichter glitten in- und auseinander, von Schweiß bedeckt, Kondom war Aloe egal. Lukas Schwanz tat ihr weh, wie immer, wenn er von hinten kam, *mare crisium, mare sputum*, die Grenze verwischte schneller (er war doch der Astronom, warum gingen da ihr die Namen der Mondmeere durch den Kopf!), Lukas faßte in Aloes Haare, sie krallte sich ins Kissen, von den Zehen bis zur Kopfhaut spannte, prickelte, biß ihre Haut. Wo war das Bett, wie stand es im Raum? ihr Körper berührte den Boden, dann fuhr sie schräg nach oben, Decke, Boden einerlei, Lukas wurde riesig in ihr, pulste, zerbarst. Sie spürte die Stöße, in denen sein Samen kam. Naß, erschöpft lag sie da. Lukas streichelte ihren Rücken. Sie überlegte, ob sie aufstehen sollte, damit das Sperma wenigstens wieder hinauslieffe, blieb aber liegen, und wunderte sich, halb im Einschlafen, über sich selbst. Daß sie nicht verhütet hatten, beunruhigte sie nicht.

# 4 Zögern

Der Platz des schlafenden Vogels ist leer; kurz vor fünf, *the dead of night*. Es lohnt sich nicht, noch ins Bett zu gehen für die drei Stunden, die bleiben, bis Stefan aufstehen muß. Manchmal fragt Aloe sich, wo Anita jetzt wohl ist. Lukas hatte erzählt, daß angeblich alle Stoffe, aus denen ein Mensch besteht, wieder in andere Lebewesen eingebaut werden, aber solche Gedanken sind wie die Eier auf den Löffeln der Kinder bei Stefans Geburtstag. Man läuft damit, und sie fallen herunter.

Aloe ist erstaunt, auch unsicher jetzt, wo überall Sehnsucht sich ihren Weg bahnt. Auch die Biotech-Leute sind noch wach; aus Sehnsucht nach Ruhm, Erkenntnis oder Angst vor den leeren Räumen zuhause? Zellen wachsen, und irgendwann schnurren Mäuse wie Katzen. Sehnsucht nach Beherrschbarkeit und Kontrolle. Sie sollte ihre Termine für den kommenden Tag checken, doch statt des Kalenders klickt sie in ihrem Palmbook die Weltkarte an.

Lukas arbeitet am Inter-American Observatory in Cerro Tololo, Chile. Ab und an kommt eine Mail von ihm. Er lebt solo, mit wechselnden Frauen. Es kann ihr egal sein; sie hat Frank und einen sehnigen Körper, den keiner für fast vierzig hält. Die Heizung klickt. Der Vogel ist wahrscheinlich eine Halluzination gewesen. Das war damals einer der Sätze zwischen Lukas und ihr: hier helfen nur noch Halluzinationen. Man merkte sich aber auch allen Quatsch. Mit wechselnden Männern, solo. Gestern in der Zeitung hat sie von einer Frau gelesen, die im Supermarkt ein Baby aus einem Kinderwagen stahl. In Aloes Wohnung riecht es nicht wie in einer Wohnung, in der jemand allein lebt, das ist ihr wichtig, und sie kann die Frau verstehen. Wo Anita jetzt wohl ist?

Cerro Tololo liegt 80 Kilometer östlich von La Serena auf einer Höhe von 2200 Metern, rechts die Anden, links der Pazifische Ozean. Und vor mir das größte Teleskop der Welt, hat Lukas begeistert vor drei Jahren geschrieben und den Kontakt zu Aloe wieder aufgenommen. Die Luft sei geradezu körperlich, manchmal gelbweißlich gefärbt und splittrig vor Hitze wie Feuerstein. La Serena, 473 km nördlich von Santiago de Chile, dort ist es 01.14, zeigt Aloes Palmbook an. In der Zeitung stand, daß drei junge deutsche Forscher an einem Observatorium in Chile einen riesigen neuen Planeten im Kuiper-Gürtel entdeckt hatten. Man nahm an, daß er größer war als der Plutomond Charon, ein eisiger Körper, *a giant new world*. Eine Grenze war überschritten: bislang hatte man nicht einmal geahnt, wie der Kosmos jenseits von Neptun aussehen könnte. Nur eines war klar: man maß im Universum ein Vielfaches der sichtbaren Massen und nannte es ›dunkle Energie‹. Niemand hatte eine Ahnung, woher sie kam. Und dann, Milliarden von Jahren später, rieb jemand den ersten Funken an einem Stein. Paläolithikum. Die Milchstraße bettete sich in ein dunkles Halo, eine riesige, unsichtbare Materiewolke. Wurde wirklich alles wieder eingebaut oder flottierte es dort draußen im All? Aloe erinnert sich an Lukas Aufregung über die 3-Sphäre, die paradoxe Vorstellung einer vierdimensionalen Kugel. Eine Galaxienkarte des dunklen Universums wird als Nebenprodukt der eigentlichen Frage nach der Gestalt des Alls entstehen – an den Grenzen dessen, was vorstellbar ist; nein: ein Stückchen über sie hinausgeschoben, so daß etwas bislang Unvorstellbares erscheint.

La Serena, schrieb Lukas, Hügel, an denen Wein angebaut wird, riesige weiße Buchten, Touristen. Aloe hat es sich schon vor Jahren im Netz angesehen. Fahrten durch herrliche Berge, schrieb Lukas, Surftouren ans Meer, portugiesische und spanische Kolonialhäuser, wacklige Hip-Hop-Lautsprecher am Strand, und Lukas schrieb: dunkelhaarige Frauen in Strings, quäkende Kinder im Rüschenkleid. Der neue Planet ist 6,8 Billionen Kilometer von der Sonne entfernt. *A giant new world.* Die New York Times berichtete von einem großen Wissenschaftspreis *for the three young cosmic adventurers.*

In Aloes Jahreshoroskop steht: gute Chancen auf Entwicklung. Ihr letztes Projekt war sehr erfolgreich: große Schwarzweißaufnahmen von Früchten. Eine pro Bild, scharf und überreal. Auf 240 x 240 vergrößert, knapp über den Boden gehängt und das untere Drittel des Bildes mit Wachs bedeckt. Pinselauftrag in mehreren Schichten, bis Form und Textur der Frucht unter dem Wachs nur gerade noch zu erkennen waren. Wechselndes, natürlich changierendes Wachsgelb, halbdurchsichtig, rauchig, wolkig, dann wieder honigfarben, glatt – fast noch lebendig und doch schon künstlich. Am schönsten eine Rambutan mit ihren pelzigen Stacheln. Nur das oberste Drittel war, silbrig schimmernd, zu sehen, der Rest wie hinter einem weichen Glas verborgen, nach dem die Hand zuckte, um hindurchzufassen. Um etwas wahrzunehmen, hatte Aloe darunter geschrieben, muß man es zuerst verlieren.

Ihr Magen knurrt, mit einer Bewegung klappt sie das Palmbook zu. Sie ist sich noch nicht einmal sicher, ob Lukas noch in

Cerro Tololo ist. Am Abend vor Stefans Geburtstag ist eine Mail außer der Reihe von ihm gekommen; sie hat sie noch nicht gelesen, denn sie hat Angst davor. Lukas, Wolfgang und Erick haben gefunden, was sie suchten, und sie verfügen jetzt über Geld für weitere Forschungen. Wenn er nun schrieb, daß er nicht zurückkam? Sie hat etwas geerbt, sie kann von ihrer Kunst leben, Stefan wird manchmal von seinen Großeltern versorgt. Und wenn Lukas nun schrieb, daß er zurückkam? Das Gedicht weiß sie noch immer auswendig: *endlich blüht die Aloe.* Aloe geht in die Küche und schiebt ein Stück Brot in den alten hellblauen Toaster. Neben dem Hebel prangt eine große Schramme, dort hat Stefan mit einem Messer Auto gespielt. Niemand weiß wirklich, was ein qualvoller oder nichtqualvoller Tod ist. Anita. Die eine Geschichte windet sich um die andere wie eine Katze um den Fluchtweg der Maus; kein Wunder, daß Aloe sie nur gemeinsam erinnern kann. Lukas und Aloe, Aloe und Anita. Das Wasser kühlt ab, Aloe hält den Teebeutel in die Tasse, schaut zu, wie der Aufguß sich langsam grün färbt, wie die Blätter quellen. Sie muß sich beeilen, gute zwei Stunden bleiben ihr noch.

Die Gemeinschaft der Schwedenreise war schnell brüchig geworden. Aloe begann, mehr zu fotografieren, Lukas kehrte in seine Arbeit zurück, Alltag eben, vielleicht lag es daran. Durch die Vermittlung eines Freundes bekam Aloe Wind von einer Stelle als Kunstkuratorin für die Deutsche Bank. Tunick plante eine Europatour, das kam ihr gerade recht – sie kannte sich aus und konnte es sich nun vielleicht sogar leisten, ihn einzukaufen, wenn sie dafür, charmant, charmant, mit ein paar Herren zum Essen ging. Aloes Stimme klang weich und ziemlich tief, nicht irrsinnig tief, nicht verraucht, aber gerade tief genug, um aufzufallen. Und diese Weichheit, die Aloe mit einem seltsamen Lack von Lethargie umgab, war – wie eine Abfederung, ein durchbrochenes Tuch – ein spezieller erotischer Reiz. Über der Muschelkrebssuppe an Kresseschaum sprach sie mit den Herren über Memoria und Aroma; zu Tunicks Fotografien sagte sie: ›gesättigte Utopie‹, das würde gut zu Ihnen passen! Man denkt bei seinen nackten Menschenmassen an Strände, denkt an Kühe auf Wiesen, an einen gefällten Wald – denkt an KZs – diese Masse von Leibern – an Krieg –, aber wunderbarerweise sind alle, die daliegen, lebendig und stehen wieder auf!

Aloe bekam den Job.

Zu Anita fuhr sie nicht, doch sie las Foucaults Buch über Herculine Barbin, geboren 1838, erst Mädchen, dann Mann, las Michel Serres Studie *Der Hermaphrodit* zu einer Balzac-Erzählung. Judith Butlers Körpertheorien über *gender* und *sex*, über das Erscheinen eines Körpers ›als Körper‹ erst in den entsprechenden soziokulturellen Zuschreibungen, kannte Aloe bereits, pflichtbewußt zog sie noch einmal Donna Haraways *A Manifesto for Cyborgs* hervor und rief Patty an, die ihr diktierte: Kristeva, Cixous, Irigaray, sich dann aber in *Chimpanze Politics: Power and Sex among the Apes*, zitiert bei Haraway, verlor. Moderne versus Postmoderne, Dialektik, Negativismus, Feminismus gegen Postfeminismus gegen Cyberfeminismus; Aloe schwirrte schon nach dem Telefonat der Kopf, sie las, doch keine dieser Theorien hatte mit ihren Erfahrungen zu tun. Was Aloe in sich suchte, glich einer kleinen Melodie inmitten von Geräusch, einem Gefühl, das sich nicht greifen ließ, wenn sie mit Worten danach tastete. Manchmal war ihr, als habe sich etwas in ihr verlängert und treibe nun mit den Spitzen aus, wie sich an schwalbendurchpflügten Sommertagen Dinge verlängern, wenn ihre Schatten über sie hinauskriechen, vorsichtig, bis sie stehenbleiben auf einem spiegelheißen, gleißenden Asphalt.

Aloe schloß die Bücher fort und richtete sich im Kabuff für die Vorräte, das wie die Küche als Vorsprung an der Ostwand des Hauses hing, eine Dunkelkammer ein. Tunicks Fotos saugten die Bedeutung aus Körpern. Männlich, weiblich – auch dies begann sich aufzulösen, bis schließlich jenes paradoxe Schaukeln anhob, dem Aloe bei den Grasfotografien zum ersten Mal begegnet war: man sah genauer und verlor dabei die Begriffe, die Sicherheit.

Die Präzision ihres Sehens hingegen setzte ein, wenn sie die Kamera in die Hand nahm, verläßlich wie die Unruhe einer Uhr, ein Quarz, der einer inneren Notwendigkeit folgend in regelmäßigen Abständen einen Impuls freisetzt, in hellwacher Begeisterung (das alles gibt es!) und hellwacher Furcht (das alles vergeht!). Jedesmal, wenn Aloe durch die Straßen lief, spürte sie ihren Puls stärker schlagen. Ein Ast, eine gestreifte Markise, ihr Schatten auf der Wand: ein Elefantenkopf. Realität verwandelte sich unter der Hand, am Auslöser, an der Linse, in Aloes Kopf. Es war die Präzision, die Lukas so mochte, das Blattschneiderameisensehen, wie er es jetzt manchmal nannte, ihr intuitives Rhythmusgefühl. Aloe schaute in den Himmel, entdeckte Strömungsmesser an Hauswänden, Karyatiden aus protzigem Stein, lächelte dem Ausschnitt eines Arms zu, dem Trizeps oder Brustansatz, dem Schatten eines Kabels darüber. Sie dachte sich nichts dabei, ihr Kopf hielt diese Bilder fest, nachts kamen sie wieder, ihr Kopf montierte Anita hinein, heran an den männlichen Arm, und etwas drehte ihr den Magen um – bis sie dann vor ihrem Computer saß – diese Bilder suchte, wenigstens ihnen ähnliche, nichts fand, darüber erleichtert war und enttäuscht, schließlich die finnisch-russische Grenze anstarrte, immer wieder, nachts oder tags, immer durch eine verborgene Kamera, die Grenze, an der nichts geschah, kein Posten, nur ein kleines Holzhäuschen unter www.tiehallinto.fi, im Sommer, im Schnee. Manchmal fuhr ein Wagen heran und lange wieder weg. Später las Aloe in einem Buch von dieser

Adresse und fühlte sich ertappt, denn dort im Kamerablick auf eine menschenleere Straße war man doch immer ganz allein, einsam, der Geist über den Wassern. Und jetzt also der erwischte Voyeur – einer, der seinen Blick mit einem anderen geteilt hatte, was nichts machte, solange es geschah; erst als Aloe es las, war es merkwürdig. Wie wenn man auf ein Bild schaut und plötzlich Teil des Fotos wird.

Dann wieder zwitscherten in der Kastanie im Hof die Vögel, herrlich wie nie.

Wenn sie in einen Club ging, wenn sie Frauen zusammen sah und beobachtete, wie sie sich schminkten, dachte Aloe an Anita.

Jeder August übertrumpfte den nächsten, das Ozonloch vergrößerte sich, Rekorde jagten einander. Es war bereits der dritte Sommer in Folge, der noch bevor er richtig anfing, schon Jahrhundertsommer hieß. Derartige Namen zu vergeben war das Privileg einer zuende gehenden Zeit, und man nutzte es weidlich, wie mit dem »Jahrhundert«-Foto von Armstrong, weil man zu früh angefangen hatte mit diesen Superlativen in der allgemeinen Milleniumshysterie. Nie wurde ausgesprochen, was doch alle dachten: bei der nächsten Gelegenheit dieser Art nagen die Würmer an uns, oder wir liegen als Tiefkühlleichen in einer Box.

Mit einer Hand hielt Aloe die Tür des Kühlschranks auf, die andere umklammerte das Fax. Wie ein Trottellumme stand sie da, beide Arme vom Körper gestreckt. Trottellummen brauchen 100 Meter Anlauf, bis sie hochkommen, Aloe blieb stehen. Nur der Schatten auf dem Fax bewegte sich.

Weiß, warm und zungig hatte es sich durch den Schlitz geschoben, als Aloe nach Hause kam. Eben noch war sie für Tunick eine Viertelstunde auf der Straße gelegen, nackt auf dem grillheißen Asphalt. Will der uns hier braten, hatte der dicke

Mann neben Aloe gescherzt, Menschenhähnchen, oder was? Spencer war schwitzend herumgerannt, um die Kameras zu positionieren. Kleider zu Häufchen gestapelt am Straßenrand – dazwischen das gleißende Licht – Schmuck und Uhren – sich hinlegen, als Schenkelchen und Bruststückchen auf dem Grill. Aloe hatte genau zugesehen und, auf dem Boden liegend, mit einer kleinen Minolta ihre eigenen Aufnahmen gemacht.

Das Fax kam von Ingrid, krakelig ein »herzlicher Gruß«, darunter ein in rauhe Pixel zerlegtes Bild von Walter, Anita und einem braunen kniehohen Hund. Die Hand glitt aus dem Kühlschrank; ohne etwas genommen zu haben, rannte Aloe in ihr Zimmer zurück.

Wenn Lukas sie nach ihren Eßgewohnheiten fragte, klopfte sie sich auf den Bauch: wölbt sich doch, als wär ich schwanger! Lukas zwinkerte: wer weiß, was Unsinn war, denn sie nahm jetzt die Pille, da wölbte sich nichts. Sex ohne Kondom fühlte sich viel besser an, dabei waren sie geblieben, aber eine Schwangerschaft? Kaum saß Aloe allein, wurde ihr unheimlich bei diesem Gedanken. Was beim Kinderkriegen schiefgehen konnte, was an Uneindeutigem, Zwittrigem, um Gottes willen, vielleicht auch in ihren Genen wühlte. Lukas und sie tanzten umeinander, ging der eine einen Schritt nach vorn, machte der andere einen zurück; wie kleine Magnetteilchen, bei denen die Anziehung sich immer wieder umpolt. Dennoch war es, vielleicht, ihre beste Zeit. In Aloes Herz tanzte ein fröhlicher Feuersalamander. Paul de Vos hatte ihn gemalt, sehnig und muskulös, gelb und schwarz sprang er mit anderen Tieren im Paradies.

Aloe rollte das Fax wieder auf. Doch, ja: Anitas Bauch wölbte sich. Siebter Monat, mindestens. Es war immer klar gewesen, daß Anita ganz normal schwanger werden könnte. Aloe fand sich erneut in der Küche, eine Packung Eis stand auf dem Tisch, die hatte sie vorhin völlig vergessen. Möwenpick Walnuß, und es schmolz! Schon schob sie sich die weißbraune, weiche Masse in den Mund. Ihre linke, die die Packung hielt, wurde angenehm kühl. Lichter flirrten auf dem Löffel. Mit aller Kraft biß Aloe die Nüsse kaputt. Das Telefon klingelte. Wie Masken schwammen die Walnüsse in dem geschmolzenen Eis.

Erst 1, dann 2. Erst das Fax, dann ein Anruf. Sie schrie Ingrid an. Daß sie ihr nie etwas rechtzeitig sagten, daß sie nichts aus ihren alten Fehlern lernten, daß sie genug hatte davon. Ingrid schrie nicht, sie sagte: ein Junge, schon fünf Monate alt.

Aloe sah ihre Mutter vor sich, wie sie jetzt dasaß in ihrem soften Sommer, auf ihrer knöterichverhangenen Terrasse, ein Glas Wein auf dem anschnallbaren Stuhltablett neben sich. Ingrid machte eine kleine Pause, auch Aloe war still, nicht einmal die Leitung knackte, und Ingrid sagte fröhlich:

– Seit ein paar Tagen wohnen sie auch neben uns.

– Na, alle drei.

– Im Walmdachhaus, Jonas altem.

Aloe schaute auf den Hof vor ihrem Zimmer.

– Als du in der Klinik warst, wollten wir dir nicht sagen, daß Anita schwanger ist.

– Natürlich kümmere ich mich um das Kind, Anita arbeitet doch wieder.

Die Kastanienäste ragten nach oben wie an der Luft getrockneter Tang. Ein vom Taghimmel überstrahlter Mond hing stumm im Nachmittagslicht.

– Ich fühle mich oft recht müde. Vielleicht kommst du mal vorbei?

Aloe hörte den Schlüssel im Schloß, zog die Brauen hoch und verdrehte die Augen wie ein erschöpfter Esel in der Estremadura. Dabei drückte sie die Lautsprechertaste. Lukas schüttelte den Kopf, Aloe zeigte mit dem Finger auf Anitas Faxbauch, Lukas nickte, und Ingrids Stimme schoß durch den Raum.

– … geboren am 13. April

Aloe hörte jetzt alles doppelt, im Hörer und mit minimaler Verzögerung auf dem anderen Ohr aus dem Lautsprecher,

– … 13. April, nachmittags.

– Nachmittags?

– Ja, sagte Ingrid, und, sagte Ingrids Echostimme, du mußt ihn dir ansehen. Komm doch mal!

Schlagartige Stille. Lukas hatte die Auflegen-Taste gedrückt.

– Nach Schwandt, du spinnst! Schau an, wie du aussiehst, schon jetzt, nur vom Telefonieren!

– Wie denn?

– Aufgeregt.

– Das gehört dazu. Die Klinikleute haben gesagt, daß ich allmählich den Kontakt wieder anknüpfen soll.

– Meinst du denn, es tut dir gut?

– Ich weiß nicht, sagte Aloe leise.

Sie schaute sich auf die Füße und dachte an Anitas Kind. Tausend Gedanken jagten durch ihren Kopf: das war es also, bei ihrem Novemberbesuch in Schwandt, darum trank Anita nichts, darum schlief sie am Nachmittag, deswegen hatte sie diesen kleinen Bauch gehabt – ja Himmelherrgott, wie blind war sie, Aloe, denn gewesen!? Sie stürzte in ihr Zimmer und wühlte in den Schwedenunterlagen. Da, die Rückfahrtickets: 13. April. Abfahrt Malmö: 14.45.

Bei Anita hatte alles geklappt. Und bei ihnen? Jede zweite Woche verkündete Lukas, bald sei er habilitiert, bestimmt erhalte er eine Professur, sichere Zukunft und und und …

– Hast du das ganze Eis gegessen? fragte er enttäuscht aus der Küche.

– Ja, rief Aloe zurück, ich bin nicht aufgeregt, mir ist schlecht, aber okay, ich fahre nicht hin.

Der hellgelbe Anstrich des Hauses blitzblinkte unter dem schattigen Grün der ehemaligen Jonabäume, als Aloe um die Ecke bog. Dunkelbraune Fenster, grauer Maschenzaun, noch stärker eingewuchert als im Jahr zuvor. Aloe stöhnte innerlich: wie das Gelb diesmal wohl hieß? Wismut, Titanorange, Shanghai oder einfach eine Mischung aus Senf und Rost?

Natürlich hatte Lukas gesagt: jetzt willst du doch nach Schwandt? Das widerspricht deinem gestrigen Beschluss und allem, was dir guttun kann.

– Meine Familie ist voller Widersprüche, vielleicht färbt das auf mich ab.

– Stilisier dich nicht, hatte Lukas gerufen, das ist bei allen so! Familie an sich ist ein Paradox. Insofern überrascht es mich dann doch nicht sehr, daß du fährst!

Wie um das zu beweisen, lieh er Aloe sogar sein Auto, obwohl er selbst nach Leipzig mußte zu einem Mathematikerkongress, den er mit Erick und Wolfgang besuchen wollte. Erick ließ man besser nicht allein fahren, wie Aloe inzwischen wirklich wußte. Als sie ihn bei einem Institutsausflug kennengelernt hatte – er war mindestens 1,90, wog unter 70 Kilo und hatte ein leichenblasses Gesicht mit großen dunklen Augen – war sie zwar zunächst erschrocken, hatte ihn dann aber eigentlich ganz nett gefunden. Alle lachten über seine verzögerten Antworten. Mittags war man in ein Gasthaus gegangen, das für die 30 Ausflügler leider nur noch 10 Nachspeisen hatte. Als die Bedienung hereinkam und »Mango« rief, hatte zum größten Erstaunen aller ausgerechnet Erick ohne geringste Reaktionspause »ich« geantwortet. Seither hieß er Mango, zumindest bei Aloe, was Lukas nicht gern hörte. Er meinte, sie solle endlich darüber nachdenken, warum sie so aggressiv gegen Erick sei.

– Ich könnte ihn auch die Fledermaus nennen. *Rinolophus*

*hipposiderus* etwa, Kleine Hufeisennase. Oder: Großes Mausohr. Oder: Mopsfledermaus, das wäre aggressiv!

Das Gartentor quietschte, und Ingrid öffnete die Haustür, noch bevor Aloe klingeln konnte. Überall Rosen, frei und an Klettergittern, weiß, pink, tizian, karmesin, ein- oder zweifarbig, exquisite Züchtungen, teuerste Stöcke, groß, gefiedert, buschig, in Bündeln, mit Dornen oder ohne, nur eines nicht: gelb. So viele Rosen, sagte Aloe zu Ingrid, die sie umarmen wollte, sie war nervöser als Aloe, ja, Holgers Rosen, rief sie exaltiert, da hast du ja gleich das Neueste entdeckt: er macht jetzt in Rosen.

In Rosen, sagte sie, und zog Aloe hinter sich her nach links in den kleinen Seitengang, der zur Küche führte.

– Da bist du also, seufzte Ingrid. Sie schien kleiner geworden.

– Steckt Vater im Garten?

– Ja, jetzt bleib aber erst mal hier und laß dich ansehen.

Aloe trug ein ärmelloses, hellrotes Stretchkleid mit langem Seitenschlitz, das Luft an Arme, Achseln und Beine ließ.

– Nun sag schon was zu meiner Figur, Mutter, bevor du an der Bemerkung noch erstickst.

– Gut siehst du aus, wenn auch … äh, dick bist du nicht gerade.

– Das ist auch nicht das Ziel!

Hinter der Tür lagen eine Rassel und ein paar verstreute Holzklötzchen in blau und gelb. Daneben ein abwaschbares Bilderbuch, die rote Rübe erkannte Aloe sofort, Ingrid hatte offensichtlich ihre und Anitas alte Spielsachen aus dem Speicher hervorgekramt.

– Ich habe eigens den Pflaumenkuchen gebacken, den du das letzte Mal so mochtest!

Aloe erinnerte sich nicht, war aber gerührt, wie Ingrid versuchte, Wünsche zu erfüllen, die Aloe gar nicht mehr hatte. Zärtlich war es und ein bißchen infam.

– Wie geht es Anita?

Mit den Filtertüten in der Hand stand Ingrid mitten in der Küche. Fast siebzig, braunblond gefärbtes Haar. Sie wolle kein Methusalem werden, sie nicht! Dennoch ging sie jedes halbe Jahr zum Arzt. Er maß die Blutwerte; mehr Sport, sagte er jedesmal. Und jedesmal antwortete Ingrid: Putzen ist Sport, das reicht.

– Fall doch nicht immer mit der Tür ins Haus.

– Komm, du hast mir das Fax geschickt! Ging ja wahnsinnig schnell mit den beiden!

Ingrid lachte: Du kennst doch Nita, wenn die sich erst mal was in den Kopf gesetzt hat! und hantierte etwas verlegen mit dem Kuchen. Ich frage mich, Lollo, wo die diesen Willen und die Energie herhat.

Lollo. Anitas Name für Aloe, als sie noch ganz klein war.

– Dazu hätte ich schon eine Idee. Ohne hätte sie ihre Kindheit nicht sonderlich gut überstanden. Brauchst mich gar nicht anzuschauen wie ein unschuldiges Vögelchen.

Ingrid stellte ein Stück Kuchen vor Aloe. Es roch verlockend. Halb versunkenes Obst, krosser Rand.

– Anita hat schon vor Wochen abgestillt, die ist schlank wie eh und je! Und Muskeln, ich sage dir, trainiert zweimal die Woche und arbeitet wie blöd, vor allem, seit der Kleine auf der Welt ist, das verstehe ich am allerwenigsten. Diese Juristerei hätte doch viel besser zu dir gepaßt!

Aloe stöhnte. Sie fühlte sich schon ganz wie der Kuchen: kaum kam man zurück, wurde man wieder die kleine Pflaume im Familienteig. Wie der Teig waren die Wände hier – Erhebungen und Mulden – der Abdruck von früher, von einem selbst. Das Gespenst ihres Körpers, mehr als Aloes Schatten, aber unsichtbarer, lebte hier noch und wartete auf sie.

Ingrid nahm sich selbst ein Stück und kicherte. Am Ende habe Holger gejammert, daß die Wände nur so zitterten. Walters

Scheidung sei ja längst durchgewesen, aber plötzlich habe er Angst bekommen, Anita könne wegziehen. Bleib doch da, habe er zu ihr gesagt, bist doch mein Kind, und Anita, schon im siebten Monat, blieb. Zufällig sei das Haus nebenan erneut zum Verkauf gestanden. Walter habe gleich zugegriffen.

– Du, aus dem Stand heraus hat der das bezahlt!

Aloe kaute. Man war nicht seine Familie, aber was war man ohne sie? Das Ganze ist mehr als seine Teile, hieß es immer, man ist ein Teil, das war eindeutig, doch das Ganze war was?

– Gefällt dir, daß sie jetzt nebenan wohnen?

– Na, ich habe ein neues Hobby: das Enkelchen, Stefan. Wir haben den Zaun zwischen den Gärten entfernt. Später soll ihm das sowieso alles mal gehören. Da weiß man wenigstens, wofür man gearbeitet hat.

Es tat Aloe weh, das zu hören, weil es für Ingrid wirklich so war.

Auf Ingrids Hals blühten ein paar nervöse Flecken, rot auf weiß wie das Augenmuster des Apollofalters. Schwandt, das hatte immer ›Natur‹ geheißen für Aloe; Fluß, Wiesen und Garten, Insekten und Schwäne. Aber eben auch Mimikry, Täuschung, Betrug. Mit einem kleinen Spuckeglitzern im Lächeln beugte Ingrid sich ein Stück nach vorn zu Aloe:

– Dieser Walter! Der ist doch zu alt für Anita. Ihre Neigung zu diesen angestaubten Grischperln … na gut, Aloe, der entspricht er nicht ganz. Wenigstens nicht auf den ersten Blick. Doch ich sag' dir!

Aloe nahm Kuchen nach.

– Dich sticht heute aber der Hafer! Bist du neidisch Mutter? Er ist erfahren, verdient Geld, was wollt ihr noch?

Daß er schon eine Tochter hat, stört euch das? hatte Aloe bereits vor fast drei Jahren gesagt, als sie Walter bei einem ihrer seltenen Besuche in Schwandt während der Oxfordzeit kennengelernt hatte. Kaum waren er und Anita damals gegangen, hatte die Diskussion begonnen. Aloe war es peinlich, vor Lukas, der still dabeisaß, aber Ingrid war es nicht peinlich, vor niemandem, und Holger grummelte nur an diesem Abend, als Aloe Walter verteidigte und somit auch Anita, die Walter unbedingt wollte. Auch für Walters Tochter ist so eine Scheidung vielleicht besser, sagte Aloe, besser keinen Vater als einen nur grantig gezwungenen, *toxic parent*, hatte Lukas an dieser Stelle treffend eingeworfen, bis Ingrid schrie: das gebe es doch gar nicht! Das gibt es sehr wohl, hatten sie, Lukas und Aloe, damals gesagt, Holger schaute finster, der konnte sich das vorstellen, aber schwieg, laß Anita doch, rief Aloe am Ende, schon in der Tür, einen Besseren kriegt sie eben nicht!

Was unnötig gemein war, fand Lukas auf der Heimfahrt im Zug – ich mag deine Schwester und ihren Walter! – aber doch nötig, gemein hin oder her, fand Aloe, die selbst überrascht war, wie sehr sie Anita eben unterstützt hatte. Doch Walter war der erste von Anitas Freunden, den sie sympathisch fand.

Ingrid seufzte: Ich weiß auch nicht. Ich habe ein ungutes Gefühl! Dabei kann er einem eigentlich leid tun. Hast du schon von seiner Frau gehört?

– Ich denke, das ist Anita!

Ingrid stand auf und goß zum zweiten Mal Kaffee auf. Sie verabscheute Kaffeemaschinen und brühte, wie früher, per Hand.

– Ich meine doch seine erste. Sie ist vor ein paar Monaten an Brustkrebs gestorben. Anfangs sah es gar nicht so schlimm aus. Sie nahmen ihr zwar beide ab, doch damit war sie erst mal über den Berg. Mir reicht ja schon diese Mammographie, wenn sie einem den Busen zwischen zwei Platten flach quetschen wie eine Flunder. Gibt aber schöne Anklebbare jetzt.

– Sehr beruhigend, Mutter.

– Das ging drei Jahre gut, und dann saß plötzlich alles voller

Metastasen. Sie kam noch in eine Spezialklinik in den Staaten, aber auch das hat nichts mehr geholfen. Ganz schnell ist sie dann gestorben. Von uns war niemand bei der Beerdigung.

– Nicht mal Walter?

– Doch, der flog hin und gleich wieder zurück.

– Und das erzählst du mir, weil du auch so was hast?

– Ach wo, mir geht's gut. Das erzähle ich dir, weil ich glaube, daß die beiden auch deswegen so schnell geheiratet haben. Walter war ziemlich mitgenommen, ich glaube, er suchte Halt. Und das Kind hatten sie auch schon gezeugt.

Dampfig süßlicher Blütengeruch schlug Aloe entgegen. Strahlendes Lachsrot, rostrote Stengel, zweihändegroße fedrig weiße Blütenköpfe – Rosen wiegten sich, neben Aloe, über Aloe, vor Aloe, während sie sich durch den engen Mittelgang des Gewächshauses schlängelte. Irgendwo hier mußte Holger sein!

Endlich knickte der Gang nach links, 3 Quadratmeter blattfrei, alter Rupfteppich, ein Rattanstuhl. Erneut ein paar Bauklötzchen, alle grün, Holger war Ästhet. Stefan lag bäuchlings auf dem Teppich, ruderte mit Armen und Beinen in der Luft oder versuchte, sich eines der Klötzchen in den Mund zu stekken. Als Aloe sich über ihn beugte, schauten zwei Schneesternaugen sie unverwandt an – wunderschön, groß und hellwach.

Etwas in Aloe antwortete, von dessen Existenz sie gar nicht gewußt hatte. Im Vergleich zu der Welle, die durch ihren Körper schoß – Brust, Schultern, Bauch, Becken, Beine, dann erst der Kopf – war es im Treibhaus geradezu kühl.

Vorsichtig streckte sie die Hand aus und berührte das Baby. Erst da sah sie, daß Stefan Ingrids Goldkette mit dem völlig eingesabberten Rosenamulett umklammerte. Meine Güte! Wie kam die denn hierher? Und wo war Holger, warum paßte er nicht richtig auf!

Aloe holte tief Luft und fischte das Amulett aus Stefans Fingern, während sie ihn mit ihrer Armbanduhr ablenkte. Gut, es war wohl doch zu groß, um geschluckt zu werden. Sie hielt Stefans nasse Hand in ihrer und lächelte ihn an. Die eingravierte Rose sah etwas mißglückt aus, eher wie eine Sonnenblume, Anitas Söhnchen hingegen war um so gelungener: blonde Lokken und lange Wimpern, die zarte Schatten auf seine Babyhaut warfen. Die kleine Kerbe im oberen Muschelrand seiner Ohren rührte Aloe besonders: als hätte etwas den Kleinen angenagt. Verletzlich sah er aus und verschmitzt zugleich.

– Na Stefan, hast du der Tante Aloe hallo gesagt!

Tante Aloe, um Gottes Willen. Aloe unterdrückte den Impuls, gleich wieder zu gehen und schwenkte das Amulett in der Hand:

– Paß du mal lieber besser auf deinen Enkel auf. Und sag selbst hallo!

Holger trug Gummistiefel und eine Gärtnerschürze. Seine Bartstoppeln waren noch immer schwarz. Er grinste und gab Aloe einen frischen Zweig mit Tomaten. Aloe brach eine leuchtendrote ab und hielt sie Stefan hin.

Den einen rast das Herz und andere essen es auf.

Doch nicht ganz: Stefans Mund war zu klein. Die Tomate stand heraus wie ein Apportierball bei einem zu Mini-Hündchen. Stefan, offensichtlich schon mit seinen fünf Monaten ein Komiker, schaute Aloe treuherzig an. Es wäre ein klassisches Kinderfoto gewesen, ein jahrelanger Renner, aber Aloe dachte nicht ans Fotografieren. Aloe lachte wie schon lange nicht mehr in Schwandt.

– Delial bräunt ideal, sagte Lukas

– Der Duft, der Frauen provoziert, konterte Wolfgang.

– Der eine hat's, der andere nicht.

– Die graue Maus muß raus!

Selbst Erick lachte, und sogar einigermaßen zur rechten Zeit. Sie hatten eine neue Regel eingeführt, die Werbesprüche einer Runde mußten nun immer mit demselben Buchstaben anfangen. D war einfach, das konnte man sich sogar zuschreien, während man sich durch das Menschengewimmel des riesigen Leipziger Hauptbahnhofes boxte. Wolfgang und Lukas hatten Erick in die Mitte genommen, damit er ihnen nicht verlorenging. Niemand wußte schließlich genau, was er wahrnahm, und vor allem wann. Seit seiner Ankunft war das Leben im Institut viel lustiger geworden. Die kleine Ericksche Zeitverschiebung produzierte eine Menge unfreiwilliger Komik. Wie nebenbei hatte der Erick-Koeffizient auch dafür gesorgt, daß Ralphs ironisches Lächeln verschwand. Erick und Lukas, nicht Ralph, waren vom Dekan der Naturwissenschaftlichen Fakultäten empfangen worden, weil sie bei der Evaluierung des Instituts die höchste Zitatquote erreicht hatten. Ralph sprach nicht mehr mit ihnen, aber es fühlte sich anders an als früher: jeder spürte nun, daß es aus Schwäche geschah. Vor ein paar Wochen war ganz unerwartet auch die Glückskatze wieder aufgetaucht, sie stand jetzt in der Kammer der Putzfrau.

– Was tust du denn hier?

Lukas drehte sich auf dem Absatz um. Er hätte sie übersehen, hätte sie ihn nicht von hinten an der Schulter gepackt. Eine Zugeinfahrt wurde eben durchgesagt, am *meeting point* der Bundesbahn liefen die neuesten Nachrichten über eine große Leinwand, Leute drängelten sich, Kofferräder quietschten, ein Mann schimpfte »komm sofort zurück«, ein anderer versuchte »sköne Rossen« zu verkaufen. Und mittendarin lächelte Patrizia:

– Stell mich ruhig auch den anderen vor!

Erick begrüßte sie mit »hey Fledermaus, von dir hab ich schon gehört«, was Lukas ärgerte. Erick jedoch schien fasziniert von Patty, jedenfalls starrte er sie an, während sie sich bei Lukas einhängte, als wäre das das Selbstverständlichste:

– Du hast doch etwas Zeit? Wir haben uns ja schon Ewigkeiten nicht mehr gesehen.

– Seit Oktober letzten Jahres!

Patty trug ein knielanges schwarzes Kleid über isabellenfarbenen Strümpfen, deren Klammermuster sich anmutig um ihre Beine schlang. Wolfgang mochte Patty nicht, diesen ganzen Typ Frau (»pseudoemanzipiert«), und verkündete – sie gingen gerade die breite Treppe hinab –, daß er auf jeden Fall sofort ins Leipziger Kongresszentrum fahre und Erick mitnehme. Schon waren die beiden auf und davon; Erick brachte es immerhin noch fertig »Hallo, Patty« zu sagen, als sie gingen, doch er grinste dazu, als wisse er mehr. Einen Augenblick lang war Lukas irritiert. Bislang hätte er gedacht, daß Erick Geschlechtsunterschiede gar nicht bemerkte.

– Toller Vogel, gefällt mir. Aber gut, daß sie weg sind, jetzt habe ich dich endlich einmal für mich.

Ihre roten Schuhe hatten einen nicht sonderlich hohen Plateauabsatz, so daß Patty etwa so groß wie Lukas war. Locker ging sie an seinem Arm, mühelos in einem Takt mit ihm. Keiner von ihnen erwähnte Aloe.

– Paß auf, so fängt es an: Mittwoch, 27.12., der kälteste Tag des Jahres 1950 in New York City. An den Straßenrändern schmutzigweiße Reste Schnee. Gegen neun morgens minus zwölf Grad, eine Stunde später minus acht. Kurz nach zehn verläßt ein gutgekleideter älterer Herr seine Wohnung im Hochparterre eines hellen vierstöckigen Wohnhauses. Die Sonne scheint. Ecke 61st Street und Central Park, nahe dem Broadway, bricht der Mann tot zusammen. Die Sonne erwärmt die Straßen. Der salzige Schnee wird zu Matsch. Ein paar Fußgänger bleiben stehen, die meisten gehen weiter. Na, hast du es schon erkannt?

– Das hast du dir ausgedacht.

– Nein, du mußt raten, wer es ist. Der Tote blickt grimmig. Er ist groß und schwer, das Kinn deutlich vorgeschoben. Sein Pekinese Butshy springt wild um ihn herum.

– Ach Patty, das kann ich nicht raten.

Ein schmaler Mann, der nach kaltem Rauch roch – seit 40 Jahren im Körper gespeichert – drängelte sich zwischen ihnen hindurch.

– Okay, es geht um Beckmann, den Maler Beckmann. Ich will, daß du mitkommst. Sie haben eine schöne kleine Ausstellung hier.

– Komm, wiederholte Patty leise.

In der Straßenbahn zum Museum für Bildende Künste stand sie direkt vor Lukas. Beide mußten sich festhalten, dumpf und stickig ging es um die Kurven, der Wagen rumpelte wie der dilettantische Entwurf einer Hölle, vor den dreckigen Fenstern zogen die Hochparterregeschosse verfallener, teilweise bonbonbunt renovierter Häuser vorbei, was Lukas sah, wirkte wie grobgerasterte video stills, wie beiläufig lag Pattys Hand auf seiner Hüfte.

Die Bilder waren bestechend. Die in Farbe geballte Statik der Figuren, die sich dennoch, leichthin, bewegten. Lukas war verwirrt, es lag aber eventuell doch vor allem an seiner Begleiterin. Sie roch gut, oft stand sie so nah bei ihm, daß er ihre Haare spürte, ihre Haut.

– Siehst du dieses Gelb, hier, am Saum des Rockes? fragte sie.

Eine Frau mit geschlossenen Augen, halb sitzend, halb liegend, auf einem Sofa. Sie hielt eine Mandoline im Schoß, deren Hals nach ihrem Mund zu züngeln schien. Die Frau wandte sich ab, doch ihre vollen Brüste hoben sich zu zwei Dritteln aus der durchsichtigen Bluse, denn sie hatte – im Schlaf? mit Absicht? – die Arme hinterm Kopf verschränkt. Patty blieb lange dort stehen.

– Und, kannst du es dir vorstellen?

– Es würde dir stehen.

– Ich habe eine ähnliche Bluse.

– Dabei?

– Wir könnten eine kaufen gehen.

Ein Spiel – ausprobieren, wie weit es spielbar war. Patty, sagte Lukas, als er ihr den Arm um die Schulter legte. Sie drehte sich zu ihm und küßte ihn auf den Mund. Ihre Zungen berührten sich. Der Museumswärter sah ihnen zu. Sie merkten es beide, denn keiner machte beim Küssen die Augen zu.

Die Schlafende auf der Chaiselongue hatte die Beine aufgestellt. Der kurze Rock gab ihre Oberschenkel fast ganz frei. Lukas hätte Lust gehabt, ihr die Finger von der Seite zwischen die Schenkel zu stecken. Er fühlte das Fleisch, ihre Wärme, Feuchtigkeit – auf dem Bild. Alles andere war noch nicht so weit.

Sie gingen in den nächsten Raum, in dem die Tryptichen hingen. Gleich das erste ließ Lukas nicht mehr los. *Abfahrt*, 1932 hatte Beckmann es in Frankfurt begonnen, '35 in Berlin beendet. Aufruhr in den Seitenbildern, auf dem Mittelbild Stille. Ein König stand mit dem Rücken zum Betrachter, gekleidet in ein blaues Tuch, das ihn fast nackt ließ, in einem nur teilweise sichtbaren Boot. Davor trieb ein Netz im Wasser, weiter im Hintergrund wartete eine Frau mit einem nackten, schon großen Kind; auch sie fuhren mit. Neben dem König, als letztes im Bild, ein verhüllter Mann, dessen großer Kopf sich hinter einer panzerartigen Vorrichtung verbarg. Er war die Abfahrt, die Zukunft. Der König drehte das Gesicht von ihm weg, aufs Meer.

Lukas streckte die Hand nach der Leinwand, hielt aber inne, bevor er der Lichtschranke zu nahe kam. Nicht noch einmal die Aufmerksamkeit eines der Wächter auf sich ziehen. Ihm war, als spüre er etwas von dem Bild in sich. Der Augenblick einer Abfahrt – die Entscheidung über einen Weg. Neben dem Gemälde, dessen beide Seitenflügel dunkel waren und voller Gewalt, wurde Beckmann zitiert: »Ich warte auf den Riß von oben in der grauen Decke, durch welchen ich hineinsehen kann in die Unendlichkeit«. 21 Jahre war er alt gewesen, als er das sagte. Ein heftiges Gefühl stieg in Lukas auf, es kam in einem Schub, drehte sich mit kleinen Spikes durch seine Brust. Wie beneidete er Beckmann um diese frühe Klarheit!

Patty bemerkte Lukas Verwandlung sofort. Fragend die Augenbrauen gehoben, kam sie neben ihn vor das Tryptichon. Er nahm ihre Hand, beugte sich vor und küßte den Rücken zwischen den blauen Adern, dort, wo es weich und ein bißchen knorpelig war. Für Sekunden spürte er Pattys ganzen Körper an seinem Mund (ihr Gewicht, ihre Hitze und Form) und hatte sich doch schon entschieden.

– Butshy, sagte Patty, but shy.

Sie hakte sich erneut bei Lukas ein. Ihr Körper fühlte sich nun vollkommen anders an als auf dem Weg zur Ausstellung, ruhig und selbstsicher. Sie bogen von etwas ab, was als Möglichkeit zwischen ihnen entstanden war, aber sie taten es gemeinsam. Auf dem PVC-Boden des Museums machten ihre Schritte kein Geräusch, doch der Weg, den sie in Wirklichkeit gingen, knisterte leise – wie das Boot auf dem Bild, wie die Chaiselongue unter der halbnackten, schlafenden Frau.

– Ich danke dir, sagte Lukas.

– Wofür?

– Für alles.

– Und was denkst du jetzt?

– Ach, mir ist eine unglaubliche Geschichte wieder eingefallen.

– Die Bilder sind grausam schön, nicht wahr?

– Vollkommen, Patty, so intensiv und

– Und?

– Natalie stand in der Küche, sagte Lukas, als ein Gewitter aufzog. Du kennst sie nicht; sie ging mit mir zur Schule. Es donnerte noch nicht einmal, da rollte ohne jede Vorwarnung ein Kugelblitz zur Tür hinein. Sie also in der Küche und auf dem Küchenboden der Blitz. Als nächstes sah sie ihren Körper reglos auf dem Boden liegen. Ihr Freund stürzte auf sie zu, nahm ihren Kopf in den Schoß. Er schüttelte sie, versuchte, sie aufzuwecken, wurde immer verzweifelter und beschwor sie schließlich, bei aller Liebe, ihn nicht zu verlassen. Sie sei daraufhin in ihren Körper zurückgekehrt, sagt sie, wenn man sie danach fragt. Sie wisse es genau, sehe es vor sich wie heute. Nur weil ihr Freund sie so inständig gerufen habe und sie seine Liebe fühlte, sei sie zurückgekehrt.

– Glaubst du das?

– Es könnte sein. Weil sie die Liebe so spürte. Vielleicht träume ich davon.

Als sie aus dem Museum kamen, schlug ihnen die Hitze des Tages mit unerwarteter Kraft entgegen.

Patty fragte Lukas, ob er das auf dem *Abfahrt*-Mittelbild verborgene Selbstporträt Beckmanns gesehen habe – den hinter der Frau mit dem Kind hervorschauenden, den Betrachter direkt anblickenden Mann. Lukas sagte:

– Doch, ja, ich träume davon.

Vor Aloes Augen schwebte ein Streifen weißen Bauches. Zwischen Hosenbund und hautengem T-Shirt schien er hervor wie eine kleine Schlange.

– Lollo, wie geht's dir? Schön, daß du hier bist. Was für eine Überraschung.

Aloe saß mit Ingrid auf der Terrasse und trank Martini. Als Anita durch den Garten auf sie zugegangen war, hatte Ingrid noch geflüstert: ich habe nichts davon gesagt, daß du kommst. Dennoch hatte Anita offensichtlich sofort begriffen, daß Aloe da war, um ihr neues Leben zu inspizieren, denn ihre Augen blitzten ein bißchen überlegen und ein bißchen spöttisch.

– Und dir, Anita?

– Ich glaube, Stefan stinkt, sagte Ingrid.

Anita nahm ihren Sohn hoch und roch an seinem Hintern.

– Wie gefällt dir dein Neffe?

– Willst du hören, wie süß er ist?

– Natürlich!

Anita befand, daß Stefan nicht stank und setzte sich mit ihm ans Tischende zwischen Ingrid und Aloe.

– Was für ein hektischer Tag! Walter trainiert für ein Bogenschützenturnier in Hamburg. Ich habe ihm eben noch ein Schweißband gekauft, deswegen bin ich heute so spät. Wenn ich gewußt hätte, daß du hier bist!

Stefan kuschelte sich in den Schoß seiner Mutter und schaute sich neugierig um. Eurydike, der Chow-Chow, den Aloe schon von dem Foto auf Ingrids Fax kannte, stand neben Anitas Stuhl. Hellbraun, kniehoch und gar nicht so bullig, wie Aloe Chow-Chows in Erinnerung hatte, im Gegenteil, ausgesprochen hübsch, diese Eurydike. Mit einem entschieden intelligenten Ausdruck im Gesicht taxierte sie Aloe. Ihr Schwanz war halb nach oben gebogen, das lange Fell dort, an den Hinterläufen und am Bauch ganz hell. Aus dem Maul reckte sich eine kleine heidelbeerfarbene Zunge. Sogar sie war schön, wirklich blau, aber ein bißchen betaut; eine ganz eigene fleischige Farbe, die man sonst nirgends sah. Eurydike hechelte Aloe an, während Stefan vergeblich versuchte, ihr ins dichte, lange Fell zu greifen.

– Walter arbeitet, weißt du Aloe, in einer großen Kanzlei irgendwas mit Wirtschaftsrecht, warf Ingrid ein.

– Patentrecht, korrigierte Anita, im Pharma- und Biotechbereich.

– Hilft er dir mit dem Kind und der Arbeit im Haus?

– Hmm, ja, eigentlich schon. Kann ich vielleicht auch was zu trinken haben?

Sie kraulte Eurydike, die im Takt der Hand die Zunge herausstreckte und wieder einzog. Helle Hundehaare ringelten sich auf Anitas brauner Hose von *Street-one*. Anita trug ein grünes, schimmerndes T-Shirt und eine flache Goldkette, die das Blond ihrer Haare noch heller wirken ließ. Es war das erste Mal, daß Aloe Schmuck an ihrer Schwester sah. Ihre Füße steckten in hellbraunen, an den Fersen über kreuz geschlossenen Sandalen. Die Zehennägel waren dunkelblau lackiert.

Ingrid brachte Wasser und Kuchen für ihre jüngere Tochter.

– Leg dich doch hin, wenn du müde bist.

– Unsinn, jetzt wo Lollo da ist! Du mußt rüberkommen und dir unser Haus ansehen.

– Sie haben ein riesiges Schlafzimmer, rief Ingrid. Der alte Ahorn rauscht manchmal so im Sturm, daß ich Angst habe, er fällt ihnen da drüben noch aufs Dach. Immerhin, lachte sie, liegt Anita selten im Bett, sie arbeitet ja noch mehr als Walter.

– Und halst sich einen Fall nach dem anderen auf. So sagst du doch sonst, Mutter! Und recht hast du damit!

Ingrid schnappte nach Luft, so überraschte die Zustimmung sie. Aloe nahm lächelnd einen Schluck Martini, doch Ingrid fing sich gleich wieder:

– Da stand die Arme letzte Woche mit zwei 20-Liter Farbkübeln am Fuß der Treppe, um das Schlafzimmer zu streichen, und Walter ging einfach weg.

– Lachsrote Wände, kornblumenblauer Teppich. Die Farbkübel, Mutter, trag ich doch leicht selbst. Ich trainiere jetzt jeden Tag.

Ein Blick, von der Seite, auf Aloe.

Ein Blick, von Aloe, auf Anitas Armmuskeln. Wie bei Madonna.

– Hast du die neue Platte schon gehört?

– Welche?

– Madonna!

– Nein, die gefällt mir nicht.

Anitas Stimme war tiefer als früher, zugleich höher, wenn sie Fragen stellte. Ein neuer Zug im Gesicht, wie von jemandem, der gewohnt sein will, Befehle zu erteilen, aber der eigenen Autorität nicht ganz traut. Stefan nieste, Aloe streckte ihm einen Finger entgegen und lächelte ihn an, er betrachtete den Finger, als überlege er. Dann griff er danach und schaute ihr in die Augen, gerade so, als sehe und meine er Aloe, sie.

Holger kam quer über den Rasen, die Gartenschere blitzte aus seiner Manteltasche. Treibhaus startklar, sagte er, und dann wieder nichts.

– Warum geht dein Mann zu diesem Bogenschießen?

– Es heißt Kyudo und kommt aus Japan. Hast du schon davon gehört? So, und bevor du ihn mir noch mit den Augen wegsaugst, nimmst du jetzt den Kleinen auf den Schoß!

Aloe staunte: wie warm und schwer Stefan war. Ein Buddha, der nach Milch und Milchverdauung roch. Von Haut rundum umschlossen, das war natürlich ganz normal, aber bei so einem kleinen Kind sah man es noch, sah den Körper in seiner ganzen Absonderlichkeit. Und einen Blick hatte er, unfaßlich – aus den Tiefen des Universums, ein unglaubliches Alter in den Pupillen. Als wüßte einer wie er alles, hätte alles schon geschaut. Aloe selbst hatte es auf Ultraschallplakaten gesehen: man trug ja Greise im Bauch. Fingen uralt an und wurden dann ganz jung.

– Es geht um Konzentration. Nur wenn du selbst der Bogen wirst und der Pfeil, wenn dein Herz vorausfliegt ins Ziel, triffst du es auch. Konzentration und Ruhe, Entspannung und Anspannung oder so, mehr weiß ich auch nicht.

– Und du?

– Wie »und ich«?

Anitas schulterlanges, in Stufen geschnittenes Haar rollte sich an den Spitzen ein, ihre vertrauten, etwas breiten Hände, der hellbraune Ton ihrer Haut. Aloe kam es vor, als sähe sie alles an ihrer Schwester überdeutlich, erkenne jedoch nichts. Anita war wie von einer Glasur umgeben.

– Machte es dir etwas aus, daß Männer auf dir wichsten?

Der Satz war Aloe wie eine Eidechse aus dem Mund geschlüpft. Doch nun war er einmal da, und Aloe ließ ihn laufen, Probebohrung ins Familiendesign.

– Sollten sie doch.

Anita hatte sofort verstanden: Männer, die sich damals das Unterwasserplakat besorgten und in ihren Busen wichsten, überlebensgroß und prall.

Da waren sie also noch: die schnellen Familienwörter und -blicke, das versteckte Protokoll ihrer gemeinsamen Höhen und Tiefen, ihr Schaltplan mit Supraleitern und eingebauten Widerständen, Spannung und Strom. Eine unsichtbare Maschine, die sie steuerte, ernährte, wärmte. Wirksam über weiteste Entfernungen; wirksam sogar, wenn der physische Kontakt unterbrochen war. Ein Maschinchen mit einer zuckenden lebendigen Spitze, zwischen ihnen allen aufgehängt. Und sie alle daran angeschlossen, über Kilometer und Jahre hinweg. Das Sippenherz.

Und nun saß ein neues Wesen dabei. Es gehörte zwar nur halb in die Böhmsche Runde – die andere Hälfte war Walter, aber was bedeuteten schon Gene im Vergleich zum unheimlichen Mechanismus der Familientradition? Man bildete sich aufeinander ab, ob man wollte oder nicht.

»Sollten sie doch.«

Es war, als hätte Anita gesagt: ja, es ist noch da. Der Mond, *la luna, the moon, she, la lune.*

Stefan sperrte den Mund auf und drehte die Arme wie kleine Propeller in der Luft. Er hat Hunger, lachte Anita, wir müssen sowieso gleich gehen. Aloe gab ihn seiner Mutter zurück, setzte sich Anitas Gucci-Sonnenbrille auf, grinste Holger an und sagte mit ihrem liebenswürdigsten Lächeln:

– Was meint eigentlich Walter zu Anitas Geschichte?

– Laß doch, sagte Ingrid. Vorbei ist vorbei.

– Wollte ich vielleicht danach die ganze Zeit fragen, Mutter: ob das stimmt?

Anita zuckte die Schultern. Eurydikes blaue Zunge fuhr über das beerenfarbene Maul. Es roch nach Kiefernholz, der Wind stand vom Fluß, Holger raschelte in seinem Tabak. Anita hatte sich Stefan auf die linke Hüfte gesetzt und winkte, indem sie den Arm des Kleinen schüttelte: wir essen jetzt und dann ins Bett. Bis morgen früh bei uns, Lollo!

Vor der Dämmerung, die sanft kam, sanft wie ein Gelee, sangen leise die Vögel her.

Kaum lag Aloe im Bett (in ihrem alten Zimmer), kaum schien die Straßenlampe ihr wieder ins Gesicht, schossen kleine bebende Knoten durch die Luft (und atmete nicht auch das Bett – strömte etwas von ihrer alten Form aus und der Zeit, die sie nicht dagewesen war?). *I got me some horses to ride*, sang Tori Amos, wenigstens ihren CD-Player hatte Aloe mitgebracht.

Ein Bild der Großeltern Böhm hing an der Wand, sie waren längst tot, doch auf dem Foto noch jung. Katja trug ihren

Bernsteinschmuck, das Licht der Studiolampen spiegelte sich bis heute darin. Ihr Blick war, wie der des Großvaters, gerichtet auf eine Stelle weit außerhalb des Bildes. Ein weißer schmaler Holzrahmen hielt das alte Foto, es war etwas Warmes, Gelbbraun-Rauchiges im Zimmer wie ein Nachtfalter, der sich verflogen hat und sich auf einem Vorhang niederläßt, um mit seinen rauhen und zugleich superempfindlichen Flügelschuppen zu wer weiß was für einem Leben zu erwachen, wenn niemand mehr da ist, der ihn sieht. Aloe wunderte sich manchmal, wer ihre Großmutter Katja wirklich gewesen war, aber es war zu spät, sie zu fragen.

Die Decke lag schwer auf Aloes Beinen. Zwitter, männlich, stand im Lexikon, zwischen zwitschern und zwölf. Das Kissen rauschte in ihrem Ohr, sie schob sich die Hand zwischen die Schenkel. Aloe war, als schaue sie aus der Zukunft auf sich selbst zurück, als sie da lag, sich rieb, pulste, kam. Die Geräusche der Nacht zogen vorbei, der Morgen strahlte, in jedem Sinn des Wortes. Sie hatte traumlos geschlafen. Aloe zog die Vorhänge zur Seite, das Treibhaus flimmerte im ersten Licht. Holger stand auf seiner längsten Leiter und roch an einer seiner Tomaten.

Anita saß auf der Terrasse und versuchte, ein Bonbon auszupacken, das am Papier klebte. Eben drehte sie das zweite Ende mühsam auf, ein Stückchen der Verpackung riß ab, Papierfetzchen peelten sich von dem pinkfarbenen Zuckerstück. Zwischen ihren hellblauen Fingernägeln stach das rosa Bonbon hervor wie ein fleischiger Tupfer.

– Na, Lollo, warum schleichst du dich so an. Willst du mich ausfragen?

Vielleicht schon. Aloe hatte es sich anders vorgestellt in Schwandt, dramatischer. Überzeichnet von einem stürmischen, einsamen Himmel, einer unaussprechbaren Drohung – oder wenigstens einer Verstörung, einer irritierenden, dauerhaften Anspielung. Und da fand sie nur dieses bürgerliche Setup, diese familiäre Lebensweise, erstaunlich – eindeutig.

Anita spielte ihn nicht mehr, den Freak. Nicht mehr für die anderen und nicht mehr für sie, Aloe.

– Ja, ich wollte dich etwas fragen.

– Ach, du auch? Alle fragen mich dauernd etwas.

– Ich meinte, ich … ich wollte etwas sagen.

Anita lutschte das Bonbon und spuckte ein Stück Papier ins Gras. Sie sah Aloe an.

– Wir haben nie mehr darüber gesprochen … also ich meine, damals, als die drei Punks dich bedroht haben und ich einfach weggerannt bin.

Es war draußen! Aloe schaute zu Boden. Anita hatte Ferien vom Internat gehabt; gemeinsam waren sie durch Schwandt gelaufen auf dem Weg ins UFO. Eines der ersten Male, daß sie in die Disco durften, fast waren sie schon dort, da tauchten die drei auf, schwarze Lederjacken, einer ganz in Motorradkluft, jeder bullig, zu dritt wirklich einschüchternd, und verstellten ihnen den Weg.

– Hey Zwitter, sagte der Größte und grinste Anita an; der in der Mitte meinte: da haben wir sie ja!

Aloe nutzte die Gunst des Augenblicks, auf sie achtete sowieso niemand, und bevor sie noch denken konnte, rannte sie schon. Hechtete um die Ecke, um eine zweite, dritte. Als sie wieder stand, nach Atem rang, war sie wie nie zuvor in ihrem Leben gelaufen und in einem Teil der Stadt, den sie kaum kannte, weit weg von Anita.

Judas Aloe!

Sie schlich ins UFO zurück, das Bild von Anitas Leiche oder ihrem gräßlich zugerichteten Körper vor Augen. Angst nagte an ihrem Herzen, und Schadenfreude und kalte Neugier, es war schlimm. Sie spürte den eigenen Schatten, er ging groß neben ihr und fraß einen Teil ihres Herzens, weil der jetzt so dunkel war, daß er dem Schatten gehörte.

In der Disco tanzten und tranken Freundinnen aus der Schule. Anita war nirgends. Um 10 kroch Aloe nach Hause, noch als sie klingelte, überlegte sie, was sie sagen sollte. Anita saß bei Ingrid auf dem Sofa. Weder verheult noch mit blauem Auge, nicht mit dem geringsten Kratzer. Aloe blickte nur kurz hin, wagte dann nicht mehr, sie anzusehen.

– Und das war es, Aloe, was dich all die Jahre mir gegenüber befangen gemacht hat?

– Was willst du hören? Wie peinlich es mir heute ist?

– Ja, vielleicht. Ich habe nie verstanden, was da los war mit dir.

Sie lachte: Punks? Mann, Aloe, das waren doch nur Typen, die dick taten und selbst die Hose vollhatten. Hat ja voll geklappt, dich zu erschrecken, bis heute!

Aloe hatte immer schon geahnt, daß diese Episode peinlich und immer nur peinlicher werden konnte. Doch nun Augen zu und durch!

– Und jetzt willst du Absolution von mir? Kann ich dir nicht geben. Von mir aus ist die Sache vergessen. Aber daß du mich im Stich gelassen hast, damit mußt du Hasenfuß am Ende schon selbst zurechtkommen.

– Es tut mir leid, flüsterte Aloe. Und nach einer Pause: Was wollten sie denn?

– Na, was wohl? Was alle immer wollten: mich ausziehen. Sehen, was das Zwittrige an mir ist. Sie sprachen aus, was bei den anderen Schwandter nur in den Blicken lag.

– Und du? Ich meine, was hast du gemacht?

– Lollo, das hast du nie verstanden. Es gibt immer auch eine komische Seite an allem. Bei den Ärzten bin ich darauf gekommen. Also habe ich den Jungs gesagt: was wollt ihr, hn! Wollt ihr es sehen? Sie haben genickt, schon verlegen und sich enger zu mir gestellt. Aber weißt du, das sind doch nur schüchterne verklemmte Heinis gewesen! Also, ich fange an, mich auszuziehen, Hose, Socken – ich hab's wirklich spannend gemacht. Hatte mich so oft schon vor Fremden ausgezogen, daß ich keine Angst mehr fühlte, das war das beste daran, das nämlich spürten sie genau.

– Und dann?

– Als ich mir an die Unterhose griff, rief einer von denen: laß! Sie wollten gar nichts sehen. Eine Höllenangst hatten sie!

Aloe ließ sich auf einen der Gartenstühle neben Anita fallen. Wie grotesk!

– Ich ging noch mit denen in die Kneipe neben dem UFO, ihre Clique samt Freundinnen hing da rum, rauchten alle und boten mir auch was an. Die wollten weniger sehen als hören! Vor allem, wie Modeln geht. Darauf waren sie nämlich wirklich scharf, hätte ich mir gleich denken können, da wollte doch mindestens die Hälfte von denen selbst hin!

Es war real und tat weh. Aloe grapschte durch Dunkel, in Scham gehüllt wie in einen leider durchsichtigen Kokon. Andere, vor allem Anita, konnten darin eine mickrige, erbärmliche Aloe sehen – und sie konnte erkennen, wie das, was sie sahen, sich in ihren Augen spiegelte. Aloe seufzte.

– Na, jetzt kein Selbstmitleid, Lollo. Du warst einfach immer leicht zu erschrecken. Soviel Angst vorm Leben?

– Du bist viel sicherer. Dein Selbstbewußtsein hat mich immer gewundert, ich meine, bei deiner …

– bei meinen Erfahrungen, exakt! Das habe ich im Krankenhaus gelernt, so absurd das vielleicht klingt. Sie haben dort alles getan, um es mir auszutreiben, und genau dort habe ich es gelernt: keine Angst mehr zu haben. Na, komm schon!

Anita hielt Aloe die Tüte mit den rosa Bonbons hin. Stefan

lag in einer kleinen Plastikwippe neben dem Stuhl seiner Mutter, Aloe sah ihn überhaupt erst jetzt. Es war also gar nicht so schlimm gewesen. Sie hatte Anita nicht verraten, doch, halt: sie hatte sie verraten, sie im Stich gelassen, aber es war nicht schlimm geworden.

Anita wickelte sich ebenfalls ein zweites Bonbon aus und steckte es in den Mund. Hinten im Garten konnten sie Holger auf einer Leiter stehen und Rosen schneiden sehen.

– Weißt du, Aloe, was ich inzwischen glaube: starke Ereignisse verursachen ein eigenes Netzwerk von Widersprüchen. Lose Enden, Sackgassen, kleine Geheimnisse in Zeit und Raum. Etwas ganz Gewaltsames prasselt auf dich ein, und dann gibt es plötzlich weiße Flecken und Augenblicke, in denen Information einfach von einem Energielevel unvermittelt auf ein anderes springt.

– Wie damals mit den Punks?

– Ja, damals auch. Am Ende hat es sogar Spaß gemacht.

– Du bist eine Sanguinikerin, Anita.

– Wie kommst du denn nun darauf?

– Eine, die das Leben liebt und das auch ausstrahlt.

Anita lächelte, es gefiel ihr.

– Und du?

– Melancholikerin natürlich.

– Puh, dunkel und so. Aber so bist du mir früher gar nicht vorgekommen.

– Heißt ja auch nicht dunkel, heißt, daß es einen hin und her reißt. Daß man Gefühle stark empfindet und sich manchmal nicht wehren kann.

Anita streckte die Zunge heraus und betrachtete das geschmolzene Bonbon auf ihrer Spitze.

– Ich glaube, ich weiß, was damals los war. Ihr habt meinen Körper immer zum Phantasieren mißbraucht. Nur weil ich mit dir da ging, kamen dir die drei Jungs so unheimlich vor, daß du sie nicht mal erkannt hast. Ihr hattet immer etwas Hysterisches an euch, wenn es um mich ging. Panisch und blind. Als weckte ich eure schlimmsten Alpträume auf.

Anita starrte über den Garten hinweg zu dem alten Ahorn. Stefan in der Wippe machte prustende Geräusche, als wäre er eine Lokomotive, ein Helikopter, ein Dampfer oder alles in einem. Als Anitas Blick zu Aloe zurückkehrte, flackerte kurz etwas in ihren Augen auf, doch dann wollte sie nur zurück ins Haus. Aloe ging hinter Anita her und nahm schnell noch ein weiteres Bonbon aus der Tüte, die auf dem Terrassentisch lag – ein großes Maul, wie ein lachender Haifisch, aber man konnte hineinlangen und es kratzte nicht mal, sondern gab Süßigkeiten ab. Aloe mußte lächeln. Interpretation machte die Welt.

Eine Hand berührte wie zufällig das Glas, kam zurück, umschloß es, hob es an den Mund, während unten zwei Finger, behaart und fleischig, über den Tisch strichen. Schattige Figuren zogen den Schatten eines eckigen Autos, beladen mit Bauklötzen, auf der Wand vorbei. Stefan kreischte, der Schatten des Autos ruckte, stand, fuhr wieder an, kippte. Der Schatten einer großen Hand richtete den Schatten des Autos auf. Anita ging durch das Bild auf der Wand.

Walter lächelte. Das Gewöhnliche saß bei ihm in den Haaren, wie sie dünner wurden, erst wenig, aber es war doch nicht zu übersehen. Neben dem Scheitel allerdings sprang eine widerspenstige Locke auf, die er immer wieder nach unten strich. Er wirkte wie einer, dem es nichts ausmacht, wenn andere über ihn lachen, solange er selbst den Anlaß dafür kontrolliert. Ein gutes Stück größer war er als Anita, doch Aloe fand, daß sein schwarzes Hemd ihm nicht stand. Seine Tochter studierte bereits, International Relations, ein frühes Kind, damals schon hatte Walter sich auf Patentrecht spezialisiert, er trat nicht gern auf vor Gericht, sondern war besser, wenn er sich durch Papiere wühlen durfte.

– Ein Mann mit Papier ist ein Mann von Gewicht, Aloe!

Er hatte sie herzlich begrüßt, »du hast mich ja immer unterstützt, das weiß ich genau!« Die Kanzlei, deren Teilhaber er war, bot Konzernbetreuungen an: Arbeitsverträge, Forschungsverträge, Patente, Marketing, Vertrieb, Werbung, Internationales Gesellschaftsrecht, EU und den gesamten e-commerce, alles in einem Paket. Der neue Biotechbereich bot die besten Aussichten. Walter verwaltete Patente, formulierte ihren Wortlaut, wog Zukunftsentwicklungen … ab und verfaßte entsprechende Schutzschriften. Er war selbstbewußt, hatte eine hübsche junge Frau und einen großen BMW vor der Haustür, den Aloe gesehen hatte, als sie kam.

– Magst du Stefan?

– Oh ja, ich habe mich schon gestern in ihn verliebt!

– Es war schön, noch einen Sohn zu bekommen! Ich wollte zwar nicht mehr unbedingt, aber Anita drängte auf ein Kind. Da machen sich die über 20 Jahre, die wir auseinander sind, eben doch bemerkbar.

– Anders als mit deiner ersten Frau …

– Traurige Sache. Aber Probleme gibt es immer. Wenn nur Anita ein bißchen mehr auf mich hören würde.

Sie saßen im Wohnzimmer. Ein dunkelgrüner hochfloriger Teppich lag auf dem Parkett; zwei zweisitzige Sofas und ein Sessel, alle mit schwarzem Leder bezogen, gruppierten sich um einen gläsernen Couchtisch.

– Wieso?

– Sie sollte nicht so viel arbeiten.

– Da denkst du wie Ingrid, das wundert mich. Und selbst arbeitest du doch auch nicht gerade wenig!

Walter zuckte die Schultern.

– Wir machen beide zuviel. In meinem Job geht es darum, das ganze System zu verstehen, rechtlich zu strukturieren und in Schwung zu bringen. Kommunikation mit anderen Systemen und Selbstauswüchse des eigenen Systems zu kontrollieren. Wie da die Arbeit reduzieren! Deswegen mein Kyudo. Vorher atmen, nachher atmen, und einfach fliegt der Pfeil ins Ziel. Überschaubare Sache.

– Ich denke, in unserer Gesellschaft ist der Pfeil längst durch die Spirale ersetzt worden. Nicht geradeaus, sondern immer in Kreisen. Das mußt du als jemand, der in Systemen arbeitet, doch wissen!

Er lächelte und sagte, halb süffisant, halb ernst: Eben deswegen: Kyudo zum Streßabbau. Paßt doch zu mir, alte Werte aufrechterhalten, oder? Ein bißchen exotisch verbrämt muß es allerdings schon sein.

Anita hingegen arbeitete in einer »Feld-Wald-und-Wiesen«-Kanzlei. Sie wollte vor Gericht ihre Mandanten vertreten, mehr reden als lesen und schriftlich formulieren. Sie wollte den Kontakt zu den Leuten.

Und Walter will durch Anita Kontakt zu den Jungen, dachte Aloe. Er gab Vorlesungen zum Systemmanagement an der Uni, als Mann der Praxis, dort hatte Anita ihn kennengelernt. Und er sah noch immer gut aus, der Juristenpapa! Hatte ein großes Gesicht wie ein Filmschauspieler, das auf die Ferne wirkte und auch von nahem angenehm war.

– Komm, schauen wir uns das Hochzeitsvideo an, da kannst du sehen, was passiert ist, während du in der Klinik lagst. Tut mir wirklich leid, Aloe, daß du nicht mitgefeiert hast.

Er war umgänglich, wußte Punkte zu machen. Weil er Aloe dabei nicht komisch anlächelte, glaubte sie ihm

Walter stand auf, um die Rollos herunterzulassen. Als überdimensionierter Hase lag Eurydike unter dem ein Stück entfernt stehenden Eßtisch und schnarchte. Anita kam mit Stefan die Treppe herunter. Ihre Absätze klackerten auf dem Marmor. Das ganze Haus wirkte etwas kalt auf Aloe, bis auf die Küche. Eine warme, orangegelbrote Reproduktion von Rothko hing dort; farbiges Licht tänzelte durch die bunten, leeren Flaschen, die Anita auf dem Fensterbrett sammelte.

– Das Video ist so oft gespielt, sagte Walter, da sind die Kontraste unscharf – die auf dem Band.

Er lächelte, als habe er den Scherz für Aloe gemacht. Dabei machte er ihn für sich, vielleicht auch für Anita, zumindest schaute er in ihre Richtung. Anita stand mit einem Glas in der Hand und einer Zigarette zwischen den Lippen neben Walter, reagierte aber nicht auf die Bemerkung. Stefan krabbelte auf einer mit bunten Bären bedruckten Spieldecke vor dem Kamin.

Wie das Video surrte. Walters ältester Bruder, Joachim, hatte es gedreht, allerdings war auch der jüngste, Christian, mit seiner Kamera gekommen. Schwarzhaarig seien alle Nees, aber kuck dir erstmal die Freundinnen meiner Brüder an, die sehen sich noch viel ähnlicher, zwei Brüder, zwei Schwestern, eine dritte hatten sie leider nicht, da hab ich halt Anita …

Aloe dachte: na hoppla, was geht hier denn ab?, aber noch immer schien Anita nichts zu hören.

Das Hochzeitsvideo bot das Übliche – Gäste, Gäste, aufgeregte Eltern, Gäste –, bis wie aus dem Nichts ein kleiner Junge in einem dunkelblauen Anzug auftauchte.

– Keine Ahnung, zu wem der gehörte, sagte Anita, die schräg hinter Aloe saß und einen Brummgeräusche ausstoßenden Stefan auf dem Schoß hielt.

Für den Bruchteil einer Sekunde zeigte der Junge eine Metallkapsel, dann sprang mit der Geschwindigkeit eines Torpedos ein kugeliges, clownsartig bemaltes Wesen an einer Feder mindestens anderthalb Meter nach vorn, direkt auf die Linse zu – und grinste. Und schwankte und schnalzte und war dick und leuchtete rot. So unvermittelt, wie es erschienen war, schnellte es in die blaue Kapsel zurück.

Die beiden Nees-Freundinnen ähnelten sich gar nicht so, wie Walter behauptet hatte, die eine war etwa 1.50, die andere mindestens 1.80.

– Die Lange gehört zu Christian, sagte Anita, und hat Heiratspanik!

– Sie arbeitet, so Walter, für den deutschen Handballverein, Product Managerin; Heiratspanik hat keine, so etwas gibt es doch gar nicht mehr.

– Sie hat es mir selbst gesagt. Heiraten sei wieder in.

– Und warum? fragte Aloe.

– Weil das Leben, antwortete Anita, dadurch irgendwie wertvoller wird.

– Oh Gott, das klingt wie aus der Avon-Werbung, meine Liebe.

– Na, da hast du ausnahmsweise recht, Walter. Ich meine so etwas wie fragiler, schützenswerter und irgendwie auch … surrealer. Ja, surrealer, das ist es.

Sie lachte kurz: ist doch eigentlich grotesk, alle Momente des Flirtens und sich Begehrens in einen alten Ritus zu packen! Und dann geht man hindurch, wie schon Millionen von Menschen es vor einem getan haben.

– Und du meinst, weil es so surreal ist, ist es wieder in? Das glaube ich nicht, sagte Aloe.

– Nein, nein, nicht deswegen. Das Surreale ist, daß es funktioniert, Lollo: du wirst wie alle anderen, vereinigst dich mit ihnen. Man macht es, weil man glaubt, daß es ein Mittel zur eigenen Transformation ist. Man nimmt die Heirat, das Vertrauen der Spezies, das legale Mittel zur Fortpflanzung, du verstehst, den richtigen Weg!

– Dann sind wir ja genau im Trend, lächelte Walter. Mich freut dabei besonders, daß Anita klipp und knapp Nees heißt wie ich.

Er ging in den Keller, um eine neue Grappaflasche zu holen, Aloe schaute sich im Wohnzimmer um, Stereoanlage von Sony mit wegzoombaren Reglern, dort hörte Walter am liebsten Brahms, die Neunte und Rolling Stones – gleichermaßen laut. Anita grinste:

– Erfahrungen sind wie ein Fleck. Manche tragen ihn außen und zeigen ihn überall her.

– Und du?

In diesem Augenblick kam Walter zurück, er fluchte, als er sah, daß er sein noch halbvolles Glas in Stefans Reichweite hatte stehen lassen, Anita schrie: bist du blöd?, doch schon schepperte es zu Boden, und Walter sagte: reg dich ab.

Es war nicht zersprungen. Walter wischte die kleine Pfütze auf. Dann saßen sie wieder da. Niemand sagte etwas. Aloe verstand nicht, was hier los war. Sollte sie sich einmischen? Aber das Kindermädchen für Ehequerelen zwischen Anita und Walter war sie nicht!

– Du siehst so genervt aus, Lollo. Wollt ihr beide, Lukas und du, nicht auch bald heiraten? Komm, ich zeige dir ein anderes Band.

Großaufnahme Stefan. Als in Tüll gewickelte Glühbirne lag er, ganz rot im Gesicht, auf Anitas Arm. Beringt und gegelt kamen die Taufgäste vor der Kirche an, jung, reich, fit und top küßten sie sich. Man kann sich doch immer neu entscheiden, hatte Anita vorhin gesagt, wo es langgehen soll. Sie saß auf einem der Sofas und schlug die perfekt rasierten Beine unter den Po.

– Jetzt das Beste, rief Walter.

Großaufnahme Anita. Sie trug ein grünglitzerndes, bodenlanges Mantelkleid, dessen Schalkragen sie leicht hochgestellt hatte. Dazu passend grüne, hochhackige Schuhe.

– Hübsch, sagte Aloe.

– Wütend, sagte Walter.

Auf dem Video schien die Sonne. Die Kirche hatte keine sichtbaren Fenster, sonst hätten sie geglitzert. So glitzerte nur der Schmuck an Anita, goldene Ohrringe, Gliederkette, Armband. Mehr noch als der Schmuck glitzerten ihre Augen. Anita sah nicht aus wie unter Strom, wie Strom sah sie aus. Aloe verstand: Anita, die Veilchenfarbene, Anita, die Zündlerin, da war sie noch.

– Hat Joachim aufgenommen, sagte Walter, ich mußte ja weg.

Denn Walters Patentante samt Familie fand die Kirche nicht. Anita kochte, Anitas Gesicht brodelte, selbst unter dem Makeup sah man es. Wie sie die Absätze ins Pflaster vor der Kirche hackte. Dabei konnte, sagte Walter, der alte Priester, den sowieso noch nie jemand vorher gesehen hatte, mit seinen beiden Priestergehilfen ruhig warten. Aber Anita. Die Pumps spannten den Körper: Po nach hinten, Brust nach vorn. Da entdeckte sie die Kamera. Doch sie hob nicht die Hand, sagte nichts und ging, plötzlich ganz kontrolliert, als befände sie sich häufig in Situationen wie dieser, auf die Linse zu. Natürlich, gleich schlug sie Christian das Ding weg. Davor sahen sie für Sekunden ihr unter der Schminke wie aus einem Zwielicht hervorkriechendes Gesicht, dicht, scharf, von Lust und Wut gefleckt.

Sie mußte eine hervorragende Juristin sein: wie sie sich so richtig in die Spur hievte – die Beine betonte, den Mund, den kecken Thrill – auch das erkannte Aloe wieder.

Mit Anitas Schlag vor die Kamera war es auch im Wohnzimmer dunkel geworden. Ein Glas schob sich mit quietschendem

Kratzen über den Tisch. Walter entschuldigte sich bei Anita. Für den Witz von eben, den mit den zwei Schwestern und der einen, die fehlt. Anita saß im Halbschatten, doch Aloe sah ihre Arme schimmern und den Ansatz ihrer Brust in dem changierenden Seidenhemd, das sie über der Hose trug.

Es war wieder brütend heiß geworden, als Aloe aufbrach. Wie der Quecksilberstrahl in einem Thermometer lag der Fluß in seinem Bett. Das Gesicht knochig gespannt, den Kopf in die Hände gestützt, saß Walter vor einem erneut gefüllten Glas Grappa und schaute ihr nach.

Am Nachmittag ging Aloe zum Fluß. Auch er war gute 20 Jahre älter, sprudelte schaumlos und so sauber, daß alles blinkte, was irreführend war, denn es kam auch von den Scherben, die noch immer in Mengen auf seinem Grund lagen, als versickerte Hommage an die Vergangenheit. Ein paar Fische schwammen im Wasser, die Uferböschung war bewachsen und längst gab es kein Schild mehr, das etwas verbot. Nur der alte Holunderstrauch stand noch da, noch knorriger jetzt, reckte seine Blüten im Frühjahr weiß, schaukelte seine Beeren im Herbst schwarz, und niemand wäre, wenn er hier spazierenging, auf die Idee gekommen, selbst wenn der Mond auf die doppelte Schleife schien, Weiß für eine schreckliche Farbe zu halten, im Gegenteil.

Aloe hatte sich einen Grasfleck auf die beige Hose gemacht, als sie sich ans Flußufer setzte. Sie streckte eben die Hand nach der Klinke der geschlossenen Badtür aus, als sie von innen Ingrids Stimme hörte.

– Gib die Füßchen her, schön eincremen, und da noch ein bißchen Puder, na, was für ein hübscher Po. Zeig nur, was du da so hängen hast, ja, laß die Oma nur mal schauen.

Aloe hörte das Rascheln von Plastik, wahrscheinlich kramte Ingrid in der Windeltüte.

– So ein ganz normales Baby! Tut mir gut, dich anzugucken, jaja, da lach nur, aber das heilt meine Augen. War so schrecklich, wenn deine Mutter, als sie ein bißchen älter war als du, im Bett lag und wimmerte. Und manchmal sogar schrie. Mein kleines Mädchen war das – deine Mama. Und was mußten ich und Holger dann tun? Sie wieder zum Arzt bringen. Still und mit diesem intensiven Blick kam sie zurück. So kannst du gar nicht schauen, sei froh! Und wie sie anfing, sich zu wehren, schon mit zwei, wenn wir sie nur durch die Tür des Krankenhauses trugen – schrie wie ein Tierchen, das alles am Geruch erkennt. Schlimm, glaub mir. Aber sinnlos, die einmal begonnene Behandlung abzubrechen. Das wäre am allerschlimmsten gewesen, Pfusch.

Aloe hielt sich mucksmäuschenstill.

– Und ich dabei immer das Gefühl: die Hauptverantwortung liegt bei dir, Ingrid. Du bist die Täterin!

Aloe hörte, wie Ingrid auf einen Lichtschalter drückte (für die Wärmelampe vermutlich), erneut raschelte Plastik, eine Schublade wurde aufgezogen und gleich darauf wieder geschlossen.

– Das Gefühl: aus deinem Körper, Ingrid, ist es rausgekommen. Eklig! Und du selbst bist es auch!

Aloe stand in der halbdunklen Diele im ersten Stock neben der Kommode mit Ingrids Schmuckschatulle, einen Schritt vor der Tür zum Bad.

– Schön so unter der warmen Lampe, nicht wahr! Spielst gern nackt, du Süßer? Ja, das ist gut. Steckst so selbstverständlich in deinem Körper, nein, bist ja ganz dieser Körper, gibt ja noch kein Ich bei dir.

Unter der Türritze hindurch – Aloe schnupperte – doch, eindeutig, roch es nach Zigarettenrauch. Ingrid mit einer Zigarette, heimlich, bei Stefan. Aloe schüttelte den Kopf. Die hatte Ideen!

– Schön das Feuer, was? Wie deine Mutter schaust du. Aber ich brauch jetzt eine, Kleiner. Es geht nicht darum, daß du mal alles erbst, wie ich gestern zu Aloe gesagt habe. Jaja, ich spiel die lustige Alte, ein bißchen spleenig, das nehmen die anderen am leichtesten hin. Mir ist allein wichtig, daß du überhaupt da bist.

Das konnte Aloe sich vorstellen. Eigentlich hätte sie jetzt ebenfalls gern eine zum Rauchen gehabt. Dann hätte auch das Herumstehen vorm Bad selbstverständlicher ausgesehen.

– Natürlich habe ich mir Vorwürfe gemacht. Wie konnte das mit Anita nur passieren? Ich war schon neununddreißig, als sie zur Welt kam. Die Ärzte wußten nicht, woran es lag. Aber jetzt bist du da, und alles wird ein bißchen wieder gut. Ich war es damals schließlich, die geschrien hat »macht, um Himmels willen, eine Frau aus ihr!«

Aloe nickte in dem Flur, in dem niemand sie sehen konnte. Anscheinend rauchte Ingrid eine Mentholzigarette. Jetzt rüttelte sie am Fensterriegel, klappte ihn um – es quietschte – und Aloe hörte, wie das Fenster sich aus dem Rahmen löste, dann wurde es still. Ingrid schien nachzudenken. Aloe erinnerte sich, auf dem Wickeltischchen, das man über die Badewanne klappen konnte, einen Plastiküberzug liegen gesehen zu haben. Darauf strampelte Stefan jetzt vermutlich.

– Kaum zu glauben: und etwas von mir steckt also in dir. Komm, jetzt ziehen wir uns wieder an.

Aloe überlegte, wieviel Prozent von ihren eigenen und Stefans Genen dann wohl identisch waren, als Ingrid laut rief:

– Ja, hör du nur auch zu! Dich geht es auch an!

Aloe zuckte zusammen. »Der Lauscher an der Wand hört seine eigene Schand«. Obwohl es nicht stimmte, fühlte sie sich sofort schuldig.

Ingrid sprach weiter:

– Geht uns alle was an. Ein Viertel von mir, Steffelchen, steckt in dir und drei Viertel andere Menschen und noch etwas. Ich habe mir nämlich ein Buch über die Wiedergeburt der Seele gekauft: Krishna spielt Flöte, wenn du stirbst, und läßt dich herumgehen unter den Tieren im Kreis – und am nächsten Tag, nach einer kurzen Pause, mußt du wieder raus – ein Viertel der Gene von mir da in dir, aber die Seele nicht. Rätselhaft, wie das alles zusammenpaßt.

Mit wem sprach sie bloß?

Aloe hörte Stefan lachen und glucksen.

– Na, hast du endlich gepinkelt ... So, komm her, Butzerle, ja, Hintern in die Hose, beeilen wir uns. Ich muß anfangen, das Abendessen vorzubereiten, heute abend essen sie alle bei mir!

Aloe ging in ihr altes Zimmer, schloß die Tür bis auf einen Spalt und wartete. Es dauerte nicht lange, und Ingrid kam mit Stefan auf dem Arm aus dem Bad. Aloe hatte Zeit. Und tatsächlich, bald darauf schwang die Badtür nochmals auf. Eurydike trottete heraus. Es sah aus, als lächele sie.

Sie saßen am Eßtisch und fragten sich, wann Ingrid mit der Zubereitung der Vorspeisen fertig sein würde. Anita war in einem sherryfarbenen Anzug aus Naturseide gekommen. Der breite Hosenbund reichte fast bis an den Ansatz ihrer Brust. Er machte eine schmale Taille, die bei Anita allerdings eher gerade als rund aussah. Die weitgeschnittene Hose fiel in schönen Falten um die Beine, das Oberteil bestand aus einer bis zum Hals hochknöpfbaren, untaillierten Jacke sowie einer kurzen Bluse, die sich eng um Anitas Rippen schloß. Aloe sah die elastischen Muskeln, die von Brust und Rücken zur Schulter liefen, als Anita mit erhobenem Arm einmal sehr schnell Walter durch die Haare strich. Abwechselnd sprach sie zu ihm und Aloe:

– In dem Zeitungsbericht aus China stand auch, daß zwei Leute angefangen haben, von den Enden der großen Mauer aufeinander zu zulaufen. Als Kunsthappening. Stellt euch nur vor: wie die Mauer Hunderte von Kilometern lang Hügel hinaufkriecht, in Täler sinkt, ein aufwendiges Zickzack, und die beiden, ameisenklein, laufen unverdrossen einander entgegen.

– Und was soll das?

– Na, mein Bester, das müßtest du doch wissen: es soll die Liebe darstellen!

– Oho, sagte Aloe, die Mauer ist übrigens das einzige von Menschen geschaffene Bauwerk, das man aus dem All sehen kann.

– Oho, sagte Anita, und wie geht es meinem Freund Lukas?

– Ich soll dich von ihm grüßen.

Auf der Tanne im Garten saß eine dicke Amsel. Bei jeder neuen Meldodie drehte sie sich ein Stück auf dem Ast wie ein kleiner Automat. Anita nickte zerstreut:

– Mir fällt bei »All« immer nur Zufall ein.

– Lukas wäre begeistert! Mir muß er genau darüber ständig Vorträge halten: wäre das Neutron nicht minimal schwerer als das Proton, wäre der Abstand der Erde von der Sonne nicht exakt, der er ist, gäbe es keine roten Riesen, die als gigantische Kraftwerke aus Wasserstoff und Helium unter immenser Hitze komplexere Elemente synthetisieren, hätte es nicht in der Symmetrie des Kosmos für Bruchteile einer Sekunde ein minimales Ungleichgewicht gegeben, so wären exakt gleich viel Materie und Antimaterie entstanden und wir existierten nicht. Nichts existierte, keine Sonne, keine Erde, kein Himmel. Es ist Zufall, daß …

– Puh, sagte Walter, das muß ja eine langweilige Beziehung sein, wenn ihr dauernd über solches Zeug quatscht.

– Extrem langweilig, Walter! lachte Aloe, plötzlich sehr froh, daß es überhaupt etwas gab im All, und ganz besonders froh über dieses spezielle Etwas bei ihr zuhause, das vor allem aus klugen Gedanken und heftigen Stromstößen zu bestehen schien.

Anita spuckte sich einen Olivenkern in die Hand.

– Was du da erzählst, Lollo, hätte mich auch interessiert, aber ich habe ja aus Dummheit Jura studiert.

Ihre Nase schob sich ein wenig vor, wie aus einem Versteck:

– Aus Dummheit, nämlich aus Gerechtigkeitswahn! Dabei hat die Juristerei mit Gerechtigkeit nichts zu tun, aber auch nicht das geringste. Das hätte ich mir damals denken können, habe es aber erst später begriffen.

Walter schaute empört. Er war schließlich Jurist und von seinen guten Taten als Jurist überzeugt.

– Wir verhindern Mißbrauch, wir kontrollieren!

– Ach, sagte Anita, und du bist der Ritter der Armen und willst aus deinen Gegnern Hirschsuppe machen. Dabei hast du mit Menschen kaum mehr zu tun. Glaub mir, im Gericht geht es ganz anders zu als in deiner patenten Welt.

Von den Tellern, den Bestecken, den Weingläsern blitzte das Licht der Lampe. Walter knackte mit seinen kräftigen Fingern ein paar Pistazien, indem er die Nüsse an ihren unteren Enden zusammendrückte und ihre Schalen wegspringen ließ.

– Gerechtigkeit, rief Anita quer über den Tisch in seine Richtung, Quatsch mit Sauce! Als ein mit Daten bedrucktes Stück Fleisch wird man in den Trichter des juristischen Fleischwolfes gestopft und zu einem ordentlichen Strang aus weißen und roten Fakten, aus Wahrheit und Lügen, verarbeitet!

Walter flüsterte Aloe ins Ohr: das ist eines ihrer Plädoyers, hör nicht darauf!

– Puhh, sagte Anita. Woher soll eure Gerechtigkeit denn kommen! Wir alle leben doch in einer ständigen Überblendung von Vergangenheit, Gegenwart und Zukunft. Gerechtigkeit!, als wäre die möglich, wenn das ganze Dasein nichts ist als ein geradezu gespenstischer Prozeß unablässiger Überblendungen. Gespenstisch beleuchtet taumele ich jedenfalls manchmal durch die fast dunklen Zimmer, wenn Stefan schon schläft und Walter noch in der Kanzlei ist.

Walter zuckte die Schultern: Mach's nicht so dramatisch!

Doch Anita ließ sich nicht unterbrechen: Gerechtigkeit, ein leerer Begriff, gerade so als verarbeite man ein lebendiges Huhn zu Hühnerbrühe und sage dann zur Brühe: fang zu gackern an. Nichts aus der Vergangenheit läßt sich ausgleichen, nur die Zukunft zählt! Na, und braucht ihr ein Beispiel, langsam von Capé wie ihr nun mal seid? Da habe ich ein hervorragendes, gerade für euch, nämlich Jona und Jörg.

Die beiden hatten vor Jahren geheiratet, drei Kinder bekommen, ein großes Haus auf dem Land gekauft. Jona wollte dort einen alternativen Bauernhof, Hühner, Ziegen, am Ende hielten sie sogar ein Schwein. Jörg fing an, auf die Jagd zu gehen, zumindest in seiner Freizeit, im Hauptberuf war er Personalchef einer Nudelfabrik. Na, hat ja was miteinander zu tun, lachte Anita und steckte sich die nächste Olive in den Mund. Aloe fiel auf, daß sie ihren Ehering nicht trug.

Jörg hatte ein Gewehr zu Hause im Schrank, packte es, ging in die Küche, in der Jona einen Kuchen buk, und schoß. Aus nächster Nähe. Es war ein Wunder, sagte Anita und suckelte an ihrem Kern, daß er sie nur in den Oberarm traf. Sie schrie, er schmiß das Gewehr hin, schrie ebenfalls. Nervenzusammenbruch – er schrie nur noch. Jona nahm das Gewehr, ihre Kinder schrien inzwischen auch, sie rief die Polizei, mit dem Gewehr in der Hand. Jörg wurde abtransportiert. Die Tiere hatten ihn schon lange genervt, sagten die Nachbarn. Das Schwein muß eine ziemliche Sauerei gemacht haben, den ganzen Garten zerwühlt, mehrfach ausgebüchst, Jona wurde es auch zuviel, nur die Kinder freuten sich. Jörg war oft nicht da. Es kam, wie es immer kommt, als er es rausfand, na, ihr wißt schon, sie hatte was mit einem anderen. Jörgs Schießerei galt als streßinduzierte Überreaktion. Jona wollte eine Abfindung von ihm, die Scheidung ging schnell. Jörg bekam Bewährung, jetzt war er in China. Deutsche Nudeln galten dort als der neueste Hit.

Das beste an der Geschichte aber war das Schwein! Auch Jona und die Kinder waren weggezogen, hatten das schöne Haus aufgegeben. Bloß das dicke rosa Vieh rüsselte fröhlich in der fetten, alten Erde herum. Die neuen Eigentümer hatten es mitgekauft.

Aloe lachte und griff nach einem Tramezzino, das natürlich mit Tomate aus dem Treibhaus belegt war.

– Seht ihr: die Sau wühlt im Dreck, streckt ihre Borsten überall hin und grunzt vor Glück so laut, daß man gar nicht mehr schlafen kann. Das ist dann eure Gerechtigkeit!

Walter grummelte »Unsinn«. Unvermittelt sprang Anita auf, um nach Ingrid zu sehen, erst auf dem Flur holte Aloe sie ein:

– Was ist mit Walter?

Anita schaute zur Seite, ein Zucken spielte um ihren Mund.

– Er hat Angst.

– Wovor?

Lachend: vor mir!

Sagte es und ließ Aloe stehen.

Das Babyphon hatte gefiept, dann nur noch geknirscht; mit frischen Batterien kehrte Anita zurück und setzte sich vor einem der bodenlangen Fenster auf den alten roten Perser. Sie roch nach Sternen und Heu – wie auch immer sie das zustandebrachte, es roch gut.

– Oh, ein Parfum, ein altes. Heißt *Jicky*.

Walter saß neben Aloe auf Holgers und Ingrids großem grünem Cordsofa, Eurydike schaute zwischen ihm und Anita hin und her.

– Warum heißt sie ausgerechnet Eurydike?

– Euridyke, sagte Anita, ja, warum eigentlich?

Walter zuckte mit den Schultern. Holger brachte einen Toast auf Ingrids Fax aus. Anita nippte, Walter schluckte geräuschvoll. Aloe schaute ihn kurz an und hob das Glas:

– Und wann kommt euer zweites Kind?

Ingrids Gesicht entspannte sich. Aloe hatte die entscheidende Frage gestellt. Jetzt mußte sie es nicht tun.

Brombeersauce floß über das Eis, mit Früchten, groß wie Pupillen. Holger goß erneut Traminer aus, faltete sich dann aber ganz in sein Hemd. Anita drehte ihr gelboranges Glas, schaute in die Runde und sagte mit leiser Stimme, aber merkwürdiger Entschlossenheit: nie!

Nie, als wäre das selbstverständlich.

Nie!, nichts sonst.

Ingrid schnitt weiter Eis auf der Marmorplatte des Tisches, deren feinverästelte schwarze Äderung Aloe als Kind oft angesehen hatte. Nun sah sie aus wie die geheime Karte der Reise zu diesem Wort: nie!

Wörter, miteinander verkettet, nebenher gesagt, eine Decke aus Schaum, doch dann kommt beiläufig ein Wort allein hervor – und nackt und bloß steht etwas im Zimmer, das vorher nicht sichtbar war. Eine Erschütterung, ein Riß – eine Kälte, die Aloe plötzlich hellwach verstand. *Nie.*

Ingrid faltete die Eispackung zusammen, schaute in die Runde und verkündete, daß sie jetzt ein Foto machen wolle.

– So jung kommt man nicht mehr zusammen!

Anita in ihrem sherryfarbenen Anzug, der aus dem zerknitterten Lederbraun des Sessels, in den sie sich jetzt gesetzt hatte, an einigen Stellen hervorleuchtete, an anderen hingegen die fremde Farbe geradezu aufzusaugen schien, wirkte zufrieden, aber etwas angestrengt. Aloe sah, daß ihre Schwester Walter beobachtete, der in sein Weinglas schmunzelte. Ingrid stand mit der Kamera da, leider war der Film schon voll, er spulte zurück. Holger drehte sich auf seinem Stuhl:

– Kalter Krieg, Kuba und Kennedy, alles K, ist euch das schon mal aufgefallen, all diese Namen mit K?

– Aber Erhard nicht, sagte Ingrid.

– Und wie hieß Adenauer mit Vornamen? Siehst du!

– Ich denke lieber an etwas Schönes, etwa Kalten Hund, Aloe brachte das Rezept von einer Geburtstagsparty mit, und Anita war so begeistert! Beim nächsten Mal mache ich euch einen.

Anita lächelte vorsichtig, als wolle sie die Luft testen. Walter fischte mit zwei Fingern in der Tasche seines Hemdes, fand ein Taschentuch, faltete es umständlich auf und schneuzte trompetend hinein.

– K wie Kind. Das mit dem zweiten überlegen wir noch.

Anita steckte beide Hände in die Taschen. Doch die Hose hatte keine Taschen, hilflos fuhren die Finger auf der Seide herum, strichen auf dem glatten Stoff ein paarmal über die Hüften, bis Anita ihren Irrtum bemerkte.

– Doch, ich hätte gern ein zweites, sagte Walter, und kippte seinen Wein in einem Zug hinunter. Dann lehnte er sich nach vorn, zu Aloe; sie hatte das Gefühl, er wolle damit an ihr Solidaritätsgefühl appellieren.

Sie streifte ihre Schuhe ab und setzte sich in der Ecke des Sofas neu und mehr in Richtung Walter gewandt zurecht. Jetzt konnte der Abend ja richtig beginnen!

– Wir müssen gehen, sagte Anita schnell, morgen ist ein anstrengender Arbeitstag.

Am nächsten Tag war Sonntag. Über den Vorgartenweg

schlenderte Anita zum Walmdachhaus zurück, Aloe lehnte im Rahmen der Haustür und sah ihr nach. Ihr geschmeidiger Gang, der knackige Po in der Hose. Arbeitete sie morgen wirklich oder war das eine Lüge? Solcher Eifer sah der Entspannungsanita von früher gar nicht ähnlich. Aloe versuchte, statt Anitas schönem Körper die Rosen anzusehen, aber es funktionierte nicht. Anitas Hand schwankte mitten in der Nacht wie eine kleine Sonne über den Weg.

Aloe war offensichtlich nicht die einzige, die das so empfand. Walter schoß aus der Tür, rempelte Aloe dabei an, merkte es nicht, hetzte nur weiter, als verliere er sonst seine Anita-Eurydike an die bedrohliche Welt. Sein Schatten stieß nach vorn, lang und hager (über der Haustür hing eine Lampe, sie warf das Licht) – ein Schatten, gekrümmt, sehnsüchtig und voller Gier.

6.30 zeigte der Wecker, ein Hund kläffte, ein Laden ratterte. Aloe wollte früh aufbrechen und ging durch den Garten hinüber ins Walmdachhaus, um sich von Anita zu verabschieden, aber insbesondere, um Stefan noch einmal zu sehen.

– Komm hoch, rief Anita aus dem ersten Stock.

Stefans Haut sah fast durchsichtig aus im Schlaf. Aloe streichelte seine Wangen, seine Stirn und flüsterte: du Lieber, ciao.

Auf Anitas Tisch türmten sich Akten; auf dem Boden lag ein Paar blauer Hanteln. Aloe schaute ihrer Schwester über die Schulter.

– Du suchst etwas im Schmerzensrecht?

– Das gibt es nicht, nur Schmerzensgeld. Nur bei Verletzungen nicht, in die eingewilligt wurde. Doch eben das ist das Problem: wer darf ja sagen, wann und zu welchem Zweck. Rechtslücken tun sich hier auf, davon machst du dir keine Vorstellung.

– Nicht die geringste, sagte Aloe, zum Glück.

Eine Packung Göstrol und ein Foto von Stefan lagen neben dem aufgeschlagenen dicken roten Schönfelder. Schmerzensrecht, rief Anita Aloe nach, was soll das denn überhaupt für ein Ausdruck sein!

Die Raststätte war fast leer. Aloe hatte sich an dem silbernglitzernden Tresen einen Eistee genommen und sich so gesetzt, daß sie die Autobahn sehen konnte. Wie kleine Gummigeschosse zischten die Wagen vorbei. Vier Kinder johlten am Ausgang des Restaurants vor einem großen gläsernen Apparat, der für zwei Mark einen chromblanken Greifer ausfuhr, um einen Haufen gräßlicher Stofftiere zu durchwühlen. Manchmal griff der Metallarm sogar eines, fast immer aber stürzte es, kurz bevor der Automat es hätte ausspucken müssen, in den Plüschhaufen zurück. Ebendies – der Sturz vorm Ziel – schien den Kindern besser zu gefallen, als wenn sie den Teddy erhielten; jedenfalls kreischten sie dabei besonders laut.

Und Aloe selbst? War sie der Greifer oder eines der Tiere – aufbewahrt in einem Haufen Plüsch, aus dem ein Arm, gesteuert von einer unbegreiflichen Außenwelt, sie herauszog, nur um sie wieder fallen zu lassen?

Ach, pathetisches Zeug. Die Autobahn machte sie heute nervös. Lukas hatte recht gehabt, sie hätte gar nicht erst nach Schwandt fahren sollen. Das hatte sie nun davon.

Aloe trank von ihrem Eistee und fühlte in der Hosentasche nach dem Bonbon, das sie gestern bei Anita eingesteckt hatte, konnte es aber nicht finden. War das wirklich erst gestern gewesen? Der Traum der letzten Nacht kam Aloe in den Sinn – eigentlich war es mehr eine Erinnerung als ein Traum gewesen, nachdem der Wecker schon geklingelt hatte, halbwach hatte sie dagelegen.

– Und die Liebe? fragte Aloe.

– Die schlägt immer einen Bogen!

– Glaub ich nicht, Erika!

Aloe war neunzehn und zu Besuch in Tokio. Roppongi, Shinjuku, Asakusa, schon die Namen der Stadtteile klangen verwirrend für Aloe, die Stadtteile selbst waren es erst recht. Eben kam sie mit Erika von einem Ausflug auf ein Hochhaus, dessen oberstes Stockwerk rundum verglast und überdacht als Aussichtsplattform diente. Aloe hatte von dort den Fuji gesehen, drei lange Shinkansen auf ihrem schlängeligen Weg in die Stadt verfolgt und (durch eines der aufgestellten Fernrohre) einen ganz in Schwarz gekleideten Mann beobachtet, der in einem riesigen Käfig auf einem der Dächer einen Golfschläger schwang. All dies geschah lautlos, vollkommen lautlos; auf die untersten 20 Zentimeter der Scheiben war ein Miniaturbild der zu sehenden Türme, Brücken und Hügel gemalt, schwarz auf durchsichtig, in lateinischer Schrift. Der Golfmann war dort nicht vorgesehen, er mußte also lebendig sein. Bogen um Bogen schlug er den Ball.

Und da sagte Erika, daß die Liebe genauso lief. Immer in Umwegen, Bögen und manchmal ganz im Kreis.

Jetzt fuhr ein vollautomatischer Zug sie auf einer gewagt kurvigen, oberirdischen Trasse ins Hafengebiet. Die fremde Umgebung schien Aloe richtig, um Fragen auszusprechen, die zuhause so unstellbar waren, daß sie ihr nicht einmal einfielen. Hier, hatte Aloe gedacht, waren sie vielleicht nur unbeantwortbar.

– Und die Liebe?

Erika schmunzelte, schüttelte dann aber den Kopf und sagte leise: ach nichts!

Es war dunstig heiß. Erika, noch immer ein Stückchen größer als Aloe (mit ihrem kantigen, gutgebräunten und seltsamerweise fast faltenlosen Gesicht, das durch die kurzen grauen Haare noch betont wurde), stand neben Aloe an der Frontscheibe des Zuges. Als Aloe nicht mehr damit rechnete, noch eine Antwort zu bekommen, sagte ihre Tante etwas von »deutschem Nebel«. Sagte etwas von »nassen Wiesen«.

– Fällt dir das ein, wenn du an Huch denkst?

– Aloe, jetzt bin ich schon Jahre mit ihm zusammen, und ihr nennt ihn immer noch bei diesem dummen Namen aus der Oper damals!

Dichter Nebel sei im Winter '45 über den Wiesen gehangen, nicht der Hunger oder die Kälte waren am schlimmsten, sondern das Gefühl darunter, sagte Erika: Überall drang die Kälte ein, der Hunger kam ihr von innen entgegen, irgendwo in deiner Mitte krallten sie sich zusammen und bildeten eine große Klammer. Man ging aufrecht, was so ja kein Kunststück war, und wurde ein Mensch ganz aus Kälte und Metall. So sind wir gewesen. In einem Extremzustand, auch wenn es mir manchmal vorkommt, als hätten alle etwas davon, heute, in ihrem Normalzustand.

– Und was soll das mit meiner Frage zu tun haben?

– Jetzt warte doch!

– Du bist schon so umständlich wie die Japaner geworden!

– Aloe, nun tu nicht so, vorhin, als du fotografiert hast, hast du mir selbst erzählt, daß zu jeder Geschichte eine Vorgeschichte gehört.

Sie fuhren in eine Station, hupende Türsignale, Hiphop aus einem Lautsprecher, ein Tempelgong, die Schreie der Verkäufer, das Gedränge der Leute, Erika griff Aloe am Arm und holte tief Luft: und dann war da das Funkeln, schrie sie mittenhinein in den japanischen Krach, das Funkeln!

Dein Vater kam mir in Ölsnitz, da saßen wir im Übersiedlungslager, auf der Straße entgegen in seiner löchrigen HJ-Jacke, und ich sah gleich, daß er ein Viertel Brot erwischt hatte. Ich erreichte ihn an der Turnhalle; die Tür stand offen.

Holger versteckte das Brot unter der Jacke. Auf einem alten Holzstuhl neben der Tür döste ein russischer Soldat. Sie hatten alle Schlitzaugen, das war komisch damals, Erika lachte. Doch jetzt achteten wir nicht darauf. Wir waren ganz leise; das kam von selbst, es ging von diesem außerirdischen Funkeln aus, das uns empfing. Ein Blitzen, Glänzen – tiefes Leuchten. Es strahlte auf uns ab und legte sich um uns, ganz still, bewegungslos, ja, andächtig, sagte Erika, standen wir mittendarin. Eine Turnhalle voller Kristall. Kristalleuchter, Gläser, Kandelaber, Schüsseln, Tiere, Vasen. Kristall. Kristall auf den Tischen, unter den Tischen, überall. Es glomm, wie ich es nie mehr gesehen habe, warf Lichter – Wunderkerzen, eine in Hunderten von Facetten strahlende Sonne, sie war zu uns gekommen. Jede Wand, jeder Balken, jede Bohle, jedes Staubkörnchen strömte von Licht. Das Kristall der ganzen Stadt muß es gewesen sein.

Erika, die Aloe noch immer am Arm hielt, blieb stehen. Die Leute, die mit ihnen ausgestiegen waren, verliefen sich. Es wurde, für japanische Verhältnisse, richtig still auf der Station, von der aus man schon den Hafen und das Pazifikwasser sehen konnte.

Der Soldat schnarchte, wir atmeten leise, der Soldat rutschte auf seinem Stuhl in eine andere Lage, wir hielten den Atem an. Das Licht fiel durch die hohe Fensterfront der Turnhalle und brach sich in den Kristallen, in allen Farben des Regenbogens spielte es über Boden und Wände. Ein großer still-beredter Friedhof. Die Besitzer dieses Kristalls waren tot, erschlagen, krank, auf der Flucht, im Lager, wer weiß. Da standen die Karaffen und Schalen – als wäre das Geschehene in Glas geronnen, geschliffen und traurig und doch, sagte Erika, unheimlich und schön. All dies macht einem ein wehes Ziehen im Bauch. Und man fühlt sich ganz wach und helläugig – fast verrückt vor Sehnsucht, Wissen und Lebensgier. Als wär es die Liebe,

Aloe! Sie war noch da, obwohl wir nicht mehr an sie glauben mochten, und ausgerechnet an dem, was Menschen geraubt worden war, wo soviel Unrecht geschah, soviel Haß und Grausamkeit, ausgerechnet dort, als alles schon weitergezogen war, zeigte sie sich uns. Wir traten aus der Halle auf die schon dämmrige Straße, dein Vater blieb plötzlich stehen, schrie »wir leben noch« in die kalte Winterluft und riß sich die Jacke vom Leib. Seltsam glücklich, schwebend leicht, gingen wir davon.

»Als wär es die Liebe«, hörte Aloe in der Raststätte Erika erneut sagen, »geht nie geradeaus.« Erikas Gesicht im Traum, Holgers junges und Stefans kleines dazwischen – sie drehten sich umeinander, Ingrid und Anita kamen hinzu, alle in eine Riesentrommel gesteckt. Leben ist so unwahrscheinlich, hörte Aloe Lukas sagen, und wenn du nicht mit ihm schlitterst und tanzst, nicht gibst und nimmst, was kommt – dann lebst du nicht.

Aloe stand auf, suchte ihre Telefonkarte und rief Lukas an. Schlaftrunken stammelte er hey, sie sagte:

– Wir versuchen's!

– Was?

– Mit einem Kind, und legte auf.

An der Tür drückte sie den Kids 6 Mark in die Hand. Die Sonne knallte auf den Parkplatz, Aloe sprang auf den leuchtenden Asphalt, den eigenen Schatten sah sie aufrecht neben sich gehen. Als sie aus der Parklücke stieß, standen die Kinder an der Scheibe des Restaurants, sie hatten von Aloes Geld einen Plüschbären geangelt und preßten ihn gegen das Glas. Sein Gesicht und ihre Gesichter, sie alle schauten Aloe an.

# Lieben 5

Der leere blaue Teller mit den Krümeln des Toastbrotes steht noch vor Aloe. Es ist hell geworden, doch der Morgen ist dunstig. Aloe zieht sich einen Pulli über den Kopf. Als Silber- und Spielkästen, die ihre Verwicklungen ins Innere verbergen, warten die Biotechbauten auf der Wiese. Ihre zahllosen Fenster reflektieren die Sonne, und eine weiße Wand von Licht strahlt vom Himmel, bis Aloe die Augen schließt: was macht die Erinnerung an Anita zu einer Erinnerung an Anita? Wer zieht die Verbindung und behauptet »ja«, klebt zusammen und feuert es ab als »so war es«? Es gab eine Grenze, in etwa wie die Schneide eines Messers – darüber kann man ganz leicht mit dem Finger fahren und es kitzeln spüren – eine Grenze zwischen dem, was mit Wörtern getan wurde, und dem, was Hände taten. Handwerk, Mundwerk. Die Handtaten zielten über die messerscharfe Grenze ins Reich der Wörter, aber auch umgekehrt. Wörter leiteten Taten nicht ein, sondern waren Taten. Hände bewegten sich zum Sprechen, daran konnte man es ahnen. Bei Waffen hingegen war inzwischen nur noch im letzten Augenblick eine Hand vonnöten – um auf einen Knopf zu drücken, einen Bogen zu heben, einen Hahn zu spannen. Um auf einen Mund zu zielen, weil er wie der Eingang zu etwas wirkte, was man nie besitzen konnte.

Aloe schleicht zu Stefans Zimmer. Die Tür ist angelehnt, Aloe bleibt einen Augenblick stehen, hört aber nichts. Er liegt ganz in seine Decke vergraben, nur ein Stück seines Hinterkopfes ist zu sehen. Es beruhigt sie. Manchmal hat sie Angst, er wäre plötzlich nicht mehr da. Er läge tot im Bett. Sie beugt sich über ihn und kann ihn atmen hören. Sie denkt an die ungelesene Mail von Lukas und riecht Stefans Haut. Sieht seine Augen, sieht, daß er träumt, doch für sie ist der Traum nur ein geschlossenes Lid. Es flattert, als atmeten Bilder durch es.

Du warst nicht dabei, sagt Aloe sich, als sie wieder im *living room* steht, aber Patty und Lukas müssen sich einmal unter vier Augen begegnet sein, denn plötzlich sprachen sie anders miteinander. Nie weiß man, was in einem anderen wirklich vorgeht, selbst wenn man ihn so gut kennt wie sie damals Lukas. Doch sie hört ihn wieder, hat seine Stimme im Ohr.

Aloe nimmt Persipan vom Regal. Eines Nachts war Lukas mit dem Keramikvieh aus dem Institut unterm Arm zurückgekommen:

– Was sollen wir damit?

– Ich weiß nicht, ich will es nicht wegwerfen.

Gemeinsam verstauten sie das Geschenk aus China in der hintersten Ecke des Kellers, wo Aloe es unweigerlich wiederfand, als sie mit Stefan in die Wohnung zog, in der sie jetzt leben. Seither steht die Katze ganz oben im Regal im *living room* und bleckt die Zähnchen, als lache sie. Als wäre sie das Glück, dabei ist sie nur die Vergangenheit; ein verbrämtes Ornament. Aloe öffnet das Fenster, schaut nach unten auf die Straße, hebt Persipan über das Brett und läßt ihn fallen. Schon einmal hat sie in einer wichtigen Situation etwas aus dem Fenster geworfen, das wird noch zur Gewohnheit, wenn sie so weitermacht. Persipan fällt, Persipan dreht sich in der Luft, Persipan sieht aus, als spreize er sein Fell, als fliege er wie ein Drache, als sei er ein Geist, doch dann wird Persipan lang und dünn, und nichts ist zu hören, aber die Splitter, blau und weiß, ein Fleck ohne Bedeutung, einfach ein Fleck auf dem Pflaster, sind auch aus dem fünften Stock bestens zu sehen. Aloe schließt das Fenster und dreht sich lächelnd zurück in ihren *living room.* Dort, auf dem Schreibtisch neben der Tür, steht ihr altes Apple-Powerbook aus halbtransparentem orangem Plastik, dort warten die Mails.

Sie versuchten es auf alle möglichen Weisen. Sofort nach der Rückkehr aus Schwandt setzte Aloe die Pille ab. Eine Jeans, die ihr sowieso zu eng war, warf sie in die hinterste Ecke des Schrankes im Schlafzimmer, den Lukas bei einem Antiquitätenhändler billig entdeckt und eines Tages zu Aloes Überraschung hatte anliefern lassen. Überrascht war Aloe darüber, daß Lukas offensichtlich nicht ständig nur in seinem Institut saß (wie er ihr erzählte), sondern zum Beispiel auch Antiquitätenläden besuchte; überrascht wurde sie davon, wie geschickt er den Schrank zusammenbaute, lachen mußte sie darüber, wie schief das Ding am Ende allemal stand. Meist spürte Aloe es, wenn der Eisprung kam. Gezielt und nicht gezielt versuchten sie es, Aloe las nach, wie man eher Jungen oder Mädchen zeugt, die Meinungen gingen auseinander, sie wollte einen Sohn, bald war ihr aber auch das egal. Hauptsache, sie wurde schwanger. Aber jedesmal, bevor sie dazu kam, den Test zu machen, fing sie zu bluten an.

Aloe lag in der Badewanne und versteckte ihren flachen Bauch unter Wasser und Schaum. Was wird in diesen Chromosomen eigentlich alles transportiert, hatte sie Lukas gefragt.

Dolly war auf der Welt, *alive and kicking* im schottischen Stall. Ein Lamm fällt ins Stroh, alle sind froh: die Welt reimte sich neu. Was auf welchem Chromosomenabschnitt sitzt, wußte man nicht. *Learning by doing*, sagte Lukas, in Oxford habe er von allen möglichen Experimenten gehört, eklig, das solle er ihr jetzt vielleicht nicht erzählen. Er lachte, riesige Rechenaufgaben warteten da, am Ende sei es aber doch ein Geheimnis, vielleicht nicht so sehr, wie das Leben entstehe, doch auf jeden Fall wie es sich ausbilde – und dabei hatte er ihr auf den Bauch geklopft.

Eine Mischung aus Anspannung und Ungeduld schwappte über Aloe hinweg. Sie glitt tiefer in die Wanne, bis nur noch die Nippel ihrer Brüste aus dem heißen Wasser standen, weich und rosabraun. In Lukas Zimmer knirschte das Modem, er hatte wohl die Tür offengelassen. Das Modem stellte er laut, weil er mitbekommen wollte, wie er sich mit der Welt verband. Manchmal schien er ihr matt und schrecklich voraussagbar. In der Nacht zuvor hatten sie es wieder probiert, 14. Tag, es mußte doch klappen.

Aloe stieg aus der Wanne, das Wasser tropfte rundum auf den roten Fliesenboden, der Halter für die großen Handtücher war leer, aus ihrem Versteck im Dampf rief Aloe nach Lukas. Der Ventilator seines nicht gerade kleinen Computers brummte vor sich hin, er lief ständig, weil auch der Computer ständig lief, aber normalerweise hörte Lukas sie dennoch, kam und schaute ihr zu, wie sie sich abrubbelte in dem heißfeuchten Badezimmer. Mit dem kleinen Handtuch rieb sich Aloe jetzt wenigstens die Haare trocken. Von draußen kam Baulärm. Sie tappte über die feuchten Fliesen und wischte ein Eck des beschlagenen Fensters aus. Tatsächlich: Lukas war auf der Straße und diskutierte mit den Arbeitern. Ganz selbstverständlich stand er zwischen ihnen, als wäre er ihr Boss, und sie schauten ihn an, zwei Männer mit wettergegerbten, aber noch jungen

Gesichtern. Aloe sah, wie Lukas ärgerlich die Brauen zusammenzog und heftig gestikulierte. Vielleicht kam sein plötzliches Lächeln so überraschend und kraftvoll bei ihr an, weil es gar nicht für sie gedacht war – direkt hinein in ihre Hirnherzstation traf es, in die Steuerkapsel des Raumschiffes, das sie flog. Obwohl ihr Herz, hatte Aloe das Gefühl, immer öfter nicht an seinem Platz saß, sondern herumwandern wollte. Noch immer lehnte sie nackt am Fensterrahmen; mehrfach wischte sie das Sichtloch frei. War sie eben noch nervös gewesen, fühlte sie sich jetzt grundlos froh. Als sie, endlich in ein großes, schnell aus dem Schlafzimmer geholtes Handtuch gewickelt, wieder an ihr Guckloch zurückkehrte, war die Straße leer, Lukas Lächeln aber stand noch dort.

Aloe liebte scharfe Sauce mit Kokoscreme und Zitronengras, dafür schlängelte sie sich auch gern eine enge Treppe hinauf, an roter, mit Drachenmustern bedruckter Seidentapete entlang und in ihrem schönsten Kleid, einem schwarzen, das sich von selbst um den Körper faltete, über den Knien aufhörte, am Hals aber hochgeschlossen war. Lukas stapfte ihr hinterher, die Augen geradezu zwangsweise auf Höhe ihres Pos (deswegen gab es wahrscheinlich diese Regel: Frauen voraus), Aloe schwang in den Hüften, aber als sie oben ankamen, sah Lukas unbeteiligt aus – er hatte es gar nicht bemerkt.

Dafür ließ er, kaum saßen sie an dem weißgedeckten Tisch, die Augen um so eifriger schweifen, und nicht der zu Lotusblüten gefalteten Servietten, der schweren, hochlehnigen Stühle und Blumengestecke wegen. Er flirtete mit jeder, als müsse das sein, und die Kellnerin im Kostüm aus thailändischer Seide (aber westlich kurzem Rock), Jasmin im Haar, der lebendige Vollzug eines Püppchens, machte natürlich mit.

Lukas sagte: die rote-Chili-Forelle nehme ich nicht, die hat das letzte Mal so lang gedauert, stattdessen bitte das *sizzling beef* mit Zwiebeln und Auberginen.

Aloe hörte aufmerksam zu. Sie jedenfalls war noch nie hier gewesen. Entweder hatte Lukas sich jetzt verplappert, hatte hier schon gegessen, und die Bedienung dachte, wenn sie Aloe ansah, ist das jetzt die Frau vom letzten Mal oder nicht?, sagte aber natürlich nichts, und es hätte auch gar keinen Sinn, sie zu fragen, eine Erniedrigung für nichts wäre das. Wie schon oft wünschte Aloe sich, die Zeit zurückdrehen zu können und Mäuschen zu spielen. Oder er hatte sich nicht verplappert, das war durchaus möglich, und es handelte sich nur um eine seiner Eitelkeiten. Sie ertappte ihn manchmal bei kleinen Hochstapeleien, und er wußte es wahrscheinlich und schämte sich nicht einmal. Wenn Zusammensein das hieß, konnte sie gut darauf verzichten! Nur weil sie wußte, wie es klang, wenn der andere aufs Klo ging, wollte sie nicht all diese Kaprizen auch noch ertragen müssen. Und schon gar nicht das Geflirte mit der Bedienung.

Denn warum zum Beispiel waren sie überhaupt ausgerechnet heute abend hier? Weil Lukas nicht kochte. Sie machten es aus, er sagte ja, und dann tat er es einfach nicht. All der ausgehandelte Kladderadatsch – Waschmaschine füllen und ausräumen, einkaufen gehen, staubsaugen, Müll runtertragen. Sie paddelten im Geschlinge, Alltag hieß es, manchmal auch Aufgehobenheit. Es war uncool, sich zu beschweren, doch Aloe beschwerte sich, wenn sie hungrig nach Hause kam und der Kühlschrank war leer, obwohl Lukas versprochen hatte, einkaufen zu gehen. Er kräuselte die Lippen und frotzelte über Aloe-Veras ›Gerechtigkeitssinn‹. Manchmal zeigte er ihr den Sternenhimmel in seinem Computer als Entschuldigung, als würde man davon satt, was für Lukas vielleicht sogar zutraf. Manchmal kam Aloe sich wie ein komischer Uhu vor, in den

Glaskasten eines anderen Lebens gesetzt. Lukas schaute sie durch die Scheiben hindurch an, sie ihn. Er sah aus wie ein Nachtschmetterling – ein fremdes haariges Monstrum. Eine Beute? Ein Freund? Oder gar: Fortpflanzung, Verständigung?

Aber Aloe sagte sich, sie sollte vielleicht seine Schwächen großzügiger beurteilen, denn sie gehörte ja zu denen, die eher das Haar in der Suppe sahen als die Suppe. Und manchmal leuchtete Lukas, war charmant. Er wolle eben lieber ausgehen als kochen, sagte er und lud sie zum Essen ein. Sie hatte ›thailändisch‹ vorgeschlagen, der Kokossauce wegen, und er hatte gleich dieses Restaurant gewußt, ein teures, und sie sich sogar umgezogen und geschminkt. Denn sie spürte Lukas vor allem, wenn sie sich stritten oder einer von ihnen log; wenn sie an den Anfang dachte, spürte sie ihn auch. Manchmal schauten sie gemeinsam Pornos, doch selbst danach war der Sex so vertraut – er roch eben wie ihr Bett. Sie versuchten es noch immer, Aloe hatte gerade vor ein paar Tagen erneut eine Regelblutung bekommen, das alles hieß ›Liebe‹, und es begann, an ihnen zu zerren.

Also gingen sie aus.

Das Make-up hatte Aloe sich mit einem breiten Pinsel ins Gesicht gestäubt, über die kleinen Fältchen an den Augen, ja, die erschienen, Rouge unter die Wangenknochen, den Lidstrich außen spitz gezogen und die Lippen mit Chanel ausgefüllt (auch mit einem Pinsel, Aloe verabscheute Lippenstifte), bis sie so schön und strahlend aussah, als wäre sie eine andere. Und da flirtete er mit der Bedienung!

– Und Lurchi, wie geht's mit der Arbeit?

Nein, Aloe war keine andere, und so einfach kam er ihr heute nicht davon. Er tat zwar, als störe der Name ihn überhaupt nicht, aber Aloe wußte genau, daß sie ihn damit traf, Lurchi-Schlurfi – Lukas, der Langsame, der in Kinderstiefeln umherwackelte, der nicht vorankam. Die Poincarésche Vermutung war noch immer unbewiesen, und eine Million Dollar sowie der mathematische Ruhm winkten fröhlich *good bye* am hellblauen Horizont der Phantasie eines gelingenden Lebens.

– Was regst du dich so auf? sagte Lukas, ich war noch nie hier, wie kommst du bloß darauf?

Die Bedienung habe er nur freundlich behandelt, noch nie gesehen, und tatsächlich behandelte Lukas den Kellner, der das bestellte Essen brachte, mindestens genauso höflich, als er mit einem strahlenden Lächeln um Stäbchen bat. Das und der Geschmack des Feuertopfes versöhnten Aloe etwas – Alina, Adrenalina, sagte Lukas spöttisch, er haßte es, wenn sie ihn mit ihrer Eifersucht verfolgte, wie er das nannte. Aber es schmeichelte ihm wohl auch. Aloe hingegen schaute skeptisch auf die Pflanzen am Fensterbrett – wer die wohl inzwischen mit Suppe goß? – zwirbelte geschickt die Stäbchen um ein Stückchen Huhn und Frühlingszwiebel und schob etwas mehr Wärme und verzögerte Sanftheit in ihre Stimme. Vielleicht war Lukas davon so erstaunt (kein weiteres Theater), daß er sein Weinglas umstieß, es kippte jedenfalls über den Seitenrand des Tisches auf den Restaurantteppich und spritzte noch etwas Rot auf Aloes Schuhe und Strümpfe. Unglaublich, wie tolpatschig er manchmal war, es störte Aloe oft, doch diesmal war es ihr gerade recht. Sie ließ die Kellnerin kommen und es aufputzen, auch auf ihren Schuhen – das Seidenkostüm knisterte, als die Kleine auf die Knie ging – und Aloe schaute die ganze Zeit über den dunklen Kopf mit dem feinen weißen Scheitel hinweg Lukas lächelnd an.

Aloe stand schon draußen, als Lukas, der bezahlt hatte, endlich die Treppe herunterkam. Der Regen gefiel Aloe sofort, er war warm und duftete, und sie rannte los, wie Katherine mit Jules und Jim über die Brücke gerannt war und dabei gewann, aber bei ihr fehlte natürlich der zweite Mann, und als sie sich an der Haustür umdrehte, bog Lukas gerade mal 100 Meter weiter hinten um die Ecke. Aber ein Stück war er immerhin mitgerannt. Aloe schleuderte die nassen Schuhe weg, kaum stand sie im Flur, und zog Lukas Richtung Bett. Er ging nochmal ins Bad, währenddessen legte Aloe den Pornofilm ein, den Lukas eines Abends noch in der Magersuchtzeit ziemlich überraschend mitgebracht hatte, aber Lukas sagte nein, obersteif, schon als er aus der Hose kam, robbte, über Aloe kniend, an ihr hinauf, so daß er ihr mit seinem Schwanz über den Bauch strich, und sie spürte ihn nicht nur näher kommen, sondern roch es auch, er stieß ihn ihr an den Mund, und die Nasenlöcher, und den Mund. Und sie dachte gar nicht daran, den aufzumachen, zumindest erst einmal nicht. Eigentlich mochte sie es nicht, es schmeckte ihr nicht, und machte den Mund voll bis zum Würgen, Ekel und Schmerz an der Grenze zur Lust, sie wußte nicht, ob sie heute dahin wollte. Manchmal kam sie sich vor wie ein Eichhörnchen, wie konnte sie possierlich im Baum sitzen, wie wendig Stämme hinaufklettern, wie hatte sie spitze Zähne, aber sie gefiel Lukas ihres seidigen Felles wegen, und deswegen kam er jetzt so an: das Intimste, was er kenne, sei, wenn sie ihn in den Mund nehme! Seine erste und letzte Verletzlichkeit, auch wenn das komisch klinge, ob sie es verstehe, und sie hatte es nicht verstanden, aber machte, als sie sich erinnerte, unbedacht den Mund auf, denn es hatte gut geklungen. Er war drin und fing sofort an, und Aloe dachte es ist schön es gibt keine Vergewaltigung in der Ehe es ist schön es gibt keine Vergewaltigung in der Ehe, und das war ganz richtig, denn erstens waren sie nicht verheiratet und sie machte zweitens freiwillig mit, denn sie dachte auch an die thailändische Bedienung und dann an ihre scharfen Eichhörnchenzähne und hätte am liebsten zugebissen oder ihn zumindest ausgespuckt, aber es war klüger, das nicht zu tun, und da kam Lukas auch schon, und Aloe verstand endgültig nichts, denn so wurde sie bestimmt nicht schwanger, so nicht.

Die Abbildungen bauchiger Frauen auf Gemälden des 15. und 16. Jahrhunderts gingen ihr allmählich auf die Nerven, erzählte Aloe ein paar Tage später Anita am Telefon, fast jede sehe wie im fünften Monat aus, da wäre auch sie, Aloe, bald – na, ja, eigentlich fingen sie gerade erst an, schwanger sei sie noch nicht. Anitas Stefan jedoch gedieh prächtig, daß er der Hauptgrund für ihre Anrufe war, hätte Aloe allerdings nie zugegeben und notfalls auch gar nicht selbst gewußt. Anita erzählte, daß sie Hormone schlucke, Aloe nahm an, sie meine, was sie immer genommen hatte, und Anita antwortete, daß sie einen guten Gynäkologen kenne,

– bist du selbst bei dem?

mit kleiner Verzögerung: wo denkst du hin, ich gehe zu einem Spezialisten!,

einen guten Gynäkologen also, von dem Aloe erst einmal nichts wissen wollte, aber zwei Wochen später schrieb sie sich doch die Adresse auf. Dr. Dr. Ingenlath, laß dich, sagte Anita, nicht abschrecken, vor zwei Jahren ist er von einer Patientin verklagt worden, weil er, als sie vor ihm lag, das Skalpell ansetzend in die Runde gefragt haben soll: und wer fickt sie als erster in die Brust?, was bestimmt so passiert war, Anita hätte Gift darauf genommen, das ganze OP-Team habe natürlich dementiert, daß jemals solche Worte in einem Op-Saal fielen. Die Frau aber blieb bei ihrer Behauptung. Sie hatte einen Informanten, Dr. Dr. Ingenlath eine Versicherung, es gab einen Vergleich. Doch für seine Hände und seine geradezu sagenhafte medizinische Intuition sei er zurecht berühmt, eben eine Kapazität.

Dr. Dr. Ingenlath. Zwei Sprechstundenhilfen und eine Hebamme, schlank, fischige Bewegungen unter dem weißen Kittel, seine Geliebte, dachte Aloe gleich. Im Wartezimmer hing ein großes Werbeplakat für das neueste Ultraschallaufnahmeverfahren von Föten. Braun, schwarz, grau, die feine Riffelung der haarlosen Haut am Kopf, alles war zu erkennen an diesem eben dem Urzeittier entwachsenen Stadium, diesem wässrig süßen Fossil mit einem Gesicht, das älter aussah als je ein Methusalem. Ein werdender Vater, vielleicht auch nur Ehemann, schaute Aloe über den hellen Teppich hinweg glupschäugig an. Auf der Jugendstilkommode in der Ecke stand eine lächerlich verspielte altmodische Uhr, zwei goldene Halbkugeln schwangen unter ihrem Glasgehäuse wie Waagschalen ständig auf und ab, mit jeder Bewegung klickte der schmale Sekundenzeiger eine Einheit weiter.

Rote Hände, hatte Anita gesagt, aber die roten Haare nicht erwähnt. Er hatte den Namen seiner Mutter angenommen, um nicht länger Messerschmid zu heißen. Dieter! Aloe erkannte ihn sofort. Er sah noch immer klasse aus. Sie lächelte Lukas Lächeln Nr. 7, sein strahlend-verlockendes, es gelang auf Anhieb, Dieters Augen weiteten sich, daran erkannte Aloe es. Sie senkte die Lider, rief: das hat sie absichtlich gemacht, und erzählte Dieter, daß Anita sie – in vollem Wissen darüber, wer er war, doch ohne einen Piep davon zu sagen – hergeschickt hatte.

Er war begeistert, machte Aloe Komplimente (natürlich legte sie sich nicht auf den Stuhl), sie erzählten sich Schulanekdoten, Aloe berichtete von Jona und dem Schwein, Dieter seufzte über die Menschen, ihre Verknotungen, untereinander, miteinander, bis in die Körper hinein, beugte sich über den Schreibtisch zu Aloe und flüsterte ihr zu:

– Und weißt du, was bei mir ist? Ich bringe seit Monaten keinen mehr hoch.

Flüsterte es – und strahlte dazu! Als wäre es ein sagenhafter Erfolg.

– Ich bin so verliebt in eine Frau, die mich nicht erhört (»erhört«, sagte er), sie lacht über mich, ein Biest, doch ich glaube an sie, träume immer wieder von ihr, einfach blöd, rief er und schlug sich mit der Faust an den Kopf, und dann bei jedem Versuch mit einer anderen, na ja.

Aloe runzelte die Stirn.

– Dann laß sie doch!

– Aber, Aloe, es ist schön! So altmodisch zu sein, so total blockiert, wegen dieser Frau in meinem Kopf. Ich war auf einem Kongress, schaute mich um, da stand etwas und grinste mich an wie ein Bullterrier, mein Herz schlug schneller, ich kam mir vor, Aloe, als hätte mir jemand einen Riesenhaufen Erdbeereis, Capri und Braunen Bär auf einmal versprochen, die großen Ferien fingen an, es roch nach Meer, mein Körper atmete durch Poren, die ich noch nie gespürt hatte, geht das so, Aloe?!, ich schwebte.

– Dann komm mal auf den Boden zurück. Du hast dich einfach verliebt. Und was ist nun daraus geworden?

Er stand auf und ging hin und her.

– Sie sagte ja, aber vertröstete mich, mit jedem Wort wurde es schlimmer, schlimmschöner, sie hielt mich auf Abstand, stand schließlich auf, bedankte sich für die Gesellschaft und ging zu einer anderen Verabredung. Geht das so, Aloe? Der Scheißbullterrier grinste und meine Sehnsucht stieg.

– Und der Bullterrier ist die Liebe, oder wie?

– Natürlich! Endlich habe ich sie gefunden, vollkommen platonisch, ich meine, der Saum ihres Rockes bringt mich fast um den Verstand, mein Herz rast, aber sie läßt mich nicht ran, und mit anderen klappt es nicht mehr.

Pech, dachte Aloe, Romantizismus, flüsterte etwas in ihrem

Kopf, neoromantischer Kitsch, und als sie es sagte, warf Dieter sie raus. Lang gefackelt hatte er nie. Paß nur auf, rief er ihr noch nach, wir werden umgebaut, weltweit, die Spermaqualität nimmt seit Jahren ab, das habe ich ihr auch gesagt, es wird Zeit, wir sollten uns beeilen ... Aloe schloß die Tür.

Als sie die Treppe hinunterlief, mußte sie an die Uhr im Wartezimmer denken, das Glasgehäuse, die Nostalgie – was für eine perfekte Show. Aber warum hatte er am Ende das mit der Spermaqualität gesagt? Doch, ja, es paßte wunderbar zusammen. Dieter erfand den Traum von der unerreichbaren Frau nach – und das heute. Kaum zu fassen, wohin das Jahrhundert abbog. Man soff, kiffte, zappte und surfte, schob Organe in Menschen hinein und wieder heraus, Bioingenieure züchteten Körper, und zugleich kehrte man zu alten christlichen Moralvorstellungen zurück. Mit einer Engel-Biest-Engel-Frau das Sehnsuchtsprogramm. Ficken, genauer ergebnislose Fickversuche, mit anderen. Aloe lachte laut heraus. Die Reanimation des blauen Wesens der ewigen Sehnsucht war Dieters Fluchtweg in die permanente Sexlosigkeit. Die so viele Vorteile hatte und in der so viele lebten, daß man nirgends davon sprach, weil man so mit ausüben und erfinden beschäftigt war.

Aloe erzählte Lukas von Dieter, sie hatten sich schon lange nicht mehr so amüsiert:

– Ein echter Dandy!

– Aber hübsch, Leonardo-di-Caprio in Rot!

– Das sagst du nicht nochmal, Alla – Lukas warf sich in die Brust: ich bin hier der hübscheste! – und jagte sie ums Bett, bis sie vor Lachen nicht mehr konnte. Als Aloe zuletzt auf den Wecker schaute, zeigte er kurz nach eins. Rosa Plastik, das Glas überm Ziffernblatt fiel dauernd heraus. Lukas lag, schon fast schlafend, in der Lichtlache ihrer Nachttischlampe. Er war schöner geworden durch den Ausflug zu Dieter, ein Ergebnis, mit dem Aloe zuallerletzt gerechnet hatte. Über ihr Herz krabbelte ein kleiner, aufgeregter Falter, ganz weich trat er auf, pudrig, und überall, wo er sie berührte, wurde ihr warm und glücklich, ja es strahlte aus, in ihre Hände, den Rücken, die Hüften, zog sich dort zusammen, in ihrem Bauch, sie spürte es genau, als sie das Licht ausknipste und sich an Lukas drückte. Durch einen ihrer Eileiter bahnte sich ein Ei-Spermaballen seinen mühsamen, nur mit chemischen Tricks passierbaren Weg.

Die ersten Wochen ging alles gut. Der Streifen im Test war kräftig rosa, sie freuten sich. Dann wurde Aloe schlecht. In der achten Woche kotzte sie morgens und abends, in der neunten verlor sich auch dieser Rhythmus, schlecht war ihr ununterbrochen, an manchen Tagen übergab sie sich fünfmal, sie hörte auf zu zählen. Nicht einmal mehr der Assamtee aus der englischen Fortnum&Mason Dose, einem gemeinsamen Relikt der Oxforder Jahre, ihrem goldgrünen, schon etwas abgegriffenen Fetisch, schmeckte ihr. Die Gynäkologin, zu der Aloe gewechselt hatte, verschrieb ihr Tabletten, die sie dann doch lieber nicht nahm. Nur wenn sie aß, war ihr für die 10 oder 15 Minuten, die sie kaute, nicht schlecht. Ein komisches Ticket wurde einem ausgestellt ins Schwangerschaftsland, Hormone, arrangiert nach einem überholungsbedürftigen Rezept. Aloe träumte von einem Wurm, den sie über den Darm ausschied, doch er versuchte verzweifelt, sich in sie zurückzuschlängeln, bestimmt zehn Zentimeter lang, ein Wurm, ein Wurm.

Lukas drehte völlig ab und arbeitete mehr als je zuvor. Als der erste Schnee fiel, war Aloe mit dem Fahrrad zur Ärztin unterwegs, dachte, wenn es im nächsten Jahr zum ersten Mal schneit, zeige ich es dem Kind, und fing im Fahren ein paar Flocken mit der Zunge auf. Der Schnee taute auf der Straße gleich weg, die Autos stanken und machten ihn dreckig, aber auf den Ästen blieb er liegen, Flocke um Flocke, Zelle um Zelle, und klammerte sich fest. Das Baby entwickelte sich gut, sie sah es pulsen, so winzig, in der Mitte ein rasend pochendes Herz, es schlug mit der hohen Frequenz eines kleinen Vogels, sie mochte es gleich. Durch Schneebrei auf dem Gehweg, die kleine Kälte der Stadt, schob Aloe das Fahrrad heim, das Ultraschallbild in die Innentasche ihrer Jacke gepreßt.

Mitte November war ihr endlich nicht mehr schlecht, sie schlief auch wieder gut, bis sie eines Nachts mit wahnsinnigen Bauchkrämpfen aufwachte. Lukas hielt ihre Hand und kniete neben ihr vor der Toilette. Aloes Kehle zog sich zu, Aloe atmete kaum, der Kopf platzte, der Bauch stieß in Zuckungen sich selbst aus sich heraus. Alles an Aloe zog Richtung Mitte, der Rest schnappte zwischen wehenartigen Krampfschüben verzweifelt nach Luft, suchte nach etwas, um sich festzuhaken, dagegenzuziehen. Halt mich doch, Lukas, halt.

Das Blut war hellrot und frisch. Dann kamen Klümpchen.

Sie klammerten sich aneinander: zwei Magnethündchen, gestreift und kalt von dem, was geschah.

Lukas war bleich. Aloe zerfloß das Gehirn unter der Schädeldecke. Ihr Herz wühlte sich ins Becken, pulste dort.

Seepferdchen, sagte die Ärztin, als Aloe ihr am Morgen um 6 Uhr in der Klinik beschrieb, was herausgekommen war. Grau und grob sah ihr Bauch im Ultraschall aus. Die Wände der Gebärmutter glitten in weichen Falten vorüber, kleine schwarze Kerzen die Eierstöcke, die Fruchtblase geplatzt. Aloe erkannte nichts, wollte nichts sehen, das Pulsen des im Vergleich zu ihr so kleinen, im Vergleich zu dem Körper, der es umgeben hatte, so riesigen Herzens, war fort. Seepferdchen, dachte Aloe, blau durchsichtig stehen sie schräg in der See. Jetzt meinte die Ärztin damit ein verlorenes weißliches Stückchen Mensch. Seepferdchen, was für ein Liebeswort. Augen hatte es auch gehabt. Hell durchsichtig, jeder Wirbel war zu sehen gewesen, blau und klar.

Aloe wurde gleich im Krankenhaus behalten. Ihr war, als stecke sie abgetrennt von sich selbst in einer dicken Schicht aus Watte, durch die nichts drang als etwas Angst. Die Gebärmutter mußte ausgeschabt werden. Eine OP mit Vollnarkose hatte Aloe noch nie bekommen. Der Anästhesist klärte sie auf, lächelte, ging. Lukas schaute unglücklich und ging ebenfalls.

Eigentlich mochte Aloe Krankenhäuser, dort war alles geordnet, eine sichere Welt, nur noch Körper an Körper, und sie hatte immer gedacht, man könne sich dort fallenlassen, alles vergessen, gleich sei man versorgt. Sie ließ sich fallen und merkte, daß sie nicht weit kam damit. Um sie herum roch es nach Wundnähten und Infusionen, Hunderter-Packungen dicker Monatsbinden quollen aus Spendern im Bad; nach Schmerzen roch es, Hagebuttentee und einem halbköchelnden hellen Irrsinn, der in den frischen Narben wuchs. Nachts kroch er hervor, tänzelte in den Zimmern, wie Irrlichter es über einem Moor tun, und schlüpfte im Morgengrauen schnell in die genähten Gewebe zurück, um sie zu halb grinsenden Mündern mit rotgeschwollenen Rändern zu verziehen.

Schon ein paar Tage lang war das Kind, das ihr liebe Kind, eine kleine Leiche gewesen, die in ihr schwamm.

Als Aloe aus der Narkose aufwachte, wußte sie sofort, daß man wenigstens kein Loch in ihre Gebärmutter gerissen hatte, obwohl sie hatte unterschreiben müssen, daß sie auch damit einverstanden wäre. Das Kind war 12 oder 13 Wochen alt geworden, die Schwangerschaft war in der 15. Woche, so drückten die Ärzte sich aus. Sie sprachen von *missed abortion*, es schien ihnen gleichgültig zu sein, daß es keine Abtreibung war und eine verpaßte schon gar nicht, vielleicht brauchten auch sie einen Euphemismus, ein Versteck.

Nun ging das sich Fallenlassen leichter. Aloe aß mit Riesenappetit ihr Vollwertmittagessen, Königsberger Klopse, es war Jahre her, daß sie das zuletzt bekommen hatte. Danach lag sie im Bett und mußte sich eingestehen, daß es sie freute, daß ihr nicht mehr übel war.

Lukas rieb sich die von Kälte geröteten Hände, als er sie besuchen kam, brachte eine weiße Iris mit und sagte Alla, Sternchen.

Sie hörte »Schneechen«, und das machte sie wieder traurig.

Lukas sah so gesund und frisch aus; sie hingegen hatte das ganze OP-Gift im Körper; er spazierte herum, und sie war hier eingesperrt, natürlich fand Aloe das ungerecht. Erst später verstand sie, daß es vielleicht ein Vorteil war, auch eine körperliche Wunde zu haben. Das Geschehene wurde dadurch greifbarer.

Lukas ging bald wieder, viel zu sagen gab es sowieso nicht. Und Aloe brauchte ein paar Stunden für sich allein, um aufzutauchen wie jemand, den man lange unter Wasser gehalten hat, ein mit einem Atemgerät versorgter Hund, der wieder hochkommen darf, und sich erst einmal schüttelt, schüttelt. Aloes Nachbarin war am Nachmittag entlassen worden. Ein paar Stunden später wurde ein junges Mädchen schon im Krankenbett durch die Tür geschoben.

Sie hing an einem Tropf, war fast ganz angezogen, Pullover und darunter ein BH, der ihre Brüste spitz aufrichtete. Gleich zwei Schwestern nahmen Maß für Thrombosestrümpfe, Aloe spürte ihre verborgene Hektik schon bevor die Ärztin hereinstürmte, mit wirklich wehenden Kittelschößen, und Blut abnahm, eigenhändig. Das Mädchen, Juliane, wurde immer weißer. 23 Jahre alt, Eileiterschwangerschaft, vor mehr als 12 Stunden war sie zum ersten Mal umgekippt. Aloe hatte schlafen wollen, hörte aber nun der ganzen Narkose-Aufklärung zu, Juliane mußte unterschreiben, daß man ihr den Eileiter herausnehmen durfte, vielleicht auch mehr. Sie blutete in den Bauch, kippte fast wieder weg, und Aloe wunderte sich darüber, wie jemand aussah, der bald sterben würde, der absolut verloren war, wenn man ihm nicht half. So jung und geradezu rosig. Die Schwestern lagerten Julianes Beine hoch, ein zweiter Tropf wurde geholt, noch eine Infusionsnadel gelegt, an einer anderen Stelle als bei Aloe, der die Nadel mitten auf dem Handrücken saß, und die Ärztin fing an, das Mädchen nach seinem Namen und Beruf zu fragen, damit sie nicht ohnmächtig wurde, als wäre Sprache ein Seil, mit dem man jemanden bei Bewußtsein halten kann. Es funktionierte. Als Juliane hinausgerollt wurde, schwankten die Flüssigkeiten in den Tropfgestellen hinter ihrem Bett traurig hin und her. Da hatte Aloe ihn: ihren Fall. Denn es gab immer jemanden, dem es schlechter ging als einem selbst, bis zum eigenen Ende, das war das grausame Krankenhausgesetz, man tröstet sich am Unglück anderer, auch das lernte Aloe jetzt.

Hormonsturz, freier Fall. Aloes ›normaler‹ Körper kehrte blitzschnell zu ihr zurück. Nachts blinkte der Fernsehturm über ihr Bett, morgens schaute sie auf eine Backsteinmauer gegenüber, rote Ziegel, grüne Akanthusblätter darin. Doch Aloe sah vor allem den Wolken zu, in Embryoformen trieben sie über ihr dahin, sie dachte an das Kind, an Anita, die so viele Wochen als Kind im Spital verbracht hatte, an Anitas Geburt.

Und an Lukas, natürlich an Lukas auch. Waren sie beide ein schlechtes Gespann? Hatte Lukas nicht so etwas im Blick? Er stritt es ab; aber Aloe erschien es wie ein unseliges Zeichen für ihre Beziehung, daß sie das Kind verloren hatte. Lukas stand an ihrem Bett:

– Zeichen, so ein Unsinn!

Er packte ihre Handgelenke dicht überm Knöchel und hielt

sie schmerzlich fest. Hinter den schönen braungrünen Augen weinte er. Die Liebe war irgendwo, beim Kind oder im Bauch, im Dunkeln, bei dem, wovor das Kind abwehrend die Hände gehoben hatte, als es starb. Aloe hatte es im Traum erneut so liegen sehen: mit den verkrampften Fingern, das erstarrte Zukken eines kleinen Körpers, den nie jemand berührt hatte, als schließlich der Tod es tat. Seepferdchen. Aloe wünschte sich, Lukas hätte das Kind in seinem Brustbeutel gehabt, wie es bei Seepferdchen tatsächlich war. Da trugen die Männchen die Kinder in Brustbeuteln aus, da ging es gut.

Die Liebe hatte ein Loch.

– Du siehst nicht traurig aus, sagte Aloe zu Lukas, als er kam, und er fuhr sie an: wie kommst du dazu, mir vorzuschreiben, wie ich auszusehen habe, damit du merkst, daß ich traurig bin!

Er war so harsch, daß Aloe sofort Tränen in die Augen schossen (das mußten die Hormone sein, sie weinte sonst nicht so leicht), und Lukas wollte es nicht sehen, denn er wandte sich schnell zum Fenster.

Als er sich wieder umdrehte, hielt er eine Zigarette in der Hand, was Aloe wunderte, weil er sonst nicht rauchte, und ausgerechnet jetzt im Krankenhaus, wo rauchen sowieso und mit einer frisch Operierten wie Juliane im Bett nebenan erst recht untersagt war, bot er Aloe auch noch eine an, gehen wir doch zusammen raus, sagte er, es ist keine normale Zigarette, ich habe etwas Leben hineingetan. Leben sagte er, Aloe zuckte zusammen und rief empört nein, so daß Lukas schließlich solo auf dem Gang stand und sein Leben rauchte, während sie, obwohl es doch Besuchszeit war, allein im Bett lag und überlegte, ob sie seine Iris wegwerfen sollte, was sie dann aber doch unterließ, aus Sehnsucht oder vielleicht auch nur Kraftlosigkeit.

Aloe bekam Fieber und mußte länger in der Klinik bleiben. Lukas besuchte sie jeden Tag, stumm saß er an ihrem Bett, an guten Tagen hielten sie sich an der Hand. Seine Lippen sahen so knautschig rot aus in Aloes Fieber wie Erdbeeren. Aloe hätte sie gern geküßt, aber sie war zu müde, es ihm zu sagen, und von sich aus küßte er sie nicht.

Daß ihr Fötus gestorben sei, wer weiß, was es Gutes habe, meinte einer der Ärzte beim Behandlungsnachgespräch. Der zytologische Befund hatte nichts ergeben. Die Aloe und Lukas gegenübersitzende Ärztin mit einem spanischen Namen und leicht schwäbischem Akzent nannte das die positive Nachricht und forderte sie auf, es einfach weiter zu versuchen, macht ja auch Spaß! Wenn es nicht klappe, gebe es inzwischen Hilfe zur Genüge. Die ihnen in die Hand gedrückten Broschüren sprachen lockersachlich von künstlichen Befruchtungen, Samen- oder Eispenden, Beratungen, Kosten und stellten bunte Bildchen dazu, von lachenden Frauen unter Apfelblüten, mit rundem Bauch.

Schnee fiel in die Pfützen, als Aloe mit Lukas zu einem ersten Spaziergang nach draußen ging. In ihrem Kopf hämmerte eine einzige Frage, ununterbrochen, ein pfeifender Beat, manchmal hoch wie eine Hundepfeife, so daß Aloe ihn mehr spürte als hörte. Ständig hatte sie das Gefühl, sie müsse dorthin laufen, wo die Frage herkam, um die Antwort auszubuddeln wie einen Knochen: warum ist das Kind tot? Es mußte doch einen Grund dafür geben. Aber es gab keinen. Oder es gab einen, aber sie wußten nicht, wie sie ihn suchen und finden sollten.

Lukas Lippen sahen noch immer knautschig aus, und nachts schien der Schnee von den Dachfirsten gegenüber ebenfalls leicht rötlich. Darunter war alles dunkel. Der Schnee lag schräg auf dem Dach, rutschte und wellte sich, fiel aber nicht herab. Aloe drückte ihre Lippen in das Kissen, in all sein Weiß.

Kaum saß sie zu Hause, kaum war die unmittelbare Not vorbei, kaum ließen die Ärzte und ihr Pragmatismus sie los, fiel das Gefühl, versagt zu haben, über Aloe her. Was andere Frauen konnten, etwas ganz Natürliches – bei ihr ging es schief, sie, ausgerechnet sie war unfähig dazu. Lukas war ebenfalls traurig über die Fehlgeburt, doch dieses »ich habe versagt« teilte er natürlich nicht. Sie deutete es ihm an, doch er wurde zornig: wie kommst du nur darauf!

Aloe fühlte sich unverstanden. Erst später kam ihr der Verdacht, daß sie mit dem, was sie da sagte, etwas getroffen haben könnte, was auch er dachte, allerdings über sich.

Wie Popcorn kam die Liebe Aloe jetzt vor: nimm einen Topf, ein bißchen Öl, Hitze und Mais – schon kracht es, springt, knistert, geht schaumig auf. Für die einen Salz darüber, Zucker für andere. Manche Körner allerdings brennen an, schwarzweiß fallen sie aus dem Topf – wie der Ausdruck, der jetzt manchmal über Lukas Gesicht huschte, flüchtig und schnell.

Aloe hatte den Eindruck, ihre Haut rieche noch immer nach Krankenhaus. Da sie nicht baden durfte, stand sie stundenlang unter der Dusche. Lukas brachte ihr das Handtuch, sie mußte ihn gar nicht rufen. Er bewegte sich langsam, wie umhüllt von dem grünlichen Etwas, in das er manchmal auch nach dem Sex so schnell entglitt. Während sie sich abtrocknete, begann er sich zu kämmen und etwas Gel ins Haar zu schmieren, streckte seinen straffen Hintern heraus, mit der Wölbung auf den Pobackenseiten, die sie so gut kannte, dem Glied, das unerregt eher eines von den kleinen war und leicht nach links hing. Er parfümierte sich sogar, Aloe wußte nicht warum, sie gingen nicht mehr aus. Sie schaute ihn an. Den nackten und angezogenen Mann sah sie zugleich.

Er fühlte ihren Blick, nahm das Handtuch, hielt es auf für sie und legte es ihr um die Schultern. Schweigend standen sie so, aneinandergelehnt und umarmt. Alle Lust war weg, Sex sowieso erst mal verboten, und schwanger sollte sie auch so schnell nicht wieder werden. Aber diese Umarmung im Bad, eingewickelt in das Handtuch, mit Lukas Armen von hinten um sich herum, seinem Kopf auf ihrer Schulter, vergaß Aloe nie mehr, sowenig wie den leichten Kokosgeruch des Haargels. Als sie sich umdrehte, schaute Lukas sie mit Augen wie Bernstein an. Nicht daß sie etwas enthalten hätten, Flecken etwa, die an Einschlüsse erinnerten, nein, sie waren ganz klar. An Bernstein erinnerten sie aus einem anderen Grund: sie sahen aus wie Augen, die einmal geschmolzen waren, die wußten, was das heißt, und nun davon glänzten.

Aloe griff sich ihr Adressbuch, eine noch halbvolle Flasche Whisky und das Telefon. Es gibt drei Bereiche im Leben, dachte sie: das, was man weiß; das, wovon man weiß, daß man es nicht weiß; und das, wovon man nicht mal weiß, daß man es nicht weiß. Sie stellte sich das Ganze als Torte vor, die ersten beiden Schnitze, Wissen und Nichtwissen, waren recht klein, ungefähr so wie die Prozentzahlen der FDP, und der Rest riesengroß: Nichtwissen von Nichtwissen. Das ganze Leben bestand vielleicht daraus, bei den beiden kleinen Schnitzen von 5 auf 6 Prozent zu kommen.

Sie rief Ingrid an und sagte: Entschuldige bitte. Sie flüsterte es, es war schwer, aber doch nicht so schlimm, wie erst gedacht. Aloe erinnerte sich an Brigitte, die sich bei Lukas entschuldigt hatte, und wie sie damals gemeint hatte, daß ihre Eltern das bei ihr tun müßten. Und jetzt passierte es, aber andersherum. Sie hatte nie verstanden, was es heißt, sich Sorgen zu machen um ein Kind. Und daß man alles versuchte.

– Wirst erwachsen, Lollo, sagte Ingrid, nachdem Aloe ausgeredet hatte. Und wie geht es Lukas?

– Mittel, schätz ich mal.

– Weißt du das nicht genau? Er braucht dich jetzt, du mußt

ihn stützen, sagte Ingrid und atmete aus, halb stolz, halb geheimnisvoll.

Aloe beherrschte sich, sie wollte keinen Ratschlag und solch einen schon gar nicht. Lukas sollte sie stützen, er war kräftig, gesund, wozu war er denn da – sie erschrak, als sie merkte, was sie dachte. Doch in Aloes Augen war Lukas derjenige, den das Ganze weniger anging, er konnte jetzt stark sein – und Ingrid beschrieb ihn plötzlich als weich wie Grießbrei, abhängig und unterstützenswert.

– Bist du noch da?

– Ja, Ingrid.

– Ich habe dir gesagt, was ich weiß – Aloe hörte ihre Mutter atmen – glaub mir, es hat mich genug gekostet, es herauszufinden.

Ingrid sprach weiter, wurde heiterer und erzählte noch von Stefan. Aloe goß sich, als sie eingehängt hatte, den ersten Whisky ein – goldgelb, flüssig und scharf. Dann fing sie an, die Leute anzurufen, denen sie von der Schwangerschaft erzählt hatte, viel zu vielen. Bei Anita und Walter ging nur der AB ran, darum war sie besonders froh. Ingrids Worte rumorten in ihrem Kopf, sie schlug sie nicht in den Wind, aber steckte sie ins Glas und trank sie weg, oder in ihr Kummerherz und weinte darüber oder vergaß sie schlichtweg, als sie immer länger telefonierte und die Flasche immer leerer wurde. Am Ende war kaum mehr etwas von dem Whisky übrig, und Aloe fühlte sich schlechter als vor all den Telefonaten. Eine großmäulig klappernde Kälte preßte sich ans Fenster und gegen die Ritzen der Haustür, und mit Eis überkrustete Schneereste klammerten sich um die Äste der Kastanie wie sonderbar erstarrter, halb organischer Schleim.

Lukas hatte *partout* ins Schwimmbad gewollt. Sie hatte gleich Chlor, Fußpilz, Infektion gedacht. Aber Lukas: *unbedingt* ins Schwimmbad, *unbedingt* mit ihr. Im März hieß Schwimmbad Hallenbad.

Chlor, Fußpilz, Infektion, hatte sie erneut gedacht, als sie die Karte löste, eine Einzelkarte natürlich, doch Chlor etc. galt hier immer, auch im Sommer, wenn man ins Freibecken und auf die Liegewiese durfte, das tröstete sie etwas über den März hinweg. Bereits auf dem gekachelten Gang zu den Männer- und Frauenkabinen roch es nach chloriertem Schweiß, vermischt mit dem spezifischen Schwimmbadhauch Urin (irgend jemand pißte doch immer ins Wasser). Aloe versuchte, sich das geflochtene, von ihrer Vorgängerin noch feuchte Schlüsselband umzuschnallen. Da fing es schon an: man fühlte sich behindert. Wie man dastand, den einen Arm um den anderen renkte, verzweifelt am nassen Band *nestelte*: total bekloppt.

Beim Ausziehen vor einem schmalen Schrank, zwischen anderen Frauen und neugierigen fünfjährigen Jungs, die an ihren erigierten Pimmeln zogen, und enervierte Mütter sagten, steck jetzt endlich dein Pipi weg, wurde es nicht besser. Entnervt fuchtelte Aloe im hintersten Eck des Schrankes, in dem sich die Krümel aller Vorgängerinnen, Zehennägelreste, Schamhaare und anderes, lieblich im immer leicht Feuchten kräuselten, nach dem Fünfmarkstück für das Türschloß, das ihr heruntergefallen war.

Wenigstens hatte sie ihren Badeanzug schon zu Hause angezogen, den engen schwarzen mit den orangen Streifen an der Taille. Ihr machte es zwar nichts, sich vor anderen, erigierende Fünfjährige inklusive, nackt auszuziehen (nach dem Schwimmen würde sie das sowieso tun). Den Badeanzug trug sie im voraus, aus Abneigung gegen das Schwimmbad, als stillen Protest gegen die entwürdigenden Bedingungen, denen man sich unterwerfen mußte. Ein völlig sinnloser Protest. Doch wenn Lukas etwas mit ihr zusammen machen wollte, vor allem *partout*, dann ging sie sogar ins öffentliche Chlor.

Das Kind fehlte ihr, sie erlebte eine Scheinschwangerschaft, oder zumindest eine im Kopf, dachte: jetzt wäre ich im siebten Monat. Wie Lukas sich fühlte, war ihr nicht klar. Der andere sei einem verschlossen, und für sich selbst sei man offen, so hieß es; aber Aloe hatte das verdammte Gefühl, daß es geradesogut andersherum sein konnte, denn sie glaubte manchmal, sich selbst noch weniger als Lukas zu verstehen. Aber jetzt durchschoß sie warme Sehnsucht nach ihm, als sie sich vorstellte, wie er sich das Rendez-Vous hier ausgedacht hatte, und eben nun da draußen irgendwo auf sie zufuhr oder zuging. Cher Lukas, Augen zu und durch, so stolperte sie schon fast freudig auf die Desinfektionswanne zu, berührte nur mit einem Fuß, nur mit den Zehen, die schreckliche Lauge, ja, war bereits fast vorbei, da sagte etwas: Halt!

Das Etwas war lila und rosa. Platinblond, trainiert. Die Bademeisterin spielte Baywatch nach, Aloe erkannte das sofort, obwohl sie Baywatch nicht kannte. Der Busen war auf jeden Fall echt Silikon. Beinahe hätte Aloe sie danach gefragt. Aber dazu kam es nicht, Baywatch stand direkt vor Aloe und grinste auf sie herab: na, und was ist mit den Patschfüßchen?

Patschfüßchen, sagte sie. Unglaublich.

Aber so ist es eben in einem Schwimmbad. Die erlauben sich alles! Und Aloe? Fühlte sich sofort vollkommen unterlegen. *Behindert. Degeneriert.* Ohne Straßenkleidung war man immer gleich halbnackt und in so einem Badeanzug, der sich den Körperformen lycraexakt anlegte, nackter als nackt. Schamlos nutzte Baywatch das aus. Prompt schämte *Aloe* sich. Denn das Rosa sagte nicht nur »Patschfüßchen«, sondern zeigte mit weitausgestrecktem Arm auch noch darauf. Auf Aloes schwächste Stelle. Ihre Miniaturfüße! Die hatte diese Dulcinella gleich entdeckt.

Aloe konnte auf diesen Füßen schwanken wie eine Chinesin; in China galt das als schön, aber hier natürlich nicht; hier ragten ihre Füße aus Sandalen nicht heraus, weswegen sie keine Sandalen kaufte und öfter an China dachte, was aber auch nichts half, jetzt schon gar nicht, denn Silikon-Dulcinella wußte, was sie wollte. Mindestens 10 Jahre jünger als Aloe und einen Kopf größer. Professionelle Verfolgerin. Was blieb Aloe übrig?

Brav trottete sie zurück, hielt die kurzen Füße einen nach dem anderen in die lauwarme Lauge, und platschte schließlich – immerhin ohne zu duschen! – mittenhinein in den Geruch aus Chlor, Schweiß und Urin, hinein in das blaue Licht.

Das Olympiaschwimmbecken. Lang, ultramaringrün, vor einer im Dämmer dieses Märznachmittags ebenfalls ultramaringrün schimmernden bodentiefen Fensterfront. Mit roten Plastikbällchen garnierte Seile trennten die Schwimmreihen voneinander. Die äußersten drei, direkt unter den Fenstern, gehörten den Profis und Pseudoprofis, den Haien des Reviers. Die mittleren waren für solche wie Aloe, der Rest für die kids. Denn das Beste am Schwimmbad war der Turm, drei, fünf und zehn Meter, er war das Schrecklichste, und die kids standen darauf. Einige schossen, die Arme um die Knie gelegt, wie Kugeln ins Wasser; andere wippten zitternd auf dem untersten Brett. Irgend jemand schubste dann schon, manchmal schrie eines im Fall, drehte sich und schlug mit dem Bauch aufs Blau – platschend wie ein gleich zerreißender Frosch.

Aloe war ein bißchen müde, sie war in den letzten Wochen viel zwischen London und Frankfurt hin- und hergeflogen, hatte einen großen Deal abgeschlossen, über sich selbst gelacht, Aloe als erfolgreiche Brokerin. Einen Künstler hatte sie gewonnen, indem sie klug über sein Werk sprach, und ihn dann eingekauft, ein paar Tage bevor er den Jahrespreis der British Academy bekam. Jetzt stand ihr eine dicke Provision zu; die nächsten Wochen konnte sie langsamer angehen.

Aloe drückte sich an den Startblöcken vorbei, Richtung Fensterfront, setzte sich auf einen (natürlich feuchten) Plastikstuhl. Blaues Licht. Niemand sonst saß auf einem Plastikstuhl. Sie seufzte und wollte gerade anfangen, auf Lukas zu warten, wie sie immer auf ihn warten mußte, Silikon-Valley flüsterte mit Bademeister Ken (Muskeln, Muskeln), da kam Lukas durch die Tür der Männerumkleide, die perfekt symmetrisch zur Frauenumkleide auf der Aloe gegenüberliegenden Seite des Wasserbeckens lag. Diesmal hatte er nicht die Zeit vergessen, sondern offensichtlich die Badehose, denn er kam in der Unterhose, und es war eine der schwarzen, die Aloe ihm vor kurzem mitgebracht hatte, also trug er sie doch.

Vergessen der Chlorgeruch, Fußpilz etc. Lukas war schön, Lukas war hier deutlicher als in ihrer Wohnung. Das Blau leuchtete, zwischen ihnen, über ihnen: Lukas, wie neu. Vielleicht doch eine gute Idee, hierherzukommen, gemeinsam ins Wasser vielleicht, ein bißchen – wie sollte sie es nennen – *new sex*, denn Sex funktionierte seit der Fehlgeburt vor Monaten nicht mehr; gute Idee also, dachte Aloe

– naiv, wie sie damals noch war. Sie ahnte ja nichts –

sah nur Lukas glatte olivgrüne Haut. Er rollte die Füße beim Gehen beinahe unmerklich ab, federnd elegant, Männer hatten selten schöne Beine, er hatte sie. Langausgreifende, entspannte und doch entschiedene Schritte machte er auf Aloe zu. Das Blau zwischen ihnen hielt still, nur am Rand schäumte es, schleckte an den gekachelten Beckenwänden hoch.

Er habe noch eingekauft, ob sie lange gewartet habe, er sei doch hoffentlich nicht zu spät?

Aloe wurde behandelt wie eine gute Bekannte. Höflich, bestimmt. Noch immer dachte sie sich nichts. Fand es angenehm.

Lukas schaute sie von oben nach unten an, von unten nach oben. Sie war nicht mager, nicht dick. Lukas trainierte seit ein paar Wochen in einem Fitneßstudio. Draußen wurde es allmählich dunkel. In der Hallendecke glommen Neonlampen an, das durch die Glasscheiben gebrochene letzte Sonnenlicht zog sich langsam zurück. Neon tat Aloes Haut nicht gut. Sie wurde fahl davon, es sah ungesund aus, Aloe dachte daran, aus dem weißen Plastikstuhl aufzustehen, um nicht bald genauso weiß wie das Plastik dazuhocken, in diesem Augenblick setzte Lukas sich auf die Holzlattenbank dem Stuhl gegenüber, und sie sackte zurück.

Er stellte die Füße auf die Sitzkante und krümmte sich zu einer Embryohaltung zusammen. Aloe war erstaunt. Fror er? Handtuch hatte er keines dabei. Um seinen Arm schlängelte sich das gleiche kaltfeuchte Band wie um ihren, nur gelb, nicht grün. Lukas seufzte, stützte auch noch das Kinn auf die Knie und schaute Aloe an (allerdings nicht, ohne vorher Dulcinella eines ausführlichen Blickes zu würdigen). Aloe schaute zurück.

Lukas seufzte erneut. Aloe hatte jedoch keine Lust, nachzufragen, es war ihr zu plump, also sagte sie nichts, und Lukas blieb stumm, als wolle er Fisch spielen, hier im Chlorkonzentrat, dachte Aloe, denn plötzlich roch das Schwimmbad wieder, penetranter als je zuvor. Auf dem äußersten Sprungblock, ganz nah bei ihnen, stand ein Greis und zögerte. Er schaute das Wasser an, schaute Aloe an, schaute das blaue und grüne Licht in den Ecken des Bades an, die blaue und grüne Bahn. Mark Spitz '72, 7 Goldmedaillen, fiel Aloe ein, der Alte wippte vorsichtig in den Knien, und wenn er nun springt? dachte sie, und fragte Lukas: was wollen wir hier?

Der Alte sprang nicht. Lukas griff sich enger um die Knie und räusperte sich. Es war seine geliebte, etwas heisere Stimme, die Aloe mit soviel Wärme »du« oder »Alla« hatte sagen hören, aber diesmal nichts davon, nur ein nüchternes:

– In der Nähe von Wasser sagen Menschen die Wahrheit.

Wie um den Satz zu illustrieren, schaute Lukas versonnen auf die Wasserfläche hinaus. Es ist nicht einfach, weißen Chlorschaum, mit roten Plastikbällen behängt, von Schreien, Gekreisch und flatternden Kinderkörpern garniert wie Salat, versonnen zu betrachten. Lukas gab sich alle erdenkliche Mühe. Wirklich. Er tat gar nichts anderes mehr. Der Alte stieg vom Block. Das Blau des Wassers war dunkler geworden, tiefes Ultramarin.

– Lukas?

Mit aller Dringlichkeit und Vorsicht fragte Aloe, mit Zärtlichkeit. Ihr altes Gefühl aber beschlich sie wieder. Das Schwimmbad kam ihr vor wie ein Riesenkino. Alles Leinwand. Jeder, der eintrat, Akteur, und sie die einzige Zuschauerin. Lukas zögerte. Er wußte nicht, was er wollte, dachte Aloe. Später wußte sie, daß er sehr wohl wußte, was er wollte, nur nicht gewußt hatte, wie.

– Den Satz mit der Wahrheit habe ich schon mal gehört, Lukas.

– Ich auch, Alla, und ich weiß nicht mehr von wem, aber er ist gut. Und richtig. In der Nähe von Wasser sagen Menschen die Wahrheit.

– Und warum?

– Keine Ahnung.

– Hat das nicht David Hockney gesagt?

Lukas zuckte die Schultern. Hockney, der Schwimmbadspezialist. Seine gestreckten Körper, die eben noch das Wasser durchteilt hatten, aber auf dem Bild schon nicht mehr zu sehen waren oder nur schmal, sonnenbebrillt, verborgen, als Typ am Beckenrand lagen und brieten, in einer Sonne, die unsichtbar im Rahmen hing.

– Da bist du also, flüsterte Lukas.

Natürlich war sie da. Was hatte er denn?

Lukas betrachtete seine Knie. Offensichtlich gefielen sie ihm, denn er redete auf sie ein:

– Wir sollten uns trennen.

Blaue Rechtecke, schimmernd; Löcher, aber gefüllt, so daß sie nicht wie Löcher wirkten, sondern wie Ausschnitte aus dem Weltraum, Hockneys Bäder. Sie sahen nach Einsamkeit aus, schöner Einsamkeit.

– Ja, sagte Lukas, das ist es. Das hast du gut verstanden.

Dazu bewegte er die Zehen, als wolle er Aloe etwas zumorsen. Was sie keineswegs verstand. Und auch nicht verstehen wollte. Nichts von dem, was er sagte, und nichts von dem, was er ihr mit seiner Körpersprache signalisierte. Lukas Zehen waren viel hübscher als ihre. Lang, olivbraun, gepflegt.

– Einsamkeit, sagte Lukas. Wenn man zu zweit sei, fühle man sie manchmal stärker als allein. Das sei schreckliche Einsamkeit, nicht schöne. Das wolle er nicht mehr. Nicht mit ihr. Es sei vorbei.

– Lukas, flüsterte sie, oder dachte sie es nur? Was drang noch aus ihr heraus, durch zu ihm? Aloe war erschrocken wie ein Otter, wenn der Schatten eines Seeadlers ihn streift.

Lukas schaute zum Fünfmeterbrett hoch: traust du dich?

Dabei wußte er genau, daß sie nicht springen mochte. Deswegen waren sie also da.

– Es tut mir leid, sagte Lukas. Mann, Aloe, sei nicht so traurig.

Sie wußte gar nicht, daß sie so traurig war. Aber ihr Gesicht sah wohl traurig aus. Fahl, wie Neonlicht. Draußen war es richtig dämmrig geworden, doch Aloe konnte die Schneeflocken gut sehen, die dicht und schwer vor den riesigen Fenstern fielen. Das Fünfmeterbrett wippte nach. Gleich würde man einen

Körper aufprallen hören. Wenn Lukas wollte, sprang sie, ihr doch egal. Die Schneeflocken vorm Fenster tanzten gegen die Luft.

Er wollte nicht, daß sie sprang. Es sei nur metaphorisch gemeint gewesen.

– Jaja, sagte Aloe und, weil ihr nichts anderes einfiel: ich gehe jetzt ins Wasser.

Sie wartete noch eine Sekunde, na ja, vielleicht 2, 3, 4, 10, sogar 30 Sekunden. Aber Lukas! Lukas rührte sich nicht. Also mußte sie in die Brühe. Dort wäre es wenigstens warm, versuchte sie sich zu trösten, wenigstens riecht es dort nicht nach Chlor, weil man unter Wasser bekanntlich nichts riecht. Dabei kam sie sich vor, als habe Lukas ihr gerade eine Portion Chlor in die Seele geschüttet. Chlor ins Herz, ins Blut, ins Hirn und in den Magen, das ganz bestimmt, denn Aloe war flau wie nie zuvor.

Als sie auftauchte, hörte sie es gleich: trillern.

– He, Sie da!

Ken. Sie sah ihn aus den Augenwinkeln im Laufschritt näher kommen, tauchte sofort wieder ab, Richtung mittlere Bahnen, kniff die Augen zu, hoffentlich stieß sie mit niemandem zusammen, das hätte gerade noch gefehlt. Aber das Bahnende war nicht zu vermeiden, Ken hockte am Rand und griff nach ihrem Arm.

– Sie da, was denken Sie sich eigentlich!

Reinspringen vom Beckenrand war verboten. Außerdem mußte jeder im Wasser eine Haube tragen. Geduscht hatte sie auch nicht. Drei Verstöße auf einmal. Ken zählte ihr die drei mit den Fingern vor. Am rechten Beckenrand konnte Aloe Dulcinella erkennen. Sie war sich sicher, daß die grinste, auch wenn sie es nicht so genau sah, denn das Chlor brannte in ihren Augen. Aloe strich sich die Haare aus dem Gesicht und lächelte, so gut sie konnte, Kens Muskeln an.

– Was tun wir denn da? Können Sie mir nicht helfen?

Ken führte sie in die halb gläserne Bademeisterkabine. Zum Glück lag die auf der anderen Längsseite des Schwimmbads; nicht dort, wo Lukas vielleicht noch saß. Aloe traute sich nicht, in seine Richtung zu schauen. Nahm die weiße Badekappe gehorsam in Empfang, quetschte ihre nassen Haare darunter. Die Kappe saß straff.

Dann schoß sie durchs Wasser. Seit Aloe auf der Abschlußfeier einer Tiermedizinfreundin gewesen war, mußte sie beim Schwimmen mit Badekappe immer an Sperma denken. *Die lustigen Tierärzte* hatten ein Spermaballett aufgeführt, in Taucheranzügen, auf den eigens kahlgeschorenen Köpfen rote Kappen, die sie irgendwann wegwarfen, was alle verstanden, denn zuvor hatten sie das Spermakappensystem erklärt. Kappe ab und rein ins Ei! *Survival of the fittest.* Sie kämpfte sich die Bahn entlang, reales Chlor, realer Urin, reale 50m zwanzigmal hin und her. Glucksen in den Ohren, atmen, Luft anhalten, ziehen, tiefes Blau. Einsamkeit war das nicht, sagte sie sich, noch ist nicht alles entschieden, so schnell gebe ich nicht auf, Aloe fand Einsamkeit schrecklich, brach ab bei Bahn 13, stieg aus dem Becken, riß sich die Haube vom Kopf und drehte sich um.

Lukas saß noch da. In *ihrem* Plastikstuhl! Aloes Herz machte einen Sprung. Hüpfte ihm entgegen. Daß er noch da war, mußte ein gutes Zeichen sein. Die alte Magie, Anziehung, Raketenschub. Ihr Herz grauste sich und lachte. Sie lächelte, als sie auf ihn zuging, in aller Blödheit sogar einen Abfallkorb an.

Aus Sorge um sie habe er nicht weggehen wollen. Um sie nicht allein zu lassen, jetzt. Er wisse ja nicht, wie sie darauf reagiere.

Aloe griff nach ihrem Handtuch unter Lukas Schenkel, zog wie wild daran, es flutschte heraus. Lukas wirkte für eine Sekunde verdutzt. Er war die ganze Zeit auf dem Handtuch gesessen, sie spürte genau wo, als sie es sich an den Körper hielt, Arme und Beine abrubbelte mit Lukas Wärme, die aber sofort in der Chlornässe verschwand.

Nein, sagte Lukas, es gibt keinen Grund. Dabei sah er Aloe mit schamloser Inbrunst, mit herzerweichender Hilflosigkeit an. Und mit schamloser Entschiedenheit schob er nach, daß alles zusammengenommen kein Grund für eine Trennung sei, nur Gründe würden bleiben, davon aber zuhauf (*zuhauf* sagte er), dafür, daß er gehen wolle. Warum auch immer. Eben so.

Aloe wickelte sich in das nasse Tuch. Zog es eng. Wickelte sich tiefer. Fror. Ich will aber mit dir, neben dir, bei dir! Beinahe wäre ihr ein »trotz dir!« über die Lippen gekommen, gerade noch rechtzeitig fiel ihr ein, wie Lukas das wohl verstehen würde, es klang wirklich nicht besonders gut, »trotz dir«. Wasser wäre es auf seine Mühlen gewesen, und Wasser hatten sie hier wirklich schon genug. Gerade noch verschluckte Aloe das »trotz« und das »dir«, alles andere hatte sie mit Inbrunst gesagt. Herzerweichend, dachte sie. Beinahe hätte sie sich vor Lukas hingekniet, da auf dem nassen, etwas schleimigen Boden, vor dem weißen Plastikstuhl, beinahe kniete sie schon, von außen sah es wohl ziemlich nach knien aus, aber es war doch nur, um nach Lukas Händen zu greifen.

Sie versprach, sich anzustrengen. Versprach das Blaue »aus dem Wasser heraus«. Er wolle ausziehen. Okay. Man müsse ja nicht zusammenwohnen.

Ja, so weit ging sie.

Lukas schüttelte den Kopf. Aloe sah es genau – sein Auge, das für sie war, das andere, das gegen sie war, doch in den Augen tobte kein Kampf, beide schauten sie interessiert, aber unbeteiligt an. Grün waren sie wie Meeresleuchten! Aber mit Aloe saß Lukas in einem Schwimmbad, und das Wasser war blau, gnadenlos blau.

Das Klatschen der Badenden und ins Wasser Springenden, der bunten Bälle aus Lycra und Körper, der fröhlichen Geschichten, im fröhlichen Bad auf der großen Leinwand des Nassen und Sorglosen. Ein Kind schrie auf, sein Schrei ging in Jauchzen über, wiederholte sich. Andere stimmten ein. Draußen fiel noch immer Schnee, dichte weiße Flocken, ein Tanz aus Eis und Kristall neben einem Tanz aus Worten, Gesten, Hilflosigkeit.

Und Überrumpelung.

Aloe sprang auf. Überrumpeln ließ sie sich nicht. Die Badehaube lag vor ihr am Boden, schon flog das Handtuch daneben, sie trampelte auf beidem herum. Sie konnte nicht mehr. Nicht mehr als das. Die Badehaube fühlte sich widerlich glitschig an.

Natürlich sahen auch Dulci und Ken, was sie tat, wie sie mit dem Eigentum des Schwimmbads umging, Verstoß Nummer 4, und der schlimmste!; sie waren bestimmt schon unterwegs zu ihr, wenn sie trampeln wollte, mußte sie es schneller tun, was sie auch tat. Sie sah ihre Füße, die Haube, die Kacheln, die Nässe, draußen fiel der Schnee, hier fiel das Licht, neben ihrem Fuß zuckte der Schatten des Fußes.

Das Handtuch war weiß. Ein paar Fasern standen heraus. Blasse Fasern.

Lukas schwieg noch immer. Lukas hatte etwas gelernt, denn er setzte sich einfach vor Aloe auf den Boden und schaute sie an. Schlug die Beine zum Schneidersitz zusammen – und wartete.

In aller Ruhe. Mit aller Geduld. Lukas.

Damit nahm er ihr die Kraft, müde und leer machte er sie. Plötzlich schien es ihr selbst lächerlich, sich so aufzuregen. Sie drehte sich um, hob Haube und Tuch auf. Aus dem Augenwinkel sah Aloe, daß auch Ken abdrehte, auf halber Strecke.

– Ich kann nicht mehr, sagte Lukas, das ist der ganze Grund. Die einfache Wahrheit.

Mit über der Brust verschränkten Armen saß er da. Trug die neue Unterhose, die schwarze; aber saß mit ihr in der abgestandenen Chlorbrühe herum. Das Handtuch lag zerknittert zwischen ihnen. Der Schnee war still. Die Kinder ließen sich weiterhin unermüdlich mit umklammerten Knien vom Ein- oder Dreimeterbrett kreischend ins Wasser fallen. Der Alte stand inzwischen am Rand und feuerte sie an. Hinterteile, manchmal auch Köpfe, rissen schäumende Krater ins Blau.

Es war ein Fehler gewesen, hierher zu kommen. Kinoleinwand. Lukas, übergroß (wie ein Schauspieler) und zugleich ›in einer anderen Welt‹.

Vor der Scheibe hatte sich eine dünne Schneedecke gebildet. Es war inzwischen ganz dunkel geworden. Kamen die Flocken nah genug ans Fenster, strahlte das Neon sie an. Sie blitzten dann auf, hellgelb, diamantscharf. Lukas holte ein paarmal tief Luft, sein Brustkasten weitete sich, sackte aber mit jedem Ausatmen tiefer zusammen als zuvor. Lukas, schmal und zerbrechlich. Etwas wie Glas, aber Aloe durchschaute ihn nicht. Er war für sie kein gläserner Mensch, im Gegenteil. Dort, im Schwimmbad erschien ein Stück Dunkelheit. Es war die ganze Zeit über dagewesen, versteckt, getarnt, und jetzt zeigte es sich. Über Lukas Brust liefen kleine Schauer, als wolle er Aloe seine Verletzlichkeit demonstrieren.

In der Nähe von Wasser lügen Menschen nicht. Falsch. Sie logen dort, logen so sehr, daß es zu einer Wahrheit wurde, die sie bislang nicht kannten und nicht verstanden.

Die Kinder spritzten. Aloe war erschöpft, umklammerte ihre Knie, zog die Füße an den Po. Blaß saß sie am Boden, Lukas gegenüber.

Er ihr gegenüber. Gegenüber, gegenüber.

Er sah aus wie ein aztekischer Gott, olivgrüne Haut, undurchdringliches, von feuchtdunklen Haaren gerahmtes Gesicht. Das war nicht Lukas als Person, sondern Lukas als überphysisches Etwas, der Kulminationspunkt einer gewaltigen Kraft, die hämisch, anhänglich, gierig, schäbig, grinsend vor Aloe stand und schrie: ich bin's, die Liebe, die Liebe, ich.

Und zugleich war es Lukas, ganz real. Er schlug sich das Handtuch um die Schultern, wie um sich noch einmal gegen Aloe abzuschotten. Lukas, einen müden, aber auch zufriedenen Zug um den Mund, das aus der Stirn gestrichene Haar (Teil des neuen Stylings), etwas Altes und Neues, diese gemischte Person, die Aloe genau beobachtete und jetzt die Brauen hochzog, schien mit sich im reinen. Er sagte *tschau*, er flüsterte es, *tschau, Liebe*, sagte er, nein hatte es schon gesagt. Mit einer etwas unbeholfenen Bewegung richtete er sich auf, stützte sich dabei an dem leeren Plastikstuhl ab, der wegrutschte – und als käme er, Lukas, dadurch zur Besinnung, stand er plötzlich mit einem Ruck elegant auf, drehte sich lächelnd noch einmal halb zu Aloe um und ging Richtung Männerkabine davon – durchs Ultramarin, das an den Rändern flackerte und züngelte, weil es noch lebendig war.

Eine Viertelstunde später stolperte Aloe auf ihren kurzen Füßen durch das Auf und Ab des Parks zur U-Bahn, durch die Mulden und Täler der künstlichen Hügelchen, die um den Schuttberg herum angelegt worden waren, minimal im Vergleich zum aufgestakten Zeltdach des Fußballstadions (oder war sie plötzlich zu klein, um über die Hügel zu sehen?); unter der Spitze des Fernsehturms stapfte sie entlang, an dem die kragenartige Ausstülpung, in der das Restaurant untergebracht war, rotierte wie etwas in ihrem Kopf. Im Bad war es heiß gewesen, hier war es kalt. *Partout.* Schnee, in Bilderbuchflocken, fiel und fiel auf dunklen, feuchten Grund. Feucht war es auch auf ihrem Gesicht; was rotierte, im Kopf, war, wie schwebend Lukas gegangen war; auf leichten Füßen, davon.

Ihre Haut und Haare stanken nach Chlor.

Der vierte Jahrhundertsommer in Folge machte sich über sie her, eine gigantische Heuschrecke mit Millionen von Fühlern, die sie als Hitzeschläuche um alles Lebendige wickelte, mit ihrer Hilfe sog sie es aus. Der Himmel, ihr Bauch, saß julieng über der Stadt. Jeder Tropfen Wasser stieg, von einer unheimlichen Kraft lautlos angesogen, durch die Schläuche nach oben und fiel als Licht wieder herab, in brennenden Scherben lag es auf den spiegelnden Tischen am Straßenrand.

Der Sneaker steckte frischrot wie ein eben gekochter Hummer im Gebüsch. Dauernd fielen sie Aloe auf: *ein* grauschwarzer Stiefel neben der Litfaßsäule, *ein* Kinderschuh auf der Autobahn, *ein* lila Pumps mit Silberschnalle im Sandkasten (das ließ sich ja noch erklären) und jetzt dieser hier. Wie machte man das bloß: einen einzelnen Schuh verlieren?

Aloe besichtigte die Stadt, indem sie U-Bahn fuhr, was nicht so blöd war, wie es klang, denn es gab zahlreiche Hochbahnstrecken. Alles vor den Scheiben bot sich dramatisch an, der Häuserhaufen auf dem märkischen Sand schluckte Sonne weg, spie sie in langen Straßenkanälen mit Windböen wieder aus. Wie in einer Glasblase kam Aloe sich vor.

Sie träumte, auf einem Tunickbild zu liegen, es war schmal, hochgestreckt, nur 30 bis 40 Personen. Sie selbst, Aloe, sah wie ein heller, dünner Hähnchenknochen aus. Das Licht war eine Art Heiserkeit, eine Art Zitronengeschmack.

Wäre sie nicht in einem so komisch gedehnten, irgendwie bonbonartigen Zustand gewesen (glitschig glatt, aber mit ein paar Rissen in der Oberfläche, die die Zunge aufschnitten), hätte sie anders reagiert bei allem, was in den nächsten Tagen geschah. Schicksal heiße Verwischung, Zerstreuung, Entropie, hatte Lukas gesagt. Entropie heiße: die eben heruntergeworfene und dabei in tausend Scherben zersprungene Kaffeetasse stehe irgendwann von selbst wieder ganz auf dem Tisch. Entropie heiße: alles wolle sich ständig verändern. Die Leute um Aloe herum hatte man in Verkleidungen gesteckt: orange Overalls, blaue Bauhosen, schwarze Lederjacken zu grünem Haar. Vielleicht fand das Schicksal einen nicht, wenn man sich so verkleidete, und es war ein genialer Trick, um allem Üblen zu entgehen. Aloe haßte Abschiede, sie haßte sie.

Wie verrosteter Schmuck hingen Gewitterwolken über den Kränen am Größtbaustellenplatz, als sie am Nachmittag nicht weit hinter dem Sneaker aus der U-Bahn stieg. Schwalben schossen zwischen den Betonlöchern der Rohbauten hindurch, sie hielten Mücken im Schnabel, leichte Beute, von den elektrischen Strömen der Sferics schon besinnungslos gemacht. Aloe hatte den Auftrag angenommen, einen Lexikoneintrag zu Altdorfers Alexanderschlacht zu verfassen. Das Bild war an die Gemäldegalerie am Kulturforum ausgeliehen, deshalb war Aloe für 14 Tage hier. Auf seiner himmlischen Riesenwand wirbelten Wolken, darunter Menschenknäuel, verkeilt in eine Schlacht – vor Rüstungen, Fellen, Stoffen und Schwertern sah man kaum ein Gesicht. Vielleicht hatte sie sich das Bild ausgesucht, weil es so offensichtlich unrealistisch war, so offensichtlich ein Programm; das verband Altdorfer und Tunick – und daß man ihre Menschen schwitzen fühlte schon beim ersten Blick. Altdorfer hatte Zypern und eine bergige afrikanische Küste so in den Horizont gemalt, daß die 1529 noch umstrittene Erdkrümmung sich nicht übersehen ließ. Gleichzeitig hing eine große Tafel in der Mitte des Himmels, die den Sieg Alexanders verkündete. Aloe gefiel die Spannung zwischen den verschiedenen Wirklichkeiten, die im Bild gleich real erschienen. Die Sonne tief rechts, der Mond weit oben links, simultan am Himmel. Vielleicht hatte sie das Bild auch deswegen gewählt. Die Trennung von Lukas war 4 Monate her, 4 Monate und 21 Tage.

Sie konnte sich ›das Loch‹, wie die Stadtbewohner selbst es nannten, nicht anders als im Zwielicht vorstellen, in der Dämmerung, von riesigen Scheinwerfern in kegelige Schnitte zerlegt. Entworfen für eine Zukunft, die Verkehrsstrom war. Grünbraunes, trübes Wasser, in dem Betonfundamente schwammen, darüber balancierten Kräne mit weit ausgestreckten Schnäbeln. Sony hatte angefangen, die Gruben für seine Türme und Rotunden, seine Filme und seine Realität auszuheben, die Mulden der Tage und Nächte, in denen man in Zukunft essen, kaufen, ficken wollte. Aloe stand über einer Behelfsbrücke aus Eisen und schaute Tauchern zu, die in dunklen Neoprenanzügen in die schlammige Baubrühe hinabgelassen wurden, große Lampen am Kopf. Sie wollte sich von Lukas ablenken. Es funktionierte mäßig. Denn Lukas wußte nicht, wie gut sie ihn vergaß, wie sie sich amüsierte, wie das Leben ihr ohne ihn gefiel.

Aloe lief und fuhr, kreuz, quer, durch die Stadt. Alles war kleiner als im Fernsehen. Von der S-Bahn aus sah die eingerüstete Kuppel des Reichstages aus wie ein überdimensioniertes Strickzeug. Die sogenannten Quartiere in der Friedrichstraße klebten am Gehsteig, als wären sie koupierte Legohäuschen.

Eine Bekannte hatte Aloe ein Zimmer bei Cathleen vermittelt, Cathleen aus Oregon, die einen Bericht über die Galerienszene schrieb. Die Nachbarin zeigte jeden Morgen ihre Brüste im Fenster. Einer ihrer Söhne schrie, wenn sie ihn wusch oder fütterte. Fette Hennen von Tauben saßen auf den Dächern. Cathleen empfahl Aloe, sie solle den ganzen Proust lesen und ihre Kekse in Puh-Err-Tee tauchen, dann vergäße sie Lukas schon. Leuchtend grün spiegelte sich das Wasser in der Blumenvase auf dem Tisch.

Aloe fuhr und lief, quer und kreuz durch die Stadt. Überall standen Liebespaare, an jedem Bahnsteig nahmen sie Abschied oder, schlimmer noch, begrüßten sich – Küsse, Küsse. Ansagen liefen über die verklammerten Körper hinweg, Gepäckträger rempelten das Engumschlungene (absichtlich?) an, ein Automatenauffüller klapperte in die Küsse hinein, egal: sie küßten sich! Aloe haßte, was sie sah. Zu zweit gewesen, drei werden gewollt, eins jetzt, nur eins. Die dreckigen Tauben im Bahnhof reckten die Köpfe vor und zurück.

Tagsüber ging es ihr gut, die Nächte waren leer. »Die Liebe« – wenn Aloe es nur hörte, und sie hörte es dauernd, im Radio, Fernsehen, sah es auf Werbeplakaten – schon das Wort allein wirkte wie Chili in ihrem Gedankensud: es piekste und prickelte, zerrte, befeuerte den Schmerz. Nachts zerlegte Aloe sich in winzige Kügelchen. Wie sich nicht Lukas hierher wünschen, in ihm, bei ihm, in seinem Bett sein, auf seinem Laken, wie nicht durch die Nacht fliegen, wieder in Träumen in seinen Armen liegen, wie nicht dabei so weich werden, mit Liebesaugen schauen, wie nicht davon träumen, noch einmal von vorn anzufangen – mit Lukas, mit sich selbst.

Doch wenn sie aufwachte, war der Abschied real. Sätze, die nur Lukas so hatte sprechen können, für sie, Sätze, die schon lange dagewesen waren. Für jeden gab es so etwas in seiner Weise und seiner Welt. Lukas »ich kann nicht mehr« – dieser Abschiedssatz hatte Aloes Herz zerrissen und war mit Aufforderungen wie »vergiß ihn« oder »sei nicht so sentimental« oder Puh-Err-Tee, sie hatte es ja probiert, nicht aus der Welt zu schaffen. Ihr Warten, ihre Verschlossenheit und Scham, sich ganz zu öffnen, sein Überdruß daran, ein genervter, zur Seite huschender Blick. Da war es nun, das Herzzerreißende mitten im Tag. Lukas neue Wohnung in der Mathiasstraße und Aloes alte am Stadtring lagen nur zehn Minuten auseinander, in die eine Richtung, aber wenn man in die andere Richtung ging, reichte der Abstand fast um die ganze Welt.

Blonde Haare, Pagenschnitt bis zum Kinn, buschig helle Augenbrauen. Er drehte sich gerade eine, als Aloe sich an den Nachbartisch setzte. Sie wollte keine, danke. Sein Mund grinste, seine Augen nicht. Aloe stellte sich Experimente an Ratten, Äffchen oder Mäusen vor, denn er hatte etwas von Gehirnforschung gesagt. Sein Kaffee war halb leer, ihrer noch voll. Sie glaubte kein Wort, denn er behauptete, daß es keine Operationen mehr an Ratten, Mäusen oder Affen gebe, jedenfalls keine am Gehirn. Die Zeiten, in denen man Platinen einsetzte, ihre Studienzeiten wahrscheinlich, seien vorbei. Sofort fühlte sie sich wie ein Fossil: Gordian war mindestens 70 Jahre jünger. Aloe erkannte nicht einmal, was das T-Shirt bedeutete, das er trug. Der Rauch seiner Zigarette roch süß, immerhin das bekam sie mit. Ihr Kaffee halbvoll, seiner leer. Er schob ihr einen Flyer hin: dort, heute abend, bye-bye.

Zwei Sonnenrallen spreizten ihr Gefieder am Eingang, riesige rosafarbene oder hellblaue Röhren leiteten an den Zäunen entlang Wasser ab. Es flutete durch die babyausstatterfarbenen Leitungen, sonst flutete es die Baugruben. 1939, sagte der Zooführer, mehr als 4000 Säugetiere, 1400 Vogelarten. Die Bomben der Nächte vom 22.11.43 und 29./30.1.44 vernichteten die meisten, den Rest die Endkämpfe der letzten Apriltage '45. Der indische Elefantenbulle Siam, das Flußpferd Knautschke, ein Kasuar und der berühmte Abu Markub hockten in den zerschossenen Häusern und schrien. Dort, wo damals der Flakbunker stand, wölbte sich das Vogelhaus in den Himmel. In der Voliere streckte ein Temminck-Tragopan in Zeitlupe seine blauschimmernden Flügel aus; neben ihm übertrug eine Infrarotkamera Bilder aus der Bruthöhle eines Hornvogels, dick und weiß ragte der wie ein Krummdolch gebogene Schnabel hervor.

Ihr Herz pochte, verrückt. So hatte sie sich vier Monate, 22 Tage später nicht vorgestellt. Aloe drehte sich in der Telefonkabine an der kurzen silbernen Schnur. Gegenüber trabten ein paar afrikanische Elefanten; ihre kleinen schwarzen Augen, die wie Computertasten in grauen Faltenbergen saßen, blinzelten. Ein Werbespot, den sie mit Lukas gesehen hatte – alles war mit Lukas gewesen – fiel ihr ein. Junge hält einem Elefanten Schokoriegel hin. Rüssel kommt, schnell zieht der Junge den Riegel weg, ißt ihn selbst. Blende: Elefantenparade, Massen von Leuten am Straßenrand. Junger Mann reißt Schokoriegel auf. Riesenelefant sieht es, stürmt auf ihn zu, haut ihm mit dem Rüssel eine runter. Der Spot spielte mit dem Spruch vom Elefantengedächtnis. Lukas Geruch. Wo merkte man sich so etwas? Und sie, Aloe, Himmelherrgott, fing auch noch an, ihn zu riechen, während das Telefon läutete. Gespenstisch, diese Apparate und dazu das eigene Gehirn. Da war also der Ton in seiner neuen Wohnung. Aber Lukas war nicht dort. Und sie auch nicht. Der Spot hatte offengelassen, ob der Elefant den Jungen wiedererkannt oder nur auf den Riegel reagiert hatte. Aloe legte auf.

Sie rannte durch die Stadt. Eine Russin (Aloe hörte sie mit der Frau reden, die ihr die Einkaufstüten trug) stöckelte in einem auf Taille geschnittenen hellblauen Kostüm vor Aloe aus einem Douglas-Laden, stolz auf die an ihrem Körper gebündelte Schönheit der russischen Nation. Entworfen für eine Zukunft, die Verkehrsstrom war. Im Schaufenster warb ein rotes Plakat für *Jicky*, das androgyne Parfum der zwanziger, neu aufgelegt. Aloe dachte kurz an Anita und fluchte, denn der linke Schuh rieb ihr die Ferse auf. Lukas, das waren Wünsche und Hoffnungen, deren innere Füllung verschwand. Es gab viele Weisen fortzugehen. Sie lernte, daß man es allein nicht kann. Es braucht einen, der geht, und einen, der ihn gehen sieht, erst das macht Fortgehen perfekt. Farbwechsel, Sprenkel, Flecken ums Herz.

Das Telefon klingelte. Wie immer, kaum lag man mal richtig entspannt in der Badewanne und hatte den verdammten Hörer nicht mitgenommen. Lukas überlegte kurz, was passierte, wenn er einem ins Wasser fiel? Nichts natürlich, nichts.

Ob es Aloe war? Er dachte immer, wenn das Telefon klingelte: Aloe? Ein schöner Kitzel, eine Spannung zwischen Empörung und Wunsch. Ich will nicht mit ihr sprechen, sie soll mich in Ruhe lassen! Doch dann war sie es nicht, und er dachte: warum ruft sie nicht an? Ist sie so leicht darüber hinweg?

Er war ihr ausgewichen, am Ende. Hatte er nun ein schlechtes Gewissen? Lukas war sich nicht mehr so sicher, ob er im März wirklich einfach nicht mehr gekonnt oder nicht mehr gewollt hatte, aber das war letztendlich auch egal. Seine neue Wohnung gefiel ihm, klein und provisorisch, ein Zimmer zum Arbeiten, eines zum Schlafen. Und es ging ihm gut, seit er allein war – auf der Piste. Das klang lächerlich, aber genauso fühlte es sich an. Abends besuchte er Clubs, Bars, Parties bei seinen Kollegen. Ein paar faszinierende Köpfe waren ja zugegebenermaßen dabei, Erick natürlich, dem sie inzwischen erfolgreich beigebracht hatten, was eine Straßenbahn ist; Erick, der zur Zeit mindestens 10 Minuten brauchte, bis er eine Frage beantwortete, denn er tüftelte an einem neuen Programm, Erick, der »Mango« hieß und dazu herzlich lachen konnte. Dieser Erick gefiel Lukas immer besser: wahnsinnig klug und tickte nicht richtig. Beides zugleich, das eben war's. Er, Lukas, war viel zu normal gewesen in dieser Beziehung mit Aloe. Nein, er konnte sich jetzt nicht auf ein solches Leben einlassen, vielleicht sogar noch mit Kind, er brauchte mehr Pfeffer. Und Ruhe, ja beides zugleich, es war nur eine Frage der richtigen Dosierung. Er würde weggehen, weg aus Deutschland, in Chile stand ein hervorragendes amerikanisches Oberservatorium, er hatte seine alten Oxforder Kontakte ausgegraben und lernte seit ein paar Wochen in einem Intensivkurs spanisch. Vielleicht konnte er Erick und Wolfgang davon überzeugen mitzukommen. Die Arbeitsbedingungen dort unten waren ideal, die Frauen schön – eine verlockende neue Welt.

– Hey Luigi, wo hast du denn die verdammte Tomatensauce?

Immer ein bißchen frech, diese Marina. Hellblond, aber einen pseudospanischen oder italienischen Namen. Es war schnell gegangen mit ihr. Aber das hieß nicht, daß er sich um Aloe nicht bemüht gehabt hätte, auch am Ende, das konnte nun wirklich niemand sagen. Doch irgendwann war Schluß. Ein komischer Punkt. Ein ungutes Gefühl breitet sich aus, und man fragt sich, was es ist. Er hatte sich gefragt, bis er ganz sicher war.

– Unterste Schublade im Mittelschrank.

– War ja 'ne superprompte Antwort, denkst du wieder über deine Sterntaler nach?

Entliebt, neu verliebt, so ging es eben. Marina klackte eine CD in den Player, er hörte sie an seiner Anlage hantieren. Nein, da hatte sie eine alte Sparks erwischt, echtes Stück Vinyl, *pulling rabbits out of a hat*. Er sollte sich eine Brille besorgen, wie der eine der beiden auf dem Cover, rund und schwarz, es sah absolut bescheuert aus. *That's the spirit*, in Unterhosen mit Pseudomuskeln. Lukas griff nach einem Handtuch. Er hatte einen Ständer. Die Sparks heulten *Amateur Hour (with Erasure)*.

Cathleen saß schon da, als Aloe den Italiener endlich fand. Als grüner Neonzug hing der Name des Restaurants im Fenster, der Hund der Besitzerin jagte einem Zeitungsballen hinterher. Cathleen checkte jede halbe Stunde die SMS ihres Handys.

Nein, es wirkte überhaupt nicht nervös! Den Freund schien sie für Aloe mitgebracht zu haben, denn Cathleens Handy schnurrte, sie strahlte, zahlte und ging. Don sah Aloe lächelnd an; aufstehen, dachte sie, er war dann aber doch ganz nett. Als sie zwei Stunden später das Restaurant verließen, drängte er sie im Torweg ein paar Häuser weiter in eine Ecke und küßte sie. Aloe machte mit. Er holte seinen Schwanz aus der Hose und hatte ein Kondom dabei. Ihr war es aber zu unbequem. Der Hauseingang roch nach DDR-Putzmittel. Abgeschlagene Fliesen, Gipsköpfe und ein gekachelter Weg durchs Tor. Don steckte seinen Schwanz wieder ein, wie eine Wurst. Es war nicht so wichtig. Die Straßen gefielen Aloe, lange Dämmerung, die Stadt sparte Strom. Im Halbdunkel der alten Lampen und Namen ließ sich mühelos weitergehen, an der Straßenbahn trennten sie sich. Die Stadtwerke warben *we kehr for you*. Das hätte Aloe gerade noch gefehlt.

In der Straße, in der der Club lag, wuchsen die Röcke kürzer als das Gras. Männer schauten so intensiv, als schlitzten sie ihre Augäpfel extra ein Stückchen auf, damit das Weiße, Gefährliche, besser herauskam. Billardtische, Hosenbillard, Taschentricks. Wie glatt die Hintern waren. Gras wuchs schneller als die Hand. Die Hand faßte schneller den Rock als die Lunge das Gras. Die Straße wand sich wie ein nasser Arm, der ein Handtuch sucht.

Innerhalb von Sekunden gewöhnten Aloes Augen sich an die Dunkelheit des Clubs. Als erstes sah sie die Engländerin, die Lukas damals in Oxford öfters erwähnt hatte. Sie tanzte neben Gordian. Lange schwarze Haare, der Bauchnabel gepierct. Lukas hatte sie wegen der Pille-danach fragen wollen; als er zurück war, schrieb sie Briefe über Küsse und schwarze Kleider, die Aloe anfangs heimlich las. Gordian hob kurz die Hand. Im bunten Licht, im wechselnden Licht, im Pfeifen des Lichts und Hämmern der Beats, im Krach der Gefühle, der Augen, des

Atems, des Schweißes aus so vielen Körpern, war nicht zu sehen, ob er Aloe damit ein Zeichen machte oder nicht.

Oberhalb des Lichtbodens, den der Laser auf Brusthöhe durch den Raum legte, ging man als heller Kopf, darunter als Schatten, neblig und geheimnisvoll. Begriffe wirbelten durch Aloes Hirn, Lukas wirbelte in ihrem Kopf, als Name, als Sehnsucht, als Wut. Der Nebel kam aus Maschinen in den Ecken. Es war Zirkus, es war durchschaubar, es war pure Magie. Wie viele Menschen lang, fragte Aloe sich, hat man in so einem Leben Zeit?

Hand stieß an Hand, absichtslos; Augen sahen sich nicht. Die Bässe schnitten die Körper in einen Rhythmus – eng, schweißig und nah. Lag es an der Engländerin, dem Geruch rundum, den Drinks? Das komische Gefühl, das Aloe packte, wurde innerhalb von Sekunden so stark, daß sie sich setzen mußte. Ihre Brüste schrumpften! Das warme, vertraute Gewicht, die natürlich schaukelnden Bewegungen verschwanden, auch die Falte unterm Ansatz löste sich auf. Dafür nahmen eindeutig Aloes Muskeln an den Schultern zu, als rutschten die Brüste dorthin, ihre Hüften rückten enger zusammen, ihr Po wurde schmaler, denn alles schob sich nach vorn und zusammen – zu zwei Kugeln und einem Penis. Seltsam behängt kam sie sich vor. Doch das Bedürfnis, die Möglichkeit fühlte sie im selben Moment: nach vorn zu stoßen, etwas Festes, Steifes vor sich hertragend, auf etwas zu zielen, darauf bekam sie Lust. Aloe lehnte sich gegen die kühle Wand, aber das Gefühl blieb. Zweifelnd schaute sie auf ihren Bauch und den Vorsprung dort – Blut schoß hinein, das Glied war schwer und weich und legte sich an ihr Bein – rieb an der Haut des linken Oberschenkels, wo noch nie etwas so gerieben hatte, und sie fühlte sich depotenziert (oben) und sehr sexualisiert, zumindest vorn zwischen den Beinen. Zugleich kam sie sich in der Mitte, in der sie früher offen gewesen war, viel sicherer und geschützter vor – dabei aber auch offensichtlich sexuell, denn sie roch ihren Schwanz und schaute sich um, ob sonst jemand es ebenfalls bemerkte, doch das schien nicht der Fall zu sein. In diesem Moment brach die Verwandlung so schnell in sich zusammen, wie sie sich eingestellt hatte. Die Fata Morgana einer Droge oder ihrer innersten Wünsche? Denn eine kleine Stimme in Aloe sagte weiterhin »ja, du hast es auch«, wie eine indische Schlange zur unheimlichen und erregenden Musik einer Tabla reckte sie ihren androgynen Kopf. Gordian saß neben Aloe an der Wand, er rauchte gelbe Kristalle, die nach angebranntem Plastik rochen und schließlich rutschte er sanft nach unten, schlief weg. Diesmal hätte Aloe gewollt, mit Gordian, ja. Die Engländerin war nicht mehr zu sehen. Hatte wohl mehr Glück gehabt oder hing jetzt selbst in einer Ecke ab.

Als Aloe ging, war es schon nach vier; wenig Autoverkehr, aber Leute noch zu Fuß unterwegs. Es regnete leicht. Die Nachtbushaltestelle fand Aloe zum Glück gleich, es war ganz nah. Eine Frau, zwei Dackel an einer Leine, tappte an ihr vorbei. Die Dackel trotteten mit ergebenen Leidensmienen durchs Nasse, sie sahen wirklich wie Würste aus. Eine Zeitlang hörte Aloe noch das Trippeln ihrer kleinen Pfoten, das Bimmeln der Haken und Ösen der Leine. Dann wurde es wieder still.

Schräg gegenüber hing eine halbe, honigüberkrustete Ente im Fenster eines Chinesen, neben Messern und Schnüren. Die Nacht drängte sich in den Hauswinkeln mit einem Gesicht aus Kanten und Fell, Eisen und Schlaf. Eine Gruppe von Leuten, Männer und Frauen, grölte und versuchte, ein Taxi zu kapern.

Aloe setzte sich auf die Bank im Wartehäuschen. Von überall her war ein leises Schwappen zu hören, die Sterne sahen hellblau und hellgrün aus und schwappten auch; neben, über, in dem Haltestellendach und in den Pfützen am Boden standen sie, hellgrün und gelb, Chrysanthemen, die heimlich pulsten.

Als nach einer halben Stunde noch immer kein Bus gekommen war, lief Aloe los. Ihre Ohren fühlten sich von der lauten Musik im Club wie mit Haut bedeckt an. Den Regen spürte sie nicht, im Gegenteil, sie fand es sehr angenehm, in der dunklen Nacht mit dunklen Augen und geschlossenen Ohren durch die Stadt zu gehen. Es war das Vergessen, das sie die ganze Zeit gesucht hatte. Nur das Hellblau der Sterne leuchtete und schwappte darin.

Der Cappuccino kam mit Sahnehäubchen, obwohl sie aufgeschäumte Milch bestellt hatte. Aloe hob die Sahne sofort ab und schlüpfte aus ihrem Schuh. Sie war müde nach der langen Fahrt zurück im ICE Night. Kaum hatte sie sich auf ihrer Pritsche ausgestreckt, im Schweißgeruch, der aus den Polstern sikkerte, im Gestank stundenlang in heißem Wasser siedender Würstchen und versottener Hirschragouts, in den Treiböl- und Kloschwaden des Zuges, im Rhythmus der Schwellen, der Stops und Gos – war ihr eingefallen, daß sie am nächsten Morgen schließlich einfach bei Lukas vorbeigehen könnte. Die ganze Nacht, im Halbtraum zwischen Wachen und Schlaf, hatte sie darüber nachgedacht. Vorsichtig rieb sie die Ferse am Stuhlbein, damit der Strumpf nicht zerriß. Grüne 7-Zentimeter-Absatz-Pumps zu den lila Strümpfen, die sie vor ein paar Stunden, gleich nach ihrer Ankunft extra gekauft hatte, als perfekten Kontrast zum moosig satten Grün ihres Kleides. Man knöpfte es vorn von unten bis oben auf. Es würde zu heiß werden darin, aber Lukas gefiele es.

Auf der Litfaßsäule schräg vor Aloe fütterte eine Gabel einen glanzroten Kirschmund mit einem triefenden Pizzastück. Als schwarzer Schatten huschte die Bedienung davor hin und her, rohe Hände, stumpfes Haar. Die Pappeln am Straßenrand säuselten, es war kurz vor elf und wenigstens etwas windig. Lag

Lukas jetzt schnaufend mit einer anderen im Bett? Seine Wohnung war keine 10 Minuten entfernt.

Aloe griff sich die Zeitung vom Nachbartisch. Brodthaers schrieb seine Initialen in 24 Strichen, weil im Film in einer Sekunde 24 Bilder gezeigt werden, *la seconde de l'éternité*, genug für Narziß, dem das eine Bild für immer auf der Netzhaut brennt. Vielleicht hatte Brodthaers recht, vielleicht brauchte man niemanden, die Bedienung platschte in ihren Plateaus um die Tische, ich brauche niemanden, sagte Aloe probeweise, und schob auch den rechten Fuß aus dem Schuh. Vor kurzem hatte ntv Quallenbabies gezeigt, Miniquallen, die später zu Killerquallen wurden. Eifrig waren die angeblich blinden Babies vor einem ins Becken gestreckten Finger ausgewichen, woraufhin herausgefunden wurde, daß sie zwei Augen besaßen, lichtempfindliche, dunkle Flecken in der durchsichtigen Quallenhaut, die sich, bestrahlt mit der Taschenlampe, sogar zusammenzogen. Wie machen sie das, hatte der Sprecher gefragt, Augen ohne Hirn, Sehen ohne Hirn? Aloe konnte sich *narcisse* vorstellen, das schon, aber was 24 Bilder pro Sekunde bedeuten, wiederum nicht vorstellen, im eigenen Gehirn, unvorstellbar, nicht aufklappbar – Lukas Bild.

Die Bedienung hielt Aloe das Wechselgeld hin. Auf dem Zifferblatt ihrer Uhr humpelte der wie eine überdimensionierte Valentin-Kopie aussehende Walking Man von Borofsky minutenweise voran. Auf dem Uhrblatt hatte man eines seiner Beine gekürzt, damit man es als Stundenzeiger erkannte.

Aloe rannte los, gab die Ablenkungsversuche auf. Möwenpick Walnuß brächte sie Lukas mit! Sein Eisgeschmack würde sich ja wohl nicht auch geändert haben. Wenn es ausverkauft war, würde sie nicht zu ihm gehen. Das war ein Beschluß! Jetzt hatte sie es eilig – bloß noch durch die klebrige Menschenmasse voran.

Ein Junge lehnte an der mit Silbernieten beschlagenen Tür des Humidors, der Disco mit den Zigarren, als Aloe vorbeiging. Einmal hatte sie einen Abend mit Lukas dort verbracht. Hinter der Tür führte eine steile Treppe hinab in einen großen quadratischen Raum, in dessen Mitte nicht wie üblich ein Stroboskop hing, sondern eine Säule aus dickem Glas stand, von der ein einziges Glimmen ausging, ein ganz eigenes, dunkles. Die Säule steckte bis unter die Decke voller Zigarren. Sie hatten Lukas gefallen: lagen still und blinkten nur manchmal im Streiflicht einer der Blau- oder Rotlampen von den Seitenwänden auf, so daß man hätte glauben können, es handle sich um exotische kubanische Käfer mit schillernden Flügeldecken, die sich bloß totstellten – aber bestimmt krabbelten sie gleich los! Man konnte sie am Eingang für 50 bis 100 Mark kaufen, hatte man bezahlt, schlenderte einer mit Dreitagebart, T-Shirt mit Jesus-Logo und einer großen Angel zur Säule, fischte durch den engen Spalt zwischen Decke und Glas und zog mit großem Geschick einen der Glimmkolben, der auf Schenkeln gerollten Stengel, der letzten Wimpel des Marxismus heraus. Er warf ihn hoch, fing ihn von oben her mit der Hand wieder auf und streckte ihn stolz dem Käufer hin.

Der Junge hatte Augen wie Quecksilber, hell und wach. So einen Sohn hätte Aloe gern gehabt! Sie hatte damals getanzt, Lukas nicht. Danach war sie wütend gewesen und hatte die ganze Nacht mit ihm geschmollt. Jetzt fehlte er ihr, das war doch verrückt. Manchmal klammerte sie sich beim Einschlafen ans Bett, als wäre direkt unter ihr das All, als fiele sie gleich durch den Lattenrost, heraus aus der Welt.

Ein Po schob sich vor Aloe durch die Luft, ein Po, dem man genau ansah, daß er aus zwei Hälften bestand, die gegeneinander rieben beim Gehen, auf diesen hohen Schuhen, so weiß wie die gespannte Seide des Röckchens, die unterm Schritt aufhörte, noch bevor sie anfangen konnte, etwas nicht zu zeigen. Das saß! Aloe verstand, warum Männer schauten; sie tat es auch. Zwei Jungs auf Fahrrädern kreischten, ein Auto hupte, eine große Blondine ritt im Bikini vor Stadtkulisse auf einem braunen Pferd, gleich dahinter sog endlich der Spalt zwischen den automatisch aufschwingenden Kaufhaustüren Aloe ein. Wirbel aus Warmluft, Dekodunst, Verkäuferinnenachselspray. Aloe ruderte zwischen den übervollen Auslagen entlang, an einem weißen wackligen Bistrotischchen standen zwei (keine Puppen!) und tranken Sekt, an ihnen vorbei glitt Aloe ins *Lebensmittelparadies.*

20 Packungen Walnußeis lagen in der Truhe, mindestens. Das splittrige Eis auf den Deckeln kratzte. Gefrierschmutz, weißer Schmutz. Aloe holte tief Luft, ihr Herz pochte bis zum Hals. Wachpersonal in Khakiuniformen strich herum, die Scanner der Kassenfrauen piepten ununterbrochen, Ansagen hallten durch die Feinkostdepots. Am Ausgang hingen Diana-Tabloids, der erste Jahrestag des Unfalls in Paris näherte sich. Shortly before he married her, asked, whether he loved her, he answered: well, whatever love is.

She said: Naturally, we are in love.

Naturally.

13,90 DM für das Eis, konnte das sein? Doch da hatte Aloe schon bezahlt und wurde durch den schmalen Gang hinter den Kassen, der die Bestrafung dafür war, daß man schon ging, zur Rolltreppe gespült. Die Treppe war kaputt, die Leute drängelten sich, Aloe fluchte. Da war es wieder, dieses untergründige Verlangen, das keiner sich eingestand, gegen einen anderen Körper zu drücken, berührt zu werden. Es erzeugte Stau. Auf den Stadtstraßen, auf der Autobahn direkt am Kiessee der Stadt, auf dem die Surfer an ihren roten gelben blauen Dreiekken hingen, während der Horizont hinten ruhig dalag, schlangig träge, und darunter, im kalten klaren Wasser, noch weiter darunter, noch unterm eisigen Seewasser, hörte man ihn pötzlich rollen, den Horizont einer anderen Welt, leise und geheimnisvoll.

Die Tüte mit dem Eis schlug Aloe kalt gegen das Knie. Sie hatte Lukas Wohnung schon fast erreicht, als sie mitten auf der Straße abrupt stehenblieb. Ein Bild, das Vierundzwanzigstel einer Sekunde lang: Patty machte die Tür bei Lukas auf. Das fehlte gerade noch.

Einer mit einem großen Kuchenpaket, das er auf der Hand balancierte, kam eine Melodie pfeifend hinter Aloe her; verwundert trottete sein kleiner, schwarzer Hund an seiner Seite. Reglos ließ Aloe die beiden vorbei.

Ihr war, als spüre sie es wieder: Lukas Schwanz, wenn sie unter der Bettdecke nach ihm griff, warm und seidigklein, weicher als eine Brust, empfindlicher als ein Blick.

Aloe drehte um. Leise raschelnd ging die Plastiktüte an einer klammernden Hand, als wäre sie an Aloes Stelle lebendig geworden, die Scherbe einer Absicht, weiß und zerknittert, neben zwei automatischen Beinen her.

Als sie die Wohnungstür ins Schloß zog, läutete das Telefon. Sie rannte, Lukas?, doch nur das Faxzeichen; ohne nachzudenken drückte sie auf Start.

Im Bad streckte eine Platane ihre kugeligen Früchte bis ans Fenster, wie eine Zunge schob sich das Fax im Flur durch den Ritz. Aloe stand am Waschbecken, um sich zu erfrischen. Ihre Füße taten höllisch weh. Der eine der fast neuen Pumps lag im Flur vor dem *Clara*-Tischchen; Aloe sah den staubigen Absatz, die geschwungene Linie zur Ferse hoch. Den rechten hatte sie schon in der Hand, um ihn dazuzustellen. Sie hielt inne, ging ins Schlafzimmer, öffnete das Fenster und warf den Schuh drei

Stock hinunter, ins Gebüsch, in die Hagebuttendornen, ins Nachbargrundstück – schmiß ihn fort, bloß hinunter, und einzeln, und weg.

Das Fax kam von Ingrid. Weil der Flur kein Fenster hatte, brannte auch tagsüber die Lampe auf dem *Clara*-Tischchen, ihr Licht bespiegelte das glänzend weiche Blatt. Für einen Augenblick dachte Aloe, so wiederholt sich nichts – nur in *Matrix*, wo eine schwarze Katze zweimal durchs Bild streicht, aber hier war es nur die weiße Rückseite eines Blattes und Ingrid schickte ihr zweites Fax wohl, weil das erste vor einem Jahr so erfolgreich gewesen war.

*Erbgänge problematisch.* Einerseits ihr eigenes Haus, andererseits Anita, Stefan und Aloe – sie, Holger und Ingrid, wollten das jetzt endlich testamentarisch festlegen. KOMM! Hatte Ingrids Hand gewackelt oder nur das Faxgerät die Schrift verzerrt?

Rundum wurden Erbfälle geregelt, so setzten sich die fünfziger in den neunzigern fort, man machte sich Sorgen und verwaltete, was man besaß, hoffend, daß es nicht so war, wie man es bei den Nachbarn sah, die von ihrem Besitz verwaltet wurden. Und wir, dachte Aloe, das Fax in der Hand, wir sind die Erben, die Erbsengeneration – ungeduldige Prinzessinnen beiderlei Geschlechts auf Matratzentürmen, ausgestattet mit Bildschirmen, Verstärkern und Disks, die zwischen den Fertigplüschteilen summen – nur außen sind wir wie aus Versehen ein bißchen mit Mensch bewachsen, aber eigentlich ganz als Verwalter und Vermehrer gedacht. Aloe schnaubte. Das Institut der Mitgift hatte seine Abschaffung überlebt. Die Elterngabe kam jetzt eben nicht zur Hochzeit, sondern später, aber noch schlimmer wäre es natürlich, Prince Charles zu sein und am Ende vielleicht nur eine lange Nase gedreht zu bekommen, 30 Jahre warten und dann beim Erben übersprungen werden, darauf hatte Aloe keine Lust, wirklich nicht, wer wußte schließlich, wozu Anita imstande war, in ihrer Gier nach Verwandlung, natürlich würde Aloe nach Schwandt fahren und zwar sofort, die Ablenkung kam ihr gerade recht. Sie stopfte ein paar Sachen in den Rucksack mit dem kleinen leuchtenden Ahornlogo. Wahrscheinlich bliebe sie über Nacht, 160 Kilometer nach Schwandt, wo war bloß ihr Parfum, wann ging der verdammte Zug.

Das Telefon klingelte. Zu Aloes Erstaunen meldete sich nicht Ingrid, sondern Holger. Er rief etwa alle 10 Jahre einmal an – haßte es zu telefonieren, »zocken einen nur ab«, vor allem haßte er die Telekom, doch in Wirklichkeit war es ihm unheimlich, etwas zu sagen, ohne den anderen zu sehen. So eine Scheu, und das, obwohl es das Telefon schon seit über 100 Jahren gab. Es war halb sechs. Ingrid sei schon im Bett, der gehe es nicht gut.

30 Sekunden, Telefonat vorbei. Aloe hielt das T-Shirt in der Hand, das sie eben hatte einpacken wollen. Sie spürte, daß Holger sie aus Schwandt fernhalten wollte. Gut, fuhr sie eben erst morgen, doch was machte sie jetzt, um nicht an Lukas zu denken, hier, in der blauen Box, in die die Wohnung sich seit der Trennung verwandelt hatte, weil sie alle Bilder aufsog in ihren Hintergrund, ein idiotisches blaues Bläschen, dachte Aloe, grimmig gegen die Wohnung und sich selbst.

Es gibt Zeiten, da hält das Leben inne, als wolle es sich umsehen. Ein zwei Tage oder auch Wochen, schwüle Nächte, und die Zeit fließt wie weicher, durchsichtiger Brei. Doch nun gerann er, erste Schlieren bildeten sich. Aloe wußte nicht, was in Schwandt vor sich ging, spürte aber ein unbestimmtes Kribbeln im Bauch. Das für Lukas gekaufte Eis stellte sie ins Tiefkühlfach, die Fahrt letztes Jahr nach Schwandt fiel ihr ein, und sie beschloß, auch diesmal ein Auto zu nehmen, ging sie eben zu SIXT, und warum nicht gleich.

Die Erbgeschichte beunruhigte sie nicht sonderlich. Anita und sie würden übrigbleiben, das lag in der Logik der Sache. Wie würde Anita sich verhalten, wie die Eltern beraten und was für sich wollen, für ihren Sohn? Als klare Rechnerin stellte Aloe sie sich vor. Bei SIXT bot man ihr einen Renault an; als sie ihn im Parkhaus endlich fand, war sie erstaunt, daß es ein Twingo war und wieder in Grün.

Das Telefon schreckte sie am nächsten Morgen aus dem Schlaf. Dieses Mal war es Walter, er räusperte sich: Ingrid habe einen Schwächeanfall gehabt, der Arzt sei schon bei ihr gewesen, ein kleiner, sehr kleiner Schlaganfall vermutlich. Im Lauf der nächsten Stunden wolle er ein zweites Mal vorbeischauen, Aloe solle sich keine Sorgen machen. Im Hintergrund hörte sie Stefan quengeln. Ingrid komme schon wieder auf die Beine. Anita habe heute glücklicherweise einen freien Tag, müsse allerdings zu Hause etwas arbeiten und lasse grüßen. Nichts Ernstes mit Ingrid. Außerdem sei Holger ja auch noch da. Der werkle weiter im Garten, sie brauche sich also nicht zu wundern, wenn niemand ans Telefon gehe.

Auch Walter, das war klar, wollte Aloe nicht in Schwandt haben. Und von Anita wieder gar nichts zu hören. Ein Fax, das Aloe holte, zwei Anrufe, die sie abhielten, ein Schweigen. Und Lukas weg.

Halb abgedreht vom Kleiderschrank, in dessen Spiegeltür sich das Sonnenlicht brach, hockte Aloe auf ihrem Bett. Sie fühlte sich durch einen Lukas-Wolf gedreht, völlig lukasgeschreddert, zerhäckseltes Glück. Warum konnte nicht einmal die unnütze Natur mit ihr übereinstimmen und sich verdüstern? Hatte man nicht ein Recht auf ein bißchen Anteilnahme, wenn schon von keiner Person, dann von dem halblebendigen Zeug da draußen?

Sonny Liston fiel ihr ein. Wenn du einen Treffer kriegst, hatte er nach seiner Niederlage gegen Muhamed Ali geschrieben, flutscht das Gehirn aus den Bechern – plopp! – und du bist k.o. Dann schlüpft das Gehirn wieder in die Becher zurück, und du kommst zu dir. Wenn das oft genug passiert, findet das Gehirn nicht richtig in den Becher zurück, und dann braucht man andere Leute, die einem durchs Leben helfen.

Und was machte sie? Verkroch sich und tat sich selbst leid. Schluß damit! Aloe sprang auf, griff sich die Reisetasche, zog die Tür ins Schloß. Anitas nächster Schritt, lag er nicht auf der Hand? Und Ingrids kleiner Schwächeanfall, vielleicht sogar Schlaganfall (und sie sagten es ihr wieder nicht) – ob es einen Zusammenhang gab?

Oder hatte Walter übertrieben? Aber wieso hätte er das tun sollen? Doch überhaupt, was machte Walter jetzt in Schwandt, warum arbeitete er nicht in seiner Kanzlei?

Der Twingo hatte in der Sonne gestanden, ein brütendheißer, glasiger Stein. Sinn und Echo des Vermuteten überlagerten sich und bauten zerschnittene, scharfe Hügel in Aloes Kopf. Sie parkte aus, so schnell es ging. Seit gestern herrschte dieser Rhythmus von Nichtstun und Hektik, Aktion und Stau, den sie nicht steuerte, dem sie ausgeliefert war. Okay, dachte sie, Schwandt, okay, 160 Stundenkilometer auf der Autobahn, eine gute Stunde, dann bist du da. Von hinten angestrahlte, an den Rändern orange Gewitterwolken hingen in dicken Trauben zwischen Bahnhof und Fernsehturm über der Stadt. Lollies mit leuchtenden Spitzen, neonfarben umrandet, zu halben Unendlichkeitszeichen gebogen über einem verzerrten, graudampfenden Gesicht, in das die ersten Blitze wie Nervenfäden hineinstießen, deren Aktionspotentiale sich entluden – und Aloe, Aloe fuhr in das Donnern und Krachen, das diesen Blitzen folgte.

Das gelbe Haus tropfte, nach dem Gewitter roch die Luft erdig, alles schien frisch. Wasserschnüre hingen zwischen Blättern und Blüten in den Spinnennetzen, diesen leuchtenden Fallen. Holgers Auto stand vor der Garage; das Licht goß sich hinein wie in ein dunkles Glas. Eine Wespe saugte an den feuchten Stempeln einer Tiffany. Auf der Suche nach Futter zwischen Tropfen, die hundertmal größer waren als ihr Auge, kroch sie durch eine einfache Welt. Für Sekunden beneidete Aloe sie.

Mehrere Paar Schuhe wuchsen im Flur aus dem Teppich, Ingrids Sandalen, Holgers Sandalen, Gummistiefel. Aloe glitt mühelos weiter, keine Tür knarzte, Holger ölte gern. Er saß im Wohnzimmer auf einem Sessel und schlief. Alles schien friedlich, die sirrenden Libellen draußen, die sich wiegenden Blumen. Blattschatten flackerten über seine Haut, seine Lieblingsuhr tickte an der Wand. Er saß etwas auf der Seite, den Mund halb geöffnet. Alt sah er aus, schwach, und ein Stich heißer Liebe fuhr durch Aloe, wie damals, als Holger sich beim Urlaub in Jugoslawien an einer Glasscheibe im Meer den großen Zeh fast weggeschnitten hatte. Ein Krankenwagen holte ihn ab, Ingrid fuhr mit, und Anita und Aloe hockten mit einem Trosteis verlassen bei Bekannten auf der Stranddecke, zitternd und absolut allein. Jetzt waren die Rollen vertauscht, Holger sah aus wie das Kind, Holger mit den rührenden Rosen im Schoß. Ihre Blätter waren grau angelaufen, vom Stiel her überzogen mit einer tauben Schicht, aber noch frisch und tiefrot standen die kleinen Blüten heraus. Für einen Augenblick glaubte Aloe, sie schauten sie erstaunt an, ein Tier, das zart die duftenden Köpfe schüttelte, den filigranen, löchrigen Körper zusammenzog, sich verwundert umdrehte und Aloe fragend ansah: ist das der Tod?

Doch Holger schlief nur, ihm ging es gut.

Im ersten Stock fand Aloe ihre Mutter im Bett. Die Decke hob und senkte sich regelmäßig. Vermutlich hatte der Arzt ihr ein Beruhigungs- oder Schlafmittel gegeben. Aloe fragte sich, wo Ingrid nun wohl spazierenging; fragte sich, warum es so lange gedauert hatte, bis sie sie annehmen konnte, Ingrids graubraune Haare und die leberfleckige Hand, die jetzt wie eine vorsichtige Spinne aus der Bettdecke schaute, mit dem Ehering dort, wo er immer war, wo er immer dünner wurde und abgeschabt aussah, auf der alten Hand mit ihren Sehnen und ihrem Traum von einem erfüllten Leben, der alten Hand. Rückwärts ging Aloe zur Tür hinaus, leise zog sie sie hinter sich zu.

Hier war nicht, was Aloe suchte, und mit einem Schlag wußte sie, daß alles nur Ablenkungen waren, das Fax, die Erbgeschichte, sogar der Schwächeanfall, das wahre Problem lag anderswo, auf einem anderen Planeten, doch nicht weit entfernt, nur exakt fünf Meter weiter links, im Haus nebenan.

Anita, die scharfe Spitze von Aloes Gedanken, der harte Rap der Verwirrung, die Schlange ihres Neides, die Ader ihrer Zärtlichkeit, der eisige Tunnel ihrer Verlassenheit. Doch diesmal sah sich Aloe an seinem Ende ankommen, als warme Gestalt stand dort Anita im Licht. Was für ein Spaß, durch diesen Tunnel zu müssen, würde sie ihr zurufen, was hat mich das immer amüsiert, Anita, die Lügen, die sich um deinen Körper rankten und jetzt wieder ranken, die ständigen Geheimnisse, deine Sehnsucht nach Nähe und deine Angst davor, die immer auch meine waren, diese Wändebauerei, das Glas zwischen uns, würde sie rufen: reißen wir es endlich weg!

Mit leisem Schmatzen fiel in Ingrids Küche die Kühlschranktür zu. Aloe hatte ein Stück Wurst genommen, nicht für sich, sondern für Eurydike, falls sie Aloe nicht mehr erkannte. Sie wollte durch den Garten zu Anita hinüber. Der Rasen leuchtete neongrün, als hätten die Grasspitzen sich geschliffen für diesen

Tag. Eurydike spielte kugelnder Schneeball, die Wurst drehte sich als Minisonne durch ihr Universum, sie fing sie im Flug und fraß sie sofort. Aloe strich ihr über das langhaarige, elektrisch aufgeladene Fell, das sich trocken anfühlte, wie Sommer. Später fand sie ein Haar auf ihrem Kleid, sie zupfte es ab, ein paar Stunden später, in einer veränderten Welt.

Mit leisem Schmatzen war die Kühlschranktür zugefallen. Als wäre es ein Tag wie alle anderen auch.

So ist es, wenn einer verschwindet.

Für die Dinge.

Sie bleiben einfach stehen. Alles geht weiter wie zuvor.

Aloe sah sich in der Verandatür zu Anitas Wohnzimmer auftauchen, unscharf, aber klar spiegelte sich im Glas die Bewegung ihrer unberingten Hand, die gegen den Griff stieß, daran zog. Die Tür glitt fast wie von selbst zur Seite, geräuschlos, denn auch hier ölte Holger, er ölte gern.

Die Kühle des Zimmers empfing Aloe, und sie empfand den Raum wie eine Höhle, dunkel und frisch.

Zu wichtigen Dingen dachte man sich erst im nachhinein etwas. Auch während sie geschahen, dachte man natürlich, man nähme sie ja wahr, registrierte alles, den Lichteinfall der späten Mittagssonne durch die Jalousie am Fenster hinter dem Fernseher, den kleinen Blechfisch, mit dem Stefan spielte, der gelbliche Fleck auf seinem weißen Hemdchen. Selbst den lächerlichen Fleck. Und doch war man nur halb da. Aloe dachte, als sie die Kühle des Wohnzimmers um sich spürte, an ihr Auto, das jetzt in der Sonne stand und sich mit Hitze auflud, wie sie später darin zurückfahren würde, nach einem merkwürdigen Tag in Schwandt, der mit viel Aufregung angefangen hatte und dann verpufft war. Als sie wirklich zurückfuhr, erinnerte sie sich an die Klinke von Anitas Verandatür: ihre eigene in der Scheibe gespiegelte Hand, die sich um den Metallgriff schloß.

Als wären diese minutiösen Ereignisse von Bedeutung, nun, wo alles vorbei war, als hätten sie sich in die Wahrnehmung eingeschmuggelt, dort unter einer Decke gelegen, bereit, bei jeder späteren Verletzung der Decke, jedem Durchbrechen des normalen Dahingleitens in der Realität hervorzuschwellen wie Schwämme, vollgesogen mit Bedeutungen aus der Zukunft. Walters Kopf ragte klein und rund ein Stückchen über die Lehne des Couchsessels. Walter schaute fern.

Das Bild auf dem Bildschirm stand. Walter und Anita vor der Kirche, Kußhändchen werfend, auf Blumen und Reis. Es war grobkörnig und bunt.

Auf einer Decke vor dem Kamin saß Stefan und spielte mit einem Blechfisch. Anderes Spielzeug lag um ihn herum.

– Hallo Kleiner, Süßer, flüsterte Aloe und strahlte ihn an. Ein Handy lag auf dem Couchtisch, an dem Walter saß. Er schien Aloe nicht zu bemerken, reglos starrte er auf das Videobild, ließ es kurz vorlaufen, wieder zurück, die Fernbedienung ausgestreckt wie eine Pistole.

Die unterste Schublade der Kommode neben der Verandatür stand weit offen. Fotoalben lagen herum, Hochzeitsbilder auch hier, eines mit einem dicken Stift ausgekreuzt. Am Haken im Windfang hingen ein beiger Pullover und eine abgegriffene Hundeleine.

Anita kam pfeifend die Treppe herunter. Aloe rief hey!, damit sie nicht erschrak. Walter sagte jetzt leise hallo. Aloe war es, die erschrak, obwohl sie es halb erwartet hatte. Anita sah vollkommen verändert aus.

Die Haare streichholzkurz. Alle Locken weg. Jeans und T-Shirt.

Hey! sagte sie, die Stimme klang tief und voll.

Das Licht fiel von schräg hinten auf sie. Aloe war sich daher nicht ganz sicher, aber es wirkte, als habe Anita einen leichten

Bart am Kinn und über dem Mund. Sie schien weniger knochig als früher, hatte dafür mehr Sehnen und festere Muskeln. Ihr Nacken war säuberlich ausrasiert, zart und verletzlich sah die Haut dort aus.

– Jetzt bist du also doch gekommen, ich dachte schon, du würdest dich wieder mal abhalten lassen, er – sie nickte mit dem Kopf in Richtung Walter – läßt mich seit gestern nicht mehr ans Telefon.

Aloe wartete, ob Walter etwas sagte, das konnte doch nicht stimmen, aber er schwieg. Anita setzte sich auf einen der Schwingerstühle am Glastisch zwischen Wohnzimmer und Küche. Walter möchte wohl verhindern, daß jemand Anitas neue Stimme hört, dachte Aloe.

Aus dem Bauch des Blechfisches, mit dem Stefan spielte, hing Drahtgewirr, was dem Kleinen besonders zu gefallen schien, es klackerte und schwankte wie ein Geschwür, und der Fisch ließ sich daran wunderbar über den Teppich ziehen, bis er hängenblieb und das ganze Gefährt, Stefan vornweg, pardauz umfiel, mit kleinem Gekreisch. Aloe stand im Schnittpunkt zwischen Treppenaufgang und Kamin, ein paar Meter von Anita entfernt, und hatte für eine Sekunde das Gefühl, in dem kurzen Gang zur Haustür lockere sich etwas, ihr war, als erschiene ein Lichtschlitz in der Mauer, ein Loch. Wortlos stand Walter auf, das Video eingefroren auf einem Bild, das ihn im Hochzeitsfrack neben Anita zeigte, Anita lächelnd, Anita, den Brautstrauß oranger und roter Gerbera halb vorm Gesicht. Walters Haare waren zu lang, sie standen ein Stückchen überm Hemdkragen auf; das war alles, was Aloe von Walter sah, als er blitzschnell durch die Terrassentür verschwand

– Gerbera, sagte Anita, das war schon mal schlecht. Die mochte ich noch nie.

Aloe fühlte sich plötzlich hellsichtig verrückt, wahnsinnig

ruhig. Es war ein leichter Bart, und er paßte zu Anitas Gesicht, ihrer geraden Nase, der feinen Haut. Sie war hübsch, hübscher als je zuvor, sie gefiel Aloe.

– Schön siehst du aus, so!

Anita strahlte. Mit traurigen Augen.

– Morgen habe ich den ersten Termin im Krankenhaus. Deswegen wollte Ingrid auch, daß du kommst. Ich glaube, sie hoffte, daß du es mir ausreden kannst.

– Und die Erbgeschichte?

– War nur vorgeschoben, obwohl die beiden auch ihr Testament machen wollen, davon sprechen sie schon lange. Daß ich morgen unters Messer komme – sie lachte –, hat sie wohl besonders angeregt.

– Was machst du denn im Krankenhaus?

– Ich will zurück.

– Zurück wohin?

– In meinen auch männlichen Körper. Was meinst du, warum ich dieses Jurazeug so durchgezogen habe, die letzten Jahre? Mich abgerackert wie blöd! Jetzt habe ich genug Geld, muß zwischen den Operationen nichts arbeiten, und Stefan kann versorgt werden.

– Und Walter?

– Na, du hast ja gesehen. Er spricht nicht mehr mit mir.

Sie holte Zeichnungen, erklärte jeden Schritt. Eigentlich müsse man bei solch einem Wechsel ein Jahr in der neuen Geschlechtsrolle gelebt haben, außerdem zwei Jahre psychologische Gutachten, Betreuung, Tests. In ihrem Fall sei das anders, lockerer. Sie sagte »lockerer«. Ein anderer Fall, natürlich, nickte Aloe. Sie nehme statt der weiblichen eben seit Monaten männliche Hormone, eine Art natürlicher Ausgleich, und irgendwann gar keine mehr, das wäre dann der Tag ihrer zweiten Geburt.

– Morgen werden die Brüste verkleinert.

– Aber warum, sie sind doch schön und Hermaphroditen haben schöne Brüste.

– Ah, du hast dich schlau gemacht!

Das war Aloe ein bißchen peinlich, nicht wegen der sexuellen Implikationen, sondern weil Anita so deutlich sah, daß sie ihr nicht gleichgültig war, im Gegenteil. Sie sagte leise ja.

– Die sind aus meinem ersten Leben, Lollo! Ich will, daß sie sich verändern. Ohne diese weiblichen Hormone, die ich dauernd schlucken mußte, wären sie gar nicht so groß geworden. An meinem Körper ist ständig herummanipuliert worden und nie wurde ich gefragt. Jetzt möchte einmal ich es sein, die seine Form bestimmt. Verstehst du?

Anita holte sich Stefan, mit dem Blechfisch, und steckte, bevor sie sich setzte, das Handy, das Walter vergessen hatte, in die Tasche ihrer Jeans. Sie zwinkerte Aloe zu, die es beruhigte, Anita so handlungsfähig und erstaunlich ruhig zu sehen. Sie ließ sich von Walter nicht ins Bockshorn jagen.

– Später lasse ich mir vielleicht einen künstlichen Penis machen, das ist der schwierigste Teil. Aber schließlich habe ich ja mal einen gehabt.

Plötzlich standen ihr Tränen in den Augen, Aloe war erstaunt. Anita mußte das so oft durchdacht und sich vorgestellt haben – daß sie jetzt fast weinte?

– Ich bin so froh, daß ich soweit bin, sagte sie. Und ich habe Angst davor.

Die Messer, die Narkosen, die Aufregung vor der OP, das Lächeln der Schwestern. Sich häuten, dachte Aloe.

– Viel zu sehen gibt es erst einmal nicht, sagte Anita, nur einen kleinen Hügel, einen Fortsatz – später, sagte Anita, und nur vielleicht, reg dich nicht auf.

– Ich rege mich überhaupt nicht auf!

– Zunächst geht es darum, überhaupt einigermaßen gerade hinunterschauen zu können! Meine Brüste sind ja schon geschrumpft!

Ehe Aloe sich versehen konnte, hob Anita ihr T-Shirt und zeigte sich ihr. Ein glatter, straffer Busen. Die Brustspitzen eher klein, aber sehr rot. Anita trug keinen BH, natürlich nicht, und brauchte ihn auch nicht, soviele Muskeln unter dieser wie poliert schimmernden Haut. Aloe war beeindruckt und berührt, Anita so entblößt vor sich zu haben, jahrelang hatte sie sie so nicht mehr gesehen. Es war erstaunlich, man wußte ja, wie ein Körper unter einem T-Shirt weiterging, konnte es sich zumindest vorstellen, aber wenn er dann zu sehen war, wirkte das immer wieder intim und auratisch. Denn mit seiner Kraft erschien auch seine Verletzlichkeit.

Anita spannte den Bauch an, ihre Beine waren ebenfalls muskulöser geworden seit Aloes letztem Besuch. Fast jede Woche habe sie ein Pfund mehr auf die Stange gelegt, dreimal die Woche trainiert, seit ihre Stimme sich so veränderte, habe sie im Fitness-Studio nicht mehr viel gesprochen, sei immer nur schnell in die Frauenumkleide geschlüpft, Walter habe auf Stefan aufgepaßt, mit der Zeit wohl auch etwas gemerkt, aber nichts gesagt, und sie selbst habe ebenfalls geschwiegen, weil es einfacher gewesen sei.

Stefan nuckelte an seinem Fisch, der leise klimperte, und preßte sich in Anitas Arm. Von dort her flirtete er jetzt mit Aloe, immer wieder schaute er sie an, lächelte, und schaute schnell weg. Aloe bewunderte, wie entschieden Anita war (ich will das so!), es sprang auf sie über (ich will bei ihr sein, jetzt!), und sie wurde froh, wie berauscht davon, was ihre Schwester tat. Wenn einer sie deswegen angriff, würde sie sich wie eine Wölfin an Anitas Seite stellen, ganz anders als damals vorm UFO in Schwandt! Anita warf die Regeln ab. Es machte ihr diebisches Vergnügen, und sie steckte Aloe damit an, etwas in ihnen beiden lachte laut. Jemand hatte ein Experiment an Anita durchgeführt – und damit an der ganzen Familie Böhm. Es war nur gerecht, es fortzusetzen, indem sie nun die Richtung umkehrten.

– Schön, daß du der Sache ins Auge sehen kannst, Lollo, das war ja nicht immer so. Oft warst du einfach nicht da für mich.

Aloe verzog den Mund: Das kannst du laut sagen. Ich dachte, ich könne mich raushalten. Schöner Blödsinn! Das einzige, was mich daran tröstet, ist, daß die anderen es auch nicht viel besser gemacht haben.

Anita setzte ihren Sohn wieder auf den Teppich, wo er sofort auf das abwaschbare alte Bilderbuch loskrabbelte, und steckte sich eine Zigarette an.

– Die Ärzte heute nehmen an, daß das Geschlecht abgesehen von der Erziehung von drei Faktoren bestimmt wird: dem Chromosomensatz, dem Hormonstand und der ›gehirnlichen Buchung‹. Immerhin haben die Mediziner inzwischen herausgefunden, daß die Hormone der Embryonalentwicklung zwischen der 7. und etwa 15. Woche, also der Zeit, in der sich das männliche oder weibliche Geschlecht ausbildet, auf alle Organe des Körpers wirken. Es gibt keinen Grund anzunehmen, daß das Gehirn eine Ausnahme bildet, nur weil man die Wirkung der Hormone dort noch nicht nachweisen kann.

Anita machte eine Pause.

Die Wahrscheinlichkeit, sagte sie, spreche vielmehr genau für das Gegenteil: vermutlich werde auch das Gehirn verändert. Man müsse nur herausfinden, wo. Es sei wie immer: wenn man erst wisse, wonach man suchen müsse, werde man es auch finden. Vorläufig sprächen die Ärzte von gehirnlicher Buchung. Darunter solle Aloe sich eine durch die entsprechenden Hormone bewirkte Geschlechtsprägung im Kopf vorstellen. Die, folglich logisch, hatte Anita gesagt, logisch zwingend, bei einem Hermaphroditen nicht weiblich oder männlich, sondern hermaphroditisch ausfalle. Ja, und diese gehirnliche Buchung nun lasse sich, ebenfalls absolut logisch, keinesfalls wegoperieren oder durch die nachträgliche Einnahme geschlechtsvereindeutigender Hormone hinweghuschen. Hinweghuschen, hatte sie gesagt, und triumphierend angefügt: daß an dieser Stelle der Mensch bleibe, was er im Mutterleib geworden sei, da könne die Medizin sich auf den Kopf stellen und die Gesellschaft ihretwegen im Handstand mit den Beinen wedeln, es helfe nichts: da hätten sie dann ihre Operierten, ihre Kryptohermaphroditen!

– Aber es ist eine Illusion anzunehmen, daß man zu irgend etwas zurückkehren kann.

– Ich weiß, flüsterte Anita, ich weiß. Doch mir geht es gar nicht darum zurückzukehren. Ich kenne das auch alles, die neuen Authentizitätsauffassungen und Körpertheorien, Butler, Foucault, Barthes, den ganzen postmodernen Auf- und Abwasch. Soll die Theorie sich nur in ihren Schleifen drehen, das macht ja Spaß, für sich genommen. Aber mir geht es, ganz einfach, Lollo, um mein alltägliches Leben. Mir geht es um eine Möglichkeit, die in mir angelegt war. Sie will ich endlich auch verwirklichen. Sonst lebe ich doch immer an einer Hälfte von mir vorbei, verstehst du?

Stefan nutzte die kleine Pause, die sich ergab, um den Blechfisch ein paarmal wild auf den Boden zu donnern und dabei die Schwestern strahlend anzulächeln. Nachdenklich schaute Anita ihm zu. Er hatte sich sehr verändert, fand Aloe, rief kleine Worte und sah noch hübscher aus als im Sommer vor einem Jahr.

– Was geschieht, sagte Anita, die zwischen dem Tisch, an dem Aloe saß, und Stefan hin und her ging, berührt den inneren, nicht sichtbaren Körper. Morgen kehre ich aus dem Land der Röcke und falschen Pfirsichdüfte zurück, Schluß damit, Gott sei Dank.

Zum zweiten Mal an diesem Tag fiel Aloe Sonny Liston mit seinen Bechern ein, nur war es hier, als fülle man nicht das Gehirn, sondern den ganzen Körper in einen anderen Becher um – ein Experiment in einer Größenordnung, die sie vermutlich beide nicht ganz verstanden. Anita sagte, sie habe das Gefühl, all die Zellen, die in ihrem bisherigen Leben so lieblos behandelt worden seien, hätten sich allmählich mit einer zähflüssigen Dummheit gefüllt. Die wolle sie ausschwemmen, und damit auch die schreckliche Erfahrung tilgen, jedem tätlichen Angriff, jeder Unbill überhaupt, wehrlos ausgesetzt zu sein. Etwas namenlos Volles, eine fremdsüße Dichte dem Leben noch einmal hinhalten. Deswegen wolle sie diese OP, die erste, an der Brust, und die zweite vermutlich auch, ja, trotz der damit verbundenen Tortur.

Es war, erneut, ein gewaltiges Spiel.

– Hoffentlich, Lollo, überstehe ich es diesmal besser als beim ersten Mal!

Aloe war sicher, daß es so sein würde und nahm Anita in den Arm. Sog ihren Duft wieder ein. Heiter und gelöst.

– Fühlt sich schon sehr hermes-aphroditisch an!

Stefan, mit seinem Windelhintern, kam wie eine kleine Ente angewatschelt.

– Lollo, im Ernst: ich möchte, daß du den Kleinen nimmst, wenn mir etwas passiert.

– Wo denkst du hin.

– Man weiß nie, bei diesen Operationen.

– Und Walter?

– Dem wird es recht sein, glaub mir.

Stefan schien es nichts auszumachen, daß er Aloe kaum

kannte, er hielt sich an ihrem Bein fest und wollte auf den Arm genommen werden.

– Was willst du tun wegen Walter?

– Ich weiß nicht. Nochmal versuchen, mit ihm zu reden, nehm ich an.

Anitas Augen funkelten, wie sie Aloe früher oft angefunkelt hatten.

– Ich möchte nach der Operation zu dir kommen. In deiner Wohnung ist doch Platz, so ohne Lukas.

Aloe war überrascht, aber bevor sie es richtig merkte, rief sie schon: ja! Und es klang so echt, daß sie selbst es glauben mußte.

– Du kommst zu mir, sagte sie zu Stefan, der auf ihrem Schoß stand und nach ihren langen Haaren griff. Zusammenleben mit ihm und Anita, Anita als Mann.

– Axel, rief Anita aus der Küche, so werde ich mich nennen, einfacher, zweifacher, dreifacher Axel sozusagen, man kann es auch von der komischen Seite sehen!

Und Aloe rief zurück: und nach der OP fahren wir erstmal ans Meer!

Stefan einpacken, an die Ostsee reisen, Vater, Mutter und Sohn, die glücklichen Drei. Das würde auch ihr gefallen, nein: Axel, ihm. Über die Autobahn rasen, am Strand sitzen, ein Eis schlecken und sich freuen, Anita-Axel zu sehen, wie er ins Wasser geht, der milchkaffeebraune Fleck an seinem Oberschenkel, den auch Stefan hat, sich freuen an ihrem Versteckspiel, das niemand durchschaut, da am Darß, in einer Landschaft, die jahrelang auf keiner Karte verzeichnet wurde, verschwunden in einer weißen Falte der Geschichte (Militärgebiet, Abwehr, gespielter Krieg), und jetzt wieder zugänglich ist, offen, es paßt zu ihnen.

Die Strandnachbarn raten, wem der blondlockige Kleine mehr ähnelt, ihr oder ihm. Aloe trägt den schwarzen Badeanzug mit orangen Seitenstreifen und Reißverschluß überm Busen. Stefans Vater schaut man nach, wenn er über den Sand geht. Was für ein Gang für einen Mann, flüstert der links im Liegestuhl.

Schauen Sie ihm erst einmal ins Gesicht, zischelte Aloe ihm gern ins Ohr. Sie zieht sich die Flanellhose über, denn Wolken wehen auf, am Horizont von gelben und roten Strahlen wie von Scheinwerfern illuminiert. Alles könnte echt, alles könnte künstlich sein.

– Darß? Gute Idee, ruft Anita aus der Küche.

– Was machst du eigentlich?

– Tee für Stefan.

Axel kommt aus dem Wasser zurück. Der Kleine gibt ihm und Aloe die Hand. Das Licht rinnt durch lilagrüne Sandmulden in die See, wie gewaschene Augen glänzen die Steine des Strandes auf, und etwas Gezeitenhaftes, sehnsüchtig wie der Hub, beginnt, seine Fühler durch Augen und Trommelfelle in sie hineinzuschieben, um Gehirnstromeinheiten zu erzeugen, die ihnen wie herrliche Päckchen durch den Kopf taumeln. Stefan läuft los. Sie spielen Schaukel mit ihm, stolpern ein wenig, lachen auf dem Weg zurück ins Hotel, so, zu dritt.

Aloe schreckte aus ihrer Träumerei hoch, als Stefan auf ihrem Schoß zu zappeln und schreien begann. Sie war allein mit ihm im Wohnzimmer, Anita stand auf der Straße, mit dem Kindersitz aus ihrem Golf in der Hand, und winkte Aloe, die mit Stefan auf dem Arm ans Küchenfenster gegangen war.

– Der ist für dein Auto, Lollo, du bist doch mit diesem Twingo da, am besten nimmst du Stefan nämlich gleich mit, ich habe alles dafür hergerichtet und komme nach.

– Und Ingrid …, setzte Aloe an, aber Anita machte nur eine wegwischende Handbewegung:

– Die ist gut versorgt, glaub mir, rief sie, als Aloe ihr die Schlüssel für den Twingo hinwarf. Anita war so voller Elan, strahlte so sehr, daß Aloe dachte: laß sie in ihrem fleckigen, schwierigen, aber endlich greifbaren Glück.

Aloe spielte mit Stefan auf der Decke vor dem Kamin. Als wäre der Gedanke vom Glück ein untergründiges Stichwort gewesen, gab es ein komisches Geräusch aus dem Garten, als schriee jemand, hielte sich dabei aber selbst den Mund zu. Anita, die gerade zur Haustür hereinkam, sagte »na?«, nur Stefan grabschte ruhig weiter an seinem Fisch herum und schaute erst auf, als Walter durch die Verandatür stapfte. Er sah angespannt aus.

– Gehst du jetzt, Aloe?

– Scheint das Beste zu sein.

– Nimm den Kleinen nur mit. Mir recht. Nimm ihn nur. Ich will ihn hier nicht mehr sehen.

Das verwunderte Kind, als Walter es hochzerrte, dann aber wieder losließ, sekundenlang riß es den Mund auf ohne Ton, dann brüllte es los, der Schatten von Walters Arm auf Stefans Kopf, Anitas nackte Füße in den Turnschuhen, ihr bleiches, ernstes Gesicht, in das hinein Walter zischte:

– Erklär es ihr!

– Anita hat es mir schon erklärt!

– Ach, und hier liegt ja auch das ganze OP-Zeug. Hast du alles schön angesehen, Aloe, ja?

Sein Gesicht war von etwas Hässlich-Rührendem überströmt. Mit verändertem Ton wandte er sich wieder an Anita: weiß sie es?

– Ja, hat sie doch eben gesagt. Was willst du denn?

– Ob du ihr gesagt hast, was für eine Scheißfamilie ihr seid? Was für ein Haufen Perverser! Es gab Zeiten, meine Gute – geradezu schelmisch lächelte Walter Aloe an –, da hat dieser Gary sogar die Kleider für euch bezahlt.

– Ich weiß. Es war sehr großzügig von ihm.

– Es war das Hurengeld eurer Mutter, Mann, selbst jetzt lügst du noch, wie deine Schwester, Anita-Schätzchen, die log auch die ganze Zeit.

– Hast du es denn nicht gewußt, Walter? flüsterte Aloe.

– Doch! Seine Stimme schnappte hoch, doch, aber nicht, was sie jetzt will, das habe ich nicht gewußt, sie hat trainiert, das war ja zu sehen, sie hat gearbeitet wie blöd, das habe ich mitbekommen, aber daß sie die Hormone ausgetauscht hat, das nicht.

Stefan hatte, mitten in einem langgezogenen Brüller, unvermittelt aufgehört zu schreien. Durchs Küchenfenster schien die Sonne. Aloe dachte nach, was sie sagen könnte, irgend etwas Ablenkendes, doch ihr fiel nichts ein, ihr Gehirn arbeitete seltsam langsam, überwach und betäubt zugleich.

– Holger sitzt drüben im Sessel, mit einem Strauß Rosen.

– Hast du mit Mutter gesprochen?

– Fasel nicht rum hier, Aloe, was soll das?

– Ich glaube, ich meine: Holger sitzt drüben, mit seinen Rosen in der Hand, und Ingrid liegt oben im Bett, und man weiß ja nicht, was weiter passiert mit ihnen, also jetzt dieser Schlaganfall, wir müssen uns doch darum kümmern …

Walter stand ein paar Schritte hinter Anita, beide schauten Aloe an. Für eine Sekunde schien es, als könne der verzweifelte Appell an so etwas wie gemeinsame Verantwortung etwas ändern. Doch Walter lachte nur: dann stört uns ja keiner von drüben!

Und plötzlich, es übertrug sich wie Strom in ihren Raum – nicht nur das Zimmer, in dem sie standen, sondern den ganzen Raum ihrer gemeinsamen Zeit und Geschichte – wurde Walter ruhig. Er ging von hinten näher an Anita, sah aber Aloe an. Sein Gesicht entspannte sich, fast war Aloe, als lache er, weil eine Lösung aufgetaucht war, als wäre er zur Vernunft zurückgekehrt, sie jedenfalls lächelte ihn unwillkürlich erwartungsvoll an, doch er packte Anita an der Schulter und drehte sie zu sich:

– Du hast sie umgebracht! Du mit deinem perversen Körper. Vor Aufregung über dich ist deine Mutter beinahe gestorben.

Du mit deinem perversen Körper. Wirklich klar wurde Aloe die Situation erst hinterher.

– Du spinnst doch, Walter, Ingrid fühlt sich schon wieder ganz gut, hast du nicht gehört, was Aloe sagt?

– Wer weiß, wie es weitergeht, hat sie gesagt. Und du, du bist schuld, daß Ingrid sich so aufregt, daß sie einen Schlaganfall bekommt. Und vielleicht nie mehr aufsteht.

Er regte sich mindestens ebenso auf, hysterisch, und erst als Aloe das dachte, fiel ihr die Geschichte von Walters erster Frau wieder ein. Die Narben der wegoperierten Brüste, wie Ingrid sie ihr vor einem Jahr beschrieben hatte. Und Anitas Termin morgen nun zur Mastektomie. »Rund um die Brustwarze wird ein 0,5 bis 1 cm breiter Ring abgehäutet«, eben erst hatte sie es selbst in den Unterlagen gelesen. Es bedrohte und schmerzte Walter, daß er wieder eine Frau hatte, der sie an die Brüste gingen. Daß sie es auch noch wollte, machte es um so schlimmer. Wieder verlor er eine Frau. Seinen Hader mit sich und Anita erkannte Aloe, schneidend, wie er in ihn gefahren war – aber das lag Monate zurück – erstarrt jetzt und stumpf. Sie sah seine Augen, seinen Dreitagebart, den müden Mund, zynisch und wütend, aber auch resigniert. Der Schmerz, der ihn umspannte, dehnte sich aus bis zu ihr, ein großes, kalkiges und trockenes Gebilde.

– Und jetzt zu dir, Aloe. Deinen Lukas traf ich im Puff, als du mit der Magersucht in der Klinik stecktest.

Egal, egal, das konnte sie sich längst denken, warum auch nicht, die Pornokarten lagen noch immer in ihrer Wohnung irgendwo im Regal.

– Dann warst du ja auch dort, Walter.

Ohne nachzudenken hatte Aloe das gesagt.

– Komm, wir gehen, rief Anita und stürzte Richtung Stefan. Walter aber war schneller, packte sie am Arm und hielt sie mühelos fest.

– Na, wohl doch nicht genug trainiert, du Pseudoaxel. Und du, Aloe, verpißt dich jetzt. Das ist unsere Sache. Und nimm bloß Stefan mit.

Aloes Herz schlug kurz und fest, es war in den Bauch gerutscht, dort pumpte es heftig und in hüpfendem Takt. Was sollte sie tun. Sich einmischen? Bleiben? Aber war das nicht wirklich eine Sache zwischen den beiden, schließlich waren sie miteinander verheiratet und damit hatte Aloe nichts zu tun.

– Hast du nicht gehört: verschwinde!

Aloe schaute Anita an, die ihr zunickte, also stieg sie über ihr altes Bilderbuch, nahm Stefan hoch, der ganz ruhig geworden war, ängstlich, als übertrage sich alles auf ihn. Walter stand in der Küche am Kühlschrank, in der Verlängerung des Durchganges zum Wohnzimmer. Anita lehnte am Eßtisch, die Arme auf der Brust verschränkt. Es war das letzte, was Aloe von ihnen sah.

Eurydike lag ein paar Meter vor der Terrasse im Gras, ein großer felliger Haufen, der sich sonnte und dabei leicht schnarchte. Aloe trug Stefan zu ihrem Wagen. Frische Luft, flüsterte sie ihm zu, tut uns beiden gut. Grünliches Licht schwamm über dem Asphalt. Eine warmschwüle Brise stieß Aloe in die Seite, sie setzte den Kleinen in den Kindersitz, tat es langsam, steckte in Watte, er war zufrieden, er liebte Autofahren, wie sie als Kind, sagte Aloe und fuhr los.

Die Autobahn war fast leer. Im Rückspiegel erschien der Fernsehturm, eine auf den wolkenlosen Himmel gerichtete Spritze, in deren glitzernder Restaurant-Raketen-Kapsel gerade ein paar Menschen brutzelten. Plüsch, bunt oder ungefärbt, Neutrum oder sie oder er. In Aloe wurde der Himmel umgewälzt.

Anita hatte an alles gedacht, eine Tasche mit Kleidung, Windeln und einem Fläschchen Tee stand unterm Beifahrersitz. Aloe hielt an und gab Stefan zu trinken, nahm selbst einen kleinen Schluck. Der Tee schmeckte seltsam rauchig und süß, als hätte die Situation in Schwandt Aloes Geschmacksnerven angebrannt.

Kaum fuhr sie wieder, schlief Stefan ein. Als Aloe ihn ansah und daran dachte, wie sie ihn erworben hatte, war ihr fast, als müßte sie sich freuen. Später schämte sie sich dafür.

Holger hatte sie gefunden, als er am Abend hinüberging, um ihnen zu sagen, daß Ingrid sich besser fühle. Es war wohl doch kein Schlaganfall gewesen. Holger hatte den Knopf an der Schiebetür der Veranda gedrückt; was Aloe zuletzt zugezogen hatte, wieder geöffnet. Eurydike war freudig herbeigesprungen, als sie ihn sah, feucht vom Abendtau. Hungrig drückte sie sich an Holger vorbei als erste durch den Türspalt ins Wohnzimmer.

Er hatte Aloe angerufen, die zuhause gerade zunehmend ratlos versuchte, Stefan in ihrem Bett zum Einschlafen zu bringen und es schon mehrfach bei Anita hatte anläuten lassen, ohne daß jemand abhob. Es war Holgers zweiter Anruf innerhalb von zwei Tagen. Die Polizei war schon im Walmdachhaus, als Holger, noch am Telefon, zusammenbrach. Ein Beamter sagte es Aloe dann.

Hatte er sie gebeten, nein beschworen, ihre Pläne aufzugeben?

– Komm zurück, laß die Operation sein.

– Hab Mitleid mit mir.

Packte er sie am Hinterkopf, er, der ja schon hinter ihr stand, als Aloe ging, drehte er sie um, überraschend, mit der Kraft seiner ganzen Verzweiflung – sah sie dann die Pistole, schrie vor Entsetzen auf?

Fragte er sie noch

– ja?

Und sagte sie: nein!

Oder: versteh doch, Walter, versteh!

Drückte er in diesem Augenblick ab, aufgewühlt, zerrissen, gedemütigt, oder einfach nur leer? Hatte Anita noch einmal gezweifelt, war unsicher geworden über die Operation oder wütend, weil ihr Mann sie nicht verstand, oder verzweifelt darüber, alles immer durchkämpfen zu müssen?

Tausendmal hatte Aloe sich diese letzte Szene vorgestellt. Wörter, Bewegungen, Choreographie. Mal nur das Bild, mal nur den Ton. Doch immer blieb es unwirklich, fern. Lief nur auf das eine, einzige zu, das feststand: wie sie dagelegen waren, als Holger zur Tür hereinkam. Aloe hatte es selbst nie gesehen – die beiden Körper auf dem grünen Teppich in Schwandt – nur die Fotos, immer wieder die Spurensicherungsfotos der Polizei.

Walter hatte den Schuß von hinten angesetzt, knapp über Anitas ausrasierten Haaren im Nacken, dort, wo der Hinterkopf sich auswölbt. Das kriminologische Gutachten sagte: mit aufgesetztem Lauf. Anita hatte zuletzt das kalte Metall der Pistole auf ihrer Haut gefühlt. Aloe erinnerte sich daran, wie Walter ihr erklärt hatte, daß der Kyudo-Schütze seinen Geist am Ziel lasse, auch wenn es schon getroffen sei. Es ekelte sie, als sie daran dachte, daß Walter auch bei seinem Pistolenschuß auf Anita so gedacht haben mochte. Als wäre es ein nicht endender Kuß.

Sich selbst hatte er durch den Mund in den Kopf geschossen. Bogenschütze, und doch unsicher, ob er sich treffen würde.

Beide waren vermutlich auf der Stelle tot gewesen.

Auf der Stelle tot. Es war schrecklich, worüber man froh sein mußte.

Erst wollte Aloe die Aufnahmen vom Tatort nicht sehen.

– Sie müssen sich die Fotos anschauen, wenn sie das nicht tun, verfolgen die Bilder sie überallhin, sagte der Polizeipsychologe: Phantasie ist immer schlimmer als Realität.

Eine gelbe Lampe hatte von hinten Anitas toten Körper beleuchtet. Sie lag auf der Seite, Walter schien sie geradezu zärtlich hingebettet zu haben. Er selbst lag etwa einen Meter von ihr entfernt, auf dem Rücken. Ihre Augen waren geschlossen, seine geöffnet. Zwei Körper in einem krakeligen, hilflosen, implodierten Tanz.

Der Satz »Phantasie ist schlimmer als Realität« war falsch. Holger und Ingrid brachen völlig zusammen. Aloe mußte entscheiden, ob eine Autopsie durchgeführt werden sollte.

Der Sachverhalt schien klar:

– Haben Sie noch eine Wunde gefunden? fragte Aloe.

– Nein. So wie sie, Frau Böhm, die Szene kurz vor der Tat schildern, wußte Herr Nees, daß er nicht unbedingt viel Zeit hatte. Er hat gut gezielt.

– Gut gezielt, flüsterte Aloe.

– Und wollen Sie jetzt eine Autopsie oder nicht?

Anita war tot.

Eine andere Schußwunde wäre leicht auch von außen zu erkennen gewesen.

– Sie hat sich nicht umbringen wollen, sagte Aloe, wobei ihr klar war, daß das ein unsinniger Satz war.

– Regen sie sich nicht auf, Frau Böhm. Das wissen wir ja. Es ist eindeutig: Herr Nees hat seine Frau erschossen. Aber er ist auch tot, was soll's also. Eine Autopsie wird durchgeführt, wenn sie darauf bestehen.

Sie bestand nicht darauf. Sie wollte nicht, daß man erneut an Anita herumschnitt.

Aloe hatte gedacht, man weint, erschrickt, trauert, ist untröstlich, heult wieder los. Alles Kino. Sie war nur betäubt. Da sie unbedingt wollte, brachte eine Beamtin sie in die Leichenhalle der kriminologischen Abteilung. Es war kühl dort, aber damit hatte Aloe gerechnet und einen Pullover mitgebracht. Der Raum hingegen wirkte erstaunlich hell, weiße Wände und bis auf etwa 1.80 Höhe reichende, ebenfalls weißlackierte metallische Schubregale. Jeder Schub groß genug für einen toten Menschen. Sie wurden verstaut wie Akten; man zog an der quadratischen, glänzenden Front, und der Tote glitt auf einer Bahre aus seiner Dunkelheit. Sie lagen Kopf voraus.

Die Beamtin hob das Tuch von Anitas Gesicht und ließ Aloe allein. Anita war hergerichtet worden, gewaschen, gekleidet in ein T-Shirt und die Jeans, die sie zuletzt am liebsten getragen hatte. Kein Schmuck, nichts.

Nur ihr zarte, durchsichtige Haut. Wieder sah Aloe den Glanz an ihr. Sie legte den Rücken ihrer linken Hand an Anitas kalte Wange, und war überrascht von deren Festigkeit. Da stand sie und sah Anitas weichen Blick als Kind, wenn sie bei ihren Spielen dabeisaß und jemanden tröstete. Nun war kein Trost. Aloe schaute einem Messer in ihrem Gehirn zu, klein und scharf schnitt es den Film ihres Lebens auseinander und klebte ihn an unberechenbaren Stellen wieder zusammen. Da stand sie und spürte ein kleines Hinken, eine Lücke – etwas, woraus Fragen wucherten und eine Musik, die jemand in Aloes Kopf mitsang, von fern, manchmal leicht quietschend, ein Kreischen, dann wieder gelöst und sehnsuchtsvoll. Anita, der warmstrahlende Kern der Familie, die sie in Schwandt gewesen waren. Da lag sie gerade und kalt, und es war nicht zu verstehen. In Zukunft würden sie sie umkreisen wie Sterne ihre Planeten, bezaubert, befremdet und mit pulsierenden Herzen, in denen alle möglichen Elemente hergestellt wurden, die schwersten und leichtesten, alles, was man zum Leben brauchte und nie geschenkt bekam. Später, irgendwann einmal, würde Aloe fragen, ob jemand sich diese Bewegungen umeinander erklären konnte, ob Menschen mit all ihren Forschungen soweit gekommen waren.

Reglos stand sie da. Anitas Glühen war ein Hochglühen geworden. Eine Energie, die ihre Bahn nicht fand, hatte sich nach außen übersetzt. Nichts war Zufall gewesen; dieses Wort wurde nur an Stellen benutzt, an denen man die wirklichen Zusammenhänge nicht verstand, für die es kaum Gedanken oder Worte gab. Immer wieder hatte die Energie in Anita etwas aus der Bahn geworfen – ein Elektron, das nicht paßte und sprang. Und dies alles übertragen aus der Ebene der Quanten in die Größenverhältnisse des menschlichen Lebens. Als Anita wieder daran rührte, wer sie gewesen war, hatte Ingrid diese feurige, mit den Jahren noch gewachsene Kraft als Stromschlag im Kopf gespürt, Walter zur Pistole gegriffen, und sie, Aloe, zog nun Stefan auf. Vielleicht hatte jeder Mensch eine Lebensfrage, mit der er auf die Welt kam, und Anitas hatte geheißen: wie gehst du um mit Betrug!

Aloe stand da und merkte nicht, wie die Zeit verging. Ingrid und Holger hatten sich durch ihr zweites Baby betrogen gefühlt um einen Sohn oder eine Tochter, Anita war betrogen worden durch die Operationen, Walter kam sich betrogen vor durch Anitas Rückkehrwunsch.

An ihr hatte alles sich stets zweigeteilt: in ein »so ist es« und ein »so könnte es sein«, in Wirklichkeit und Norm, Realität und Fiktion.

Und wer war schuld? Walter hatte geschossen; juristisch war ohne Fragen, er allein der Täter. Aber vor seiner letzten Handlung stand die Verkettung, die zu ihr führte. Da hatten viele gehandelt, angetrieben von Gefühlen, die sie tief aufwühlten und doch, widersprüchlich genug, zugleich auch völlig unpersönlich waren. Gefühle, geboren aus einer formlosen uneingestandenen Angst – der Angst der Zivilisation vor der Natur, die Angst der Männer und Frauen vor einem dritten Geschlecht. Geboren, und dabei dachte Aloe erneut an Walter, aus dem Drang des Menschen zu zerstören, was er weder unterdrücken noch vergöttlichen konnte. Sie erinnerte sich an dieses Gefühl.

Aloe wußte nicht, wie lange sie dagestanden hatte; ihr war kalt. Schnell schloß sie den Schub, ohne Anita noch einmal anzusehen. Stefan wartete auf sie.

Wie sie die Tage bis zum Begräbnis verbracht hatte, war vergessen, um so besser erinnerte Aloe sich an die Nächte. Wie froh sie war, daß Stefan noch nichts verstand. Wie unruhig er tagsüber wurde, weinte, nach Mama, Anita, Papa rief. Nachts schlief er erschöpft, und Aloe blieb wach: sie saß an seinem Bett und behütete ihn. Sah ihn an und dachte an Anita.

Aloes Haare reichten bis auf die Taille. In einer langen Nacht kommt man auf Gedanken, in einer langen Nacht nimmt die Sehnsucht viele Formen an. Stefan schlief, und Aloe stand im Bad. Die Schere klapperte, riß, Aloe schnitt sich die Haare ganz kurz. Wie bei einem Mob standen die Büschel unregelmäßig von ihrem Kopf ab. Sie schnitt wahllos, hier und dort. Die Schere war klein, es ging langsam. Sie hörte das Schnappen des Metalls, lautlos fielen die Haare zu Boden. Als Stefan schrie, rannte sie erschrocken in sein Zimmer, aber er hatte wohl nur geträumt oder Durst. Sie gab ihm zu trinken und hielt ihn im Arm, bis er wieder schlief. Er war nicht erschrocken, als er Aloe mit ihrem halbgeschorenen Kopf gesehen hatte; sie aber erschrak, als sie ins Bad zurückkam. Die blonden langen Strähnen lagen am Boden wie etwas Lebendiges. Beim Blick in den Spiegel erkannte sie sich nicht wieder. Mit dem Rasierer, den sie sonst für ihre Beine verwendete, rasierte sie sich auch die restlichen Haarstummel ab. Die Luft am Kopf war kühl. Aloe holte ihre Kamera, hielt sie über sich und drückte ab. Fotografie in den Proportionen eines Körpers, der Autofokus surrte wie wild hin und her. Aloe steckte ein Auge in die Hand, in den Finger auf dem Auslöser. Es wurden wilde Bilder, der helle nackte Kopf schräg, unkenntlich, über den Fliesen.

Aloe fotografierte und sehnte sich nach allem zurück: wie ein Duft, warmes Brot, Schwaden von Flieder und Jasmin, Sommergeräusche – wie die Liebe kam die Zeit mit Anita ihr vor. Es gab eine erste und eine zweite Wirklichkeit. Alles, was als Wirklichkeit galt, war zweite Wirklichkeit. Die erste meinte den Zustand einer wissenden Nichtfähigkeit und Auflösung. Kleine Gänge existierten, um aus der Befangenheit in der zweiten Wirklichkeit in das Wissen der ersten vorzustoßen. In der zweiten Wirklichkeit waren Dinge verfügbar; in der ersten ließen sie sich allenfalls durch Erfahrung erreichen. Aloe steckte in einem Tunnel zwischen beiden.

Sie fotografierte die ganze Nacht hindurch. Hob die Haare auf und bündelte sie mit einem Gummi zu einem Zopf. Die Haare waren blond, doch das Innere dieses Zopfes war grauschwarz; schiefrig, splittrig. Aloe fotografierte, von nah, den Stumpen, seine wie ein Plateau geschichteten Kanten. Sie dachte dabei an nichts; nur Handwerk, Mechanik, abgleichen, nehmen, warten. Die Dunkelkammer hatte sie inzwischen in Lukas ehemaliges Zimmer verlegt. Aloe lauschte auf Stefan, ging in die Kammer, entwickelte, dachte an nichts, ging kurz hinaus, lauschte, ging wieder zurück, entwickelte weiter, dachte an nichts. Die Fotos waren nur für sie selbst, zum ersten Mal ganz für sich.

Am nächsten Morgen steckte sie die Haare in einen blauen Müllsack und warf sie weg.

Manchmal kam es Aloe so vor, als habe sie, noch während Anita damals in Schwandt endlich auf sie zukam, alles ›überrissen‹. In einem Erkennen, das vor dem Bewußtsein herläuft, ein Blitz, dem Donner weit voraus. Es war wirklich ein ›Reißen‹, in ihr und nach außen. Warf den Umriß einer Zukunft an die Wand, hell und klar, unhinterfragbar – aus einer Schicht, die keinen Namen hat, doch in entscheidenden Augenblicken des Lebens da ist und im Bruchteil einer Sekunde, jenseits dessen, was man wissen und daher immer auch bezweifeln kann, die Bedeutung eines Geschehens in einem Bild zeigt, das man nicht versteht, zu dessen Ausfüllung man Jahre brauchen wird. Jahre, in denen sich die dunkle Fläche des Schattenrisses langsam mit Gelebtem füllt. Doch die im ersten Moment geworfene Bahn bleibt bestehen, sie ist der äußere Zirkel eines inneren Geschehens, eingebrannt vom Blitz in das weiche Material der eigenen Psyche, von dem man, solange nichts Außergewöhnliches passiert, nicht einmal ahnt, daß man es hat.

Anita wurde in das Familiengrab der Böhms gelegt. Um Walters Leiche kümmerten sich seine Brüder und die Tochter. Aloe hielt Kontakt zu ihnen; sie waren schließlich Stefans Verwandte. Und sie würden ihm später etwas über seinen Vater sagen können. *Anita Nees,* nicht Anita Böhm, stand ja schließlich auch auf dem Grabstein. Unter *Katja Böhm.* Im Grab lag Anita über der Großmutter, die mit ihrer Bernsteinkette beerdigt worden war. Aloe empfand es als richtig, daß Anita so nahe bei den Steinen beigesetzt wurde, die damals etwas von ihrem Zündeln in Schwandt eingefangen zu haben schienen als uralten weisen Glanz. Während der Beerdigung trug sie Stefan auf dem Arm; er sollte dabei gewesen sein, auch wenn er noch nichts verstand. Manchmal berührte seine Hand das auf Aloes Kopf wachsende, ruppige Fell. Das war ein Trost.

Holger und Ingrid zogen fort von Schwandt, näher zu Stefan und Aloe in ein Heim für betreutes Wohnen. Nie verlor Holger ein Wort über das aufgegebene Haus, er trauerte nicht heimlich nach. Das Walmdachhaus wurde vermietet, Walters Tochter verzichtete zugunsten Stefans auf ihren Anteil am Erbe. Aloe verwaltete das Geld und verbrauchte die Zinsen für ihrer beider alltägliches Leben. Anita hatte eine Woche vor ihrem Tod, als sie bereits alles geplant hatte, ein neues Testament geschrieben, in dem sie ihrer Schwester eine Summe vermachte, die größer war als alles, was Aloe je besessen hatte. Mitgift, dachte Aloe, und verbarg ihren Kopf in den Händen.

Insgesamt kam sie nun als Fotografin ohne allzu viele Brotjobs sogar mit Kind gut über die Runden.

Ingrid begann, dauerhaft zu kränkeln. Holger sprach wieder mehr, übernahm Verantwortung und pflegte seine Frau, die sich entgegen aller Erwartungen als die Schwächere entpuppte. Manchmal erschien Holger geradezu verjüngt, drahtig – Anitas gewaltsames Ende riß eine wütende Lebenskraft in ihm wach. Die latente Aggressivität zwischen Ingrid und ihm, die Aloe im Sommer nach der Schwedenreise bei ihrem Besuch in Schwandt gespürt hatte, war wie weggewischt. Als wäre damals zwischen den beiden Häusern in Schwandt unbemerkt etwas hin und her gewandert; als hätten die beiden Alten etwas ausgedrückt, was sich eigentlich zwischen Anita und Walter zutrug.

Holger war es auch, der durchsetzte, daß Eurydike bei ihm und Ingrid bleiben konnte. Als er ins Wohnzimmer gekommen war, war der Hund schon bei den beiden Toten gestanden. Er schnüffelte an ihnen und leckte mit seiner blauen Zunge Anitas Hände ab.

Eurydike hatte bereits verstanden, als Holger noch verständnislos auf ein Bild starrte, das er nie mehr würde vergessen können. Doch auch sie mußte Abschied nehmen. Tagelang blieb sie im Walmdachhaus dort sitzen, wo Walter und Anita gelegen hatten. Ihr Herz gehörte noch immer beiden ganz gleich. Der Hund allein bewahrte etwas von Walter auf, ein Bild, das einmal dieser Mensch gewesen war; eine Erinnerung, zu der die Menschen, die wußten, was geschehen war, nicht mehr fanden. Es war eine Hundegerechtigkeit. Eurydike saß allein im Haus, die Lichter waren ausgeschaltet, es wurde dunkel, der Ahorn knarrte, und der Garten sang.

– Ich will nicht.

– Du mußt, sonst kommen wir zu spät!

Es war 6.45.

– Ich will nicht ins Skilager.

– Es wird sehr schön dort.

– Ich bin müde, Mama!

– Vor dem Skilager gibt es übrigens noch eine Überraschung: wir fahren zum Flughafen!

Wie der Blitz war er aus dem Bett. Stefan wurde schnell fertig, er war hibbelig, aufgeregt – sogar das Shuttle wollte er einpacken. Aloe hielt ihn mit Mühe davon ab, schmierte ein Frühstücksbrot, rührte Nesquick in die Milch, suchte mit Stefan den zweiten Halbschuh, fluchte, weil ihr überhaupt keine Zeit mehr blieb für sich selbst, schlüpfte in die Kleidung vom Vortag, eine schwarze Hose, die ihr gut paßte, ein oranges, auf Taille geschnittenes T-Shirt, es stand ihr immer, wenn sie schlichte Sachen trug, fuhr sich ein paarmal durch das kurze, an der Stirn hochstehende Haar, zog den Lidstrich nach – und dachte noch, gut, dann mußte ich mir wenigstens vorm Kleiderschrank nicht den Kopf zerbrechen, als sie schon, mit Stefan auf dem Rücksitz, durch mehrspuriges Geheul sauste, an ein paar eben öffnenden Bäckereien und Espresso-Läden vorbei, geblendet von den gestaffelten Phalanxen der sich ihr entgegenwerfenden Fahrzeuge. Kurz zog sie den Stadtring entlang, schon war das leuchtende, von Mietskasernen, Schutzwällen und langen Einfahrtsspuren gesäumte Band der Autobahn erreicht, elektronische Tempoempfehlungen spiegelten sich im leicht feuchten Asphalt, ein Hubschrauber im Tiefflug verlängerte den Verkehr in die Luft, sie raste auf rotglühende, sich im plötzlich verölten Fahrbahnglacis spiegelnde Hochhäuser zu, endlich erschien das erste Flughafenzeichen am Straßenrand.

Die Ankunft des Fluges aus New York wurde schon angezeigt, als sie eintrafen. Aloe stand am Rand des Wartegrüppchens, das sich am Absperrgitter gebildet hatte, vor der Schiebetür. Dahinter erschienen die Passagiere bereits am Gepäckband. Aloe wagte nicht, genauer hinzusehen. Manche neben ihr winkten, und aus dem Innenraum wurde zurückgewunken. Aloe stellte sich halb hinter eine Säule und sah sich nach Stefan um. Er lief durch die Halle. Es gab viele Terminals zum Knöpfedrücken, und sogar einen Playroom zum Hüpfen, noch ganz leer. Blaue Bälle lagen darin. Der Morgen war hell. Aloe konnte, hinter dem Abfertigungsschlauch, die Fahrwerke einiger Boeings ausmachen, ganz links glitzerte ein Flügel, angeschnitten im Sonnenlicht. Die ersten Verkaufsstände zogen ihre Jalousien hoch, als die Passagiere kamen. Sie sah ihn sofort. Er war verändert. Trug die Haare ganz kurz, braune Haut, aber die gleiche Figur. Nur an der Frisur konnte die Veränderung nicht liegen. Er kam allein und schaute sich verdeckt suchend um. Aloe zögerte. War nicht das das Gesetz der Rückkehr gewesen: trau ihr nicht? Direkt vor der Empfangshalle befand sich die Auffahrtstraße für Taxis und Privatwagen, die ständig anrollten, Leute absetzten mit Koffern, Koffer einluden, Leute. Alles roch neu und bestand aus hellem Plastik, das ständig in Bewegung war.

Manchmal donnerte ein Flugzeug über sie hinweg, aber man hörte es nur, wenn die Türen gerade aufglitten, weil jemand hereinkam oder ging. Sonst war alles schallgedämpft, man sollte sich sicher fühlen. Überall wurden Handys aus den Taschen geholt. Aloe trat aus dem Schatten der Säule und ging auf Lukas zu. Das blasse Morgenlicht brach sich warm auf ihrer Haut.

*Die Autorin dankt der Stiftung Niedersachsen und der Stiftung Kulturfonds für die Förderung der Arbeit an diesem Buch*

# Inhalt